Knaur.

Knaur.

Über die Autorin:

Holde-Barbara Ulrich arbeitete lange für die DDR-Nachrichtenagentur ADN. Nach der Wende war sie als Journalistin und Autorin tätig und erhielt viele Auszeichnungen, z.B. den Egon-Erwin-Kisch-Preis. Sie lebt heute in einem kleinen Dorf im Havelland und in Berlin.

Holde-Barbara Ulrich

Nacht schatten liebe

ROMAN

Knaur Taschenbuch Verlag

Besuchen Sie uns im Internet:
www.knaur.de

Originalausgabe Juli 2010

Ein Unternehmen der Droemerschen Verlagsanstalt
Th. Knaur Nachf. GmbH & Co. KG, München

Redaktion: Dr. Gisela Menza
Umschlaggestaltung: ZERO Werbeagentur, München
Umschlagabbildung: buchcover.com / Anita Schiffer-Fuchs
Satz: Adobe InDesign im Verlag
Druck und Bindung: GGP Media GmbH, Pößneck
Printed in Germany
ISBN 978-3-426-50551-9

2 4 5 3 1

Für meinen Mann!

Prolog

Als ich an jenem Morgen nach unserer ersten gemeinsamen Nacht aufwachte und ihn neben mir spürte, hatte die Welt einen anderen Klang. Der Sommermorgen, der in lichtem Grün durch die Linde kam, summte vor meinem weit geöffneten Fenster. Dieser sanfte, zärtliche Ton übertraf alle anderen Laute des frühen Tages, und er war neu und verheißend.

Ich wandte den Kopf vorsichtig zur Seite und sah in sein in Schlaf versunkenes, gebräuntes Gesicht. Ich konnte nicht aufhören, es Zentimeter für Zentimeter mit meinen Augen abzutasten, um es mir so, wie ich es heute zum ersten Mal sah, für immer einzuprägen.

Ich wusste in diesem Moment, dass dieser Anblick genau das umfasste, worauf ich in all den Jahren mit einem steten Gefühl der Vergeblichkeit gewartet hatte. Die Gewissheit, dass es nun da war, versetzte mich in einen erregenden Glückszustand.

Er drehte den Kopf zu mir und sah mich leicht blinzelnd aus bernsteinfarbenen Augen an.

»Du siehst glücklich aus«, sagte er mit noch nicht ganz wacher Stimme.

»Was du siehst, ist nur der schwache Abglanz meiner seelischen, geistigen und körperlichen Verfas-

sung«, erklärte ich lachend, um nicht sentimental zu werden.
»Du bist also glücklich«, konstatierte er zufrieden und räkelte sich den kurzen, fahrigen Schlaf aus den Gliedern.
Währenddessen sprang ich aus dem Bett und ging in die Küche, um Kaffee zu machen.
»Komm her!«, rief er mir nach.
Ich drehte mich zurück und schüttelte den Kopf.
»Na gut, dann eben erst der Kaffee.« Er richtete sich ein wenig auf und blickte mit aufgestütztem Kopf und versonnener Miene aus dem Fenster.
Nach wenigen Minuten war ich wieder im Zimmer und reichte ihm eine der beiden Tassen. Er rückte ein Stückchen beiseite, um für mich Platz zu machen. Ich setzte mich zu ihm, nahm den Teelöffel und rührte in meiner Tasse. Es wunderte mich, dass er keinerlei Anstalten machte zu gehen.
»Es ist etwas Ernstes«, sagte er unvermittelt und nippte vorsichtig an seinem heißen Kaffee. »Was mich betrifft, ist das mit uns etwas sehr Ernstes.«
Einen Augenblick lang brachte mich dieser Satz völlig aus der Fassung. Ich wusste nicht, was ich darauf erwidern sollte. Aber offenbar erwartete er auch keine Erwiderung. Er trank seinen Kaffee und sah dabei geradeaus, als würde er sich sammeln, um noch etwas hinzuzufügen. Dann schaute er mich ruhig an und sagte: »Weißt du, ich mag dieses ganze Theater nicht, diese Rumspielerei am Anfang. Das Hinhalten und Verführen, um sich dann wieder zurückzuziehen und sich kostbar zu machen, dieses alberne Wichtigtun. Nichts weiter als

Machtgeplänkel«, fügte er unwillig hinzu. Und dann: »Ich denke, du weißt, was ich meine.« Und als wollte er keinen Zweifel lassen, setzte er ernst und leise hinzu: »Ich möchte, dass wir von Anfang an ehrlich und offen zueinander sind. Natürlich ohne uns weh zu tun.«
Was er sagte, gefiel mir. Ich ahnte, was er meinte, obwohl ich es nicht ganz verstand. Ich kam nicht auf die Idee, dass es um Täuschungen ging, Verletzungen auch, die er anderen zugefügt oder von anderen erlitten haben könnte.
Ich stellte meine leere Tasse auf den Nachttisch und sagte: »Ja, das möchte ich auch« und ließ mich von ihm in die Arme nehmen.
»Ich liebe dich«, sagte er leise, »ich liebe dich Clara, Clarissima, du meine Schöne, meine Liebste …«
Vor lauter Glück vergaß ich für ein paar Sekunden zu atmen. Als er sich über mich beugte, um zärtlich meine Augen zu küssen und sich dabei langsam auf mich zu legen, fühlte ich, dass es Liebe war, eine Liebe, die auf die Ewigkeit zielt …
Wie hätte ich ahnen können, dass aus dieser großen, einzigartigen Liebe im Lauf der Jahre ein hinterhältiges, betrügerisches Spiel auf Leben und Tod werden sollte?

1

Als der Mann mich wach rüttelt, denke ich zuerst an einen Überfall. Ich weiß nicht, wo ich bin, und mir ist übel.

»Sie müssen aussteigen«, sagt er, »wir sind da.«

Er steht ungeduldig an der geöffneten Tür seines Taxis und wartet. Ich krame in meiner Handtasche nach dem Portemonnaie.

»Ist schon erledigt«, sagt er.

Da fällt es mir ein. Margret hat das Taxi gerufen und mich, betrunken, wie ich bin, hineinverfrachtet. Offensichtlich hat sie auch die Tour gleich bezahlt, was mir außerordentlich peinlich ist. Der Fahrer nimmt meinen Ellbogen und zieht mich aus dem Auto. Er hält mich noch einen Moment fest, sieht sich um und schiebt mich die paar Schritte vor bis zur Haustür.

»Also dann«, sagt er und macht sich davon.

Warum habe ich mich nur so zugeschüttet?

An der Hauswand abgestützt, lasse ich mich vorsichtig auf die Treppenstufe nieder und lehne mich an die Tür. Erst mal ein bisschen ausruhen und dann den Schlüssel suchen.

Meine Güte, wenn mich jemand so sieht, geht mir plötzlich durch den Kopf. Mühsam richte ich mich wieder auf und fingere in meiner Tasche herum. Da endlich, der Schlüssel.

Gott sei Dank bin ich im Taxi gleich eingeschlafen, sonst hätte ich noch die Sitze versaut. Auf der langen Fahrt hierher, erinnere ich mich dunkel, muss irgendetwas Schlimmes passiert sein. Ein zutiefst deprimierendes Gefühl spukt immer noch in meinem Kopf. Während ich mich am Geländer die Stufen hochziehe, versuche ich der Sache auf die Spur zu kommen. Immer wieder bleibe ich stehen und horche in mich hinein. Dann fällt es mir ein – ein Traum. Doch ich weiß nicht mehr, worum es ging. Die ganze Fahrt über hat mich dieser Traum gequält, aber nun ist er weg.

Wie bin ich überhaupt in das Taxi gekommen? Ach ja, Margret …

Ich schließe die Wohnungstür auf, mache Licht und verriegle die Tür. Dann sehe ich Wolfs Mantel. Ich wundere mich, dass er da hängt, ordentlich auf einem Bügel an einem der Haken. Was macht der hier? Er gehört nicht hierher! Die Unmengen Rotwein in meinen Adern produzieren einen Wutanfall. Ich zerre ihn vom Bügel und werfe ihn auf den Boden. Ach ja, Wolf ist nach Paris geflogen, und ich soll den Mantel zur Reinigung bringen.

An die Wand gelehnt, starre ich auf das edle Stück. Irgendwas war mit dem Mantel. Ich malträtiere mein Hirn so sehr, dass mir schwindlig wird. Mühsam setzt die Erinnerung ein, flackert kurz auf und verlischt dann wieder. Er hat ihn neulich aus Österreich mitgebracht. Osterfestspiele in Salzburg. Ein kalter April. Sie waren mit irgendeinem Russen unterwegs, Tschechow, glaube ich. Wolf hat monatelang an dem Stück gearbeitet. Antonia Winter in der Hauptrolle.

Ja, ja, und weiter? Ich muss mich setzen. Anstrengend, diese Erinnerungsarbeit. Gegen die Übelkeit und das Klopfen in meinem Kopf sollte ich zwei Aspirin nehmen und mir einen Tee machen. Ich gehe in die Küche und greife fahrig nach einer Tasse. Sie gleitet mir aus der Hand und zerschellt auf dem Fliesenboden. Der Krach schießt in mein Gehirn und schiebt krampfend den Mageninhalt die Speiseröhre hinauf. Ich muss sofort ins Bad. Immer neue Aufwallungen. Widerlich. Ich putze mir die Zähne, nehme zwei Aspirin aus dem Schränkchen und würge sie mit lauwarmem Wasser hinunter.

Schweißnass vor Erschöpfung, setze ich mich in den großen Ohrensessel. Ausruhen, ein paar Minuten nur, dann gehe ich ins Bett. Ich lehne mich zurück, lasse mich fallen … Nein, es geht nicht. Der Mantel rumort immer noch in meinem Kopf.

Wolf kam damals aus Österreich. Aus Wien oder Salzburg. Das Flugzeug hatte Verspätung und landete knapp vor Mitternacht. Ich war schon in höchster Aufregung, als endlich das Telefon läutete und Wolf mich vom Flughafen aus anrief. Vierzig Minuten später war er da. Er klingelte kurz, wie immer, und stand mit dem Mantel vor mir, diesem neuen, tollen Mantel. Hellbraunes, weiches Rindsleder, gefüttert mit weißem Lammfell. Ich traute meinen Augen nicht. Wie kam er zu so einem Stück? Kleidung interessierte ihn doch sonst überhaupt nicht. Am liebsten trug er seine abgewetzten schwarzen Jeans und die ausgebeulte Lederjacke. Neues zu kaufen war ihm ein Graus. Allerdings besorgte er unterwegs immer kleine Geschenke für mich, für seinen Sohn und sicher auch für seine Frau. Vielleicht beauftragte er auch Mary damit, die ihn, wo immer er war, umsorgte und bemutterte. Mary war Wolfs Sekretärin, seine Assisten-

tin, sein guter Geist für alles. Aber dass sie ihm einen Mantel besorgte?!
Seine Erklärung war dann denkbar einfach. Für zwei zusätzliche Vorstellungen hatte Winter, der Intendant, ein fettes Sonderhonorar ausgehandelt. Ein paar Kolleginnen, die sofort zum Shoppen aufbrachen, haben ihn mitgeschleppt und zum Kauf des Mantels überredet. Antonia, Winters Frau, war dabei, Mary natürlich, die Debütantin Anna Nikolai und noch eine, deren Namen ich vergessen habe.
Mein missmutiges Gefühl damals hing mit diesen Frauen zusammen. Es war keine Eifersucht, nur so ein kleines Gefühl, eine Ahnung eher, die Ahnung einer sich langsam anbahnenden Katastrophe. Nicht weil ich konkrete Anhaltspunkte dafür gehabt hätte, nein, weil eine Beziehung wie unsere nach dem ihr innewohnenden Ablauf einfach auf eine solche Katastrophe zuläuft. Das wirklich Dramatische daran ist, dass keiner der Beteiligten diese Entwicklung, die sich wie ein Naturgesetz vollzieht, zur Kenntnis nimmt.
Natürlich liebt mich Wolf. Er liebt mich auf eine besitzergreifende, ausschließliche, ja, geradezu überwältigende Weise, die keinen Gedanken an seine Ehe, seinen kleinen Sohn, sein Doppelleben, sein Versteckspiel, seine Ausflüchte und Lügen gelten lässt. All diese unangenehmen Dinge sind den Umständen zuzuschreiben, und die würden in Bälde aus der Welt geschafft sein. Das ist die Überlebensphilosophie unserer Liebe, zumindest war sie das die ganze Zeit über, eine Philosophie, die von unbeweisbaren Annahmen ausging. Und ich, eine achtunddreißigjährige, studierte, mehrsprachige, belese-

ne, attraktive Frau, klammerte mich idiotischerweise daran.
Allerdings machen sich seit kurzem kleine, verstörende Ängste bemerkbar, wie Abdrücke oder Schleifspuren oder Fissuren auf einer glatten Oberfläche. Ja, so etwas wohl, kleinste Risse auf der dünnen Schale alten Porzellans, die früher einmal rund und eben und glänzend war.

Ich trinke den letzten widerlichen Schluck des lauen Wassers und spüre, dass die Geschichte noch immer nicht rund ist. Egal, ich muss jetzt ins Bett. Nur noch schnell den Mantel einpacken. Mühsam stütze ich mich aus dem Sessel hoch, schlurfe in die Küche und hole eine große Plastiktüte. Dann lasse ich mich neben den Mantel fallen und fühle mich neben ihm wie eine Fremde.
Eine ganze Weile döse ich vor mich hin. Endlich besinne ich mich, nehme den Mantel, knöpfe das Fell heraus, lege Mantel und Futter so klein wie möglich zusammen und stopfe beides in die Tüte. Ich stelle sie in die Nähe der Tür, damit ich sie morgen früh nicht vergesse. Und nun ins Bett.
Der ätzend saure Geschmack aus dem Magen klebt immer noch auf der Zunge. Ekelhaft. Mit dem Beharrungsvermögen Betrunkener gehe ich noch einmal in die Küche und setze Teewasser auf. Die Aspirin beginnen zu wirken, überdecken die Übelkeit und lindern den Kopfschmerz. Langsam wird mir besser – oder? Nein, verdammt noch mal, nichts wird besser. Es ist genauso deprimierend wie kurz zuvor. Todtraurig rücke ich mir einen Stuhl neben den Herd und warte auf das kochen-

de Wasser. Das penetrante Pfeifen des Kessels schreckt mich auf. Als ich zurück ins Zimmer gehe, stolpere ich über die Plastiktüte und vergieße einen Teil des Tees. Auch der Mantel bekommt etwas ab. Auf kindische Weise freue ich mich darüber, als hätte ich ihn für das Ungemach, das er mir bereitet, bestraft. In diesem Moment fällt mir ein, dass ich vergessen habe, die Manteltaschen zu kontrollieren und Münzen, Kastanien, Zahnstocher, kleine Steine oder zerknüllte Taschentücher zu entfernen, lauter Trödelkram, für den Wolfs Taschen berüchtigt sind.

Unwillig wende ich mich noch einmal der Tüte zu, zerre das Bündel wieder heraus und breite es aus. Zuerst das Fellfutter. Nichts. Schließlich die Manteltaschen. Leer. Im Seidenfutter des Mantels gibt es in der oberen Hälfte zwei Taschen, eine an jeder Seite. Auch die sind ausgeräumt. Ziemlich weit oben schließlich noch eine kleinere Tasche. Ich greife zu guter Letzt auch dort noch hinein und fühle Papier zwischen meinen Fingern. Etwas Festes, Flaches. Ich ziehe es heraus. Schmal und dünn liegt das Päckchen in meiner Hand.

Mit einem Mal bin ich hellwach. Mein Herz rast, mein Bewusstsein öffnet sich, als würde mit der Berührung des Papiers ein Vorhang beiseitegerissen. Wolfs Brief! Dieser unglückselige Brief, den mir Margret, seine Frau, heute Nachmittag zu lesen gab. Ich nahm ihn unschlüssig, mit wachsender Abwehr, genau wie jetzt diesen Umschlag.

Einen Moment lang überlege ich, zur Toilette zu gehen, den Umschlag ins Becken fallen zu lassen und die Spülung zu drücken. Ich mache es nicht. Mit steifen Fingern

öffne ich ihn, entferne leise knisterndes Seidenpapier und halte ein Foto in der Hand. Ein Foto, aufdringlich, schreiend in seiner Buntheit. Ich starre es an und sehe Wolf und sehe zugleich, dass es so nicht stimmt. So braun wie auf diesem Foto ist er nicht, war er nie, solange ich ihn kenne. Auch nicht beim ersten Mal, als er braungebrannt nach seinem Urlaub von der Ostsee zu mir kam. Ich schaue wieder auf das Bild, sehe, dass jemand neben ihm liegt, nein, nicht neben ihm, unter ihm. Eine braungebrannte blonde Frau. Die Arme nach oben ausgestreckt, liegt sie auf einer Wiese. Die Bluse geöffnet, das zerzauste Haar zwischen weißen Gänseblümchen. Und Wolf mit nacktem braunem Arm sich über sie stützend. Sein Gesicht hat er lächelnd ihr zugewandt. Er trägt ein offenes weißes Hemd und graue Shorts.
Auch sie lächelt, verführerisch unter halb geschlossenen Lidern. Vielleicht merkt sie gerade, als der Selbstauslöser klickt, wie er sein Knie zwischen ihre Schenkel schiebt. So wie es das Foto schließlich festhält. Ich will die Frau nicht länger sehen. Auch den Brief heute, Wolfs Brief an dieselbe Frau, mit seinen begierigen, hemmungslosen Sätzen, habe ich nicht zu Ende gelesen. Bis eben, bis zu diesem Foto habe ich gar nicht mehr daran gedacht.
Noch ein einziger Blick, auch wenn danach alles zu spät ist. Ich starre auf das wunderschön farbige Bild, das durch die abgebildete Situation regelrecht obszön wirkt. Wolfs nacktes Knie zwischen ihren geöffneten Schenkeln. Sein lachender Mund, seine glücklichen, gierigen Augen – nicht mehr vorstellbar ohne die blonde Frau neben ihm mit ihrem total gelösten Gesicht. Sie ist weich jetzt,

träge, ganz und gar gesättigt und nur hastig wieder hergerichtet für das Foto. Aber er, in der Pose des Verliebten, des Unersättlichen, ist schon wieder dabei, ihr Appetit zu machen. Ich weiß genau, wie diese Art von Erschöpfung, die er selbst genüsslich herbeigeführt hat, seine Lust anstachelt, das Mahl, das in all seiner Köstlichkeit schon üppig war, noch einmal anzurichten und sich Häppchen für Häppchen auf der Zunge zergehen zu lassen.

Es ist genug! Ich lege das Foto auf den Mantel, nehme meine Tasse und lasse den Rest meines Tees langsam darauf hinuntertröpfeln. Die Fotopappe beginnt sich zu wellen, die Figuren darauf werden lebendig. Eine geradezu ordinäre Bewegung.

Ich stecke alles zurück in die Tasche. Dass es so schlimm kommt, so gewöhnlich, so verletzend, so normal, hätte ich nicht vermutet. Obwohl ich ihn längst gewittert, ja, erwartet habe, den Verrat. Aber wahrhaben wollte ich ihn nicht. Dabei war ich hoch sensibilisiert durch Hunderte Vorkommnisse. Da hatte sich sein immenses Gefühl, diese nur auf uns beide gerichtete unvergleichliche Liebe, eine Liebe, die es so nie wieder gab und die die Welt und alles andere ausschloss, schon deutlich verändert, hatte Grobheiten zugelassen, Lügen, ja, Gewalttätigkeiten. Und ich, sehenden Auges, habe alles gelassen, wie es war, schrieb alles der Agonie seiner miefigen Ehe zu, die ja nun endlich zu Ende gehen sollte. Aber der Gestank kam nicht von seiner Ehe, der kam von uns.

Es ist nicht zu glauben, aber selbst heute hätte Wolf das letzte große Beweisstück, das seine Frau mir überlassen hat, wieder entkräften können. Er konnte alle Schuld zerreden, schaffte es immer und immer wieder, mich zu beschwichtigen. Und warum? Weil ich die Wahrheit nicht *wahrhaben* wollte. Ich entschied mich bewusst, ihm gegen alle Zweifel zu glauben.

Der leichte Wind des frühen, noch unsichtbaren Morgens streicht durch die Zweige. Ich weine mit offenem Mund, jammernd und klagend und überfließend von Selbstmitleid wie ein eingeschnapptes, plärrendes Kind. Streiche über den Mantel, den Feind, den verräterischen, der neben mir liegt. Fühle, dass ein Knopf lose ist, stehe auf, hole Nadel und Garn. Beginne den Knopf festzunähen. Mein ganzes Leid wickle ich tastend um diesen Knopf, den ich vor Nässe nicht sehen kann. Es ist eine Art von Verbrüderung mit diesem hilflos schlingernden Knopf, den fast nichts mehr hält. Als könnte ich damit mein eigenes ins Schlingern geratenes Leben noch einmal festzurren.

Als ich den Faden abbeiße, hat sich mein Schicksal verändert. Alles ist klarer, leichter geworden. Als würde der übermütige Wind die vergangenen Stunden, die mir in den Ohren klopfen vom Klang zu vieler schlimmer Worte, in den Augen brennen von zu vielen schrecklichen Bildern, an den Händen kleben, in denen ich den Brief hielt, und im Gehirn rumoren, das daraus Alpträume formt – ja, als würde der Nachtwind das alles fortwehen. Erleichterung breitet sich wie warmer, klebriger Honig in mir aus.

Ja, denke ich und bin stolz auf meine honigsüße Zuversicht, ja, es ist wirklich besser so. Was war ich denn noch für ihn? Seine Gefangene. Er hat mich die letzte Zeit ge-

halten, wie man ein Tier hält. Ein Tier, das einem ans Herz gewachsen ist, nun aber allmählich lästig wird. Es ist an der Zeit, es zu entsorgen.
Und was habe ich getan in all den Jahren? Ich habe gewartet. Darauf gewartet, dass er endgültig zu mir kommt und bei mir bleibt. Mich Tag und Nacht bereitgehalten für ihn, dafür gesorgt, dass ich blieb, wie ich war, mich konserviert für ihn. Erstarrt. Er war mein Leben. Ich liebte ihn, und er liebte mich, und darum lebte ich für ihn. Ein geschlossener Kreis. Ich habe mich abgenutzt darin. Aufgezehrt mit der Zeit. Wolf hat sich vollgefressen an mir. Nun ist er satt.
Ich hole das Foto noch einmal hervor. Betrachte es. Sie liegen da wie hingelegt. Wie auf der Bühne. Fehlt nur noch, dass Intendant Winter irgendwo in der Nähe steht und Anweisungen gibt. Und tollkühn denke ich plötzlich: Was ist schon ein Foto? Es gibt so viele Möglichkeiten, so viele Erklärungen, so viele Gründe für so ein Bild.
Mein Gott, ich denke wie er, greife zu seinen Ausflüchten, denen ich immer erlegen bin. Aus Strafe sollte ich den Brief noch mal lesen, den mir Margret vor ein paar Stunden gab. Wo zum Teufel ist dieser Brief? Mir fällt ein, dass ich ihn nicht zurückgegeben habe. Er haftete mir zwischen den Fingern, als wäre er festgewachsen. Und so, wie ich war, hilflos betrunken, mit feuchten Händen, nahm ich ihn mit mir ins Taxi.
Wie eine Besessene springe ich auf und suche nach meiner Tasche. Sie liegt im Flur. Ich drehe sie auf den Kopf, schütte ihren Inhalt aus. Der Brief ist nicht da. Wahrscheinlich liegt er im Taxi, denke ich resigniert und bei-

nahe schon gelangweilt. Ich bin froh, dass es so ist und ich nichts mehr damit zu tun haben muss.
Ich greife nach meiner Tasse und gieße noch einmal nach. Der Tee ist kalt geworden. Ich stürze ihn hinunter. Als flösse Wasser in einen ausgetrockneten Teich, so dass wieder Leben in ihn kommt. Auch der Brief wird wieder lebendig. Wie ein aus Papier gefaltetes Boot schwimmt er auf dem plätschernden See meines Bewusstseins. Und jetzt weiß ich endlich, was es mit diesem Brief auf sich hat. Wie ein Kloß saß er in meinem Gehirn, ließ die Erinnerung nicht hindurch, verstopfte meine Denkkanäle.
Der Brief! Natürlich, der Brief. Seinetwegen hatte Margret mich in ihr Haus gelockt. Seit ihrem Besuch bei mir wusste ich, dass es etwas gab, mit dem sie mich schlagen konnte. Wie freundlich sie war, als sie mich empfing, wie verständig, wie solidarisch, mir schicksalhaft schwesterlich zugewandt. Ob ich wollte oder nicht, auf einmal waren wir Schwestern. Nein, mehr noch – siamesische Zwillinge, untrennbar miteinander verbunden. Nicht mehr nur sie, seine Frau, war in der beschämenden Position der Hintergangenen. Nein, nun war auch ich, die Geliebte, die so lange hintergangen hatte, eine Betrogene. Betrogene Betrügerin. Urplötzlich auf die andere Seite geschleudert. Gerechtigkeit des Schicksals, mochte sie triumphierend gedacht haben, als sie es mir vorsichtig beibrachte. Sie sprach es nicht aus, aber es zeichnete sich in ihren Mundwinkeln ab. Nun also auch du, Schicksalsschwester. Und dann kam sie mit diesem Brief in der Hand, den sie mir reichte wie einen Schuldspruch. Einige Zeilen weiß ich noch: »… ich sehe Dich in Deinem blauen Kleid. Ständig habe ich Dich vor Augen – Deine Hände, Deine Brüste,

Deinen kleinen, runden, geilen Arsch, Deine gierige Möse ... Tag und Nacht möchte ich Dich spüren ...
Dein Mann – wie lange noch? Hoffentlich kannst Du ihm Sonntag entkommen. Es wird Zeit, dass Du es ihm endlich sagst. Wir gehören uns, nur ich Dir und Du mir ...
Ich brauche Dich wie Brot und Wein. Lass mich nicht verhungern! Lass mich nicht verdursten! Und vergiss die Rosen nicht! Weißt Du noch – Venedig? ...«
Venedig ...! Mein Herzschlag setzt aus. Das war genau die Stelle, an der ich den Brief nicht weiterlesen konnte.
Und Margret? Sie hat still dagesessen. Beobachtend, mitfühlend, schweigend. Wahrscheinlich hat sie es genossen, diese Hilflosigkeit, diese unglaubliche Verletzung, die er mir zufügte und die so schrecklich war, dass sie jedes Wort von ihr überflüssig machte. Sie brauchte nur noch dazusitzen und abzuwarten. Wie im Theater. Sie unten im Zuschauerraum und ich oben auf der Bühne. Sie im Schatten, ich im Licht, deutlich sichtbar, nackt und hässlich und sterbend vor Scham. Eine interessante Feldstudie, die es ihr ermöglichte, Vergleiche anzustellen. Sie genoss es bis zu dem Punkt, von dem an es grausam gewesen wäre. Leid von der gleichen Art lässt Mitleid aufkommen. Schließlich holte sie Wein und stieß mit mir an wie mit einer Komplizin.
Wolf, komm doch zu mir und halte mich, ich kann mich kaum noch bewegen. Ich kuschle mich in deinen weichen Mantel. Wärmendes, weiches Fell. Es riecht nach deinem Eau de Cologne. Duft auf der Haut getöteter Lämmer. Wie der Wolf sich verstellen kann! Kreide geschluckt und dann gerissen ... Du dreckiges Schwein! Betrüger! Hinterhältiger Mörder! Krepieren sollst du!

Das Licht über meinem Gesicht blendet mich. Meine Arme fuchteln in der Luft, als müssten sie mich vor ihm schützen. Und dann knallt der Name in meinen Kopf, als säße der Revolver, der ihn abfeuert, direkt an meiner Schläfe – Antonia! Mein Bewusstsein beginnt wieder zu schaufeln, ich muss mich aus einem Berg von Trümmern befreien. Nein, niemals würde er sich mit einer Kollegin einlassen, mit der er zu arbeiten hatte, die von ihm abhängig war. Noch dazu mit der Frau seines Chefs. Vielleicht eine andere, aber nicht eine aus seinem Theater. So etwas spricht sich zu schnell herum, macht böses Blut. Wie eine Ertrinkende klammere ich mich an diesen Halm.

Ich schalte die Lampe aus und lasse mich fallen. Träume von Kälte, ohne die Kraft zu haben, die Bettdecke hochzuziehen. O Gott, wie ich friere! *Without any shelter,* rumort es in meinem Kopf. Henry Moores Shelter-Zeichnungen! Zusammengekrümmt in einem Londoner U-Bahn-Schacht. Embryonale Haltung. Schutzlos. Hoffnungslos. Verloren. Darüber die Bomben, der Tod … Zusammen mit Wolf stand ich davor. Hand in Hand. Mit ihm konnte mir nichts passieren.

Mir ist immer noch eiskalt. Ich greife nach der Bettdecke und ziehe sie über den Kopf. Mein Atem erwärmt mich langsam. Jetzt geht es mir besser. Ein Sekundengefühl, denn unterschwellig ist alles da, das in wenige Stunden gepresste Elend vieler vergangener Jahre. Aber erst mal schlafen. Mein Unterbewusstsein ordnet die Dinge …

Ein sonniger Tag. Ich gehe spazieren. Blumenrabatten, Büsche, Gedenksteine, Gräber. Ich bin auf dem Friedhof. In einiger Entfernung eine große Menschenansammlung um ein offenes Grab. Alle in sichtbar tiefer Trauer. Einige

stehen etwas abseits – Margret und ihr Sohn Oliver, der einen Arm um ihre Schulter gelegt hat, Konrad Winter, Mary und noch drei, vier Leute, die ich nicht kenne.
Ein Stückchen weiter rechts sehe ich seine Mutter. Klein, schwarz und sehr verbissen. Sie wird von einer auffallend eleganten Frau mit einem um den Kopf geschlungenen schwarzen Spitzenschal gestützt.
Langsam begreife ich, was ich hier sehe: eine Beerdigung, Wolfs Beerdigung. Aber das ist es nicht, was mich so erschüttert. Es ist der Anblick seiner Mutter am Arm dieser extravaganten Frau, seiner letzten Geliebten, Antonia Winter. So vertraut war das also alles schon mit ihr, dass seine Mutter sich schutzsuchend an sie hängt.
Das Bild erregt mich so sehr, dass ich aufschrecke und im Bett sitzend nach Atem ringe.

2

Es klingelt. Das Blau in den Fenstern ist grell und kalt und setzt die Übelkeit wieder in Gang. Ich kneife die Lider zusammen und stürze aus dem Bett zur Tür. Der Schwindel, der mich packt, reißt mich beinahe zu Boden. Zitternd vor Kälte und Schwäche öffne ich die Tür.
Agnes.
»Wie siehst du denn aus? Hast du geweint? Was ist los? Migräne?«
Ich antworte nicht. Agnes blickt sich um. Sie sieht den Mantel auf der Couch, das Foto auf dem Boden. Einen Moment lang zögert sie, dann hebt sie es auf und betrachtet es.
»Ist es das?«, fragt sie nach einer Weile.
Ich nicke.
»Na, nun weißt du ja endlich Bescheid.« Es scheint, als wäre sie erleichtert.
»Wieso endlich …?«
»Weil es mir schon lange von mehreren Seiten zugetragen wurde.«
»Und warum hast du …«
»Aber du hättest mir doch nicht geglaubt.«
»Diese blöden Gerüchte«, schluchze ich, »mit wem man ihn nicht schon alles zusammengeflüstert hat.«
»Und das Foto, ist das nun Beweis genug?«
»Ich suche keine Beweise.«
»Nein? Aber du findest sie«, sagt sie etwas hinterhältig kichernd.

»Das ist kein stichhaltiger Beweis.«
»Was ist es dann?«
»Vielleicht proben sie für ein Stück.«
Agnes lacht jetzt so schamlos, dass ich sie ohrfeigen möchte. Als sie sich endlich wieder beruhigt, sagt sie: »Mein liebes Clärchen, ich will dich wirklich nicht quälen, aber was wahr ist, muss wahr bleiben. Lügen machen dumm. Schau mal genau hin. Das ist keine Probe. Ich vermute, das ist noch nicht mal eine Premiere, sondern wahrscheinlich eine von vielen erfolgreichen Aufführungen. Solche Verzückung wie hier auf diesem Foto habe ich auf der Bühne noch nie bei der Winter gesehen.«
Sie wendet das Foto hin und her und dreht es schließlich um. Lange starrt sie auf die Rückseite. Dann reicht sie es mir und sagt: »Es liest sich wie aus einem Groschenroman.«
Ich nehme es ihr aus der Hand, zwinge mich, die Rückseite anzusehen und den kurzen Text zu lesen, der darauf steht: »Und dann kam ein Sommer, und alles war Liebe und Glück. Für jetzt? Oder immer!«
Die Schrift kenne ich nicht. Wahrscheinlich hat sie das geschrieben. *Für jetzt? Oder immer!* Dieses Abgehobene, dieser exaltierte Ausdruck. Das ist haarklein Wolfs Art zu formulieren. Sie ahmt ihn schon nach, er hat sie also schon fest im Griff.
Darunter in seiner Handschrift: »Für immer und ewig, mein Schatz!« Ganz rechts in die Ecke gequetscht in seiner akribischen Art das Datum. August vor drei Jahren. Nach jenem April, der ihm den Lammfellmantel bescherte.
»Das kann nicht sein«, wimmere ich, als hätte mir seine Frau gestern Abend nicht das ganze Dilemma offenge-

legt. Mein Magen bäumt sich wieder auf, und ich tapse ins Bad. Er enthält nichts mehr, was er hinauswürgen könnte. Mein Problem sitzt ganz woanders, und zwar so fest, dass es sich nicht so einfach ausspeien lässt. Ich muss mich setzen. Langsam rutsche ich auf den weichen Badvorleger.

Agnes kommt mit einem Glas Mineralwasser. »Aspirin«, sagt sie und reicht mir das Glas. In kleinen Schlucken trinke ich es leer. Sie hilft mir hoch und geleitet mich wie eine Schwerkranke zurück an mein Bett. Meine Zähne schlagen aufeinander.

»Häng es dir um«, sagt sie und reicht mir mein Deckbett. Sie setzt sich mir gegenüber und schweigt. Langsam wird mir besser.

Ich schüttle ungläubig den Kopf. »Das geht schon drei Jahre, und ich habe nichts davon gemerkt. Es war doch alles wie immer, alles unverändert – seine Eifersucht, seine Pläne, seine Geschenke, seine Lust ...«

»... und seine Gewalttätigkeit«, unterbricht sie mich.

O Gott, das hatte ich total verdrängt, sein schrecklicher Ausbruch damals. Ja, das war genau nach dieser Reise, als er mit diesem Mantel kam. Ich will darüber jetzt nicht reden. Auch der Brief von gestern spielt keine Rolle mehr. Eine Bekräftigung, nichts weiter. Agnes davon zu erzählen ist überflüssig. Ich kann ihren Sarkasmus jetzt sowieso nicht länger ertragen.

»Bestimmt gab es Veränderungen. Du hast sie nur nicht gemerkt, weil du sie nicht merken wolltest. Denk mal darüber nach.«

»Er kann doch nicht eine Ehefrau und zwei Geliebte verkraften!«, sage ich verzweifelt.

»Sie waren immer schon Jäger und Sammler.«

»Ja, ja, ja. Und nun?«

Ihr Gesicht wird glatt und kühl. »Vergiss ihn, er ist ein Betrüger, nicht besser als jeder x-beliebige Fremdgänger. Ich wollte dir das immer schon sagen. Sei froh, dass du den endlich hinter dir hast. Und schmeiß ihn endlich raus, Clarissa, schmeiß diesen Kerl raus!«

Sie hat gut reden mit ihrer bequem eingerichteten Alltagsehe. Wenn ihre ständigen Affären nicht wären, hätte sie ihren Mann längst verlassen. Was haben Karl und sie schon gemeinsam außer der Wohnung und ihrer Tochter? Hatten sie jemals Abschiede, wie wir sie zelebrierten? Oder Feste des Wiedersehens und Feiern der Lust? Und Wolfs Ängste um mich, und seine Liebesrituale? Bei uns geht es immer nur um Liebe. Um Liebe und Tod, während Agnes wahrscheinlich das Abendbrot macht.

Ganz behutsam hat er überall seine weichen, warmen, sanften Fallen aufgestellt. Herzbrecherfallen, Liebesfallen, Fallen der Zärtlichkeit. Sie haben mich umfangen und festgehalten. Haben sich langsam und ohne Not geschlossen. Und ich habe mich häuslich darin eingerichtet, habe mich eingerollt in seine zärtliche, lustvolle Wärme. Jetzt will ich mich nicht mit Wahnsinnsschmerzen daraus befreien. Einfach verzichten? Unvorstellbar! Würde ich so eine Liebe jemals wieder finden? Nein! Und natürlich auch keinen Mann wie Wolf. Also wie um Himmels willen soll ich ihn rausschmeißen? Wo soll ich denn hin?

»Wenn ich könnte, würde ich ganz weit wegfahren«, jammere ich, »irgendwo in den Süden, wo es warm ist.«

»Siehst du, der Zufall spielt Schicksal«, frohlockt Agnes. »Genau deshalb bin ich hier. Als hätte ich geahnt, dass du mich brauchst.«
Ich wische die Tränen weg und sehe sie verständnislos an.
Sie legt ihre Arme um mich und streichelt meinen Kopf. »Weine dich erst mal aus, dann holst du uns einen Schluck Rotwein, und danach kläre ich dich auf.«
Mein Gott, Agnes mit ihrer profan auf das Praktische gerichteten Anteilnahme. Aber es hilft, ihre Nähe zu spüren und ihr mütterliches Trösten. Ich hole den Wein aus der Küche, gieße ein und setze mich ihr gegenüber in einen Sessel. Meinen Kummer ignorierend und ganz auf die Neuigkeit gerichtet, deretwegen sie gekommen ist, beginnt sie zu erzählen.
Der Pharmakonzern, der sie seit Jahren umwirbt, hat sie und einige andere Ärzte zu einer der üblichen lukrativen Reisen eingeladen, in Begleitung natürlich.
»Du weißt ja, wo ich mit denen schon überall war. Alles vom Feinsten, sage ich dir.«
»Ja, ja, ich weiß, letztes Jahr war es eine Kreuzfahrt in die Karibik, oder war es die Antarktis?«, versuche ich mich lustlos zu erinnern.
»Nein, Clara, du bringst alles durcheinander. Voriges Jahr waren wir in der Arktis bei den Eisbären. Karibik, das war das Jahr davor. Sie verstehen es wirklich, ihre Reisen von Jahr zu Jahr zu toppen. Weißt du, wohin es diesmal geht?«
Ich zucke mit den Schultern. »Vielleicht auf den Mond?«
»Da liegst du gar nicht so verkehrt. Wir düsen auf die Krim, ins tiefste Russland.«

»Ach, die Krim, na, da bin ja wirklich überrascht. Ist zwar nicht das *tiefste Russland,* sondern die südliche Ukraine, aber landschaftlich wunderschön und historisch sehr interessant. Du erinnerst dich an das Abkommen von Jalta ...«

Agnes fällt mir ins Wort: »War mir klar, dass du als Russlandexpertin sofort Feuer und Flamme bist.«

Ich nicke und hebe mein Glas. *»Nasdarowije!«*

Als ich es wieder absetze, frage ich sie: »Und was sagt Karl dazu?«

Sie kommt zu mir, legt ihren Arm um meine Schulter und flüstert: »Karl ist wie immer auf Dienstreise. Ich habe dich schon als meine Begleiterin angemeldet.« Als sie mein verdutztes Gesicht sieht, ruft sie: »Du kannst ganz beruhigt sein, es gibt keinerlei Probleme. Sie waren sogar sehr davon angetan, dass du Russisch sprichst.« Sie umarmt mich, dreht sich mit mir im Kreis und sagt lachend: »Stell dir nur vor, am Dienstag geht es schon los.«

»Was, am Dienstag? Das ist ja übermorgen!«

»Ja, ja, aber ich habe dir doch schon vor Wochen davon erzählt.«

»Dass du mit Karl verreist, irgendwohin ins Ausland, ja. Aber die Krim hast du nicht erwähnt und den Termin auch nicht. Wo soll ich denn so schnell Urlaub hernehmen?«

Agnes, erfinderisch wie immer, wischt meinen Einwand mit einer Handbewegung fort: »Sag deiner Chefin, wie es wirklich ist. Du fährst mit mir nach Jalta. Ist schließlich dein Arbeitsgebiet als Slawistin und kostet sie keinen Euro. Wenn das nicht klappt, schreibe ich dich krank, was sonst! Du hast doch in diesem Jahr noch nicht einen

einzigen Tag krankgemacht. Ein psychosomatisches Krankheitsbild, das lässt sich am schlechtesten nachprüfen. Zum Beispiel gehäufte Panikattacken, begleitet von heftigen Migräneanfällen.«
»Nein, nein, lass nur, das hört sich ja furchtbar an. Ich versuche es erst mal im Guten.«
Agnes hat Prospekte mitgebracht und reicht sie mir. Ein hohes Gebäude aus Metall und Glas, direkt am Meer. Palmen davor. Eine lange Promenade mit weißem Geländer. Strand, so weit man sehen kann. Das Schwarze Meer liegt blau in der Sonne. Nur der Sand ist von blank gescheuerten kleinen Steinen schwarz. Auf der anderen Seite, ins Land hinein, ein hohes Gebirge.
Jalta, die Krim, ein ferner, sonnennaher Kontinent. Gerade richtig für den Abstand, den ich brauche. Vier Wochen sind eine lange Zeit. Ich würde weit weg sein von der Stadt, in der Wolf ist, weit weg von Berlin und von ihm. Ja, ich muss Zeit verlieren. Die Zeit muss vergehen und alles mit sich nehmen, muss mich Stunde um Stunde, Tag für Tag von ihm entfernen. Bloß weg von seinen verwickelten Liebesdramen. Es stimmt doch, dass die Zeit alle Wunden heilt, so heißt es jedenfalls immer. Diese Chance muss ich ergreifen. Ich wende mich zu Agnes, die mich neugierig fixiert.
»Na?«
Ich nicke.
Sie springt auf und fällt mir um den Hals, als würde ich ihr ein Geschenk machen und nicht sie mir.
»Ich bestelle das Taxi und komme dann zu dir. Wann möchtest du abgeholt werden?«, erkundige ich mich.
Agnes druckst ein bisschen herum und rückt dann mit

der Wahrheit heraus. Sie hat jemanden kennengelernt. »Eine Wahnsinnsgeschichte!«, schwärmt sie. Nun will sie Karls Dienstreise nutzen, um mit dem neuen Geliebten in ein kleines Hotel an die Nordsee zu fahren. Er ist verheiratet und hat dort auf einer Werft zu tun, drei bis vier Stunden vormittags, einen Monat lang. Da bleibt ihnen viel Zeit miteinander. Nordsee ist für Agnes unverfänglich, ihre Schwester wohnt in Hamburg und kann ihr das nötige Alibi verschaffen. Eine Kur vielleicht, und Agnes muss sich um die zwei Kinder kümmern.

»Schon wieder was Neues?«

»Ja, aber das ist es doch gerade!«, ruft sie euphorisch. »Wenn ich immer dieselbe Liebe hätte, müsste ich Karl nicht betrügen, dann würde ich mich von ihm trennen. Schau doch mal euch beide an. Ihr führt so etwas wie eine unantastbare Ehe, eine Liebesehe sozusagen. Und funktioniert so etwas?« Sie verzichtet glücklicherweise auf eine Antwort und fährt fort: »Nein, auf Dauer funktioniert es eben nicht. Aber meine Ehe, aus der ich ab und zu aussteige, ist nicht eine Sekunde in Gefahr. Ganz im Gegenteil, sie wird immer wieder neu und spannend.«

»*Spannend?* Agnes, ich bitte dich! Du verheimlichst Karl deine Betrügereien und tust so, als wäre nichts passiert. Du hintergehst ihn einfach. Und ich möchte nicht wissen, wie oft schon.«

»Natürlich erzähle ich ihm nichts. Wozu soll er sich aufregen. Es lohnt den Aufwand nicht, weil sich zwischen uns nichts ändert. Ich gestehe ihm dasselbe Recht doch auch zu. Warum empört dich das so? Dein Wolf verfährt doch nach derselben Devise.«

»Wie kannst du das vergleichen?«

»Ach, Clarissa«, sagt sie genervt. Wenn sie die Langfassung meines Namens benutzt, heißt das, dass sie meiner Argumente überdrüssig ist. »Clarissa, sperr doch mal deine Augen und Ohren auf, und benutze deine grauen Zellen. Wenn man eine solche Affäre so ernst betreibt wie ihr, oder besser, wie du, sieht man ja, wie es endet. Man sieht, dass eure große, einmalige Liebe nicht viel mehr ist als Lug und Trug. Das Übliche eben. Du wirst abgelegt, weil eine neue Geliebte da ist, und auch die wird über kurz oder lang für eine andere Gespielin abtreten müssen. Und letzten Endes überdauert seine Ehe. Meinst du nicht, dass es viel besser ist, solche Beziehungen real zu sehen und sie dennoch zu genießen? Liebschaften kommen und gehen, das weißt du doch.«

Nein, das weiß ich nicht, und ich will es auch nicht wissen. Von Agnes schon gar nicht. Und ich will diese Unterhaltung auch nicht fortsetzen. Mir ist es recht, dass sie nicht mit nach Jalta kommt. Ich könnte ihr geheimnisvolles, wortreiches Glücklichsein jetzt sowieso nicht ertragen. Und ihre *Clarissa*-Tour auch nicht.

3

Ich ziehe das Telefonkabel aus der Steckdose, lese die Prospekte durch und überlege, was einzupacken ist. Brauche ich Strumpfhosen? Nein, dort ist Sommer, wärmer als hier. Ein paar Seidentücher, etliche von den legeren Leinenkleidern, die neuen italienischen Sandaletten, Unterwäsche, Taschentücher, Pflaster, Migränetabletten.

Wo sind nur die verdammten Tabletten? Endlich fällt es mir ein. Ich habe sie in die Hausapotheke unten im Kleiderschrank gelegt. Ein handgeschnitzter Kasten mit Luftlochherzen, den man aufhängen kann. Geschenk von Irmgard, Wolfs Mutter. Sie schenkt immer Dinge, die man niemandem zeigen kann.

Als ich die Schranktür öffne und die Kleider beiseiteschiebe, fällt mir eine vollgestopfte Plastiktüte entgegen. Eine der zahlreichen Tüten, die in Ecken und Kästen, Schränken und Regalen aufbewahrt sind. Meine Wohnung ist voll davon. Reliquien einer fast dreizehnjährigen Liebe. Briefe und Karten aus aller Welt, sämtliche Anmerkungen und Notizen, die wir jemals füreinander aufgeschrieben haben. Tannenzapfen, Steine, Muscheln, aufgehoben auf unseren Wegen, Blütenblätter und Haarbüschel, Sektverschlüsse und Weinkorken, Taschentücher von Abschieden, Eintrittskarten, Programmhefte, Fahrkarten, Restaurantquittungen. Alles und jedes genau mit Anlass und Datum versehen. Zusammen mit den Tagebüchern, die ich von Anfang an für ihn schrieb.

Hunderte Seiten in all den Jahren. Eine geschlossene Lebenschronologie – mein Leben mit ihm. An ein früheres kann ich mich kaum noch erinnern. Alles Erinnern ist hier bei mir verstaut. Weil es mit allem Gewicht, das ihm zukommt, mein Leben ist und nur das halbe, nein, nur ein drittel von Wolfs. Und weil seine Frau es nicht wissen darf.

Mein Gott, was für ein verdammter, feiger Lügner! Wie hat er immer gesagt? Für die Wahrheit würde er sein Leben geben und das seines Sohnes dazu. Wie großzügig er umgeht mit dem Leben anderer! Doch er hat weitaus stärkere Waffen als Versicherungen dieser Art. Seine wunderbar weichen, warmen Hände, seinen stöhnenden, flüsternden Mund, seinen unermüdlich lüsternen Schwanz, seine zärtlichen, glücklichen Augen. Damit streichelt, küsst, lügt und lächelt er die allerletzten Zweifel fort, macht sein Lügenhaus wohnlich. Bis jeder Zweifel zu einem lächerlich kleinen, verletzenden Missverständnis wird, für das ich ihn zuletzt noch um Verzeihung bitte.

Das Datum auf dem Enthüllungsfoto fällt mir wieder ein. Ich kann es nicht glauben. Drei Jahre! Vor drei Jahren schon! Drei lange Jahre! Warum habe ich nichts gemerkt? Was war denn nur alles geschehen? Bilder tauchen auf. Die Abende in Fréjus, an Madame Roses geöffnetem Fenster, in das der Wind vom Meer hereinfächelt. Dessen Duft man erkennt, obwohl es zehn Kilometer entfernt ist.

Das ist jetzt knapp drei Jahre her. Kurz danach muss es mit Antonia Winter begonnen haben. Aber die Zärtlichkeit, die er die ganze Zeit über für mich hatte – unbegreif-

lich! Und seine quälerische, kleinliche Eifersucht. Immer hat er behauptet, sie sei der reinste Ausdruck seiner Liebe. Gerade in dieser Zeit war sie so rein wie nie zuvor. Wenn ich nur an Venedig denke. Diese Wahnsinnsgeschichte, himmelblau und blutrot. Am linken Wangenknochen habe ich immer noch die Narbe. Kurz darauf die Gebirgswanderung. Plötzlich fröstelt es mich. Der Abgrund. Wenn er mich da nicht in letzter Sekunde gehalten hätte! *Gehalten?*
Die Kälte kriecht langsam die Schenkel hoch, streicht den Bauch entlang, klammert sich am Brustbein fest, presst die Lunge flach und raubt mir die Luft. So ähnlich müssen Infarkte beginnen. Mordanschläge auf das Herz. Grauenvoll. Ich kenne dieses Gefühl von wenigen Malen zuvor. Es ist lange her. Die Mathematikprüfung damals beim Abitur. Langsam verschwammen die Zahlen, Angst kam auf, Kälte und dann diese mörderische Umklammerung. Aber das war erklärbar. Jetzt ist es Liebe, Liebesmord ... Kurz davor, vor der Reise nach Österreich, vor dem Abgrund gewissermaßen, kam seine Frau. Genau auf den Punkt, als hätte sie sich an ein Drehbuch gehalten. Ihr Besuch zuerst, dann die merkwürdige Einladung in ihr Haus und dann der Brief, dieser unwiderlegbare Beweis. Wie couragiert sie ist. Das hätte ich nicht für möglich gehalten.
Erschöpft schlafe ich irgendwann ein. Als ich wach werde, halte ich noch immer die Tüte umklammert. Eine Last, von der ich mich zu befreien habe. Es wird lange dauern, psychische Schwerstarbeit. In Jalta werde ich damit beginnen. Ich nehme die Tüte, sehe ganz oben die kleine Rolle mit dem blauseidenen Band und lege sie mit

einem leichten Schaudern weit nach hinten zurück in den Schrank.

Am Montagmorgen fahre ich in die Uni und kläre die Sache mit meinem Urlaub. Da ich als Single oft genug für andere Kollegen eingesprungen bin, gibt es keine Probleme. Meine Chefin ist sogar angetan, als sie hört, wohin ich fliege. »So, so, Ukraine, da schauen Sie sich mal ein bisschen um. Das Kiewer Theater hat sich einen Namen gemacht.«

Dann rufe ich bei meinen Eltern an und berichte von Agnes' großzügiger Einladung, die ich natürlich annehmen würde.

»Ohne Wolf?«, fragt meine Mutter erstaunt. Sie weiß nicht sehr viel von uns.

»Ja«, sage ich kurz, »ich glaube nicht, dass er Paris und Avignon oder was auch immer aufgeben würde, um mit mir nach Jalta zu reisen.«

»Habt ihr euch gestritten?«

»Gestritten? Mit einem verheirateten Mann lässt sich schlecht streiten, da zieht man immer den Kürzeren«, platzt es ärgerlich aus mir heraus.

»Ja, natürlich«, sagt meine Mutter, als wüsste sie das schon seit langem. Wie zur Bestätigung ihrer jahrelangen Ahnung fügt sie hinzu: »Also verheiratet.«

»Ja, ja, aber seit fast dreizehn Jahren unentwegt kurz vor der Scheidung.« Ich lache hysterisch und schreie dann: »Das kotzt mich an, das habe ich jetzt wirklich zum Erbrechen satt!«

Stille.

Ich habe ihnen von ihm erzählt. Wenn sie nach ihm fragten, zeigte ich Fotos und prahlte mit seinen Gastspielen und seinen Erfolgen in aller Welt. Er habe so viel Arbeit, dass er nicht öfter mitkommen könne, log ich. Malte das Lesen unzähliger Drehbücher aus, die langwierige, nervenzehrende Anstrengung des Inszenierens, die nächtelangen Besprechungen, die Proben, deren strittige Ausgänge nur in der Kantine zurechtzurücken waren, und schließlich den Berg von Bürokratie.

»Ach so«, sagten sie dann beide. Natürlich sind sie nicht dumm.

»Was hast du denn eigentlich von ihm?«, erkundigt sich meine Mutter.

Ja, was um Himmels willen habe ich von ihm? Ab und zu einen Tag, ganz selten eine kurze Reise. Die Nächte nicht zu vergessen. Wie soll ich ihnen das erklären?

»Warum trennst du dich nicht von ihm?«, fragt sie.

Mein Gott, das jetzt am Telefon. Ich hätte längst mit ihr ausführlich darüber reden sollen. Aber davor habe ich mich immer gedrückt, weil ich keine Argumente hatte, die für ihn sprachen.

»Ich versuche es gerade.«

»Ja, ja, denk mal in Ruhe darüber nach, du hast ja jetzt Zeit genug. Ich würde ihn aus dem Haus jagen, um es ganz deutlich zu sagen. Was hält dich nur an ihm fest? Dieses Versteckspiel die ganze lange Zeit. Du hättest mit einem vernünftigen Mann eine Familie gründen und Kinder haben können. Also wirklich, Clara, ich verstehe dich nicht. Papa meint, dass du diesem Menschen hörig bist. Na gut, mein Kind, ich will dich nicht weiter bedrängen. Aber zieh einen Schlussstrich, es wird allerhöchste Zeit.«

Sie konnten ihn nie richtig leiden. Die wenigen Male, die er mitgekommen war, hatten für sie und für mich immer

etwas Bemühtes, Gequältes. Mein Vater schaute beiseite, wenn Wolf sich breitbeinig neben mich setzte, die eine Hand um meine Schulter, die andere groß gestikulierend im Gespräch. Vor Anstrengung bekam ich Migräne, und am zweiten Tag fuhren wir ab.
Meine Mutter formuliert immer noch ihre besorgten, beschwörerischen Appelle, denen ich schon eine ganze Weile nicht mehr folge. Sie hat ja recht, aber jetzt sind diese Sätze überholt. Es hat sich von selbst erledigt, ich muss es nur noch zu Ende bringen.
»Erhol dich schön, und pass auf dich auf, mein Kind«, sagt sie endlich, und dann ist Stille.
Anschließend telefoniere ich kurz mit Agnes und teile ihr mit, dass sie ihr Nordseehotel buchen könne. Sie freut sich wie ein kleines Kind. Später kommt sie noch einmal vorbei und bringt mir die Reiseunterlagen.

Ich bestelle für den nächsten Tag um drei Uhr nachmittags ein Taxi und brauche bis Mitternacht, um meine Sachen zu packen. Das erledige ich in einer trotzigen, fast kämpferischen Laune und komme ganz gut über die Stunden. An Schlaf ist nicht zu denken. Beim ersten Morgenlicht ein kurzes Dämmern. Wie nach einem Pistolenschuss wache ich auf. Um Himmels willen, was ist denn? Nichts. Gar nichts. Ich fliege heute fort. In einen anderen Teil der Erde, der mit diesem hier nichts zu tun hat. Das ist alles.
Ich beuge mich vor, um den Stecker aus der Telefondose zu ziehen. Bevor ich ihn anfasse, schrillt der Apparat. Ich weiß sofort, dass es Wolf ist. Augenblicklich bricht alles wieder über mir zusammen. Ich nehme den Hörer ab

und räuspere mich. Er lässt mich nicht zu Wort kommen.
»Clara, Liebstes!«, ruft er von fern aus Frankreich, »hoffentlich hast du dir keine Sorgen gemacht. Aber du weißt, ich denke immer an dich. Vorgestern sind wir vom Gare du Nord aus mit dem Zug hierher nach Avignon gefahren. Das war ja der ewig lange Konfliktpunkt, wie du weißt. Nur Paris oder auch noch Avignon. Den ganzen Tag über auf der Bahn. Und diese langen ungeplanten Aufenthalte. Man hätte unterwegs spazieren gehen können. Wenn du da gewesen wärst, hätte ich dir Margeriten gepflückt. Eine Wiese, weiß wie Schnee. Weißt du noch, unsere Fahrt nach Fréjus?« Eine kleine Pause, doch bevor ich mich aufraffe, etwas darauf zu erwidern, fährt er schon fort: »Dann spät am Abend endlich am Ziel. Ich hatte mich um das Gepäck zu kümmern, Kostüme und Requisite, eine Unmasse Zeugs. Endlich ins Hotel, die unselige Arbeit des Zimmerverteilens. Der will nicht dorthin und jene nicht hierhin. Dieses Affentheater jedes Mal. Schnell noch einen Happen gegessen, und dann war schon Mitternacht. Da hast du bestimmt schon geschlafen. Ach, mein Liebstes, du fehlst mir. Hörst du, du fehlst mir so! Verstehst du?«
Er redet und redet. Was wollte er nur? Er tut so, als wäre nichts geschehen. Dabei liegt das Foto vor mir auf dem Tisch. Jetzt, denke ich. Jetzt! Als ich es ihm zuschreien will, geht meine Stimme verloren. Ich lege auf.
Nach fünf Minuten klingelt es wieder. Es ist kurz nach neun. Gegen drei Uhr nachmittags wird mein Taxi kommen. Ich muss mich entscheiden. Entweder ziehe ich den Stecker jetzt endgültig raus, oder ich sage, was zu sagen

ist. Ich kann mich zu nichts von beidem entschließen und lasse es unentwegt läuten. Mein Herz tut weh. Wie soll ich es schaffen wegzufahren? Da liegt das Foto. »… und alles war Liebe und Glück. Für jetzt? Oder immer!« Das ist die Wahrheit, und sonst nichts. Ich ärgere mich, dass ich so feige bin, so voller Selbstmitleid und Angst. In meiner Not hole ich die halbleere Schachtel Marlboro, die seit Jahren unberührt an ihrem Platz liegt, und zünde mir eine Zigarette an. Seinetwegen habe ich damals aufgehört. Ich wollte ihm zeigen, wie stark ich bin. Nun fange ich seinetwegen wieder an.

Angestachelt von diesem Rückfall, der zugleich der erste winzige Schritt meiner Selbstbehauptung ist, schöpfe ich Mut und warte auf das nächste Klingeln. Es dauert nicht lange.

»Ja?«

Ein bisschen vorwurfsvoll: »Clara, was ist los, du hast einfach aufgelegt.«

»Ach, nichts weiter. Ich war nur so abgelenkt.«

»Abgelenkt? … Was meinst du? … Wovon?«

»Von einem Foto, das ich in deiner Manteltasche fand. Der Mantel, weißt du, den ich zur Reinigung bringen soll. Du hast vergessen, das Bild rauszunehmen, und ich wollte es nicht der Chemie aussetzen.«

»Ein Foto? … In der Manteltasche? … Also, wenn es was Wichtiges wäre, hätte ich es ganz sicher rausgenommen. Was war es denn?«

»Ach, Wolf, ich habe keine Zeit. Ich muss noch packen. Ich fliege heute nach Jalta.«

Dieser Satz trifft ihn so, dass er lange schweigt. Und dann, das Unerwartete langsam begreifend und daraus folgernd, dass etwas Endgültiges geschehen ist, haspelt er: »Warte, Clärchen. Bevor du etwas Unüberlegtes tust, müssen wir reden. Ich breche die Tournee ab. Ich komme zu dir. Sofort. Der Alte wird mir freigeben …«

Ich lege auf. Eine große Erleichterung für einen Moment. Und dann die Gewissheit: Er wusste genau, wovon ich spreche. Sonst hätte er ernsthafter nachgefragt. Die Tournee abzubrechen wegen eines simplen, vergessenen Fotos? O nein, er hat gemerkt, hier geht es um alles. Clärchen ade, vorbei der Spaß. Nur noch ein Spiel, das weh tut. Nein, so war es von ihm nicht gewollt.

Energisch fahre ich fort, meine Sachen zu packen. Noch fast sechs Stunden Zeit. Wenn er sofort aufbräche, könnte er es schaffen. Was wäre, wenn er die Tür aufschlösse und plötzlich ins Zimmer käme? Mich sähe mit meinen roten Augen und meinem aufgeschwemmten Gesicht? Wenn er mich streicheln und mir zuflüstern würde, nachdem er alles von mir gehört hätte: Dass du dieses Märchen glaubst! Weißt du nicht, warum sie dir das erzählt hat, genauso, wie sie dir vorgeschwindelt hat, sie, ausgerechnet sie wolle sich von mir scheiden lassen? So ein Unsinn. Und nun dieser Brief. Dieser Schmutz! Habe ich dir jemals so einen Brief geschrieben? Bin ich vielleicht fähig dazu? Das ist doch ein Trick, ach was, plumper Betrug ist es. Hast du schon einmal ihre Schrift gesehen? Sie schreibt genauso wie ich. Eine simple Fälschung. Sie will uns auseinanderbringen, jetzt, da sie weiß, dass ich mich von ihr trennen werde. Und das Foto? Zeig mal her. Ach, du großer Gott, ein Probenfoto. Antonia lacht sich halbtot über meine untalentierten Verführungskünste. Ist doch schon uralt, diese Aufnahme, davon gibt es zig Varianten. Und der Spruch da hinten – eine Unverschämtheit, wirklich! Da hört der Spaß nun wirklich auf. Bitte überlass es mir, das muss ich selbst mit ihr klären …

Ja, das würde er sagen, und er würde es so sagen, dass ich mich schämen würde, ihn verdächtigt zu haben. Alle Zweifel gelöscht. Der Wolf zu Unrecht gesteinigt. Von nun an unantastbar in seinem Tun – Kommen und Bleiben und Gehen eingeschlossen. Was um Gottes willen habe ich noch damit zu schaffen?

Jetzt tue ich so, als wäre ich stark, aber in Wirklichkeit bin ich schwach. Ich lausche nach jedem Schritt die Treppe hinauf. Viel zu früh. Sechs Stunden dauern ewig. Nur die letzten Minuten, Minuten der Hoffnung, er könnte doch noch kommen, schwinden, als würden sie weggerissen.

Im Mantel bereits, auf dem Korridor, und immer noch von Sekunde zu Sekunde nach draußen horchend, weiß ich plötzlich, dass ich schon jenseits der Schwelle bin. Es gibt keine Umkehr mehr. Noch bin ich behindert im Vorwärtsgehen, noch möchte ich mit meinem Herzen zurück. Doch es ist nicht mehr möglich, nun nicht mehr. Ich befinde mich schon im Danach. Und um mich darin zurechtzufinden, muss ich Leben gewinnen, mein Leben. Es wird schwer werden. Aber ich habe ja Zeit, vervielfacht durch Distanz – Tausende Kilometer Distanz.

Jetzt, wo das Unglück mich hat, geht es nur noch um Zeit. Es bleibt kein anderer Trost als die Zeit. Ich kann es schaffen. Ich muss.

Ist das wirklich wahr – ich bin schon im Danach? Nein, es stimmt nicht. Wenn Wolf jetzt käme, würde ich bleiben. Das ist die Wahrheit.

Ich renne ins Zimmer, öffne den Schrank, zerre die Tüte heraus und stopfe die kleine Rolle mit dem seidenblauen Band in meine Tasche. Dann stehe ich da und heule wie ein Hund.
Es ist drei, ich muss jetzt los.
Was war das?
Ein Auto hupt!
Wolf kommt mit dem Taxi!
Ein Taxi!
Mein Taxi zum Flughafen.

4

Der Flug geht gut, soweit ein Flug gutgehen kann. Ich sitze eingezwängt auf meinem Platz. Die Stewardess wippt den Gang entlang, bleibt bei mir stehen und sagt leise und definitiv: »Bitte schließen Sie Ihren Gurt.« Ich nestle ein wenig an dem Verschluss herum und lege meine Zeitung darüber. Ich denke gar nicht daran, mich anzugurten. Geradezu grotesk der Gedanke, mich in dieser unhaltbaren Position zwischen Himmel und Erde, getragen von nichts als Luft und dem bisschen Blech, mit einem lächerlichen Stoffgurt in Sicherheit zu wiegen. Sicherheit, wozu überhaupt brauche ich Sicherheit?

Von der anschwellenden Geschwindigkeit in meinen Sitz gepresst, wundere ich mich, dass ich Angst habe, obwohl mir im Grunde Schlimmeres nicht mehr geschehen kann. Ich sitze allein in einer Zweierreihe, Agnes' Platz am Fenster bleibt leer. Vorsichtig beuge ich mich ein wenig nach rechts und sehe nach unten. Als wollte ich sichergehen, dass das, was ich verlassen will, auch tatsächlich hinter mir bleibt.

Alles wird kleiner und kleiner. Zuerst die Menschen, dann die Fahrzeuge und zuletzt die Häuser und Bäume, bis sie sich auflösen und allmählich als dunkle Decke flach am Boden liegen. Keine Strukturen mehr, nichts Dreidimensionales. Vorbeihuschendes Grauweiß an beiden Seiten. Gespenstisch. Die kleinen Lämpchen flackern auf. Meine Hände kleben am Kunststoff der Armlehnen. Der Schweiß sammelt sich in den Falten meines Bauches und in den

Achselhöhlen. Ich verspüre plötzlich den Drang, auf die Toilette zu gehen. Aber das ist unmöglich. Ich kann mich hier nicht bewegen. Nicht nach hinten gegen die vorwärtsgerichtete Bewegung und nicht nach vorn im Nachtrab der irrwitzigen Geschwindigkeit. Ich muss mich durchbringen durch diese drei Stunden. Ich trinke nichts und schaffe es, meine Blase im Zaum zu halten.

»Nein danke, ich möchte es nicht«, sage ich zu der Stewardess, die mir das Tablett mit dem Essen vor die Nase schiebt. Es klingt arrogant, und ich hoffe, sie wird mich in Ruhe lassen.

Die Essensausgabe im Flugzeug, die Geschäftigkeit der Stewardessen, das leise Geschwätz rundherum, das Rascheln der umgeschlagenen Zeitungsseiten, das alles ist beruhigend. Und doch fühle ich mich total erschöpft, als wäre es meiner Anstrengung zu verdanken, dass wir so weit gekommen sind. Ich lege den Kopf an die Lehne und schließe die Augen. Und wie Geier über ein sterbendes Tier stürzt sich Erinnerung in mein Bewusstsein. Wenn ich zurückkomme von dieser Reise, würde mich niemand erwarten, niemand mit mir Wiedersehen feiern, so wie Wolf und ich gefeiert haben, wenn er von seinen Reisen kam. Aber meine Heimkehr wird sowieso nicht an den Heimkünften Wolfs zu messen sein.

Noch bin ich im Niemandsland, schwimme in Wolkenmeeren, die in turbulenter Bewegung sind und manchmal auch ganz glatt und still. Es gibt Momente trügerischer Friedfertigkeit, dann kommt die nächste Unebenheit und rüttelt das gebrechliche Himmelsschiff so heftig, als wollte es sich eines Eindringlings entledigen, der hier nicht hingehört. Die Flügel beben, ein grausiges Bild.

Statistik fällt mir ein. In meiner Situation verspricht sie mir Sicherheit. Aber die ist nicht verlässlich. Nichts ist für den Einzelnen so unzuverlässig wie verallgemeinernde Aussagen über das Ganze. Der Glaube an die Sicherheit der Statistik ist Wunderglaube. Ich kann an sie glauben, aber ich kann mich nicht auf sie verlassen. Ein religiöses Gefühl, wie die Sache mit Gott.

Warum habe ich keine Bombe bei mir? Die Geschichte von dem Flugpassagier mit der Bombe im Gepäck, die Wolf erzählt hat. Nach statistischen Berechnungen geschieht es nur alle hundertfünfundsiebzig Jahre einmal, dass jemand eine Bombe an Bord transportiert, zu welchem Zweck auch immer. Wenn man selbst derjenige ist, wird es einem mit aller Wahrscheinlichkeit also nicht passieren, dass noch ein zweiter ein solches Mordinstrument bei sich hat.

Wahrscheinlich, wahrscheinlich, wahrscheinlich. Die Chancen stehen eins zu soundsoviel. Aber wann tritt dieses verhängnisvolle eine Mal ein? Nur das ist wichtig. Aber das kann mir keine Statistik der Welt beantworten. Für mich ist Tod und Leben immer ein gleichwertiges Entweder-Oder. Auch hier im Flugzeug. Die Chance zu überleben ist fifty-fifty und das Risiko abzustürzen auch.

Das Grübeln hilft ein bisschen. Und selbst der Flug lenkt mich ab. Jede Erschütterung, jedes abrupte Absinken und wieder Auffangen ist so erschreckend, dass es keinem anderen Gefühl mehr Raum lässt.

Wie ich Wolf verstehen kann mit seinen Ängsten hier oben.

5

Das erste Mal sah ich ihn vor der Pressekonferenz im Foyer des Neuen Theaters. Ich war zu früh da und schaute mir die Poster an den Wänden an. Auf einem Szenenfoto wurde geraucht. Ach ja, eine Zigarette. Ich ging vor die Tür und nahm eine Zigarette aus der Packung in meiner Handtasche. Aber ich hatte keine Streichhölzer dabei.

Ein Mann kam hastig zur Tür herein, sah mich kurz an und blieb bei mir stehen, als hätte er mein Problem bemerkt. Und wirklich, er kramte eine Schachtel Streichhölzer aus seiner Hosentasche und zündete eines der Hölzchen an.

Er war mittelgroß und sah sehr gut aus. Sein Haar war pechschwarz, seine Haut leicht gebräunt, die schwarzen Bartstoppeln machten sie noch dunkler und sehr männlich. Er hatte einen weichen, schön geschwungenen Mund und dunkle, aufmerksame Augen unter starken schwarzen Brauen. Er pustete die Flamme aus und hielt mir einen kurzen, prägnanten Vortrag über die Schädlichkeit des Rauchens. Ich fragte ihn, wann er selbst damit aufgehört habe. Erstaunt sah er mich an und antwortete: »Ich habe nie damit angefangen. Asthma, von meinem Vater geerbt.« Er lächelte, nahm mich am Ellbogen und führte mich an einen der kleinen runden Stehtische in der Nähe des Tresens. »Damit Sie nicht so trocken rauchen müssen«, sagte er schmunzelnd und orderte zwei Gläser Sekt.

»Stört es Sie nicht?«, fragte ich ihn mit schlechtem Gewissen wegen seines Asthmas und wies auf meine Zigarette.
Mit einer großzügigen Handbewegung wischte er meine Frage fort: »Dann könnte ich in keinem Theater der Welt arbeiten.«
Ich bedankte mich und bemerkte ein bisschen provokant, um meine plötzlich aufkommende Befangenheit zu überspielen: »Schade, dass Sie mir nicht beim Rauchen Gesellschaft leisten können.«
»Oder Sie mir beim Nichtrauchen«, erwiderte er lachend, nahm die Packung, die ich auf den Tisch gelegt hatte, fragte: »Sie gestatten?«, zog eine Zigarette heraus und zündete sie an. Den Rauch, ohne ihn zu inhalieren, blies er zur Seite. Ich sah ihn ungläubig an. »Sie hatten mich darum gebeten, nicht wahr?«
»Ja, aber doch nicht im Ernst. Sie würden doch auch nicht vom Dach dieses Hauses springen, wenn ich Sie darum bitten würde.«
»Warum sollten Sie mich darum bitten? Wäre sinnlos, nicht wahr? Aber wer weiß, an Ihrer Stelle würde ich es besser nicht ausprobieren. Denn immerhin, das mit dem Rauchen ist ja beinahe dasselbe.« Er zog an der Zigarette, sog den Rauch diesmal genüsslich ein und sagte lächelnd: »Ja, ich denke, ich würde springen.«
Sein Lächeln brach schlagartig ab, ertrank in meinen vor Neugier aufgerissenen Augen. Ernst und forschend tastete er in meinem Gesicht. In seinem Blick lag etwas Unruhiges, Begieriges, Trauriges, und zwischen den Brauen saß eine Furche, die eben noch nicht da war. Er suchte meinen Blick und hielt sich lange daran fest.

»Übrigens, Wolf Montiér, Regisseur«, stellte er sich vor und artikulierte seinen Namen mit französischem Akzent. Dabei fuhr er fort, sich in meinen Augen festzukrallen. »Und Sie, wenn ich fragen darf?«

»Clara Bergfeld, Slawistin, spezialisiert auf russische Literatur und gelegentlich Dolmetscherin, wenn Not am Mann ist«, antwortete ich und hatte das Gefühl, dass in den vergangenen Minuten etwas Entscheidendes geschehen war. Ich bin mit diesem Mann eine Verbindung eingegangen. Es erstaunte mich. Aber ich hatte es, nicht unwillig, geschehen lassen.

Nachdem ich mich vorgestellt hatte, sah er mich mit etwas übertrieben respektvollem Staunen an und sagte: »Alle Achtung, Kollegin Bergfeld, alle Achtung.« Dann lachte er herzhaft, nahm meine Hand und hauchte einen Kuss darauf. »Nichts für ungut, aber wie sonst hätte ich Ihnen meine Ehrerbietung und vor allem meine Sympathie deutlich machen sollen?« Er legte meine Hand sehr behutsam, als würde es sich um etwas Kostbares handeln, wieder neben mein Sektglas auf den Tisch zurück.

Ein Handkuss! Er genierte sich nicht, mir vor all diesen Leuten die Hand zu küssen. Bediente sich dieser altmodischen Art der Huldigung, um mir auf besondere Weise seinen Respekt zu bekunden. Ein lächerliches Zeremoniell.

Aber es interessierte ihn nicht, was die Leute davon hielten. Genau das wollte er mir damit sagen, dass ihn außer mir nichts und niemand interessiert. Ich war hingerissen, tief bewegt und verliebte mich auf der Stelle in ihn.

Er sah mich aufmerksam an und erkannte augenblicklich, dass er mich erobert hatte.

»Lassen Sie uns darauf anstoßen, dass Sie Ihre Streichhölzer vergessen haben«, scherzte er, hob sein Glas in Augenhöhe, nickte mir mit einem umwerfend zärtlichen Lächeln aus bernsteinfarbenen Augen zu und trank.
Von diesem Zusammentreffen im Neuen Theater sprachen wir später stets als von etwas Schicksalhaftem. Wir mussten uns dort begegnen, weil wir füreinander bestimmt waren. Wolf glaubte fest an solche Fügungen und vermochte auch mich allmählich davon zu überzeugen. Das Schicksal hatte also gesprochen, nun lag es an uns, seine Weisung zu befolgen und allen Ballast, den wir noch mit uns schleppten und der uns behinderte, abzuwerfen. Wenn ich es recht bedachte, traf das auf mich nicht zu, denn ich schleppte nichts Altes mit mir herum. Von Boris einmal abgesehen, der aber wohl doch nur so etwas wie ein sehr intimer Freund ohne Zukunftsaussicht war.

Ich kannte ihn übrigens. Nicht ihn persönlich, aber den Namen: Wolf Montiér. Seine Inszenierungen hatten Aufsehen erregt. Ihm war es zu verdanken, seinem intelligenten, furchtlosen und sensiblen Umgang mit den deutschen und russischen Klassikern, die er entstaubte und in die Gegenwart hob, dass das Neue Theater selbst im Ausland, dem nahen wie dem ferneren, mit Neugier und Interesse beobachtet wurde und sich seit einiger Zeit Einladungen zu Gastspielen häuften. Schon lange hatte ich mir vorgenommen, mir seine Aufführungen anzusehen. Nun war es endlich so weit.
Der Raum hatte sich gefüllt. Der neue Intendant Konrad Winter kam durch die hintere Tür herein, zu der Wolf

mit dem Rücken stand. Er sah mich noch immer eindringlich an. In diesem Moment bemerkte er die eingetretene Stille und die sich sammelnde Aufmerksamkeit der anwesenden Journalisten und Theaterleute und wandte sich um.

»Ich muss los«, raunte er mir zu und ging zu seinem Chef. Nach ein paar Schritten drehte er sich noch einmal um und rief in beiläufig dienstlichem Ton: »Ich kümmere mich darum und rufe Sie an.« Mit einem merkwürdigen kleinen Lächeln, das auf einmal etwas Obszönes hatte, etwas Gemeines, Spielerisches, Kumpanenhaftes, drehte er sich weg. Es stieß mich ab. Ich würde darüber nachdenken, nahm ich mir vor.

Nach vierzehn Tagen unruhigen Wartens, das meinen Kollegen im Institut bereits auffiel, gab ich die Hoffnung auf. Wolf Montiér würde nicht anrufen. Vielleicht war es gut so, tröstete ich mich. Aber es hielt nicht lange vor. Immer wieder schreckte ich, vor mich hin starrend, davon auf, dass ich an ihn dachte. Dann durchfuhr es mich plötzlich. Er konnte mich gar nicht anrufen, weil er meine Telefonnummer nicht wusste. Unsinn! Ich hatte mich auf der Pressekonferenz doch sehr ausführlich in der Liste eingetragen: »Institut für Slawistik; Abteilung Russische Literatur«. Meine Nummer hätte er also leicht herausfinden können. Ich schalt mich dafür, dass ich in die kurze Episode mit ihm so viel Bedeutung legte.

Am fünfzehnten Tag meldete er sich.

»Zwei Wochen Urlaub«, sagte er wie zur Entschuldigung. »Ich hatte es neulich total vergessen.«

»Den Urlaub vergessen?« Ich war befreit, unendlich froh, seine Stimme zu hören, so dass ich alle Skrupel fortlachte.

Nach unserer ersten Verabredung in einem Café, als er mich anschließend mit seinem unaufgeräumten Auto nach Hause fuhr und vor meiner Haustür absetzte, hielt er mich, als ich aussteigen wollte, zurück, zog mich zu sich heran und küsste mich weich und behutsam. »Ich habe den ganzen Urlaub nur davon geträumt«, sagte er lächelnd.

Kurz darauf, nach einem Gastspiel in Frankreich, sahen wir uns wieder. Er rief an, wie verabredet, und holte mich vom Institut ab. Wir schlenderten ein bisschen herum, die Linden hinauf und hinab, setzten uns, dicht aneinandergedrängt, auf eine der Bänke, gingen ins Operncafé und aßen ein Eis. Er wirkte angespannt, unruhig. Unter dem Tisch hielt er meine Hand und drückte sie von Zeit zu Zeit. Er erzählte von den Flügen, die ihn jedes Mal in Panik versetzten. Dann zahlte er ziemlich abrupt und schlug vor, zu mir nach Hause zu fahren.

Mit einem verzweifelten Ausdruck in seinem braungebrannten Gesicht sagte er auf der Fahrt, stur geradeaus blickend: »Als ich idiotischerweise neulich die Zigarette mit dir geraucht habe, hatte ich das Gefühl, dass etwas mit mir passiert. Etwas, das mich packt und rüttelt und total aus der Spur wirft. Noch nie erlebt«, fügte er leise und nachdrücklich hinzu, als wäre es eine wichtige und erstaunliche Erkenntnis. Das Auto stellte er auf dem Mittelstreifen vor meinem Haus ab. »Geh schon vor«, bat er mich, »ich komme gleich nach.« Er öffnete den Kofferraum und suchte dort etwas. Nach wenigen Minuten klopfte es an der Tür. Er trat ein und riss mich an sich. »Sieh mal, das lag noch in meinem Auto für dich«, sagte er nach einer Weile und gab mir ein flaches Päckchen in

schön bedrucktem Papier. »Pack es aus. Ich will sehen, ob du dich freust.«
Eine CD mit Liedern von Jacques Brel, Mitbringsel aus Marseille, wo sie gastiert hatten. Ich freute mich über das schöne Geschenk und auch darüber, dass er daran gedacht hatte, mir etwas mitzubringen.
Er blieb nicht lange. »Mein Sohn ist allein«, sagte er kurz und sah mich nicht an. »Ich habe versprochen, so schnell wie möglich zu kommen; er ist erst sechs.«
Es war ihm schwergefallen, aber nun war es gesagt. Ich nickte nur und fragte nicht weiter. Ein Sohn, dachte ich und war ernüchtert. Sicher war er verheiratet. Er trug keinen Ring, aber das hatte nichts zu bedeuten.
Das also war sein Ballast, fiel mir ein. Wenn er den abwerfen wollte, hätte er ganz schön zu tun.
Er nahm mich in die Arme und küsste mich. Auf der Treppe, im Halbdunkel, sagte er: »Es ist nicht so, wie du vielleicht denkst. Alles nur noch pro forma.«
Der Satz, den er nicht hätte sagen müssen, beruhigte mich. Er hörte sich so an, als hätte er mit dem Abwerfen schon begonnen.

Von da an rief er mich täglich an, manchmal sogar mehrmals. Er hatte mit einer neuen Inszenierung zu tun. Der alte Intendant war von einem neuen abgelöst worden, den bisher niemand kannte – Konrad Winter, Chef vom Leipziger Schauspielhaus und zuvor leitend am Wiener Burgtheater. Seine Frau, Antonia Winter, eine ziemlich bekannte Wiener Schauspielerin, sollte irgendwann nachkommen.
Wolf ärgerte sich über diese familiäre Verquickung, die

ihm nur Verdruss bringen würde. Außerdem wollte der neue Chef Gorkis *Sommergäste* nicht aufführen, ein lang geplantes Stück, mit dem das Ensemble bereits probte. »Zu antiquiert«, begründete er seine Entscheidung, ohne sich die Proben anzusehen. Wolf war beleidigt. Es war seine Kunst, solche Stücke in die Zeit zu rücken, zurechtzurücken, sie *zu putzen,* wie er sagte. Nach Protesten von Wolf und langem Hin und Her war die Entscheidung für Müllers *Macbeth* gefallen. Wolf setzte durch, dass nicht Antonia Winter aus Wien für die Lady Macbeth als Gast verpflichtet wurde – eine Partie, die sie bereits *mit Riesenerfolg* gespielt hatte, wie ihr Mann beiläufig mitteilte –, sondern die Rolle mit der jungen Nikolai besetzt wurde.
Nach Wochen aufreibender Arbeit bis spät in die Nacht hatte er endlich einen Tag frei. Es war mein Geburtstag. Er freute sich wie ein Kind, ihn gemeinsam mit mir zu feiern. Ich würde Gäste haben, das musste ich ihm sagen. Würde er kommen?
»Schon«, meinte er vorsichtig, »aber möglichst nicht zu einer Party.« Als ich nicht reagierte, schlug er vor: »Ich komme etwas später. Ist das in Ordnung?«
Ja, das war in Ordnung. Er könnte noch ein bisschen mitfeiern, und dann würden die anderen gehen. Agnes würde das arrangieren. Ich freute mich wahnsinnig auf ihn.
Achtundzwanzig! Vor ein paar Monaten, kurz nachdem Boris aufgetaucht war, hatte ich mich, nicht ganz ohne Schmerzen, aus einer Beziehung gelöst, die mich letztendlich gelangweilt hatte. Gerd, ein Kollege, Sachgebiet China. Ich mochte Asien nicht sonderlich, und er hegte Widerwillen gegen meine Russen. Seine Ignoranz empörte mich, seine Duldsamkeit nervte. Er war zärtlich

und im Bett genauso ausdauernd wie beim Entziffern seiner chinesischen Buchstabenfelder. Keinerlei größere Aufregung. Nur dass er schnell ins Schwitzen geriet. Glitschig, quietschend, dampfend. Ich schlief nicht gern mit ihm. Er konnte aufmerksam zuhören, bezog jedoch niemals Stellung. Wir redeten kaum miteinander und wenn, dann nur über Alltägliches. Ihn störte es nicht.
Ich fühlte mich nicht bei ihm aufgehoben. Dennoch brauchte ich lange, um von ihm wegzukommen. Immerhin war er ein anständiger Mann, sah nicht übel aus und ließ mich gleichberechtigt neben sich leben.
Zweimal verließ ich ihn, und zweimal ging ich wieder zurück. Es war jedes Mal nach einem fehlgeschlagenen neuen Versuch. Einen Mann zu finden, so wie ich ihn mir wünschte, war schwierig. Ich wollte einen, der mich weich und behutsam in seine Arme nahm und der gut roch, dem ich gern zuhören mochte, der mir ein guter Ratgeber war, der zärtliche, große Lust nach mir hatte und dabei nicht egoistisch war. Keinen Chinaexperten, keinen Arzt, Lehrer, Ingenieur. Ich wollte die große, verrückte, ewige Liebe, und das war wohl, wie ich mir einbildete, nur mit einem Künstler möglich. Bis zu meinem dreißigsten Geburtstag wollte ich so einen gefunden haben. Nicht mehr viel Zeit bis dahin.
Agnes, die im Schutz einer sicheren Ehe ihren Mann unentwegt betrog, versuchte mich zu trösten. Sie sagte: »Alles kommt zu dem, der warten kann.« Ich hielt ihr ärgerlich entgegen, dass ich es wenigstens noch erleben möchte. Kurz darauf entschloss ich mich, nicht mehr auf irgendeinen ominösen Zufall zu hoffen, sondern die Dinge selber in die Hand zu nehmen. Ich gab eine An-

nonce auf. Lange hatte ich überlegt, wie ich sie abfassen sollte.
Bloß nicht diese übliche schöngefärbte Selbstdarstellerei, die fast immer peinlich wirkte. Meine Anzeige sollte aus dem Rahmen fallen, keine Bedingungen stellen, alles im Ungenauen belassen und Lust machen auf mehr. Sie sollte in Aufruhr versetzen, und zwar genau denjenigen, den ich suchte. Also formulierte ich sehr kurz und bündig: »Wenn du Lust hast, möchte ich dich lieben, im Bett und auf der Blumenwiese. Und du mich auch …« Die beiden Sätze gab ich nicht unter der Sparte »Heirat« auf, sondern unter dem unverbindlichen Logo »Treffpunkt«.
Die Frau am Anzeigenschalter war sprachlos, als sie mir den dicken Batzen Antwortpost aushändigte – einhundertzwanzig Briefe und Karten!
»Das ist ja nicht zu fassen, so etwas habe ich noch nie erlebt. Frauen kriegen höchstens zwanzig bis dreißig Zuschriften. Was haben Sie denn um Himmels willen in die Zeitung gesetzt?«
»Die Wahrheit, kurz und knapp«, sagte ich und lachte mir ins Fäustchen.
Die Zuschriften ähnelten sich. Beim Lesen fiel mir auf, dass es immer der gleiche Typus Mann zu sein schien, der in der Vorweihnachtszeit auf die Pirsch ging – sehr einsam, manchmal frisch geschieden, voller unausgegorener, ungenauer Sehnsüchte, noch immer mit schmerzvollen Erinnerungen an den Verlust der Familie oder irgendeiner entfleuchten Liebe und nun darauf aus, die Feiertage irgendwo warm unterzukriechen.
Zwölf Interessenten wählte ich aus. Mit neun von ihnen traf ich mich, mit dreien schlief ich ein paarmal, mit

zweien korrespondierte ich noch eine ganze Weile, und mit einem bin ich heute noch befreundet – Boris, mein Philosoph und Rosenkavalier. Er war der letzte Versuch bei dieser Aktion und warf alle bisher gemachten Erfahrungen über den Haufen.

Mit einem riesigen Rosenstrauß stand er vor meiner Tür, war ziemlich jung und sagte ruhig, aber bestimmt: »So, hier bin ich.«

»Ja, okay, das sehe ich, aber was heißt das?«

»Das heißt, dass ich der bin, den du ausgerufen hast. Der, der Lust hat, dich zu lieben.«

»Auf der Blumenwiese?«

»Ja, natürlich, das war doch die Bedingung, oder?« Und nach einem sympathischen Lächeln: »Damit du siehst, dass ich es ernst meine, betten wir uns auf die Rosen, die ich extra dafür mitgebracht und entdornt habe.«

Ich sah ihn erstaunt an, diesen hübschen, großen, kräftigen Mann, und war überwältigt. Das war bisher der originellste Auftritt. Aus unserem wonniglichen Beisammensein auf seinem eigenhändig zubereiteten Rosenbett wuchs eine schöne, verlässliche Vertrautheit, die weit über das Erotische hinausging, ohne es jedoch zu vernachlässigen. Was mich zurückhielt, mich ernsthaft auf ihn einzulassen, war der Altersunterschied zwischen uns. Ich war immerhin sieben Jahre älter als er, und in dem Lebensabschnitt zwischen zwanzig und dreißig spielt das durchaus eine Rolle. Aber damit hätte ich mich abfinden können, hätte es vielleicht sogar reizvoll gefunden, wenn nicht kurz darauf Wolf wie ein Blitz in mein Leben gefahren wäre.

Nun also mein erster Geburtstag mit Wolf. Er kam kurz vor Mitternacht. Die Feier war noch in vollem Gange, und er schien enttäuscht zu sein, als er die laute Musik, die aufgedrehten Stimmen, das Lachen hörte.
»Zu früh?«, fragte er überrascht, am Türrahmen lehnend. Und dann: »Ich würde euch nur stören. Da warte ich besser unten im Auto.« Sagte es, lächelte und sprang schon wieder die Treppen hinunter. Auf dem ersten Absatz blieb er noch einmal kurz stehen und formulierte einen seiner Sätze, denen man nichts entgegnen konnte und die einen sofort ins Unrecht setzten. Er hatte viele davon, dieser hier war der allererste. Mit abgedunkelter Stimme raunte er mir zu: »Ich habe mich extra beeilt, weil ich davon ausgegangen bin, du hättest genau solche Sehnsucht nach mir wie ich nach dir und hättest die Leute schon weggeschickt.« Und lächelnd, als würde er es mir nicht weiter nachtragen: »Also bis später.«
»Aber wie weißt du denn …«
»Ich sehe ja, wenn das Licht bei dir ausgeht«, rief er und beeilte sich fortzukommen.
Es war klar, er wollte hier bei mir nicht erkannt werden. Wollte nicht, dass andere von uns etwas wussten. Und um sein Versteckspiel wegzureden, musste er mich verletzen.
Karl fragte: »Wer war denn da?«
»Ein Nachbar«, log ich, »dem wir ein bisschen zu laut sind.«
»Spießbürger«, schimpfte er. Ich nahm Agnes beiseite und flüsterte ihr die Wahrheit zu. Nach einem Weilchen voller Unruhe täuschte ich starke Kopfschmerzen vor; meine Migräneattacken waren allen bekannt. Wie verab-

redet, erhob sich Agnes, zog ihren Karl am Arm und setzte der Feier ein Ende. Als alle gegangen waren, knipste ich das Licht aus und stellte eine Kerze ans Fenster. Fünf Minuten später klopfte es leise an der Tür. Ich öffnete und erschrak. Wolf hatte das Flurlicht nicht angemacht und stand im Dunkeln vor mir.

»Ein Glück, dass ich noch ein bisschen Zeit hatte, die Rose zu stehlen«, sagte er und wickelte eine voll aufgeblühte, fast schwarze Blüte aus feinem, dünnem Seidenpapier. Noch nie hatte ich eine solche Rose gesehen.

»Entschuldige«, sagte er und küsste meine Hände, »ich war vorhin so kaputt und genervt, dass ich kein netter Gast gewesen wäre. Jetzt hab ich eine halbe Stunde im Auto geschlafen und fühle mich wie neugeboren.«

»So, kaputt ...?«, fragte ich erstaunt, denn er kam ja von zu Hause.

Er winkte ab, als würde es nicht lohnen, darüber zu reden, sagte nur: »Ja, ja, hunderttausend Kleinigkeiten, die nicht erledigt sind, weil ich einfach keine Zeit und auch keine Lust dazu habe. Na ja, du weißt schon.«

»Na klar ...«, stotterte ich. »Ach so ... Ich wusste ja nicht ... Ich habe mich so auf dich gefreut ... Ich bin so froh, dass du da bist ... Und diese wunderschöne Rose ...«

»Lass uns nicht die Nacht vertun«, sagte er lächelnd.

»Bleibst du denn?«, fragte ich erstaunt.

»Ja. Warum soll ich mir zu deinem Geburtstag nicht auch etwas schenken, etwas Wunderbares dazu?«

Ja, dachte ich, berauscht von dem Wein und dem Sekt und der Farbe der Rose, die kleine Bosheit von vorhin total vergessend, ja, dachte ich, das ist er! Das ist der

Richtige, das ist mein Mann. Ich kicherte ein bisschen und korrigierte mich in Gedanken: Das wird mein Mann!

Es war unsere erste gemeinsame Nacht. Eine Nacht unermüdlicher Lust und überschwenglicher Zärtlichkeit. Eine laute und leise Nacht, eine Nacht des Flüsterns und der Schreie. Eine Nacht für die Ewigkeit und der aufkeimenden Angst davor, dass wir ihr nicht gewachsen sein könnten.

Gegen Morgen dann heller Sonnenschein, die satte Sonne des Sommers. Mit den Schatten der Nacht waren alle kleinen Erfahrungsängste und überflüssigen Zweifel gewichen. Und mit Wolfs Sätzen über die Ernsthaftigkeit unseres Anfangs, die er nicht hätte sagen müssen, die er ganz freiwillig kundtat, und wie mir schien auch aus innerstem Anliegen, war fürs Erste alles, was zwischen uns nach so kurzer Zeit möglich war, besiegelt. Und zwar, wie es Wolfs Art war: für immer und ewig.

6

Die Hitze, der steinige schwarze Strand und das Meer. Manchmal ist das Wasser schwarzgrün vor Algen. Eine wogende Wiese, die jeden Moment ihr Maul aufreißt, um mich zu verschlingen. Noch sind die Pflanzen glatt und sanft, doch das kann sich ändern. Die Leute hier sagen, dass sich die Algen bei bestimmtem Wetter, vom Sog des Wassers angetrieben, um die Körper Schwimmender winden und sie in die Tiefe ziehen.

Einmal, als das Meer still war, tauchte ich unter die Oberfläche und schwamm mit ein paar Stößen tiefer nach unten. Ich blieb lange dort, etwa zehn Sekunden. Dann war meine Luft verbraucht. Plötzlich sah ich Wolf, ein grünliches, lebloses Gesicht, das Gesicht eines Ertrunkenen. Voller Angst ruderte ich hastig nach oben. Aber irgendetwas drückte mich zurück. Ein Strudel vielleicht. Ich riss den Mund auf, um zu schreien, verschluckte mich an dem eklig salzigen Wasser und kam, fast bewusstlos vor Angst, japsend und hustend an die Oberfläche.

Von da an war mir das Meer unheimlich, und ich ging etliche Tage nicht mehr hinein. Ich lieh mir eine der hier üblichen Holzpritschen aus, zerrte sie den steinigen schwarzen Strand entlang bis dicht ans Wasser und legte mich bäuchlings darauf. Das Gesicht klebte auf meinen Armen. Ich hörte nichts, ich sah nichts, ich spürte nichts außer dem an- und abschwellenden Schmerzpegel. Manchmal erschreckte mich ein aufspritzender Wasser-

tropfen, der auf meine Haut platschte und alles in mir durcheinanderwirbelte.
Inzwischen dringt das rein Animalische, das nichts bedeutet, zu mir durch. Der Gestank von verwesendem Tang, den der leichte warme Wind herüberträgt, wenn es Abend wird oder wenn ein Gewitter heraufzieht. Der süßliche Geruch des Sonnenöls, das um mich herum verbraucht wird. Die harten russischen Laute, die hoch und schrill aus den Mündern besorgter Mütter kommen, und die dunklen, rollenden Sätze der Männer. Manchmal die rhythmischen Rufe der Eisverkäufer oder das Gekreische der Kinder. Ich beneide die Frauen mit ihren Kindern und Männern und wundere mich, dass sie so unzufrieden aussehen. Aber vielleicht ist es ihr Naturell, ihr Glück nicht zu zeigen. Ganz klug, so neidet es ihnen wenigstens niemand.
Ich bin ausgefüllt mit der Asche der Einsamkeit. Ich gehe nicht zum Mittagessen ins Hotel hinauf, trinke nur Tee aus dem Samowar am Nachmittag, wenn die Hitze nachlässt, spreche mit niemandem, interessiere mich für nichts. Raffe nur Zeit zusammen – Sekunden, Minuten, Tage, Nächte – als Schutzschild gegen ihn. Ich halte mich aus allem heraus. Jedes Geräusch, jeder Anblick, jeder Kontakt hat eine Erinnerung und jede Erinnerung einen Schmerz.
Ich liege auf der Holzpritsche am Strand und warte. Meine Haut verbrennt, erneuert sich und wird rotbraun. Dann pellt sie sich in löchrigen Bahnen ab. Die Haut darunter trocknet aus und wird an den Armen wie Krepppapier. Mein Erinnern bleibt frisch und von tiefem Rot. Ich schaffe es nicht, es stillzulegen. Es gehorcht mir nicht.

Ebbt der Schmerz ein wenig ab, dann nur so lange, bis ich mich erholt habe und bereit bin, ihn mit voller Wucht wieder zuzulassen. Er arbeitet sich schnell, spitz und zielgerichtet vor bis in meine Augen, den zusammengepressten Mund, die verknotete Stirn. Alles tut weh.
Auch nachts wird es nicht besser. Wenn ich denke, denke ich an ihn. Und wenn ich träume, träume ich von ihm. Meine Traumgeschichten machen mit mir, was sie wollen, sind so, wie Wolf war – feingliedrig, glatt, besitzergreifend, fordernd und zerstörerisch. Er ist mein weißer Elefant, an den ich nicht denken darf.

7

Nach einem Jahr etwa erzählte er mir von seiner ersten großen Liebe. Ihretwegen wollte er sich damals erschießen. Er war siebzehn, und sie war ein Jahr älter und stand kurz vor dem Abitur. Bei ihrer Mutter hatte er Klavierunterricht. Aber nicht das Klavier interessierte ihn, sondern Monique, die Tochter.

»Sie hatte lange schwarze Zöpfe, und ich war unsterblich verliebt in sie«, schwärmte er. Ich horchte auf. Ein Gefühl, *noch nie erlebt,* hatte er zu mir gesagt. Hatte er die großen Worte so schnell zur Hand? »Als ihre Mutter ihr verbot, sich mit mir zu treffen, und mit Monique von Weimar wegzog, habe ich alles versucht, sie wiederzufinden. Ich fand sie auch, aber sie wollte mich nicht mehr. Die Sache war für sie erledigt. Aus und vorbei, verstehst du? Da mochte ich nicht mehr leben. Mein Vater hatte eine alte Wehrmachtspistole aus dem Krieg aufgehoben. Ich wusste, wo er sie versteckt hielt. Auch Munition war noch da. Dann habe ich es gemacht. Oben in meinem Zimmer. Die Kugel schlug dicht an meinem Kopf vorbei durch die Tür. Das Loch ist immer noch zu sehen. Margret kümmerte sich um mich.«

Margret – was für ein harter, stachliger Name. Ich wusste sofort Bescheid. Trotzdem fragte ich ihn, denn bisher hatte er den Namen noch nie genannt. Ich wusste nur, dass er mit seiner Familie in einem Haus am Rande Berlins wohnt.

»Margret?«

»Du weißt doch, dass ich verheiratet bin«, entgegnete er etwas erstaunt und fügte dieser lapidaren Feststellung noch einige Sätze hinzu. Nicht klagend oder herablassend, eher beiläufig, wie man von seiner Arbeit, seinem Auto, seinem Urlaub erzählt.

Ja, das stimmt, er hatte es von Anfang an gesagt. Er wollte mich nicht im Ungewissen lassen, wollte mir die Wahrheit sagen, mich nicht in zu schnelle Hoffnungen wiegen. Es war nichts Verräterisches, es war genau das, was ich wissen musste. Und dann, als würde er eigentlich nicht gern darüber reden, wäre es mir aber schließlich schuldig, setzte er noch etwas hinzu. Er sah mich nicht dabei an, sah zur Seite und sagte eher beiläufig: »Eigentlich war es eine Ersatzliebe, ach, was red ich von Liebe, eine Trostbeziehung war es, wenn man so will.« Es klang so, als würde die richtige Liebe noch kommen. Ein Köder, den er mir hinwarf. Aber die Wörter *eigentlich* und *wenn man so will* schränkten den tröstlichen Satz wieder ein, ließen Vermutungen Raum, die niemals geklärt wurden. Danach folgte eine Passage, die ihm leicht von den Lippen kam, weil es um eine Zeugenschaft ging, die belegte, was er mir weismachen wollte. »Meine Mutter hatte gleich Schwierigkeiten mit ihr. Dann ist sie schwanger geworden, und es war klar, dass ich sie zu heiraten hatte.«

Zu heiraten hatte! Nicht etwa, *dass ich sie heiraten würde* oder *dass ich sie heirate,* nein, wie ein Befehl*: dass ich sie zu heiraten hatte.* Wie er es sagte, war es geradezu beleidigend. Und es war außerdem so hart und fremd, dass es schon wieder unglaubwürdig schien.

Er war noch nicht am Ende. »Sie arbeitete in der Drogerie ihrer Eltern. Ich hatte sie schon einige Male dort gesehen.

Sie steckte mir Vitaminbonbons und Päckchen mit heilsamen Kräutern zu«, sagte er lachend, als wäre es ihm peinlich. »Am Tag bevor ich es machte, kaufte ich bei ihr Pflasterrollen und Wundkompressen, falls ich nicht tot wäre, sondern nur verletzt. Immerhin musste ich mich vorbereiten, denn zum Arzt konnte ich nachher nicht. Der würde bestimmt die Polizei informieren. Aber zu Margret hatte ich Vertrauen. Ich könne immer zu ihr kommen, wenn ich Hilfe brauche, sagte sie, als ich ging. Als ich dann wirklich danebenschoss, hat sie sich sehr um mich gekümmert. Sie wusste gleich, was los war. Ich glaube, sie hat es schon vorher geahnt. Sie bot mir an, bei ihr zu wohnen, falls meine Eltern ausrasten würden. Aber die hatten nichts gemerkt. An dem Tag waren sie nicht da, und als es vorbei war, habe ich ein Poster über das kleine Loch in der Tür geklebt. Ach ja, sie sagte noch, ich solle die Waffe bei ihr lassen, falls doch noch jemand darauf käme. In der Drogerie würde sie bestimmt niemand suchen. Das hat mir damals sehr imponiert.«

»Wenigstens warst du nicht tot«, sagte ich, weil ich nicht wusste, was ich sonst hätte sagen sollen. Ich unterließ es zu fragen, ob die Aktion von vornherein so geplant war. Letztendlich war ich froh, dass er im zweiten Teil seiner Rede freundlicher von Margret gesprochen hatte.

»Na ja, so kam ich eben zu ihr«, nahm er seinen Bericht wieder auf. »Als ich in Berlin studierte, hat sie die ganzen vier Jahre auf mich gewartet. Noch während des Studiums haben wir dann Olivers wegen geheiratet. Alles viel zu früh.«

Seine summarischen letzten Worte ließen, wie so oft, mehr Raum für Fragen, als dass sie Antworten lieferten.

Was meinte er mit *alles viel zu früh?* Hatte er sie zu früh geheiratet? Hätte er, wenn er gewartet hätte, überhaupt nicht geheiratet? Oder hätte er eine andere geheiratet? Später, da war er schon in Berlin am Theater, hätten ihre Eltern ihn zu einem Haus überredet und ihm dafür das Geld vorgestreckt. Es hörte sich so an, als würde er Haus und Schulden bereuen, weil sie ihn banden und unfrei machten.

»Ich werde daran abzahlen müssen bis an mein Lebensende«, fügte er noch hinzu und gab diesem Satz ein Gewicht, als schlüge er einen Pfahl in den Boden. Ich fühlte mich, als wäre ich selbst festgenagelt auf einen Platz, von dem ich nicht wegkonnte. Er hatte mich mit seinem Satz auf eine Endlosschleife des Wartens gesetzt. Im Klartext hieß er: Ohne Schuldenfreiheit keine Scheidung. »Sie fährt oft zu ihren Eltern«, sagte er. »Wenn du Lust hast, kannst du dir das Haus ansehen. Es ist nichts Besonderes. Nur dass du weißt, wo ich bin, dass du eine räumliche Vorstellung hast, meine ich, wenn du an mich denkst.«

»Aber du wirst doch hoffentlich nicht immer, wenn ich an dich denke, in diesem Haus sein«, versuchte ich zu scherzen.

Er sah mich groß an. »Nein, natürlich nicht.«

Ich wollte es mir nicht angucken. Ich dachte schon viel zu viel an ihn – sein Haus, seinen Sohn, seine Ehe. Vielleicht bekäme ich Bilder zu sehen, die an der Wand hingen. Margret womöglich oder den Jungen. Der Junge, der ihm sicher ähnlich sah und den sie unterwürfig liebte. So beschrieb er es mir – *sie liebt ihn geradezu unterwür-*

fig. Nein, ich wollte das Haus nicht sehen. Besonders Margret wollte ich mir nicht genauer vorstellen können. Ihren Mund, ihre Augen, das Haar, die Figur. Bisher kannte ich sie nur als eine unauffällige, schüchterne Frau, die den Jungen großzog, der auf ihr Betreiben hin gezeugt worden war, die das Haus versah, in dem Wolf sich nicht wohl fühlte, und die seine Wäsche auf eine Art wusch, mit der Irmgard, seine Mutter, von Anfang an haderte. Mit diesem Bild konnte ich leben, bis es eines Tages endgültig verblasst sein würde. Ein anderes wollte ich nicht.

»Nein, ich möchte dein Haus nicht sehen«, sagte ich kurz und fühlte mich verletzt von seinem Angebot. Ich sagte nicht euer Haus, ich sagte dein Haus. Es bezichtigte ihn eines Besitzes, den er mit mir nicht teilte, was ihn eigennützig erscheinen ließ. Denn im Gegensatz dazu teilte ich von Anfang an alles mit ihm und ließ ihn in meinem Haus wohnen.

Von da an nannte er seine Frau nicht mehr beim Namen. Er sprach überhaupt nur noch selten von ihr. Ich sollte den Eindruck gewinnen, sie sei gar nicht da. Jahrelang funktionierte das halbwegs.

Wir sahen uns jeden Tag. Sooft er einen Grund dafür finden konnte, blieb er über Nacht bei mir. Wann immer es sich einrichten ließ, nahm er mich auf seine Reisen mit. Aber das geschah selten. An den Wochenenden kam er für ein oder zwei Stunden am Vormittag, wenn es ging. Dann fuhren wir an einen See oder in den Wald und liebten uns auf stechenden Kiefernnadeln oder in einem schaukelnden Kahn zwischen schneidendem Schilf.

Der Zustand, trotz seiner generellen Unzulänglichkeit, hätte mich glücklich machen können. Er ließ beiden von uns, mir in meiner Ungebundenheit und ihm in seiner familiären Abhängigkeit, so viele Zweifel, Ängste, Verunsicherungen, dass unsere Gefühle sich so schnell nicht abnutzen konnten. Aber ich wurde nicht glücklich. Ich empfand mich mehr und mehr als etwas Halbes, etwas, das vielleicht gar nicht wirklich existierte und dessen andere Hälfte nur nötig war, um mich der Welt um mich herum sichtbar zu machen. Denn ich lebte versteckt in seinem Schatten.

Meine Wohnung war seine Insel, auf die er täglich neu und geheimnisvoll flüchten konnte, immer in der Befürchtung, sie könnte vielleicht neu besetzt oder womöglich weggedriftet sein. Aus dieser Furcht bezog ich zunächst meine Überlegenheit und auch eine lustvolle Befriedigung.

Mein breites Bett war unsere Arche, die ziellos im Meer der Hoffnungen schwamm. Die Hoffnung, auf die sich meine Zukunft ausrichtete, war der Tag, an dem Wolf auf meiner Insel Wurzeln schlagen würde. Auf diesen Tag wartete ich.

Wie schon zu meinem Geburtstag kam Wolf immer im Dunkeln und ging, wenn er die Nacht vor einer Reise für uns frei halten konnte, im Grau des heraufdämmernden Morgens. Es begann mich zu kränken, nur sein Versteck zu sein. Aber damit musste ich vorerst leben. Eine Liebe im Schatten der Dunkelheit, Nachtschattenliebe.

Von Anfang an hatte ich nur den einen Wunsch, mit ihm zusammen zu sein. Und da er Abend für Abend nach seiner Arbeit zu mir kam und mich gegen Mittag im Institut anrief, um sich mit mir an irgendeiner Ecke zu treffen, nur kurz, auf ein Wort, einen Blick, eine Umarmung, glaubte ich fest an ihn.

In unserem ersten Jahr geschah nichts. Nachdem es abgelaufen war, hatte sich unser Verhältnis etabliert, gewann ein Eigenleben und existierte selbständig neben Wolfs anderem Leben. Ich hatte mein eigenes, einziges, wirkliches Leben, er hatte zwei.

Wenn ich gelegentlich an diesen Punkt rührte, sagte er, als hätte ich ihm einen Schmerz zugefügt: »Du weißt doch, dass nur mein Leben mit dir mein richtiges Leben ist.«

Wolf brauchte diese beiden Leben. Das angeblich wirkliche mit mir und das wirklich wirkliche in seinem Haus mit Frau und Sohn. Es war der fruchtbare Boden, auf dem seine Sehnsüchte wuchsen. Von dort aus konnte er aufbrechen auf die glückliche Insel.

Margret, der kleine Oliver und das Haus waren die Fesseln, die ihm die Freiheit so wertvoll machten. Und wenn man es genau nahm, war es nicht mal die Freiheit, die er wollte, sondern nur die Sehnsucht danach. Diese Sehnsucht war ich. Und so absurd es war, Wolfs Ehe schützte mich besser als alles andere vor seinem Verlust. Aber das erkannte ich erst viel später.

8

Unser erstes Silvester.
»Du fährst sicherlich über Weihnachten und Silvester zu deinen Eltern?«, fragte er, und er war sich der Antwort schon sicher. Aber da irrte er sich.
Natürlich würde ich wie jedes Jahr zu meinen Eltern fahren. Ich würde Weihnachten dort verbringen, an die Feiertage noch ein oder zwei Urlaubstage dranhängen, zurückkommen und dann mit Agnes und Karl Silvester feiern. Zu diesem Zeitpunkt wäre es mir überhaupt noch nicht in den Sinn gekommen, zu Weihnachten oder Silvester auf Wolf zu hoffen.
Die Nacht vor meiner Abfahrt zelebrierten wir so, als würde ich eine von Wolfs längeren und weit entfernten Dienstreisen antreten. Am Morgen brachte er mich zum Zug, achtete darauf, dass ich einen Fensterplatz bekam, lief neben dem Zug her, winkte noch lange ohne ein Lächeln und wirkte bedrückt und allein gelassen. Mehrmals täglich rief er mich an.
Als ich wiederkam, holte er mich vom Bahnhof ab, brachte mich nach Hause, riss mir die Sachen vom Leib und liebte mich mit einer Verzweiflung, als wäre ich ihm abhandengekommen.
»Warum bist du nicht über Silvester bei deiner Familie geblieben?«, fragte er mich.
»Meine Familie? Weil ich nicht die Absicht habe, mit meiner Familie eine ganze Nacht vor dem Fernsehapparat zu sitzen.«

»Und wie wirst du sie nun verbringen?« Er sagte es in einem Ton, als hätte er mit etwas zu rechnen, das er nicht ertragen könnte.
»Ich bin bei Freunden eingeladen. Wir werden kochen, essen, trinken, reden, tanzen.«
»Ach, tanzen. Und das macht dir Spaß?«
Ich überlegte, worauf er hinauswollte. Ich fragte ihn doch auch nicht, wie er diese Nacht verbringen würde. Nahm nicht Anstoß daran, dass er fern von mir mit seiner Frau, seinem Kind und wer weiß mit wem noch zusammen sein würde. Vielleicht kamen Gäste, man würde lachen und fröhlich sein. Keine besonders angenehme Vorstellung für mich. Und außerdem, wie absurd: Lieber wüsste er mich weit weg von hier und weit weg von sich, als dass ich mit meinen Freunden in der Stadt, in der auch er war, eine fröhliche Nacht verbrachte.
»Ja«, sagte ich ärgerlich, »mehr Spaß, als mich mit meiner Familie zu langweilen. Oder hier allein in meiner Wohnung zu sitzen. Noch mehr Spaß würde ich allerdings haben, wenn ich mit dir zusammen sein könnte.«
»Warum sagst du das? Warum quälst du mich? Als ob sich das so ohne weiteres machen ließe. Du bist dein eigener Herr, kannst entscheiden, was du tust oder lässt, bist niemandem Rechenschaft schuldig. Bei mir hängen Frau und Sohn daran. Glaubst du nicht auch, dass ich unendlich viel dafür geben würde, bei dir zu sein?«
Was sollte ich darauf antworten? Ich sei *niemandem Rechenschaft schuldig!* Dabei forderte er sie gerade ein. Schließlich sagte ich: »Ich werfe es dir ja nicht vor.«
»Na gut«, meinte er traurig, »dann musst du eben feiern gehen. Vielleicht kannst du mir wenigstens eine Num-

mer hinterlassen, unter der ich dich irgendwann nachts erreichen kann.«

»Ja«, erwiderte ich und war gekränkt. Nicht etwa, weil er mich mit seinen Vorwürfen nervte, sondern weil er sich mit meinen Plänen abfand.

Er stand auf, umarmte mich kraftlos, als hätte ich ihn von mir gestoßen, und stieg langsam die Treppe hinunter.

Ein paarmal telefonierten wir noch. Ich gab ihm die Nummer von Agnes und Karl. Er behielt den leidenden Ton eines Verratenen bei und erkundigte sich ausführlich, wer diese Leute seien, wie ich zu ihnen stehe, ob sie wirklich so wichtig für mich seien, wer noch kommen werde, wann ich dort eintreffen würde und um welche Stunde ich beabsichtigte, wieder zu Hause zu sein. Ich gab Auskunft, so gut ich konnte. Wolf erwähnte mit keinem Wort, wie er Silvester feiern würde.

Es war eine unterhaltsame, lustige Runde bei Agnes und Karl. Agnes, die wusste, wie eingeengt ich mit Wolf lebte, gefiel diese Liebschaft, wie sie es nannte, überhaupt nicht. Ihre vernünftigen, logischen Erwägungen, die immer im Entweder-oder mündeten, machten mir den Umgang mit Wolf nicht gerade leichter. Manchmal, wenn ich mich von ihm sehr zurückgesetzt fühlte, nahm ich ihre Ratschläge sogar an.

Ich erzählte ihr, wie Wolf sich meinen Jahreswechsel vorstellte und wie enttäuscht er war, als er hörte, dass ich hier, in Berlin, mit ihnen feiern würde. Ich berichtete, wie eingehend er sich danach erkundigt hatte, wer alles dabei sein würde und wann ich gedachte, wieder zu Hause zu sein.

»Sag mal, ist der übergeschnappt?«, empörte sich Agnes. »Der setzt sich Silvester warm und trocken in sein Nest, dieser Spießbürger, und dir will er Hausarrest verpassen oder dich in die Walachei abschieben?! Clarissa, das grenzt an Freiheitsberaubung! Das lässt du dir auf gar keinen Fall bieten. Du hebelst ihn einfach aus mit seinem hahnenhaften Gehabe. Weißt du was, du bringst Boris mit zu unserer Fete. Der freut sich halb tot, kann wunderbar tanzen und wird dir die ganze Nacht über den Hof machen. Was meinst du, wie das dein Selbstbewusstsein hebt. Dein blöder Wolf braucht überhaupt nichts davon zu wissen, das machst du ganz allein für dich. Und für mich«, setzte sie mit teuflischem Grinsen hinzu.

Boris, mein guter alter Freund, der einzige Überdauernde meiner Anzeigen-Kampagne, mit dem ich mich immer noch ab und an traf. Er war nicht gerade erfreut, als ich ihm damals von Wolf erzählte, hoffte aber, dass sich das bald wieder zerschlagen würde.

Wolf, der nach und nach alle meine Kontakte aus Eifersucht kappte, wusste nichts von Boris. Ich habe ihm nie von meiner Anzeige erzählt, auch von Boris nicht. Ich mochte Boris zu sehr und wollte ihn Wolfs alberner Eifersucht nicht opfern. Neben Agnes war er der einzige Freund, mit dem ich mich schlechten Gewissens heimlich traf. Ich schlief nicht mehr mit ihm, aber ich genoss seine Nähe und unsere anregenden, leidenschaftlichen Gespräche.

Boris nahm meine Einladung mit großer Freude an. Er mochte Agnes und Karl genauso wie sie ihn. Vor allem Agnes gefiel er, »so ein junger, taufrischer Lover«. Zu gern hätte sie gesehen, wenn ich Wolf gegen ihn eingetauscht hätte.

Ich traf kurz nach acht bei Agnes und Karl ein. Boris saß schon in einem Sessel und las in einer Illustrierten.
Er hob den Kopf gerade in dem Moment, als mich Karl hereinbrachte, und lächelte mich aus seinem dunklen Dreitagebart vertraut und warmherzig an. Er erhob sich und kam mir gemächlich entgegen. Wir umarmten uns, küssten uns auf beide Wangen, und ich fühlte mich sofort geborgen. Boris versorgte mich mit Häppchen vom kalten Büfett und achtete darauf, dass mein Glas gefüllt war. Später verwickelte er mich in Gespräche über russisches Theater und wollte sich für die nächste Woche mit mir verabreden.
Nachdem er mich zum dritten Mal von Agnes weggeholt hatte, um mit mir zu tanzen, bekam ich ein schlechtes Gewissen. Den ganzen Abend schon hatte ich ein unruhiges, gehetztes Gefühl, lauerte zum Telefon hinüber und glaubte mit jedem Lachen, Wolf zu hintergehen. Um mein schlechtes Gewissen zu beruhigen, gesellte ich mich dem harmlosen Karl zu. Agnes kümmerte sich inzwischen eifrig um Boris. Sie tanzte mit ihm und versäumte es nicht, ihn über meine »Abhängigkeit von einem fürchterlichen Macho« aufzuklären. Boris, der das meiste schon wusste oder es sich zumindest zusammenreimen konnte, raunte mir zu: »Unser Pferd ist gesattelt, nur dass du es weißt.«
Kurz nach Mitternacht, als alle Glückwünsche, Umarmungen, Versicherungen ausgetauscht waren, ich Boris nicht davon abhalten konnte, mich sacht und gefühlvoll zu küssen, und auch die letzte Rakete abgefeuert war, glaubte ich nicht mehr, dass Wolf noch anrufen würde.

Ich war enttäuscht und hatte keine Lust mehr, länger zu bleiben. Agnes tat ein bisschen beleidigt und überredete mich, wenigstens noch die Feuerzangenbowle abzuwarten. Boris stand am Türrahmen, rauchte und sah mich aufmerksam an.
Ich ging zu ihm hinüber, lächelte entschuldigend und sagte: »Ich kann nicht länger bleiben, Boris, mein Freund macht sich Sorgen.«
»Warum ist er nicht hier?«
Ich zuckte mit den Schultern.
Agnes rief ein Taxi, und Boris ließ sich nicht abhalten, mich nach Hause zu begleiten. Ich bat ihn, im Taxi zu bleiben, umarmte ihn mit großer Nervosität und sah mich nicht mehr um, als das Taxi wieder losfuhr.
Ich öffnete die Haustür und fühlte mich sehr allein.
Es dauerte einen Moment, bis ich den Lichtknopf fand.
Das Flurlicht blendete auf, und ich erschrak. Auf der untersten Treppenstufe saß Wolf mit einer Flasche Sekt neben sich.
»Was machst du hier?«, rief ich entgeistert.
»Ich liebe dich«, sagte er.
»Wie lange bist du schon hier?«
»Ich liebe dich!«
»Warum hast du nicht angerufen?«
»Ich liebe dich!«
Eine halbe Stunde hatte er Zeit. Es reichte, mich zwischen Tür und Angel mit einem Sektglas in der Hand, dessen Inhalt er mir mit seinen Küssen einflößte, hastig zu lieben.
Mit Her- und Rückfahrt hatte er knapp zwei Stunden für mich herausgeschlagen. Geschlagen aus einer Nacht, die

als die wichtigste des Jahres gilt. Eine Familiennacht, eine Liebesnacht. Eine Nacht, die vielen viel bedeutet. Seiner Frau bestimmt auch; auf diese Nacht hatte sie ein Anrecht. Aber ich hatte es auch.

Ich war sehr angetan von seinem Opfer.

9

Die Nächte im Hotelzimmer sind schwer zu ertragen. Selbst bei geöffnetem Fenster steht die Luft dick und lau im Raum. Auch das Meer, das unmittelbar vor dem Hotel beginnt und jede Nacht gleichermaßen still und ölig schwarz daliegt, bringt keine Erfrischung. Nur der Park tut wohl. Er schließt sich der grellgrünen Wiese an, die jeden Tag gründlich gesprengt wird, und führt vom Hotel direkt in die Stadt. Graue, glatte, relativ schmale Wege schlängeln sich an Bäumen und Büschen vorbei in den Ort hinunter oder verlieren sich in der entgegengesetzten Richtung oben im Wald, der am Fuße des Krimgebirges beginnt. Peitschenlampen heben die kräftigen Stämme bei Dunkelheit aus ihrem dichten schwarzgrünen Bett. Von hier oben auf meinem Balkon sehen die Lichtkreise aus wie stille Teiche. Irgendwie tröstlich.

Ich sitze nahe am Fenster und warte Abend für Abend auf die Dunkelheit, die alle Konturen entschärft. Auch die scharfen Kanten des Unglücks glättet sie ein wenig. Jeden Abend dasselbe. Ich sitze, trinke meine Flasche Sekt und warte.

Roter Krimsekt, süß und schwer. Die Flasche wird für den heutigen Abend reichen. Ich trinke zu schnell und zu hastig, um möglichst rasch den Pegel zu erreichen, der die Erinnerung abflacht, die Gedanken einebnet, die Zuversicht schürt. Wir tranken immer Sekt oder Rotwein in der Nacht vor seinen Reisen – kann ich mich schon erinnern, ohne zusammenzubrechen.

Ich starre in das leere Glas und denke, dass ich vielleicht doch noch verrückt werde. Ach was, nichts von allem, heute nicht. Dazu habe ich schon zu gut getrunken. Kein Rotwein, kein Abschiedsritual, auch nicht Wolfs Fliegenweinblut, Blutfliegenwein, Fliegenblutwein, Weinfliegenblut … Nein, nichts davon, nur eine wohlschmeckende rote Flüssigkeit. Ich gieße den Rest ein und stürze ihn hinunter.

Nach einer Weile stehe ich auf und stelle mich an das weitgeöffnete Fenster. Aus einem der Nachbarzimmer kommt Musik. Ein Orchester, Streicher überwiegen. Die Melodie ist klar, kunstvoll, lebendig. Nun eine einzelne Violine. Weitgeschwungene Melodienbögen. Heiter und schmerzvoll. Virtuos gespielt. David Oistrach vielleicht, eins von Mozarts Violinkonzerten.

Eine Frau lacht. Ein leichtes, zärtliches Lachen. Auch das stiftet keine Unruhe in mir. Es geht voran, denke ich schon ziemlich stark angeheitert. Ich höre noch ein bisschen auf ihr verliebtes Lachen und wünsche den beiden Glück.

Die Lampen im Park brennen noch nicht. Blaue Stunde, vergehend. Das Meer deckt sich mit seiner Nachtfarbe zu. Nichts mehr von Grau und Grün. Kein Wald, kein Park, keine Wiese. Die Wiese … Diese unglaublich grüne Wiese mit eidottergelben Butterblumen. Oder waren es weiße Gänseblümchen? Oder rot-weiß gesprenkelte Tausendschön? Ganz egal. Kitschig bunt das Foto, aufdringlich wie eine Reklamewand. Ganz hinten schneebedeckte Berge. Die Alpen vielleicht. Die hatte ich damals gar nicht bemerkt, ich sehe sie jetzt erst in meinem Kopf. Die Art, wie sie lacht und wie er den Arm über sie stützt, als würde sie ihm gehören. Und das Knie zwischen ihren Schenkeln. Was für schöne schlanke Beine! Später wird er ihr Wein einflößen. Sie wird nackt sein, er wird sie umarmen, wird eindringen in sie, nur wenig, sich wieder zurückziehen, ganz langsam, bis sie sich ihm entgegendrängt; er aber kann warten. Es wird lange dauern. Er wird nicht ablassen von ihr, bis sie den letzten Tropfen geschluckt hat. Und dann kriegt sie alles, was sie will.

10

Das Neue Theater wurde zu einem zweimonatigen Gastspiel nach Japan eingeladen. So begeistert Wolf von dieser Aussicht war, so sehr bedrückte es ihn, dass wir so lange getrennt sein würden.

»Was machen wir nur? Kannst du nicht versuchen mitzukommen? Arbeitet ihr nicht auch über Japan? Ach nein, nur Europa, nicht wahr? Kannst du es nicht trotzdem irgendwie organisieren? Mein Gott, wie sollen wir diese Zeit überstehen? So lange waren wir noch nie getrennt!«

»Aber ich war fast dreißig Jahre von dir getrennt. Und ich habe die Zeit ziemlich unangefochten überstanden.«

»Ziemlich unangefochten ... Und wer hat dich außerhalb dieser verbalen Eingrenzung angefochten? Du hast mir noch niemals davon erzählt. Mit wie vielen Männern warst du eigentlich zusammen? Mit zehn? Mit zwanzig? Mit hundert? Nein, sag es nicht, ich könnte es nicht ertragen. Schon gar nicht jetzt, wo ich so lange wegfahren muss. Zwei Monate, Clara, kannst du das aushalten so lange?«

»Wie meinst du das?«

»Wie ich das meine?«, fragte er böse. »Genau so, wie ich es gesagt habe. Ob du es aushalten kannst, so lange allein zu sein.«

»Werd ich wohl müssen«, sagte ich, verletzt von seiner gehetzten, nervenden Art.

»Ach so, du *musst!* Vielleicht würdest du mir dann, wenn ich zurück bin, freundlicherweise mitteilen, ob du dich

anderweitig versorgt hast, ob du unangefochten warst oder nur ziemlich unangefochten.«
Sein Sarkasmus klang feindlich.
»Versorgt, womit? Meinst du mit Männern?«
Er blitzte mich mit zusammengekniffenen Augen an und blieb still. Ich war fassungslos. Wie redete er mit mir? Was war über ihn gekommen? Was wollte er überhaupt? Wir kannten uns jetzt gut zwei Jahre, und noch nie hatte er sich in dieser Weise aufgeführt. Mitunter hatte er sich darüber geärgert, wie mich der eine oder andere Mann auf der Straße ansah. Einmal hatte er mich in der Straßenbahn plötzlich umarmt und geküsst, er, der sich in der Öffentlichkeit am liebsten mit mir versteckte.
»Damit alle sehen, dass du mir gehörst«, hatte er mir ins Ohr geflüstert, und ich hatte ihn verliebt für seine Eifersucht gescholten und war doch zufrieden und glücklich damit. Aber so etwas wie heute war noch nie zuvor passiert.
Sehr unterkühlt antwortete ich: »Ja, ich denke, das würde ich tun.«
»Na, dann ist es ja gut«, sagte er, mir den Satz ins Gesicht speiend. Dann stand er auf, nahm seine Tasche und schmiss die Tür hinter sich zu.
Zwei Tage lang meldete er sich nicht. Dann versuchte ich ihn im Theater zu erreichen. Herr Montiér war außer Haus. Ich war verunsichert, unglücklich, aufgebracht und erwog, bei ihm zu Hause anzurufen. Aber dann hatte ich doch nicht den Mut dazu.
Am dritten Tag, einem Freitag, meldete er sich. Montag früh fliege er, sagte er kurz.
»O nein!«, rief ich entsetzt.

»Macht es dir etwas aus?«, fragte er, immer noch fremd, aber schon etwas weicher. »Clara«, murmelte er. Und nach einer Pause: »Wenn ich dir nur nicht so ausgeliefert wäre, Clara.« Und dann, gehetzt: »Ja, es ist wahr, Montag geht's los. Ich habe noch viel zu tun. Also, bis morgen, so gegen Abend. Ich komme mit sehr viel Gepäck.«

»Liebster!«, rief ich, befreit von der Last der vergangenen Stunden und ungeachtet der Kollegen, die zu mir herübergrinsten.

Ausgeliefert, *er war mir ausgeliefert* – mit diesem Satz hatte er mich total aus der Fassung gebracht. So weit zu gehen, sich so »nackt zu machen« vor einem anderen, das verlangte wahrhaftig Mut und ein großes Gefühl. Er hatte sich gewissermaßen in meine Hände begeben, vorurteilsfrei, ohne Bedingungen …

»Ich war verrückt vor Sehnsucht«, sagte er und legte auf.

Von da an setzte die Freude ein, die sich um den bevorstehenden Abschied nicht scherte. Ich freute mich unentwegt auf den kommenden Tag, der ein Samstag war und mir ausreichend Zeit ließ, mich vorzubereiten. Am Abend zuvor las ich lange, schlief wunderbar leicht, wachte erfrischt auf und sang im Bad laute Lieder. Wolf hatte anderthalb Nächte und einen ganzen Tag für uns herausgeschunden. Ich wollte nicht wissen, wie er es Margret beigebracht hatte, eigentlich wollte ich überhaupt nichts von ihr wissen. Wenn ich an sie dachte, kam immer schärfer dieses schneidende Gefühl der Abwehr, der Missgunst, des Neides. Wolf wurde durch sie – trotz aller Beschwörungen – unerreichbar für mich.

Ich nahm ihm seine Ehe übel, den Sohn, das Haus, sein

ganzes spießiges Leben dort. Alles, was mich so bittstellerisch machte und von ihm trennte – der Inbegriff all dessen war Margret.
Aber heute war das nicht wichtig, heute war ich fast schwebend vor Glück. Dreißig Stunden nur für uns! So viel Zeit hatten wir noch nie gehabt. Für unser Maß eine Ewigkeit.
Bald würde er kommen. Wie immer hatte er keine Uhrzeit genannt. Aber alles war vorbereitet für ihn. Ich hatte Brötchen eingekauft, Eier, Kaffee und Milch. Mehr als ein Frühstück brauchten wir nicht. Und Wein natürlich, süffigen, dunklen Rotwein. Und die Blumen. Blumen waren für ihn der Inbegriff von Wohlsein und Harmonie.
Ich musste nur noch die Wohnung in Ordnung bringen. Eine Arbeit, die an solchen Tagen nichts mit gewöhnlichem Putzen zu tun hatte, sondern mit dem wunderbaren Gefühl, ein Fest vorzubereiten. Alles ging leicht von der Hand, weil es die Mühsal des Wartens wegnahm. Ich war viel eher fertig als geplant und konnte in Ruhe mein Bad vorbereiten. Ich ließ Badeöl ein und drehte den Hahn auf. Das Wasser mit seinem Wohlgeruch stimmte mich lustvoll auf die zwei Nächte ein, die vor uns lagen. Ich musste nur meine Augen schließen, dann konnte ich das Wunderbare, das kommen würde, fühlen. Ich blinzelte ein klein wenig und sah die glitzernden Hügel aus weichem, weißem Schaum. Wie prickelnd und zärtlich es war, dort hineinzugleiten. Ich musste lächeln vor Glück.
Die Sachen, die ich anziehen würde, hatte ich schon auf dem kleinen, runden Hocker zurechtgelegt. Das neue rote T-Shirt und den langen, engen, schwarzen Rock. Ich wusste, dass ihm das gefallen würde.

Ein kräftiger Wind war aufgekommen und peitschte die Äste der kahlen Linden, die dicht vor meinem Fenster standen. Autos zischten auf dem nassen Asphalt vorbei. Es wurde schnell dunkel. Ich schaute nach unten und spähte nach Wolfs silbergrauem Auto.
Nach einer knappen Stunde nervösen Hin-und-her-Laufens beschloss ich, mich auszuziehen und hinzulegen, als könnte diese Entscheidung sein Kommen beschleunigen. Lange hielt ich es im Bett nicht aus. Mich noch einmal anzuziehen war zu umständlich. Also warf ich meinen Bademantel über und stellte mich wieder ans Fenster. Unten huschten die Lichter vorbei, keines davon scherte nach links auf den Parkstreifen aus.
Von Minute zu Minute festigte sich die Ahnung eines Unglücks in meinem Kopf. Nach zwei Stunden war ich beinahe sicher, dass Wolf in einen Unfall verwickelt, vielleicht sogar tot war. Ich geriet in Panik. Rief seine Nummer zu Hause an. Oliver meldete sich. Ich nannte den Namen des Theaters und fragte, ob Wolf schon aufgebrochen sei. Der Junge sagte, das Taxi habe sich verspätet, er treffe sicherlich gleich am Flughafen ein. Wenn er zu spät käme, sei es nicht seine Schuld.
Ich beschwichtigte ihn kurz und legte auf. Das Taxi also, na klar, was denn sonst?!
Es war das erste Mal, dass ich dort anrief. Ich schämte mich ein wenig.

Der Surrton der Klingel. Zweimal, ganz kurz und leicht, als hätte jemand den Klingelknopf nur angetippt. Wolf, endlich!
Ich stürzte zur Tür, verfing mich im schleifenden Band

meines Bademantels und fiel im Wohnzimmer hin. Meine Knie taten weh, ich erhob mich mühsam und ordnete meine Haare. Wieder der kurze, knappe Laut der Klingel. Ich humpelte hinaus auf den Korridor und lugte durch den Türspion. Ich sah kein Licht auf dem Treppenflur, nichts als das schwarze Loch. Ein sicheres Zeichen, dass Wolf dort stand. »Muss jeder wissen, wo ich bin, wann ich komme und gehe?«, sagte er, als ich es zum ersten Mal feststellte.

In diesem Moment hörte ich das leise Trommeln der Fingernägel an der Tür und Wolfs vorsichtiges Rufen.

»Clarissa? … Clara!«

Hastig schloss ich die Tür auf.

Er hielt seinen großen, schweren Koffer in der einen Hand, eine Aktentasche in der anderen. Die große Umhängetasche schnitt ihm in die Schulter. Aus seinen vom Regen strähnigen Haaren troff die Nässe in kleinen Bächen über seine Stirn, verfing sich in den Brauen, lief die Wangen entlang, sammelte sich in den Mundwinkeln und schoss weiter zum Kinn, um Tropfen zu bilden und abzustürzen. Wolf setzte den Koffer ab und ließ die Tasche auf den Boden gleiten. Er deutete gen Himmel.

»Sturm«, sagte er. »Wenn das so bleibt, na dann Halleluja. Wie wenn ein Traktor die Wolken durchpflügt. Dieses Rütteln und Stolpern, das hält doch kein Mensch aus. Und das bisschen Blech da oben schon gar nicht.«

Wenn er sich ärgerte oder fürchtete, steigerte er sich in unsinnige Selbstgespräche. Dabei hatte er lediglich Angst vor dem Fliegen, eine unangemessene Angst.

Er hängte seinen Mantel an einen Haken des Kleiderständers und wandte sich endlich zu mir um.

»Ach, Liebste«, murmelte er, beugte sich ein wenig nieder und legte seine nasse Stirn an mein Gesicht, als wollte er für seine Unbeherrschtheit neulich Abbitte leisten. Er atmete einige Male tief durch und richtete sich wieder auf. Mit ausgestreckten Armen hielt er mich ein Stückchen von sich weg und sah mich prüfend an. Die überstandenen Tage der Trennung, lang und grau von unserem Streit, zeichneten sein Gesicht. Und nun stand ich im Morgenrock vor ihm, das Bett war zerwühlt, und ich hatte gezögert, die Tür zu öffnen. Dass ich gestürzt war, hatte er vielleicht nicht gehört. In seinen Augen war Argwohn, und sein Mund litt. Zwischen den dichten schwarzen Brauen gewannen die unheilvollen Gedanken der vergangenen Tage wieder Kraft und gruben eine tiefe Kerbe in seine Stirn. Es war so, als hätte seine kindische Unterstellung vor drei Tagen eine Gedankenlawine ausgelöst, die sich nun bei jedem kleinen Anlass über mich ergießen würde.

Er ließ mich los, abrupt, so als ließe er etwas fallen. Dann wandte er sich dem Schlafzimmer zu, lehnte sich an den Türrahmen und nahm das breite, unordentliche Bett ins Visier. Er trat an das Bett, hob die Decke und starrte kurz auf das Laken. Anschließend ging er in den angrenzenden Wohnraum, weiter zur Küche und von da ins Bad. Sein Blick tastete den gesamten Raum in alle Richtungen ab.

Offensichtlich keine Beanstandungen, denn er zog sein Jackett aus, hängte es im Flur an den Kleiderhaken, ging zurück ins Bad, krempelte die Hemdsärmel auf und wusch sich ausgiebig die Hände. Mit großem Getöse, prustend und schnaufend schüttete er sich kaltes Wasser ins Gesicht. Dann kam er, mit dem Handtuch die Haut abklopfend, langsam aus dem Bad heraus und blieb vor mir stehen. Er sah mich an, kroch in meine Augen, in meinen Kopf, durchwühlte meine Gedanken, nahm ganz und gar von mir Besitz. Es war ein fast körperliches Gefühl, das neben Empörung auch Angst auslöste. Er warf das Handtuch achtlos beiseite und lächelte zum ersten Mal.

Es war wie der Auftakt zu etwas, das nun, nachdem sich der Verdacht nicht bestätigt hatte, unaufschiebbar war. Er zog mich an sich, vergrub sein Gesicht an meinem Hals und murmelte etwas nebulös: »Noch einmal davongekommen. Vielleicht ein gutes Zeichen, vielleicht auch ein schlechtes. Die Bedeutung der Dinge ist so rätselhaft. Aber was soll's, wir haben zwei Nächte und einen Tag.«

Er sagte es so, als hätte er nicht gerade eine Wohnungsdurchsuchung vorgenommen und als wäre sein Verdacht gegen mich und meine Freisprechung durch ihn nicht nur sein Recht, sondern ein besonders hoch zu schätzender Ausdruck seiner Fürsorglichkeit.

Ich betrachtete sein merkwürdiges Verhalten, das er neuerdings an den Tag legte, tatsächlich als etwas Besonderes. Mit seiner Eifersucht machte er sich abhängig von mir. Er zögerte nicht, mir zu zeigen, wie sehr er auf mich angewiesen war, wie dringend er mich brauchte.

Immer noch sah er mich an, strahlend jetzt, begehrlich. Er packte mich, hob mich hoch und warf mich mit einem Freudenschrei aufs Bett. Dann ließ er sich neben mich fallen. Wir umklammerten uns, als hätten wir nicht damit gerechnet, uns jemals wiederzusehen. Ich strich durch sein kurzes schwarzes Haar, küsste seine Stirn, biss leicht

in sein Ohrläppchen, das mit dichtem Flaum wie mit einem Pelz besetzt war, und flüsterte seinen Namen.
Er schloss die Augen und stöhnte leise.
»Du kommst spät«, sagte ich. »Ich war schon ganz krank vor Angst. Du hättest wenigstens anrufen können.«
Er öffnete langsam die Augen, bis sie schmal und ärgerlich waren und die Falte zwischen seinen Brauen wieder erschien.
»Oliver hat genervt«, begann er nach kurzem Zögern. Eigentlich mochte er nicht darüber sprechen, aber er musste es mir erklären. »Er wusste, dass ich verreise, und wollte zum Abschied etwas vorgelesen haben. Du weißt ja, wie selten ich da bin, also habe ich gelesen. Er gab keine Ruhe. Noch eine Geschichte und noch eine und noch eine. Ich wollte endlich zu dir, und irgendwann hat er mich so gereizt, dass ich ihm das Buch auf den Kopf geknallt habe. Nein, nein, nicht so schlimm, wie es sich anhört. Aber er fing sofort an zu brüllen. Ich habe das Licht ausgemacht und die Tür zugeworfen und bin los. Auf der Treppe kam mir seine Mutter entgegen. Sie hörte ihn schreien und begann augenblicklich, mich zu beschimpfen. Kein Wort des Abschieds, kein ›Gute Reise‹ oder dergleichen. Aber wozu auch, wahrscheinlich hat sie vergessen, dass ich nach Japan fliege.« Er schwieg einen Moment. »Ein Familienglück, wie es im Buche steht, nicht wahr?«, fügte er mit einem Unterton hinzu, der mir deutlich machen sollte, wie schlimm es für ihn war.
Er hatte seinen Sohn misshandelt, und es erzürnte mich. Denn der Junge hatte ihn nicht verraten, er hatte ihm, so klein, wie er war, ein überzeugendes Alibi verschafft.

Ich fragte ihn: »Warum warst du so böse zu ihm?«
Er schwieg, wollte das Thema endlich fallenlassen. »Es ist immer so. Wenn ich innerlich unter Druck bin«, sagte er nach einer Weile, und es klang zerknirscht, »dann muss ich mich wehren und raste einfach aus.«
Ich sah zur Decke und ließ ihn in Ruhe. Also das war es, dachte ich. Der Druck, von dem er sprach, die weite Reise, der Flug, unser langes Getrenntsein. Ich sah, dass er sich auszog und seine Sachen ordentlich zusammengefaltet über seinen Koffer legte. Nackt, wie er war, setzte er sich auf die Bettkante und sah mich an.
»Komm«, flüsterte er bedürftig, »komm her zu mir.«
»Möchtest du einen Schluck Sekt?«, fragte ich in der Hoffnung, etwas Zeit zu gewinnen.
»Nein, nein, nachher vielleicht.« Es klang nicht lüstern, eher ängstlich.
Ich wandte mich zu ihm um, nahm ihn in die Arme und versuchte das Glücksgefühl wieder herbeizurufen, das mir den Tag so leicht gemacht hatte. Aber es kam nicht. Spät schliefen wir ein, eng umklammert.

Der Sonntag verging umso schneller, je mehr wir versuchten, jede Minute festzuhalten. Wir schliefen lange und frühstückten ausgiebig. Anschließend ließ Wolf Wasser in meine große alte Badewanne. Er stieg in das duftende warme Wasser und stöhnte vor Wohlgefühl.
»War schön, die Nacht«, sagte er. Und als ich nichts erwiderte: »Für dich nicht?«
»Natürlich«, log ich, »wie immer. Wunderschön, Liebster.«
Er lächelte zufrieden und schloss die Augen. Am Nach-

mittag wurde er unruhig. Der Flug rückte näher, und seine Ängste nahmen Gestalt an.

»Wenn du uns vergisst, bin ich verloren«, sagte er. »Du weißt, ich werde es spüren, wenn es passiert, noch in tausend Kilometern Entfernung werde ich davon getroffen. Dass ich dann nicht mehr leben kann, ist klar. Es liegt an dir, was aus uns wird. Denke daran, Clara!«

Es klang ernst. Immer schon hatte er mich vor seinen Reisen in seine Ängste verstrickt. Aber diesmal war es etwas anderes. Er wies mir vorsorglich die Schuld zu, falls unsere Liebe, an was auch immer, zugrunde gehen sollte. Für alle Fälle sozusagen. Je kleiner und abhängiger er mich machte, desto ruhiger wurde er. Mich zu verunsichern war eine Therapie für seinen Seelenzustand. Das Schlimme daran war, dass seine Visionen unwiderlegbar waren, von ähnlich statuarischer Festigkeit wie Religionen oder Ideologien.

Seine Beschwörungen waren unnötig, obwohl sie meiner Eitelkeit schmeichelten. Er musste doch wissen, dass ich ihn nicht hinterging. Dazu war ich zu lange allein, habe zu viel Zeit mit untauglichen Männern vertan, war viel zu abhängig von ihm. Ich würde so einer Liebe, so bedingungslos, so mächtig, so besitzergreifend und so hingebungsvoll, niemals wieder begegnen. Wolf war unersetzlich für mich, ich fühlte und wusste, dass ich ohne ihn hilflos wäre. Wenn ich es recht bedachte, hatte nicht ich ihn, sondern er hatte mich in der Hand.

»Komm, lass uns ins Bett gehen«, sagte er. Und dann passierte, was wir seither vor jeder seiner Reisen als Ritual zelebrierten, Ritual eines eventuellen Todes. Wolf ging daran, mich für die Zeit seiner Abwesenheit, auch die der tödlichen, zu präparieren. Oft genug hatte er schon davon gesprochen, dass man etwas Sinnbildliches brauchte, um dem Schicksal zu trotzen, um unzertrennbar zu bleiben, selbst über den Tod hinaus. Der Tod war auf Wolfs Bühne eine wichtige Figur.

»Leg dich schon hin«, sagte er sanft und küsste mich mit heißem, trockenem Mund. Durch seine Vorhaltungen und Ermahnungen hatte er sich in einen Zustand des vorempfundenen Verlustes versetzt. *Seines* Verlustes durch *meine* Treulosigkeit. Für ihn eine äußerst stimulierende Einbildung.

Er holte die Rotweinflasche aus der Küche und ein Glas aus dem alten Büfett. Dann zog er sein Hemd aus, stand nackt und groß vor mir und goss den Wein in das Glas. Ein-, zweimal sah er zu mir herunter mit bernsteinfarbenem Blick. Sein Gesichtsausdruck, sein ganzes Gebaren deuteten auf das Besondere des Augenblicks hin. Ich musste es auf mich zukommen lassen. Und wenn ich ehrlich war, musste ich zugeben, dass es mich sehr erregte.

Er kam näher, setzte sich auf die Bettkante und schob sich dann vorsichtig, um den Wein nicht zu verschütten, zu mir unter die Decke. Er nahm einen großen Schluck in den Mund und flößte ihn mir, während er sich auf mich legte und sich breitmachte auf mir, unendlich langsam und in winzigen Schüben ein. Ich schluckte und schluckte, und es nahm kein Ende. Die Luft ging mir aus, aber ich konnte vor Schlucken nicht atmen. Immer stärker wurde das Gefühl, ich müsste ersticken. Ich wunderte mich, wie er diese furchtbare Luftnot so lange ertragen konnte.

Als der Vorrat in seinem Mund erschöpft war, setzte er kurz ab und nahm einen neuen kräftigen Schluck. Ich beeilte mich, in dieser kurzen Pause ein paarmal tief einzuatmen. Dann senkte er sich wieder auf mich, weich und schwer. Er schien es sehr zu genießen.

Ich hätte ihn beiseiteschieben, mich aufrichten und endlich normal atmen können. Aber damit hätte ich ihn sehr verletzt. Eine Entweihung, ein Gesetzesbruch. Die Bedeutung des Augenblicks wäre zerstört und damit womöglich sein Leben.

Sein heißer Körper spannte sich und begann leise zu vibrieren. Das passierte beim dritten Glas. Er wurde größer und härter und fing an zu pulsieren. Dann rutschte er sich, zuckend und stöhnend, in die richtige Lage. Unsere Haut war feucht, seine vor Erregung, meine vor Anspannung und Angst und nicht zuletzt auch vor Lust. Mit nahezu irrem Ausdruck in seinen Augen goss er das Glas noch einmal voll. Er trank einen großen Schluck, nahm meinen Kopf etwas zu sich hoch und suchte meinen Mund. Mit halbgeöffneten Lidern sah er mich an. Sah, dass ich mich an ihn auslieferte, sah die Anstrengung in meinem Blick, die etwas übertrieben vorgeführte Angst zu ersticken. In diesem Moment zwängte er sich in mich hinein, langsam, mit Verzögerungen, Rückzügen und langem, pochendem Verharren. Er stöhnte, seine Lippen, auf meine gepresst, konnten den Wein nicht mehr halten. Warm wie Blut rann er an meinem Hals hinunter auf das Kissen.

Bis es dazu kam, dem eigentlichen Ziel der Prozedur, musste er offensichtlich den Eindruck meiner völligen Hilflosigkeit gewinnen. Totale Unterwerfung sozusagen.

In solchen Momenten hielt ich ihn für krank. Von Mal zu Mal, immer aufs Neue, brach sich dieser Gedanke Bahn, und jedes Mal erschrak ich in derselben Sekunde darüber, verwarf ihn wieder und schämte mich insgeheim, denn ich genoss ihn auch über die Maßen. Ich wusste schließlich, was Rituale für Wolf bedeuteten. Zusätzliche Absicherungen, eine Art mystischer Versiegelung.

Ich konnte die Wirkung dieser Rituale nicht leugnen. Alles wurde zum Geheimnis, erlangte eine neue Bedeutung, wurde größer und stärker. Letztlich war der Wein sein Blut, das er mir mit riesiger Lust einflößte, das er großzügig und maßlos an mich verschenkte. Ich hatte sein Schicksal zu verwalten. Von mir hing jetzt alles ab. Ich war seine Göttin, für diesen Moment jedenfalls war ich es. Sein Charakter, seine Veranlagung bedurften des Anbetens. Es war ein getarntes Beherrschen, bei dem er sich gleichzeitig erniedrigte und unterwarf. Und wenn ich ehrlich bin, war meine Lust, ebenso wie seine, niemals größer als in diesen Momenten.

So eine Liebe! Welch ein Glück! Wünsche und Hoffnungen blühten auf, die das bisherige Leben nicht zugelassen hatte. Und wenn, waren sie missverstanden worden. Nun plötzlich dieses Wunder. Ich war glücklich, bis auf den kleinen Zweifel, den die Endlichkeit aller Dinge mit sich bringt.

Nachdem er sich erholt hatte, stellte er das noch halbvolle letzte Glas ins Regal. Dann kam er zurück ins Bett. Er räkelte sich genüsslich, streichelte mich sanft, lächelte mit geschlossenen Augen, murmelte Liebesworte, war dankbar.

»Es war mein Blut«, sagte er. Seine Augen unter langen Wimpern sahen mich voller Hingabe an. Ich nickte andächtig. Mein Gott, wie sehr ich ihn liebte!
Er schaute zum Regal hinüber. »Rühr es nicht an, es wird uns vor Unglück bewahren.« Dann stellte er den Wecker auf vier Uhr morgens, schob seinen Arm unter meinen Nacken und zog mich dicht an sich heran. Kurze Zeit später war er eingeschlafen. Die kleine Nachttischlampe brannte noch. Ich lag aufgewühlt neben ihm, wagte nicht, mich zu bewegen. Meine Haut klebte an seiner, mein Nacken versteifte sich auf seinem Arm. Ich musste dringend ins Bad. Ich dachte daran, wie oft ich mir gewünscht hatte, mit einem Mann so zu liegen, gesättigt und glücklich. Und nun geriet dieses Liegen allmählich zur Tortur.
Ich versuchte mich ein wenig zurechtzurücken. Mit dem Seufzer eines kleinen, zufriedenen Kindes zog er, tief im Schlaf schon, seinen Arm zurück und drehte sich zur Seite. Vorsichtig stand ich auf und ging ins Bad. Wunderbar wohltuend die kalte Dusche. Als ich zurückkam, lag er unverändert und atmete tief und gleichmäßig. Er hatte keinen Traum. Ich stützte mich auf den Ellbogen und betrachtete ihn. Bei jedem seiner Atemzüge straffte sich seine Haut und schimmerte wie matte Seide. Mit den Fingerspitzen berührte ich sein warmes, lebendiges Fleisch; er zuckte zusammen, als hätte ich ihn verwundet. Schutzlos, nackt und voller Vertrauen lag er am äußersten Rand des Bettes. Wie wenig Platz er brauchte. Ich fühlte eine unbeschreibliche Zärtlichkeit. Mein Pfirsichhäutiger, Bernsteinäugiger, Schmalschläfriger. In dieser Sekunde wäre ich für ihn gestorben.

Als ich das Licht löschen wollte, fiel mein Blick auf das halbvolle Glas. Die Oberfläche bewegte sich und schlug leichte Wellen. Ich stand noch einmal auf und ging hinüber zum Regal. Zwei Fliegen ruderten erregt in der roten Flüssigkeit. Die eine, schon sehr schwach, war nahe am Ertrinken. Nur gelegentlich startete sie einige verzweifelte Fluchtversuche. Die andere war gerade erst gelandet. Wie lange würde sie brauchen bis zu ihrem Tod, dachte ich und wandte mich angewidert und zugleich voller Mitleid ab. Bis zu seiner Rückkehr würde das Glas dort stehen bleiben, unangetastet, verstaubt und nach kurzer Zeit schwarz von ertrunkenen Fliegen.

11

Als er zurückkam, war es wie eine Auferstehung. Er lebte! Ich hatte sein Schicksal gut verwaltet. Als Erstes fragte er mich, und da hatte er noch seinen Mantel an und mich noch nicht berührt und noch nicht begrüßt, sah mich nur an mit einem unruhevollen, zerquälten Gesicht: »Liebst du mich noch?«

»Warum fragst du mich das?«, sagte ich, die ich Tag und Nacht auf ihn gewartet hatte.

»Das ist keine Antwort.«

»Was soll ich sagen?«

»Die Wahrheit!«

Ich wandte mich ab, ging ins Zimmer und holte von dem kleinen Tisch, den ich festlich gedeckt hatte, ein Buch. Ich reichte es ihm. Eine dicke Klemmmappe mit etwa hundert dicht beschriebenen Seiten.

Er sah mich ungläubig an. »Du hast es wirklich geführt? Tag für Tag, die ganze lange Zeit?«

Ich nickte.

Noch im Stehen schlug er die Mappe auf und begann zu lesen. Er ging hin und her, manchmal blickte er hoch, als würde er nachdenken, ein andermal rief er erstaunt: »Was!«, dann wieder sah er mich an und lächelte ungläubig.

Das Tagebuch. Wolf hatte sich ausgedacht, dass ich die Zeit seiner Abwesenheit gedanklich ganz nahe bei ihm sein könnte, wenn ich mit ihm spräche, ihm aufschriebe, wie meine Tage verlaufen, was mich bewegt, worüber ich nachdenke.

»Du meinst ein Tagebuch?«, hatte ich ihn ungläubig gefragt.
»Ja.«
»Aber du bist es doch, der wegfährt. Du erlebst doch viel mehr als ich.«
»Ich werde fotografieren und dir die Bilder zeigen, und du schreibst eben alles auf. Damit wir die Zeit nicht verlieren«, sagte er beschwörend.
Ich wusste, wie viel es ihm bedeutete, und schrieb, minutiös alle inneren und äußeren Dinge festhaltend. Meine Selbstbeschreibung war realistisch, weil ich nur nachzubilden hatte, was tatsächlich an Gedanken und Empfindungen in mir war, vom täglichen Ablauf gar nicht zu reden. Aber ich wollte es nicht bei mir belassen, ich wollte ihn einbeziehen, ihn bei mir haben. Ich versuchte in ihn hineinzukriechen, in seiner Seele zu wandern, seinem Körper, seinem Kopf, und ich musste hineinprojizieren, was ich vermutete, um es dann in Worte zu fassen. Natürlich war es ein Wagnis. Hätte ich sein Denken und Fühlen falsch ausgelegt, wäre es eine Enttäuschung gewesen. Also arbeitete ich wie ein Psychiater, der einen Charakter, eine Seele seziert.
Nach einer Weile legte er das Buch aufgeschlagen beiseite. Mein Herz schlug bis zum Hals.
»Du hast es gespürt, hast mich gespürt«, sagte er andächtig und fuhr fort: »Daran siehst du, wie unendlich stark meine Liebe ist, mein Denken und Fühlen, das ich dir über Tausende Kilometer gesandt habe. Über diesen weiten Weg hat es dich noch erreicht.«
Das war nun doch sehr weit hergeholt, fand ich und war gekränkt. Er hielt die Treffsicherheit meiner Beobachtun-

gen sich selbst zugute. Wie kam er dazu, sich so überzubewerten? Es war allein meinem Fleiß, meiner Erfindungskraft, meinem psychischen Gespür zu verdanken, dass er sich in meinen Sätzen wiederfand. Ich wollte protestieren, aber wie konnte ich?!

Er sah das Rotweinglas auf dem Regal. Eine halbverdunstete, eklige, schwarze Flüssigkeit. Mit spitzen Fingern nahm er das Glas und kippte seinen widerlichen Inhalt ins Toilettenbecken. Es hatte nun keine Bedeutung mehr. Jetzt, da alles überstanden war, wirkte es lächerlich. Lange spülte er nach.

Als das erledigt war, fasste er meine Hand und zog mich hinter sich her. Ohne mich loszulassen, nahm er die Sektflasche aus dem Kühler und ging weiter ins Schlafzimmer. »Essen können wir später«, sagte er. Auch mir hatte das Glas Fliegenweinblut den Appetit verdorben.

Wolf legte sich neben mich, stützte seinen rechten Arm über mich, schob sein nacktes Knie zwischen meine Beine und beugte sich vor, um mich zu küssen. Er sah mich an, berührte meine Stirn, meine Brauen, die Nase, die Augen mit seinem Mund und murmelte zwischendurch wunderbare Worte. Das Tagebuch sei sein schönstes Geschenk, sagte er und etablierte es damit als ständige Aufgabe für mich.

Als wir den Sekt getrunken hatten und uns zu lieben begannen, verlor er mich. Ja, er verlor mich, ich weiß nicht, wie ich es anders nennen soll. Er war nicht mehr bei mir, dachte nicht mehr an mich, fühlte nicht mehr mich, sondern ich weiß nicht wen oder was. Er hatte sich – in diesem Moment jedenfalls – innerlich von mir gelöst und sich etwas oder jemand anderem zugewandt. Plötzlich schoss es mir in den Kopf. Er hat mich in Japan betrogen! Ich sah eine dieser weißhäutigen, schmalgliedrigen, biegsamen Kindfrauen vor mir, Geishas oder Konkubinen oder wer weiß was, mit der er es jetzt gerade trieb. Ob ich recht hatte, weiß ich nicht. Jedenfalls dachte er zum ersten Mal nur an sich.

Danach war er zärtlich wie immer, eine Zärtlichkeit, die etwas von Dankbarkeit hatte. Sicher hatte ich mich geirrt mit meinen Vermutungen. Hirngespinste. Nach kurzer Zeit erhob er sich, griff nach einer seiner beiden schweren Reisetaschen, der, die für mich bestimmt war, und stapelte die Geschenke, die er mir mitgebracht hatte, auf meiner Bettdecke. Irgendwie war er beim Packen durcheinandergeraten, denn etliche der Päckchen, die er schon ausgebreitet hatte, stopfte er wieder in die Tasche zurück. Ein Teil für mich, ein Teil für sie ... Ärger stieg in mir hoch.

Bevor ich daranging, die Päckchen und Pakete auszuwickeln, peinigte mich die Gewissheit, dass die zweite der beiden Taschen wie gewohnt ungeöffnet bleiben würde. »Ein paar Dinge für den Jungen und noch ein paar Kleinigkeiten«, hatte er vor langer Zeit zu erklären versucht, als er sah, wie ich die Tasche betrachtete, ihren Umfang fixierte und mit dem der anderen verglich, die für mich bestimmt war, und davon den Wert derjenigen abmaß, für die die beiden Taschen gedacht waren. Aber das war doch eigentlich lange abgetan. In dem Moment, in dem ich die Daseinsberechtigung seiner Frau, seines Sohnes, seines Hauses akzeptierte, ja, für wünschenswert hielt, nahm ich auch das hier in Kauf.

Mir ging es doch nicht um diese lächerlichen Geschenke. Was bedeuteten sie denn? Im Grunde genommen nichts.

Insofern war diese stets ungeöffnete Tasche wirklich ohne Belang für mich. Eine ungeöffnete schwarze Umhängetasche mit kleinen Mitbringseln für die Frau und den Sohn, weiter nichts. Langsam, um die Dekoration der Geschenke nicht zu zerstören, schob ich mich hoch in den Sitz und wickelte sie aus. Meine Verstimmtheit, das war mir jetzt klar, hatte mit seinem Egoismus zu tun, während er mich in seinen Armen hielt. Das hatte ich vorher noch nie an ihm wahrgenommen.

12

Vielleicht lag es an mir, dass ich der Unzufriedenheit, die ganz allmählich in mir wuchs, nicht Einhalt gebot. Vielleicht war es sogar meine Schuld, dass sie sich überhaupt bemerkbar machte. Ich wusste doch, dass er verheiratet ist. Er hat nie ein Geheimnis daraus gemacht, und ich habe diesen Umstand vom ersten Blickkontakt an akzeptiert. Eines Tages würde sich das Problem erledigt haben. Er hatte keinen Termin gesetzt, aber genau so würde es sein. Worüber also regte ich mich auf?

Solche Gedanken kamen an den Wochenenden, Tagen, an denen er unsichtbar blieb. Aber selbst in der Blindheit dieser Tage hörte ich wenigstens seine Stimme. Auch heute, am Sonnabend, wünschte er mir aus seinem Nirwana heraus einen lichten Tag – wie einfühlsam und treffsicher er es formulierte, diesen *lichten Tag*. Und um gleich damit zu beginnen, versicherte er mich lauthals seiner Sehnsucht, seiner Lust und seiner Liebe.

Konnte ich mich also beklagen? Wenn ich ehrlich sein wollte – nein. Er war jede freie Minute bei mir. Er rief mich mehrmals täglich an und oft auch in der Nacht. Dann verließ er sein warmes Bett, torkelte schlaftrunken zur Telefonzelle an der Ecke und sandte mir, um mir auch noch die Nacht *licht* zu machen, seine zerträumten Worte.

Es klingelte. Sicher die Post, die mir die bestellten Bücher bringt, dachte ich, strich mir über die Haare und öffnete die Tür. Ein riesiger vielfarbiger Frühlingsblumenstrauß schob sich meinem Gesicht entgegen, obwohl es vor den Fenstern noch schneite. Hinter dem Duften Wolfs schönstes, lachendes Glücksgesicht. Der Schabernack in den Augenwinkeln galt der Überraschung des Augenblicks und meiner verdutzten Sprachlosigkeit.

»Wolf, Wolf …«, haspelte ich schließlich, während er mich mitsamt den Frühlingsblumen an sich presste und mit sich im Kreis herumdrehte.

»Wolf, die Blumen, denk an die Blumen!«

»Mein Herz, mein Geliebtes, mein Einüberalles, freust du dich auch so verrückt wie ich?«

»Die Blumen, Wolf, die schönen Blumen!«, jammerte ich weiter, weil wir schon auf ihren abgefallenen Köpfen tanzten.

»Komm, meine Liebste, zieh dich schnell an, wir fahren ins Schloss.«

»Ins Schloss?«, fragte ich, von seinem Überfall immer noch ganz durcheinander.

»Ja, ins Schloss, wohin sonst sollte ich denn mit meiner Herzallerliebsten, meiner Schneekönigin, meinem Mitternachtsfohlen, meinem Sternenschweif, meinem Morgengold fahren?«

»Wolf, mein Liebster, ich bin so aufgelöst, so ohne Halt und Rettung, wenn du nicht bei mir bist, so hingegeben an dich, dass es gar nicht mehr anders geht«, brachte ich endlich heraus mit einem geradezu überwältigenden Gefühl von Dankbarkeit für diesen Mann und diese Liebe.

»Ich weiß, mein Clärchen, ich weiß. Ich fühle doch genauso wie du. Komm, lass uns keine Zeit verlieren.«

Während Wolf die geretteten Blumen in einer Vase verstaute, griff ich meinen Pelzmantel, zog die gefütterten

Stiefel an, schlang das warme Tuch um den Kopf und war reisefertig. Noch immer war ich nicht ganz auf dem Boden der Wirklichkeit angelangt, die Wolf mit seiner unangekündigten Ankunft geschaffen hatte. Ein Wochenendtag für uns! Nicht nur eine halbe Stunde, nicht nur ein Vormittag, nicht nur ein Tag, so wie es aussah, nein, vielleicht auch noch eine Nacht dazu. Es ging über jedes Verstehen.

Wolf nahm meine Hand, als wolle er sie wärmen, und küsste sie zärtlich.

»Ich bin so froh«, sagte er.

»Wie hast du denn das organi…«

»Pssst! Lass uns den Tag nicht zerreden«, bat er. Und er hatte recht, es war gleichgültig, wie er es geschafft hatte, hier zu sein, er war einfach da.

»Wo liegt denn unser Märchenschloss?«

»Etwa sechzig Kilometer Richtung Hamburg. Wir biegen gleich von der Autobahn ab und fahren weiter durch den Wald.«

Die Sonne brach durch Wolkengebirge und glitzerte auf den Schneekronen der Kiefern. Alsbald lenkte er in eine kleine halbrunde Lichtung und hielt etwa fünfzig Meter weiter am Rand einer Baumreihe an.

»Warte, ich helfe dir«, rief er mir zu, schon mit einem Fuß im tiefen Schnee. Er kam herumgestapft, nahm meinen Ellbogen und zog mich aus dem Auto in seine Arme. »Wie fühlst du dich?«, fragte er.

»Eingehüllt und warm vor Glück und … und dass es für immer so bliebe«, erwiderte ich und merkte erst nach diesem Satz, dass Wolf ihn auch missdeuten und als Unzufriedenheit und Ungeduld und Wunsch nach Veränderung verstehen könnte. Aber er sah mich nur an, ganz ohne Arg, nur pure Lust in seinen verdunkelten Augen, und murmelte, mich leicht mit seinem Körper anstoßend: »Es wird, meine Liebste, das wird es bestimmt. Dann haben wir alle Tage der Welt und feiern unsere Liebe.«

Wir feiern unsere Liebe – ob Agnes Worte wie diese schon einmal gehört hat, ein einziges Mal nur von ihrem Karl oder einem ihrer handfesten Lover? Es war eine Trostfrage über alle unnütze Wochenendunzufriedenheit hinweg, denn das, was wir jetzt erlebten, war natürlich eine Ausnahme, ein *lichter* Tag über der Trübsal der sonstigen Wochenendtage.

Um zu verbergen, wie sehr mich sein Satz bewegte, riss ich mich los, so dass Wolf der Länge nach in den Schnee fiel, und rannte in die Mitte der Lichtung.

Wolf stapfte laut und lustig drohend hinter mir her. Nach wenigen Metern spürte ich seinen hechelnden Atem in meinem Nacken, als er mich von hinten packte und in den Schnee warf, um sich gleich darauf über mich zu beugen.

Er zog die Handschuhe aus, deckte seinen fellgefütterten langen Mantel über uns und nahm mein Gesicht in seine beiden heißen Hände. »Mein Herz, mein einzig geliebtes, mein Alles, mein Leben …«, flüsterte er.

Wir küssten uns, und er befreite mich, behutsam mit seinem Atem mich wärmend, von allen störenden Kleidungsstücken. Wir liebten uns in der hautwarmen Koje unserer Mäntel.

Später, beim Abendessen in der schön eingedeckten Orangerie des Schlosses, fand ich unter der Serviette auf meinem Teller ein kleines ledernes Etui. Der breite Goldring darin trug die Inschrift: *per sempre!* – für immer!

13

Ich muss raus aus diesem Zimmer, das wie eine Gruft ist, ein Grab aus Erinnerungen, die von weit her, aus Berlin, kommen. Auf ihrem langen Weg haben sie sich aufgeblasen, haben ihre Gestalt verändert, sind quälerischer geworden. Ich will weg von ihnen, auch weg von dem Lachen der Frau aus dem Nachbarzimmer, das mich zu stören beginnt. Ich muss an die frische Luft, mich bewegen, laufen, die sich ankündigende Migräne weglaufen.

Der Fahrstuhl bringt mich nach unten. Zischend und ratternd und ohne zu stoppen. Die Türen öffnen sich. An der Bar, gleich neben der Rezeption, stehen ein paar Leute. Sie unterhalten sich. Ich gehe an ihnen vorbei durch die geöffnete Glastür und trete nach draußen. Eine feuchte Kühle schlägt mir entgegen, die das Meer ahnen lässt. Ich wende mich nach rechts, gehe ein Stück am Hotel entlang, lasse das Meer hinter mir und schlage den Weg zum Park ein, der hinauf in den Wald und später in die Berge führt.

Der Mond scheint hell auf die großen rechteckigen Steine des Weges, die nach einer Weile aufhören und einem trockenen, dunklen Sandweg weichen. Es läuft sich bequemer auf dem Sand, der von den Lichtseen der Lampen erleuchtet wird. Der Park verdichtet sich allmählich und geht in den Wald über. Der breite, bequeme Weg lädt ein weiterzulaufen. Schon bald gibt es keine Lampen mehr, dafür steht der Mond genau über mir und gießt sein Licht fahl und schimmernd über mir aus. Um mich herum knackt und raschelt es, als ob die Geister des fremden Waldes mich begrüßen wollten. In Ordnung, denke ich, durch den Sekt friedlich gestimmt, ich werde noch ein bisschen wandern, es geht mir gut hier.

Nach einer Weile kommt von hinten ein flackerndes Licht. Ich drehe mich um und sehe von fern zwei tanzende Scheinwerfer. Das leise brummende Geräusch eines Motors wird hörbar. Es kommt langsam näher. Ich bleibe stehen. Gemächlich rollt ein Jeep auf mich zu, mit abgeblendetem Licht jetzt. Ich wundere mich, dass auf diesen Wegen mitten im Wald Autos fahren dürfen. Vielleicht ein Förster oder ein Jäger, überlege ich und bewege mich nicht vom Fleck. Kurz vor mir hält der Fahrer an. Der Motor tuckert leise weiter. Nichts geschieht.

Erstaunlicherweise muss ich lächeln. Eine absurde Situation. Ein Rendezvous mitten im Wald, nachts auf der Krim. Wenn Wolf das wüsste, denke ich schadenfroh. Dann fällt mir ein, dass ich mich nicht abgemeldet habe, als ich das Hotel verließ. Wozu auch, ich hatte nur vor, ein wenig Luft zu schöpfen. Aber nun bin ich schon lange fort. Vielleicht ist ein Anruf für mich gekommen. Agnes vielleicht oder Wolf, und ich bin nicht da zu nächtlicher Zeit. Unsinn. Ich schüttle diese Gedanken ab.

Wolf kommt heute aus Frankreich zurück. Obwohl ich mich jenseits von Zeit und Raum bewege, hat mein Unterbewusstsein diesen Termin gespeichert. Wie beunruhigt er sein wird, wenn er mich zu Hause nicht antrifft. Er wird seinen Schlüssel benutzen, da ich nicht öffne. Meiner Ankündigung, nach Jalta zu fahren, wird er bestimmt nicht geglaubt haben. Ich ohne ihn?

Nein, niemals! Dass ich mich am Telefon nicht meldete, als er anrief, wird er für Taktik gehalten haben, eine Strategie der Verunsicherung. Bestimmt glaubt er, ich würde gleich die Tür aufschließen und in die Wohnung treten. Es ist noch nie passiert, dass ich nicht da war, wenn er kam.

Er wird sich aufs Bett legen, um auf mich zu warten. Nach einer gewissen Zeit wird er Agnes anrufen, aber die ist nicht da. Anschließend vielleicht das Institut. Die Auskunft, dass ich im Urlaub sei, wird seine Unruhe vergrößern. Dann wird er bei meinen Eltern nachfragen. Sicher hat er sie schon angerufen, und sie haben ihm gesagt, wo ich bin: ... Ja, ziemlich überstürzt ... Von einem Tag zum anderen ... Ich hätte von vier Wochen gesprochen ... Nach Jalta auf der Krim ... Nein, die genaue Anschrift kannten sie nicht ...

Er würde die Tüte mit dem Mantel entdecken, den ich nicht zur Reinigung gebracht habe. Wenn er den Mantel herausnimmt, wird er sofort nach dem Foto suchen. Vielleicht erinnert er sich, welches Foto es war. Wenn nicht, wird er es kurz darauf finden. Vielleicht wundert er sich, dass der Knopf, dessen Herumbaumeln ihn so lange geärgert hat, angenäht ist. Das müsste ihn eigentlich zur Verzweiflung bringen.

14

Unser drittes Jahr. Wenn meine Kolleginnen, alle schon Mütter, viele schon wieder geschieden, oder auch Agnes sich hin und wieder wunderten, dass ich noch nicht verheiratet war, tat ich es mit der Bemerkung ab: »Bis dreißig lass ich mir Zeit, bis dahin hat mich der Richtige gefunden.«

Als ich Wolf traf, steuerte ich innerlich in großer Zuversicht auf diesen Punkt zu. Dass es nicht so leicht werden würde, wie ich anfangs glaubte und wie mir die überschwengliche Art seiner Liebe vorgaukelte, erkannte ich bald. Aber dass sein Loslösen von Frau, Sohn und Haus sich so hinziehen würde, so ohne jede zeitliche Aussicht, deprimierte mich nach einiger Zeit sehr. Wenn ich anfing, darüber zu klagen, hatte er Gründe und Ausflüchte und immer auch Hoffnung und Trost. Meist war es sein Sohn, der herhalten musste.

»Ein Kind, verstehst du?« Wolf sagte es mit leicht gequältem Ton, so als könnte man es nun, da es auf der Welt war, nicht einfach beiseitestellen. »Der Junge kann ja nichts dafür«, murmelte er wie zu sich selbst. Und dann, ein wenig ärgerlich: »Soll er dafür büßen, dass ich glücklich bin?« Er verstieg sich zu der Frage, die mich völlig aus der Fassung brachte: »Könntest du mich denn lieben, wenn ich ihn so einfach im Stich lassen würde?«

Damit war alles gesagt. Noch immer war ich viel zu gläubig, viel zu abhängig von ihm, als dass ich etwas hätte dagegen setzen können. Kommt Zeit, kommt Rat, dachte ich.

Ich litt mit ihm, wenn er sich in den Nächten, in denen er gehen musste, und es waren fast alle unsere Nächte, selbstquälerisch von mir verabschiedete. Mehr noch als seine ausgeklügelten Umarmungen beeindruckte es mich, wenn er tief in der Nacht zurückkam, weil eine *Ungewissheit* ihn nicht hatte schlafen lassen. »Ich kann dort nicht ruhig werden, ohne zu wissen, ob du mich liebst«, sagte er dann total niedergeschlagen. Ich war hingerissen von der Unbedingtheit seiner Gefühle. Heute frage ich mich, warum ich bei einer solchen Bemerkung nicht angefangen habe, an seinem Verstand zu zweifeln. Die kleine Ungewissheit hatte ihn nämlich nicht nur um seinen Schlaf gebracht, sondern ihn zu später Stunde zwanzig Kilometer zu mir und dann wieder zurückfahren lassen und mit allen Beteuerungen und Umarmungen etwa zwei Stunden seiner knappen Zeit gekostet. Und aus welchen Untiefen seiner dunklen Seele rührten überhaupt seine Zweifel an mir? Konnte gut sein, dass es sein schlechtes Gewissen war. Eigentlich hätte ich beleidigt sein und ihn davonjagen sollen.

Aber über diese Art vernünftigen Denkens verfügte ich zu jener Zeit nicht. Es stand für mich fest, dass von uns beiden er der Bedauernswertere war und daher Rücksicht, Verständnis und Fürsorge brauchte. Ich habe nicht von Anfang an so gedacht, aber im Laufe der Zeit überzeugte Wolf mich davon. Musste nicht er sich Nacht für Nacht von mir losreißen? Hatte nicht er die Last von Haus, Frau und Kind zu tragen? Musste nicht er ständig fürchten, ich, die ich frei und ungebunden war und somit unzähligen Anfechtungen ausgesetzt, könnte diesen eines Tages erliegen?

»Ich weiß nicht«, meinte er einmal ganz hoffnungslos, »du bist so selbständig, anderen Menschen so zugewandt, so empfänglich, ich habe immer Angst, dass du dich mitreißen lässt.«

Bei dieser Vorstellung verzog er schmerzvoll sein dunkles, weiches Gesicht. Wie er es sagte, hörte es sich an, als hätte er es schon hundertmal erlebt.

Ich lächelte und schüttelte den Kopf. Erst später, da wusste ich schon, dass er mich betrog, wurde mir klar, dass er Verlassensein wirklich schon viele Male erlitten hatte, allerdings immer als derjenige, der verließ.

Immerhin war ich allmählich genervt von so vielen irrsinnigen Überlegungen und konterte: »Ich dich verlassen? Wie kommst du darauf? Eher könnte ich dir das vorhalten. Du verlässt mich doch jede Nacht.«

»Aber du weißt genau, wo ich bin und dass mich dort wirklich nichts hält. Oliver natürlich, sonst nur die Pflicht. Aber du, du amüsierst dich mit wildfremden Leuten, gehst mit deiner Agnes aus, triffst dich mit deinen Kollegen. Denkst du, dass mir das gefällt? Ich möchte der Einzige sein, mit dem du alles erlebst.«

»Aber das genau möchte ich auch«, hielt ich ihm sehr ruhig entgegen.

»Dann hab doch Geduld, heb doch die Zeit einfach für uns auf.«

Er hatte eine Art, die Dinge für sich zurechtzubiegen, dass er mich damit immer wieder ins Unrecht setzte. *Heb doch die Zeit einfach für uns auf …* Dieser Satz unterstellte, dass ich Zeit vergeudete, und enthielt zugleich die Forderung, alle Kontakte abzubrechen und nur noch für ihn da zu sein.

Na gut, dachte ich, er hat Angst, mich zu verlieren. Eigentlich kann ich froh sein, dass er so fühlt, so ausschließlich und intensiv. Wem widerfährt denn so etwas schon, so eine Liebe? Und er ist doch meine einzige richtige große Liebe. Warum also soll ich ihm diesen Gefallen nicht tun? Und so geschah es. Ich ging nicht mehr zu Institutsfeiern oder anderen Partys, traf mich auch sonst mit niemandem mehr. Selbst Agnes, meine beste Freundin, hielt ich stets so lange hin, bis Wolf wieder auf Reisen war. Und auch das erschien mir schon als Betrug.

Einmal sprach ich mit Agnes darüber. Sie verstand gar nichts und hielt mich für psychisch gestört. Dass ich mich mit ihr traf, sah Wolf besonders ungern. Er hielt sie für eine leichtlebige Person, die mich nur allzu gern in ihr Lotterleben, wie er es nannte, hineinziehen würde. Einmal sagte er: »Ich bin mir ziemlich sicher, dass sie ihren Mann betrügt.«

Mein Kontakt zu Agnes war die einzige Ausnahme, die ich mir hinter Wolfs Rücken mit schlechtem Gewissen gestattete. Traf ich mich mit ihr, setzte ich den Anrufbeantworter außer Kraft, falls er mich anrufen würde. Und hatte er tatsächlich angerufen, behauptete ich, der Anschluss sei gestört gewesen. Natürlich musste ich auch das Tagebuch manipulieren und die Zeit meiner Abwesenheit mit anderen Pflichten belegen, mit einem Termin in der Uni zum Beispiel, mit Einkäufen oder einem Arzttermin. Selbst einen Spaziergang würde er als egoistisch empfinden.

»Du hast mir doch gesagt, du warst wegen Büchern unterwegs, davon schreibst du gar nichts«, bemerkte er misstrauisch, als er nach seiner Rückkehr das Tagebuch las. Ich hatte vergessen, mit welcher Ausrede ich ihm am Telefon meine Abwesenheit erklärt hatte. In Wirklichkeit hatte ich mich ausnahmsweise mit Boris getroffen. Als ich einmal versuchte, über Boris als einen guten alten Freund zu sprechen, und sein umfassendes Wissen über russische Schriftsteller erwähnte, bezeichnete Wolf ihn sofort als Spinner, der die Literatur missbrauchte, um mich ins Bett zu kriegen. »Wenn du mich liebst, Clara, gib dich nicht mit diesem ›Russen‹ ab«, hatte er kurz und bündig gefordert und das Wort *Russe* wie ein Schimpfwort benutzt.

Sehr selten und stets mit schlechtem Gewissen, aber mit einem Drängen, das stärker war als alle Bedenken, verabredete ich mich dennoch mit Boris. Es war interessant, mit ihm zu diskutieren. Auch meiner Arbeit kam zugute, dass er ziemlich detailliert über neue Stimmen in der russischen Kunst Bescheid wusste.

Wir trafen uns in einem weit abgelegenen Café. Aber selbst da saß ich mit der Angst, dass irgendein eventuell anwesender Bekannter Wolf erzählen könnte, wo und mit wem er mich gesehen hatte.

Boris fiel meine Nervosität auf. »Du bist so unruhig, wirkst so gehetzt. Bist du in Eile?«, erkundigte er sich.

»Tut mir leid, meine Eltern wollen mich heute besuchen, und ich hoffe, sie stehen nicht schon vor der Tür«, log ich und verachtete mich dafür.

»Sieh mal, sonst vergesse ich es noch, bevor du gehst«, sagte er und schob mir eine Kinokarte herüber. »Ich glaube, ein sehr guter Film, ich habe eine Rezension gelesen. Hast du nicht Lust, nächstes Wochenende?«

Das Wochenende – diese Tage, die mich so trostlos meiner doppelten Einsamkeit aussetzten, meinem realen Alleinsein einerseits und Wolfs Unerreichbarkeit andererseits. Aber was wäre, wenn er mich anriefe und ich nicht zu Hause war? An einem Samstagabend nicht da!

»Schade, Boris«, antwortete ich bedauernd und berührte kurz seine Hand »da kann ich leider nicht.«

»Okay«, sagte er, und ich hatte das Gefühl, als wüsste er, dass ich log und dass ich mich dabei sehr unwohl fühlte.

Selbst diese für mich so wichtigen Begegnungen mit Boris strich ich von da an, weil ich sie nicht genießen konnte. Ohne es wörtlich einzufordern, schaffte es Wolf, dass ich meinen Lebensradius immer enger zog, mich abkapselte, einigelte, einen Kokon um mich wob, der nur noch für ihn zugänglich war.

Heute weiß ich, wie raffiniert sein Vorgehen war, wie ungeheuerlich der Missbrauch, den er beging. Und wie bereitwillig ich mich dazu hergegeben habe, weil ich nicht sah, dass die Voraussetzungen falsch waren, von denen ich ausging. Es war nicht Liebe, einmalige, unersetzbare Liebe. Nein, es lief auf Besitznahme hinaus, auf Beherrschen. Dieses Immer-und-ewig, Nie-und-nimmer, Ganz-oder-gar-nicht, mit diesen Worthülsen hielt er mich in Schach.

15

Mein zweiunddreißigster Geburtstag fiel auf einen Sonnabend. Wolf war mit dem Theater in Genf. Punkt Mitternacht schrillte das Telefon.

»Ich wollte der Erste sein«, rief er mir gut gelaunt ins Ohr.

Ich war in keiner guten Stimmung. »Da hättest du in aller Ruhe auch vormittags um zehn anrufen können.«

Er hörte darüber hinweg. Heute war mein Geburtstag, und da wollte er sich nicht mit mir streiten.

»Ja, ja, aber so kann ich wenigstens sicher sein«, versuchte er zu scherzen. Und dann kamen wie immer zu solchen Gelegenheiten große Worte: »Ich gratuliere dir, mein Liebstes. Und ich wünsche dir, dass in Erfüllung geht, was du dir wünschst.« Das war hinterhältig, fand ich und schwieg. »Dass wir uns gefunden haben«, sagte er hastig. »Und dass eine so große Liebe daraus geworden ist. Das passiert nur wenigen Menschen. Ein Geschenk des Schicksals!«

So ein Unsinn, dachte ich. Mein Hals schnürte sich zu vor Wut.

»Clara, du antwortest mir überhaupt nicht. Ich weiß, was dich stört. Aber das hat doch nichts mit uns zu tun. Warum willst du das nicht verstehen?«

Störfall! Stören! Stört – was für ein kleines, nettes, belangloses Wort für diese Ungeheuerlichkeit. Ein jahrelanges Doppelleben in aller gebotenen Heimlichkeit. Und er sprach von Liebe!

»Weil es nicht stimmt!«, schrie ich.
»Clara, Liebste, hör auf, hör bitte auf! Du quälst mich damit.«
»Ja, vielleicht wäre es wirklich das Beste aufzuhören.«
»Liebste, was ist mit dir? Ist etwas passiert? Hast du jemanden kennengelernt?«
Immer als Erstes diese Verdächtigungen, so etwas abwegig Lächerliches. Ich musste wirklich ein Ende machen. Vielleicht würde sich dann endlich etwas ändern.
»Meinst du, wenn ich jemanden hätte, würde es mir so schlechtgehen? Du siehst doch, wie gut es dir geht, weil du mich als Beifrau hältst.« Er hörte, dass ich litt, seinetwegen litt, und da war die Welt wieder in Ordnung. Für ihn.
»Hier ist schon Frühling«, sagte er unvermittelt, als hätte er sich eben erst davon überzeugt. »Hab einen schönen Tag, mein Liebes«, kam es etwas abrupt. Und dann, nach einer kleinen Pause: »Lass mich am Leben, Clara! Verlass uns nicht!«
Sein Pathos klang so falsch, dass es mir auf die Nerven ging. Frühling – was redete er von Frühling! Ich stand auf und holte die Flasche Sekt aus dem Kühlschrank. Dann nahm ich zwei Gläser aus dem Schrank, füllte sie und stieß mit mir an. »Ich wünsche mir, dass sie stirbt«, sagte ich, sandte meine Hassgedanken in Richtung seiner Frau und trank die beiden Gläser leer.
Frühling – was gab es sonst, das so weh tat? Diese erwartungsvolle Unruhe, dieser herausfordernde Neubeginn. Aufbruchstimmung – auf Teufel komm raus. Aber mich erreichten die Hände des Frühlings nicht. Und wenn, mich streichelten sie nicht, mich schlugen sie.

Die letzten Monate waren vergleichsweise leicht. Da war ich verschanzt hinter den frühdunklen Abenden des Winters, die mich zu nichts zwangen und mich sein ließen, wie ich mich fühlte. Dämmrige Tagesanfänge, verschlafene Morgen hinter dem Schleier tanzender Flocken. In dieser Friedfertigkeit ging es mir gut.

Nun aber schmolz der Schnee. Die intrigante Sonne nahm den schützenden Schleier fort, und wenn sie den Dunst von den Tagen wegnahm, würde die Unrast kommen. Bis zum Sommer würde sich das hinziehen. Welch ein Glück, wenn der Spätsommer trocken und hitzig wäre. Wenn er Duft und Farben verströmen würde und nichts sie aufhielte. Das würde meine Zeit sein. Hatte Wolf das vergessen?

Ich schlief noch, als es am hellen Tag klingelte – mein Handy signalisierte eine Nachricht. Irgendein Glückwunsch, dachte ich missmutig und öffnete die SMS.

»Mein Herzallerliebstes, mein Ein und Alles, ich verstehe dich gut! Sei nicht mehr traurig, im Sommer machen wir Hochzeitsreise. Ich bin dein Mann – heute und immer.«

Es stimmte also, Wolf konnte meine Gedanken lesen, so wie ich in meinem Tagebuch vorgab, seine lesen zu können. Er aber konnte es wirklich. Vielleicht stimmt ja alles, was er sagt, dachte ich in meiner unglaublichen Naivität.

16

Ein grelles kurzes Aufblinken holt meine Gedanken zurück. Ich wende mich zum Auto und gehe ein paar Schritte darauf zu. Das Fenster des Fahrers ist heruntergelassen, dahinter das Glimmen einer Zigarette. Der Mann am Lenkrad sieht mich an. Sieht die verbrannte, abgeblätterte Haut, das dunkle, wirre Haar, das weite, zerknitterte Kleid. Er beugt sich zur Beifahrertür und öffnet sie. Mit einer Handbewegung fordert er mich auf einzusteigen. Ich gehe um den Wagen herum und beobachte ihn. Er wendet sich nicht nach mir um.

Ich setze mich neben ihn und ziehe die Tür zu. Der Mann kramt vorn in der Ablage herum. Er schaltet den Recorder an und schiebt eine Kassette ein. Ein italienisches Lied erklingt. Eine alte, scheppernde Aufnahme. Ich erkenne das Lied und den Sänger. Enrico Caruso schmettert *O sole mio.*

Wir fahren los. Der Wagen gewinnt schnell an Geschwindigkeit. Die aus der Finsternis herausstürzenden Bäume huschen an uns vorbei. Lässig und präzise lenkt der Mann das Auto. Er scheint den Weg genau zu kennen. Er benutzt nur eine Hand, die locker unten am Lenkrad liegt. In der anderen hält er eine Zigarette. Den angewinkelten Arm stützt er auf das geöffnete Fenster.

Wir segeln dem schwarzen Loch entgegen, das trotz unserer Vorwärtsbewegung immer an derselben Stelle vor uns zu verharren scheint. Ich lehne mich zurück und schließe die Augen. Neben dem wildfremden Mann füh-

le ich mich sicher. Vielleicht träume ich alles nur, denke ich und überlasse meinen Körper ohne jeglichen Vorbehalt dem Schaukeln, das mich vorwärtsträgt.
Einige Minuten scheine ich geschlafen zu haben. Caruso singt immer noch. Das Auto ist langsamer geworden und schraubt sich nun einen leicht knirschenden breiten Weg hinauf. Kein Wald mehr, kein Gebüsch oder Gestrüpp. Der Mond scheint hell, ohne jedoch das Umfeld den Blicken zu öffnen. Ich schließe die Augen wieder. Ich muss mich von nichts überzeugen, der Fahrer kennt sich hier aus.
Die Kassette ist zu Ende. Der Mann nimmt sie aus dem Recorder und murmelt einige unverständliche Worte. Er beginnt vor sich hin zu summen. Formt mit schöner, dunkler, geschmeidiger Stimme Wörter, die ich nicht verstehe. Die Bremsen kreischen, wir biegen scharf nach rechts in einen schmaleren, holprigen Schotterweg. Beim Abbiegen falle ich gegen den Mann und halte mich an seinem Arm. Er sagt leise etwas und lächelt. Kurz wendet er den Kopf zu mir und betrachtet mich. Zum ersten Mal sehe ich sein Gesicht. Es ist dunkel und schmal unter schwarzem, pomadig glattem Haar. Tiefe Linien machen es hart. Die Augen, zusammengekniffen zu schwarzen Spalten, tasten rasch über mein Gesicht. Ruhig wendet er sich wieder ab und fährt fort zu singen.
Langsam, holpernd stoßen wir in die Finsternis und bleiben schließlich stehen. Er schaltet die Scheinwerfer aus und dreht den Motor ab. Jetzt, in völliger Dunkelheit, sehe ich ihn nur noch schemenhaft. Es ist total still, beinahe leblos, nachdem der Motor schweigt. Nur die Kühle

der Nacht, die durch das offene Fenster dringt, wirkt belebend.
Ich atme tief ein. Die Luft duftet nach Meer. Zum ersten Mal, seit ich hier bin, rieche ich deutlich das Meer. Ich drehe die Scheibe herunter und versuche etwas zu erkennen. Langsam gewöhnen sich meine Augen an die Schwärze und beginnen zu unterscheiden. Körperlichkeit kehrt zurück, Formen, Entfernungen, Höhen und Tiefen. Die Dinge nehmen Gestalt an. Auf meiner Seite sehe ich niedriges Gestrüpp. Ganz weit entfernt schimmern tief unten die Lichter der Stadt. Auf der anderen Seite, dicht am Fenster des Fahrers, eine Wand aus Gestein.
Der Mann neben mir bewegt sich, öffnet vorsichtig die Tür, nur einen Spaltbreit, und schiebt sich nach draußen. Er schließt die Tür wieder und zwängt sich zwischen Auto und Steinwand nach vorn. Er kommt herüber zu mir und öffnet meine Tür. Es riecht nach Gräsern, Pilzen und Holz.
Der Mann reicht mir die Hand und weist auf den Abgrund gleich hinter sich. Er sagt: »Aufpassen, bitte!« Jetzt spricht er Russisch, und ich kann ihn verstehen. Wir gehen dicht nebeneinander, er an der abschüssigen Seite, ich an der sicheren Felsenwand. Mir fällt zum ersten Mal auf, wie klein er ist, einen halben Kopf kleiner als ich.
Der Fels tritt ein Stück in den Weg und zwingt uns, hintereinander zu gehen. Der Mann bewegt sich zielgerichtet und schnell.
»Zu schnell?«, fragt er kurz, sein Gesicht zu mir wendend. Ich schüttle den Kopf. Der Weg bleibt schmal. Nach

dreißig Metern etwa macht sich ein leises Rauschen bemerkbar. Zunächst ist es ein sanftes, ungleichmäßiges Zischeln, aber mit jedem Schritt gewinnt es an Stärke und gibt sich schließlich zu erkennen. Der Fels tritt unvermittelt zurück und bildet eine halbrunde hohe Grotte, in deren Mitte ein heller, glitzernder Wasserstrahl von weit oben herunterfällt. Unten platscht er auf eine große, flache Felsplatte, um von dort aus den Abhang hinunterzufließen. Ein Teil des Wassers, das auf den Stein trifft, zerstiebt und schwebt als feiner nasser Staub nach allen Seiten. Der Boden ist glitschig davon.

Rechtzeitig, um von dem eiskalten feinen Regen nicht durchnässt zu werden, weist der Mann mich zurück. Ohne mich weiter zu beachten, beginnt er sich auszuziehen. Jedes einzelne Stück – die Hose, das Jackett, Hemd und Schlips, Socken und Unterwäsche – legt er sorgfältig über den untersten Ast eines Baums, der etwas seitwärts steht. Die Schuhe stellt er ordentlich an die vom Wasser abgewandte Seite des Stammes. Er tritt an die Grotte, beugt sich vor und hält die Hände in den herabstürzenden Strahl. Nackt und weiß steht er schmalgliedrig vor der von Nässe schwarzen Felswand. Deutlich heben sich die Konturen seines Körpers von der spiegelblanken Fläche ab. Die langen, schlanken Beine, die schmalen Hüften, der magere, eingedellte Brustkorb, der kurze Hals unter dem großen, dunklen Kopf. Als er sich dreht, sehe ich seinen stark gewölbten Rücken. Er ist verwachsen, ein Buckliger.

Aufjauchzend tritt er unter das niederstürzende Wasser, springt seitwärts weg, um sich zu schützen, tritt schnell wieder zurück, schlägt mit den Armen, stöhnt und schreit und flieht immer wieder den eisigen Guss. Dann strafft er sich, atmet tief ein und tritt ruhig in die Mitte des Strahls. Er presst die Arme um seine Brust und hebt das Gesicht dem Wasser entgegen. Er steht ganz still, fast unsichtbar und wie verschmolzen mit dem Strahl.

Es ist ein Märchen, in das ich geraten bin. Der tanzende Gnom, dessen Namen ich hersagen muss, um nicht von ihm entführt zu werden. Aber ich weiß den Namen nicht. Er hat ihn mir nicht verraten. Es ist meine Schuld, ich habe ihn nicht danach gefragt. Habe mich ausgeliefert, gedankenlos, berauscht, von allen guten Geistern verlassen.

Der kleine Mann löst sich aus dem Wasserfall. Er wischt die Tropfen von seiner Haut, schüttelt die Nässe aus seinen Haaren und streicht sie mit leicht gespreizten Fingern glatt zurück. Dann kommt er zu mir, bleibt dicht vor mir stehen und legt behutsam seine beiden langfingrigen, schmalen, eiskalten Hände auf mein Gesicht. Es ist die erste zärtliche Berührung seit einer Ewigkeit. Solange sie dauert, hält sie mich. Als er sie löst, verlässt mich die Kraft, ich schwanke und fürchte zu fallen. Er greift schnell nach mir und presst mich an sich. »Ist alles gut, alles gut«, sagt er und dann: »Du sprichst doch Russisch?«

Ich nicke.

»Wie heißt du?«

»Clarissa.«

»Clarissa, Rissa, Rischenka«, murmelt er. Und dann noch einmal: »Rischenka«.

Ich friere so sehr, dass meine Zähne aufeinanderschlagen.

Er lässt mich los und sagt: »Komm zum Auto, ich habe eine Decke da.« Er springt zum Baum und rafft seine Sachen zusammen. Dann ergreift er meine Hand, läuft schnellen Schrittes los und zieht mich, sich immer wieder nach mir umwendend, mit sich den Weg zurück.

17

Den ganzen Frühling über ereignete sich nichts. Wolf war der Wolf von immer. Nichts von Hochzeit oder Hochzeitsreise. Nur gelegentlich, dass er sich wünsche, mit mir wegzufahren. »Du weißt schon, ich hab es dir ja geschrieben«, sagte er einmal. Ich fragte nicht weiter, drängte nicht, wartete ab mit flauem Gefühl.
An einem Tag im August kam er ganz aufgeregt, ganz überdreht nach den Proben zu mir. Er warf seine Tasche in den Flur, nahm mich in die Arme, machte Faxen, hopste mit mir herum und sang übermütig. »Jetzt reisen wir, jetzt reisen wir, jetzt reisen wir in die Ferne. Jetzt reisen wir, jetzt reisen wir, jetzt reisen wir ans Meer …« Dazu tanzte er im Polkaschritt durch alle Räume.
»Wolf!«, rief ich außer Atem. »Wolf, sag mir, was los ist.«
»Du hast es doch nicht etwa vergessen? Unsere Hochzeitsreise! Ich habe sie dir zum Geburtstag geschenkt. Und jetzt ist es endlich so weit. Du dachtest wohl, ich hab das nicht ernst gemeint? Oooh Neiheiheinnn!«, rief er theatralisch. »Aber du weißt ja, gut Ding will Weile haben.«
»Aber warum denn *Hochzeitsreise?*«, überwand ich mich schließlich zu fragen.
»Ja, ich weiß, ist eigentlich albern. Aber es ist so ein schönes Wort. Ich dachte, du würdest es gerne hören. Ist ja auch ganz egal, wie es heißt. Es ist unsere allererste gemeinsame lange Reise. Eine Woche lang, Tag und Nacht.«

Ich war ernüchtert. Für mich hatte das Wort, geschrieben von ihm, eine ganz besondere Bedeutung und ein großes Gewicht. Und das lag auf *Hochzeit* und Trennung und Scheidung und gemeinsamem Leben und Nichtmehralleinsein und keine Ausreden und Lügen und Tränen mehr. Die *Reise* war mir gleichgültig. Ich konnte nicht mehr an mich halten. Heftig stieß ich ihn weg, drehte mich um und hielt die Arme vor mein Gesicht.

»Clärchen, warum weinst du?«, fragte er zärtlich und fasste meine Schultern, um mich zu sich umzudrehen. Er öffnete meine verschränkten Arme, legte sie sich auf die Schultern, wischte mit der Hand meine Tränen fort. Dann sah er mich ein bisschen belustigt an. »Clärchen, mein Clärchen, weinst du, weil du mit mir verreisen musst?«

Ich machte mich von ihm los. Er hatte keine Ahnung, was mich quälte. *Hochzeitsreise* – für ihn war es nichts als ein romantisches Wort. Keine tiefere Bedeutung, nur ein Spaß, weiter nichts.

»Immer spielst du mit falschen Karten.«

»Clärchen, nach Frankreich! In die Provence! Fréjus, eine Stadt am Meer, am Fuße des Roquebrune, des magischen rotbraunen Felsens. Liebste! Weißt du, wie schwierig es war, das auf die Reihe zu kriegen?«

»Meinst du, mit deiner Frau?«

»Ach was, meine Frau. Das neue Stück, die Probentermine!«

»Hast du eigentlich mit ihr eine Hochzeitsreise gemacht?«

»Ach, fängst du wieder damit an«, sagte er verdrossen. »Wenn du so großen Wert darauf legst, dann machen

wir eben eine Hochzeitsreise. Ob wir sie jetzt machen oder später, bleibt sich doch ganz gleich, einverstanden?«
Es war klar, ich musste mich jetzt entscheiden. Entweder ich fuhr mit ihm, wie immer wir diese Reise nennen mochten, oder ich blieb zu Hause. Schon der Gedanke an diese zweite Möglichkeit war unerträglich. Und hatte er sich nicht wirklich Mühe gegeben? Das alles im Theater einzutakten war sicher keine Kleinigkeit. Und für mich war es endlich wieder einmal ein Stückchen Welt, von der ich, solange wir zusammen waren, nichts mehr gesehen hatte.

Eine Woche später fuhren wir los. Wolf bestand darauf, das Auto zu nehmen. Die Fahrt würde zwar länger dauern, wäre aber viel erlebnisreicher als dieser langweilige, sture Blick auf die Wolken. Eine Woche ist nicht viel, dachte ich, und dazu noch die lange Fahrt.
»Ach, wir machen uns aus allem das Schönste!«, hielt er dagegen, und ich ließ mich überzeugen von den Aussichten, die er malte. Außerdem wusste ich, wie ungern er flog.
An einem Samstag, noch im Mondlicht, brachen wir auf. Ein trockener, warmer Spätsommertag, wie sich herausstellte, als der Morgen graute. Ich verschlief den größten Teil, weil ich lange auf Wolf gewartet hatte und dann vor Aufregung und Vorfreude und allerlei Grübeleien nicht mehr einschlafen konnte.
Kurz vor München weckte er mich mit zärtlichen Küssen. Er hatte die Autobahn verlassen und eine idyllische Landschaft entdeckt, noch bevor uns die kleinen, geputz-

ten Orte mit ihrer überbordenden Geranienpracht niederdrücken würden. Das hier aber war etwas ganz anderes, etwas, das gute Geister weckte.
»Woher wusstest du, dass es hier so schön ist?«
»Ich hatte es im Gefühl«, behauptete er.
Am Rand handtuchbreiter Felder grellroter Klatschmohn und Kornblumenblau. Gänsefamilien im Watschelgang, direkt vor unserer Nase. Hinter Holzzäunen Asternbüsche, haushohe Sonnenblumen und Rosen mit leicht vibrierenden Köpfen. Kein Weg dazwischen, kein Beet – keine Ordnung, die störte. Auf den Höfen, von Hühnern sandig gescharrt, spielende Kinder. Sie tobten und schrien die Stille entzwei.
Und plötzlich eine weite Wiese. Schneeweiße Blumen auf hohen Stielen.
»Margeriten!«, rief Wolf übermütig.
»Um diese Jahreszeit?«
»Tiroler Margeriten eben, uns zu Ehren. Hast du vergessen, wir sind auf Hochzeitsreise!«
Ein kleiner Stich. Dass er so gar kein Gefühl dafür hatte.
Er fuhr auf den sandigen Sommerweg und hielt den Wagen an. Sprang hinaus, rannte in das dichte weiße Feld und pflückte einen riesigen Strauß. Ein kleiner gummibereifter Wagen, mit einem Pferd vorgespannt, musste ein wenig ausweichen und fuhr dicht an mir vorbei. Der Bauer, stehend in seinem Gefährt, hielt locker die Zügel in den Händen. Mit seiner Peitsche zeigte er ins Feld und sagte lachend etwas, das ich nicht verstand.
»Man darf dich wirklich nicht einen Moment allein lassen«, maulte Wolf, als er zurückkam. »Was wollte er denn?«

»Er hat mich gefragt, ob ich ihn küsse, dann würde er sich in einen Prinzen verwandeln und mich mit auf sein Schloss nehmen.«

»Das halte ich durchaus für möglich«, grollte er und schwenkte drohend den Strauß.

Er zog mich aus dem Auto, sah mich an, strahlend vor Übermut, warf den Strauß hoch und ließ ihn auf mich herniederregnen. »Zu spät«, rief er dem kleinen schwarzen, weit entfernten Punkt hinterher, »sie gehört schon mir.« Er sah mich an, lachte mit glücklichen Augen und sammelte die Stiele wieder auf. Den Strauß legte er mir in den Arm. Dann griff er zu seinem Fotoapparat, um das Margeritenstillleben festzuhalten.

Die Blüten vertrockneten während der Fahrt. Eine einzige hob ich auf, legte sie in das Buch, das ich las, und presste es eine Zeitlang zusammen.

»Vergiss das Datum nicht«, sagte Wolf und dachte an unsere Reliquiensammlung.

»Wie könnte ich den ersten Tag unserer Hochzeitsreise vergessen«, erwiderte ich. Er reagierte nicht darauf.

Wir bogen zur Autobahn zurück. Bald darauf begann das Tag- und Nachtspiel der Tunnelstrecke.

Stunden später, als das Licht schon verebbte und der Tag ins Meer fiel, trafen wir ein. Fréjus, eine altehrwürdige stolze Stadt mit schönen Alleen, direkt am Meer, hatte Wolf geschwärmt. Zuerst sahen wir nichts davon. Ein Ort wie beliebige andere Orte dieser Größenordnung. Erst als wir das Zentrum weit hinter uns hatten, ließ sich im Mondlicht der Charme der Provence erahnen. Schöne alte Häuser, in Gärten gebettet. Große Veranden mit Blick

auf das Meer. Vor den Türen Bougainvilleabüsche, deren Blütenstränge wie Schleier herunterwehten.
Vor unserer *auberge* machte er halt. Ein altes, von Wein umwuchertes Haus, das er ohne Umstände gefunden hatte. Vielleicht ist er schon mal hier gewesen, kam mir kurz in den Sinn. Ich verwarf den Gedanken sofort.
Das Haus lag nicht allzu weit vom Meer entfernt. Enge Straßen, gesäumt von Bougainvillea, Oleander und breitgefächerten Thymianbüschen, führten hinab an den felsigen Strand. Ein leichter Wind, der von den Bergen kam, wehte ihren herbsüßen Duft bis dorthin. Und ihm entgegen stemmte sich der kräftige Geruch von Wasser, Teer und gebratenem Fisch.
Sonne auf der Mole, zig Meter weit ins Meer. Wir, am äußersten Ende auf einer Bank, dicht beieinander. Die Bewegung der Wellen nahm uns mit, als schwömmen wir in einer Arche. Das Wasser schlug an die Holzpfähle unter uns, immer im selben Takt. Die Sonne, mild, ergab sich dem Wind; er verband sich mit ihr und versengte hinterrücks unser Fell. Manchmal spielte er Kühle vor, aber das täuschte, denn die Haut war am Abend heiß und brandig. Salzige, rotbraune Meersommerhaut. Nachts froren wir, rückten eng aneinander. Man musste vorsichtig sein in den Nächten.

Als wir ankamen, öffnete Madame Rose die Tür. Sie war die Hausherrin hier, die Vermieterin, unsere *mère d' auberge.* Ebenso wie ihr schönes Haus schien sie übrig geblieben aus einer besseren Zeit. Frisch gelocktes silbernes Haar, ein Seidentüchlein mit Schleife darum. Ein seidenes Band um den Hals und ein gepunktetes Plisseekleid

auf ihrem hageren, kindhaften Körper. Die gehäkelte, lang gefranste Stola wärmte den leicht gebeugten Rücken. Wolf war hingerissen von so viel Noblesse. Als er der alten Dame die Hand küsste, errötete sie leicht. Da hatte er schon ihr Herz gewonnen.
Mich stellte er als seine Frau vor und erwähnte bei passender Gelegenheit, wir befänden uns auf Hochzeitsreise. Ich staunte, wie leicht es ihm von den Lippen ging. Wir waren die einzigen Gäste. Das ließ Madame ausreichend Zeit, uns zu lieben wie ihre Kinder und uns mit der mütterlichen Nachsicht zu versehen, auf die ein Paar in den Flitterwochen Anrecht hat. Gelegentlich griff sie auf das Deutsche zurück, das sie genauso fließend wie ihre eigene Sprache beherrschte, und versetzte sich und uns damit in die längst vergangene Zeit ihrer Jugend. Auch unseren Namen gab sie einen eleganten Ausdruck. *Madame Claire* und *Monsieur Le Loup* nannte sie uns und amüsierte sich insbesondere über den französischen *Wolf*. Wolf unterließ es nicht, auf die hugenottische Abstammung seiner Familie hinzuweisen und daraus auch die französische Akzentuierung seines Familiennamens herzuleiten.
Noch am selben Abend bemerkte Rose die gepresste weiße Blüte in meinem Buch. *»Oh, un chrysanthème«,* sagte sie staunend. »Man kauft sie selten heutzutage. Zu früheren Zeiten nahmen wir sie gern auf die Friedhöfe mit. Für die Gräber unserer Lieben.«
An den Abenden hielt Rose für ihre unvernünftigen sonnenverbrannten Gäste Sauermilch aus dem kühlen Keller bereit; Abend für Abend Vereisung. Es trocknete langsam, überzog den bibbernden Körper mit einer frostkal-

ten weißen Schicht, die allmählich verhärtete, nach einiger Zeit abplatzte und die schmerzende Hitze mit sich nahm.
Den Tisch deckte Rose im Erker. Schönes Kristall auf weißer Spitzendecke. Sobald wir vom Strand zurück waren, begann sie zu schwatzen. Sie sprudelte wie ein Wasserfall.
»Madame Claire, Sie sollten vorsichtiger sein mit der Sonne. Sonst grämen Sie sich, wenn sie ein paar Jährchen später in den Spiegel schauen oder in Monsieur Le Loups Augen … Ich sprech von den Fältchen, mein Schätzchen, den Fältchen.«
Dabei stellte sie die Karaffe mit dem roten Wein, dem selbstgemachten, auf den Tisch und langstielige farbige Gläser dazu. Die Rosen, die sie im Vorgarten geschnitten hatte, ließen ihre buschigen Blüten schwer über den Rand der Vase hängen. Sie hatte sie lange in warmes Wasser getaucht. »Rosen müssen ertrinken, dann leuchten sie gut«, erklärte sie uns. »Schönheit geht oft durch einen Schmerz«, gab sie eine ihrer vielen Weisheiten preis und sah uns an, als ob wir von Schmerz noch nichts wüssten.
Wie froh sie sei, endlich so glückliche Gäste zu haben. Non, non, keine Touristen, Gäste, *s'il vous plaît.* Und wie sie sich freue, wieder Deutsch sprechen zu können. Und alles hatte sie besorgt. Wir hatten es nicht bestellt. Aber Rose dachte an alles, und alles war frisch und selbstgemacht. Das hell gebackene duftende Brot, der bekömmliche, lange gereifte Käse, der goldgelbe Honig und die köstliche *confiture.*
»Von dem Honig gehört ein Löffelspitzchen in den Wein«, sagte sie wissend lächelnd, »das hält den Kopf länger frei

und klar.« Wir stießen an auf das Glück, darauf, dass die Liebe ein Leben lang bleibt und unser Haus gesegnet sei.
In den Gläsern fing sich das unruhige Flackern der Kerzen. Ein leichter Wind kam vom Meer. Das Wachs ergoss sich über den Rand des Leuchters und tropfte auf die schneeweiße Decke. Wolf stand auf und schloss das Fenster. Man musste sorgsam sein mit Roses Kostbarkeiten.
Sie goss immer wieder nach. Die überhitzte Haut begann zu frieren, aber der Wein gaukelte Wohlbehagen vor. Wolf legte den Arm um mich und zog mich zu sich heran. Er begann zu erzählen. Dunkel und leise berichtete er von den Ländern, in denen er gewesen war. Roses Augen leuchteten. Sie zündete sich eine ihrer selbstgedrehten Zigaretten an und steckte sie in eine silberne Spitze. Als sie mich fragte, ob ich ihr Gesellschaft leisten wolle, sagte ich: »Nein, danke, ich rauche schon lange nicht mehr – der Fältchen wegen.«
»Oh, wie vernünftig«, lächelte sie, »dabei darf man dem Genuss ruhig ein paar Fältchen gönnen.«
Ich gab ihr ein Lächeln zurück und streichelte ihre faltige Hand.
»Ja, zu früheren Zeiten …«, sagte Rose manchmal in Wolfs Erzählung hinein und blickte verklärt ihren Rauchwölkchen nach. Ihre lebendigen schwarzen Augen funkelten zwischen all ihren Falten. Zärtlich tasteten sie über Wolfs Mund. Sich nur nichts entgehen lassen. Alles erlebte sie mit ihm mit, interessierte sich für jedes Ding, zog Vergleiche mit Vorstellungen, die sie gesehen hatte – früher einmal. Die Reisen, die Aufführungen, den

Erfolg, das alles sog sie auf wie ein Stück entglittenen Lebens.

Ich war schon zu müde zum Zuhören. Wie ein murmelnder Bach flossen die Wörter vorbei. Ich träumte von schreienden Astern, versehrtem Phlox, von Rosen, die sich im Wasser verbrühten, und von Gräbern, weiß von Chrysanthemen.

18

Der Bucklige heißt Aram Awakian. Er ist Armenier. Seine Eltern und Geschwister wohnen in einem Haus am Rande Erewans. Aram zeigt mir Fotos. Er zieht das dicke Bündel aus einer abgegriffenen ledernen Brieftasche.

Das Foto, das er mir zuerst gibt, nachdem er lange und unentschlossen in dem Haufen gesucht hat, zeigt eine streng blickende Frau mit schwarzen Haaren und glänzenden dunklen Augen unter breiten Brauen. Sie trägt goldene Ketten und Ohrgehänge. Eine imposante Frau mit einer stolzen, selbstbewussten Haltung. Seine Mutter. Ich sehe es sofort und nicke ihm wissend zu, als er es mir herüberreicht.

Sein Vater sieht genauso aus, wie man sich einen Armenier landläufig vorstellt – groß, hager, mit scharf geschnittenen Zügen, furchtlos und draufgängerisch. Den verwegenen Ausdruck verleihen ihm der kräftige, abwärts gerichtete Schnauzbart und die scharf gebogene, säbelartige Nase. Aram behält das Foto in der Hand und betrachtet es lange.

Ich weiß sofort, was ihn bewegt. Er kann den Zusammenhang nicht herstellen zwischen sich und diesem Mann. Und er fragt sich, warum dieser hochgewachsene, gerade Mensch einen verwachsenen Sohn in die Welt gesetzt hat und warum ausgerechnet er, Aram, dieser Sohn sein muss.

In jener merkwürdigen Nacht, als ich Aram das erste Mal sah, war ich erschrocken. Aber nicht so sehr über seine missratene Gestalt, die außer einem leichten Bedauern keinerlei größere Erschütterungen in mir hervorrief, sondern viel mehr, weil dieser Anblick so unerwartet kam, eine lange Zeit nachdem ich bereits dicht neben ihm gesessen hatte, ohne etwas zu bemerken. Und auch deshalb, weil sein absonderliches Verhalten zu jener nächtlichen Stunde und an jenem märchenhaften Ort das Gnomenhafte seiner Erscheinung unter dem Wasserstrahl erst richtig hervortreten ließ.

Es war etwas ganz Besonderes, ein kostbares Geschenk, weil es so selten war und so unerwartet kam. Und es passte alles zueinander.

Dass ich erstaunte in der geheimnisvollen ersten Nacht, war nur ein kurzer Moment, der ohne Nachwirkungen blieb. Im Gegenteil, ich empfinde jetzt so etwas wie Solidarität mit dem buckligen Mann, die von einer Art Schicksalsgleichheit kommt. Während sein Körper versehrt ist, ist meine Seele in Not – mein Stolz, mein Selbstvertrauen, meine Zuversicht. Da ich also selbst nicht in Ordnung bin, beschwichtigt mich sein Schicksal eher, als dass es mich entsetzt. Wer der Bedauernswertere von uns ist, wird die Zukunft zeigen. Es hängt davon ab, wie jeder von uns in der Lage ist, mit seinem Manko umzugehen. Ich habe den einzigen Vorteil, dass meine Behinderung auf den ersten Blick nicht sichtbar ist und außerdem heilbar, wie ich sekundenkurz glaube.

Von dieser ersten Nacht an sehen wir uns jeden Tag. Aram stellt sich kurz vor Mitternacht mit seinem Auto unter eine der Laternen in der Nähe des Hotels und wartet auf mich. Ich steige ein, und wir fahren hinunter in

die Stadt. Breite Straßen entlang mit Häusern unter hohen Bäumen und durch schmale uralte Gassen, deren Hinfälligkeit die Dunkelheit übertüncht.
Die Stadt ist fast menschenleer um diese Zeit. Nur einige Betrunkene torkeln unter lauten, wehleidigen Gesängen von einem Baum zum anderen.
Es ist gut, so durch die Nacht zu gleiten, sich in die dunkle, warme Höhle des Autos zu bergen und allmählich ein Gefühl der Vertrautheit zu spüren – *a special kind of shelter.* Wir erleben, ohne es auszusprechen, eine auf kleinstem Raum beschränkte, behütete Gemeinsamkeit, die wir beide so nötig brauchen.
Wir sprechen kaum miteinander, und dennoch wissen wir viel über uns. Wir erkennen mit dem Gespür Unglücklicher unsere Probleme. Aram weiß, dass es mir schlechtgeht. Ich merke es an kleinen Gesten der Aufmerksamkeit – wie er mir aus dem Auto hilft, wie er lächelt, wenn ich komme, wie er mir die Decke reicht, wenn die Nacht spät und kalt wird, wie er für mich seine melancholischen armenischen Lieder singt, wie er mich ansieht und mich manchmal flüchtig berührt, mit welcher Zärtlichkeit sich sein Körper mir zuwendet und wie er mich liebt.
Ich lerne allmählich, dass sein Unglück, das äußerliche, das nicht zu übersehen ist, größer ist als meines. Es ist endgültig und durch nichts zu beheben. Mein Problem relativiert sich dadurch. Später einmal …, eines Tages …, nach spätestens vier Jahren … So hatte Agnes prophezeit.
»In vier Jahren hast du es vergessen.«
»Wie kommst du auf vier Jahre?«
»Zwei Jahre, bis du wieder leben kannst, und zwei, bis

du wieder lieben kannst. Wusstest du das nicht? Alte Volksweisheit.«

Nein, diese Weisheit kannte ich nicht.

»Sei nicht so unglücklich«, versuchte Agnes mich zu trösten, »es lohnt sich nicht.« Und dann verkündete sie noch eine Weisheit, eine von ihrer Großmutter, die sie jedoch selbst noch nie ausprobiert hat: »Liebeskrank stirbt nicht leicht, aber es hat kein zweites Leben.«

»Ach, Agnes, lass mich mit deinen Sprüchen in Ruhe.«

Aram wird ein vertrauter Freund. Es ist viel mehr als ein rein körperliches Bedürfnis, mehr als Komplizenschaft oder Dankbarkeit, wenn ich mich zu ihm lege. Schon in jener ersten Nacht, als er sich, nass und kalt, vorsichtig unter meine Decke schob, mich scheu und zärtlich berührte, wussten wir das Wesentliche voneinander, dass wir uns brauchten und einander helfen konnten. Ich musste keinerlei Skrupel überwinden, um mit ihm zusammen zu sein. Allein, dass er da war, war überwältigend. Ich bin noch immer erstaunt, wie stark ich ihn sofort spürte, wie lang es anhielt und immer noch anhält und wie ruhig ich mit ihm war.

Von dieser ersten Nacht an genügte die Erinnerung daran, um den ganzen Tag lang der Begegnung mit ihm am späten Abend entgegenzuwarten. Meine Tage haben nun ein Ziel, das weit über das bloße Warten hinausgeht – Aram. Er ist der erste Mann seit Wolf und der erste andere seit zwölf Jahren. Und es ist gut mit ihm. Ehrlich, einfach und klar. Es gibt nichts zu versprechen und auf nichts zu hoffen. Wir sind in jedem Moment nur bei uns. Alles verläuft ohne Aufregungen.

Wenn wir uns lieben in unserer Arche, dauert es lange und stellt uns ganz und gar zufrieden. Keinerlei Rituale, keine Verzögerungen, keine abrupten Unterbrechungen oder irgendwelche theatralischen Vor- und Nachbereitungen. Ich wusste gar nicht, wie wunderbar und erfüllend es sein kann, ganz normal und nur auf das Eigentliche gerichtet mit einem Mann zusammen zu sein. Und das Erstaunlichste dabei: Wolf ist in diesen Stunden nicht mehr vorhanden. *Fliegenblutwein* – wenn die Nacht so einen Gedanken heranschwemmt, denke ich: Wie lächerlich, irrwitzig, abwegig!

19

Fréjus hatte nichts verändert, bis auf die unübersehbare Tatsache, dass Wolf sich in unserem psychischen Müllhaufen wohl fühlte und seine Besitznahme auf mich und mein Leben ausweitete. Es ist merkwürdig und im Grunde genommen völlig unverständlich, wie Frauen solche männlichen Verhaltensweisen missverstehen, ja, zu ihren Gunsten umdeuten. Ich war das beste Beispiel dafür. Ich sah nicht, dass er an seinen familiären Verhältnissen festhielt, sondern betrachtete es tatsächlich als Fortschritt, dass er mittlerweile fast die Hälfte seiner freien Zeit mit mir verbrachte. Meist waren es die aufführungsfreien Abende oder nach den Aufführungen die anderthalb Stunden bis Mitternacht oder die Vormittage der Wochenenden.

Als gutes Zeichen nahm ich es auch, dass er seit kurzem seine Sekretärin Mary ins Vertrauen zog. Dabei war das einfach nur bequemer für ihn. Denn wenn er im Theater gebraucht wurde und nirgends zu finden war, rief Mary, bevor sie seine Frau in Unruhe versetzte, bei mir an. Sieh mal an, dachte ich erstaunt, Wolf holt mich aus der Versenkung. Er beginnt mich zu legalisieren.

Das muss man sich mal vor Augen führen: … *beginnt mich zu legalisieren.* In der langen Zeit mit Wolf hatte er mich total manipuliert. Während dieser Hirnwäsche hatte ich mein Denken in irgendeine Kiste getan und mit drei Tüten seines Sammelmülls abgedeckt.

Immerhin bemerkte ich, dass er sich in seinen beiden halben Leben immer perfekter einrichtete, sie gegeneinander absicherte und es sich in ihnen bequem machte. Sooft ich mir gestattete, darüber nachzudenken, fragte ich mich, warum seine Frau keinen Verdacht schöpfte.

Als die balsamisierende Wirkung unserer provenzalischen *Flitterwochen* vorüber war, wuchs mein Groll. Ich stellte tückische Fragen, machte ihm Vorhaltungen, zumal das Wort Hochzeit mit Fréjus ad acta gelegt schien.
»Wollen wir Samstagabend ins Kino gehen?«, fragte ich provokativ, wohl wissend, dass seine Wochenenden ab dem Mittag der Familie gehörten.
»Warum bleibst du nicht?«, insistierte ich, wenn er sich um Mitternacht, sobald ich in seinem Arm eingeschlafen war, aus unserem Bett stahl, um sich zu Frau und Sohn in sein Haus zu schleichen. »Ich wäre so glücklich, wenn du dich heute Nacht nicht fortmachen würdest, sondern bei mir bliebest«, fuhr ich fort, ihn zu nerven, und versetzte ihn damit in einen Zustand tiefer Bedrückung. Denn dass er die Nacht für mich teilte und damit für sich selbst auf ein Minimum reduzierte, war aus seiner Sicht schon ein riesengroßes Geschenk an mich.
Und so klagte er dann, als hätte ich ihn eines Verbrechens bezichtigt: »Ich halte dich stundenlang in meinen Armen, ich wache über deinen Schlaf, ich streichle und liebkose dich. Zeig mir eine Ehefrau, die etwas Ähnliches mit ihrem Mann erlebt.«
Was ihn vollends aus der Fassung brachte, war meine Bemerkung kurz vor Jahresende, die gar nicht ironisch, sondern ernst gemeint war: »Kann ich dieses Silvester mit dir rechnen, oder muss ich mich wieder bei Agnes einladen?«

Er sackte in sich zusammen. Denn diesmal forderte ich nicht nur etwas ein, das er nicht zu leisten vermochte, ich deutete Konsequenzen an, die für ihn qualvoll waren. Mit heiserer, müder Stimme sagte er verdrossen: »Wenn du wüsstest, wie ich unter diesem gehetzten Leben leide, würdest du mich nicht noch mehr quälen. Eines Tages hört dieses ganze Theater auf, da kannst du ganz sicher sein.«
Das war die einzige Aussicht, die ich hatte – *eines Tages*. Und natürlich seine nie versiegende Eifersucht. Dass sie jedoch nichts mit mir zu tun hatte, sondern eine genetisch angelegte Eigenschaft war, kam mir nicht in den Sinn. Sie war stärker geworden in letzter Zeit und abwegiger. Ich betrachtete sie, so lästig die Attacken waren, immer noch als Zeichen seiner Liebe.
Schon auf der Rückfahrt von Fréjus gab es einen bedenklichen Zwischenfall. Offiziell für Frau und Sohn war Wolf in Nizza auf einem europäischen Theaterkongress. Wir sind auch tatsächlich einige Male nach Nizza gefahren. Während er im Kongress-Hotel *Negresco* verschwand, schlenderte ich die *Promenade des Anglais* entlang, setzte mich auf eine der weißen Bänke mit Blick aufs Meer, das mir seine Gischt bis an die Füße spritzte. Wie etwas schmerzhaft Verlorenes kamen mir die nostalgischen Abende mit Madame Rose in den Sinn. Später spazierte ich durch die frisch gesprengten engen Gassen der gelb-roten Nizzaer Altstadt und dachte, dass ich hier leben könnte. Unter dem Sonnenschirm eines kleinen Krämerladens trank ich einen Cappuccino und aß eine *fleur de courgette*, eine mit würzigem Hackfleisch gefüllte Zucchiniblüte.
Wolf wickelte unterdessen die Teilnahmeformalitäten des Kongresses ab, sammelte ausgedruckte Reden von

Teilnehmern und andere Kongressmaterialien ein und sprach mit dem einen oder anderen Kollegen. Es reichte, um zu Hause seine Anwesenheit zu belegen.
Auf dem Heimweg würden wir seine Eltern besuchen, sagte er beiläufig, als wir losfuhren. Ich bekam Herzklopfen. Er hatte die Formulierung so gewählt, als wäre es ganz normal, dass er und ich seine Eltern besuchten. Wir lebten seit einigen Jahren zusammen, warum sollten wir nicht die Eltern besuchen.
Ich nickte nur und kommentierte seine Absicht mit keinem Wort.

Vor zwei Jahren hatte er mich schon einmal nach Weimar mitgenommen. Damals fuhren wir zu einer Premiere nach Dresden, und unterwegs sagte er mir, dass er mich seinen Eltern vorstellen wolle. *Seinen Eltern vorstellen.* Das klang so, wie jemanden um seine Hand bitten. Aber in Wahrheit hatte es nichts zu bedeuten. Er führte mich als Journalistin vor, die ihn eine Zeitlang begleiten würde, um ein Porträt über ihn zu schreiben. Es war wie mit seiner groß angekündigten Hochzeitsreise, alles Schall und Rauch.
Die Begegnung damals wurde zu einer hastigen, peinlichen Angelegenheit, bei der keiner so recht wusste, was er mit dem anderen anfangen sollte. Nur Hans, sein Vater, starrte mich aus verschmitzten, schamlosen Augen an.
Wer weiß, die wievielte *begleitende Journalistin* ihm mit mir hier schon aufgetischt wurde.
Irmgard, seine Mutter, mit winzigem Stupsnäschen, ausladendem Hinterteil und frisch onduliertem, dichtem rotblondem Haar, eilte in den Keller und holte ein Glas eingeweckte Birnen herauf, Wolfs Lieblingskompott.

»Eigene Ernte«, verkündete sie stolz. Sie löffelte eine große Portion in eine schöne alte Kristallschale und reichte sie ihrem Sohn. Dann setzte sie sich ihm gegenüber und sah ihn erwartungsvoll an. Er stand auf, nahm eine zweite Schale aus der Vitrine und füllte reichlich Birnenkompott hinein. Dann setzte er sie vorsichtig vor mir ab und nahm wieder Platz. Das alles geschah wortlos.

»Ach, Sie machen sich auch was aus Birnen?«, sagte seine Mutter mit einem deutlichen Unterton des Erstaunens.

Wolf schlug so heftig mit der Hand auf die Tischkante, dass sein Kompott aus der Schale schwappte und sich auf die schneeweiße Tischdecke ergoss. Der kleine Unfall reizte seinen Vater zu einem lauten Kichern. Kurz darauf blieb ihm die Luft weg, und er erlitt einen heftigen Asthmaanfall.

»Hör doch auf mit deinem dummen Geschwätz«, schrie Wolf seine Mutter an, die seine Schale neu aufgefüllt hatte und zu ihm hinüberschob. Er erhob sich und sagte mit angewiderter Miene: »Danke für deine großzügige Gastfreundschaft, aber mir ist der Appetit vergangen.« Einmal verschwand er kurz, um zu telefonieren. »Mary«, rief er mir zu. Wieder zurück, strich er seinem Vater behutsam über die mageren Schultern und erkundigte sich: »Wieder besser?«

Seine Mutter hatte derweil in der Küche einen Karton mit mehreren Päckchen zurechtgemacht. Sie geleitete uns zum Gartentor und stellte ihn auf dem Rücksitz unseres Autos ab.

»Ein kleiner Imbiss für unterwegs«, erklärte sie, während Wolf sie flüchtig umarmte.

»So ein Unsinn, wir machen doch keine Weltreise«, sagte er, »aber trotzdem vielen Dank.«

Er drehte sich noch einmal zu seinem Vater, der auf einem Krückstock gestützt an der Eingangstür stand, und winkte ihm freundlich zu. Dann stieg er ins Auto.

Bei mir hinterließ die kurze Begegnung mit seinen Eltern einen unangenehmen Eindruck. Wolf hatte nie viel von ihnen erzählt. Dass er sich nun aber in meiner Gegenwart seiner Mutter gegenüber so aggressiv verhalten hatte, verwunderte mich.

Viel später erst konnte ich das, was sich in der kurzen Zeit unseres Aufenthalts bei Wolfs Eltern abgespielt hatte, richtig deuten.

Von Dresden aus, wo wir Antonia Winter in Brechts *Kaukasischem Kreidekreis* sahen – beeindruckend, wenn auch zu schön für die Rolle der einfachen Magd –, fuhren wir nachts noch nach Berlin zurück. »Na ja, mal sehen, was wir von ihr haben, wenn sie bei uns einreitet«, sagte Wolf, sonst nichts. Den Karton vom Rücksitz lud er aus, als wir bei mir ausstiegen. Er stellte ihn in der Küche ab und meinte: »Für dich. Vielleicht kannst du etwas davon verwenden.«

»Für mich? Bist du sicher?«

»Na, so bescheuert wird sie ja wohl nicht sein, in deiner Gegenwart meine Leute zu versorgen«, antwortete er genervt, während ich den geräucherten Schinken, die Packung Eier, ein Gläschen Quittenkonfitüre und den selbstgebackenen Kuchen auspackte und im Kühlschrank verstaute.

Das alles lag also zwei Jahre zurück.

Der Abschied von Rose fiel uns schwer, wir versprachen, wiederzukommen. Abends brachen wir in Fréjus auf und rechneten damit, am darauffolgenden Nachmittag in Weimar zu sein. Auf einer Obstwiese mit Blick auf den Bodensee machten wir halt. Eine Umgebung, die mich mit ihrer anheimelnden Lieblichkeit niederdrückte. Die miese Stimmung verflog, als wir den mit einem Bougainvilleazweig dekorierten Proviant, den uns Rose mitgegeben hatte, verzehrten. Nach kurzer Rast ließen wir den Bodensee hinter uns. Wolf legte seinen Arm um mich, und ich schlief an seiner Schulter ein. Als ich erwachte, war es schon hell. Wolf fuhr, nur mit einer Hand am Lenkrad, ziemlich schnell auf der linken Spur. Von Zeit zu Zeit küsste er zärtlich meine Stirn. Ich musste lange geschlafen haben, als ich davon aufwachte, dass er vorsichtig seinen Arm unter meinem Kopf wegzog.
»Ich brauche ihn dringend«, sagte er lächelnd und sah mich verliebt an. »Weißt du, ich bin tief beeindruckt.«
»Warum?«
»Du hast etwa zwei Stunden in meinem Arm geschlafen. In vollem Vertrauen auf das Schicksal und auf meine Fahrkünste. Gott sei Dank war nicht oft zu schalten.«
Vertrauen hin und her, ich war einfach eingeschlafen. Und er hatte mich schlafen lassen in seinem Arm, den er eigentlich zum Schalten benötigte. Verantwortungslos, dachte ich, aber ich schwieg.
Hinter uns blinkte jemand.
»Idiot«, schimpfte Wolf.
Der andere fuhr dicht an uns heran, bis sich Wolf endlich bequemte, auf die rechte Spur zu wechseln. Der Mann blieb ein paar Augenblicke auf unserer Höhe, lehnte sich

ein wenig nach rechts und winkte uns zu. Ich beugte mich vor und winkte zurück.
Wolf starrte hinüber und wischte in eindeutiger Botschaft ein paarmal mit der Hand vor der Stirn. Der Mann wandte sich ab und preschte los. Wolf zog wieder nach links rüber und hängte sich dicht an den Vordermann.
»Warum machst du das«?, fragte ich.
»Ach, das gefällt dir wohl, wenn der dich anglotzt und dir eindeutige Zeichen macht?«, sagte er äußerst gereizt.
»Das galt doch nicht mir, das war ein Dankeschön dafür, dass du ihn vorbeigelassen hast.«
Wolf fuhr abrupt rechts an die Seite und hielt auf dem Standstreifen an. »Würdest du freundlicherweise aussteigen. Bestimmt kommt gleich wieder ein freundlicher Fahrer. Dann kannst du winken und bei ihm einsteigen.«
»Wolf!«, schrie ich, total verärgert. Er würdigte mich keines Blickes. Ich war außer mir. Seine dumme Unterstellung, einem Mann zugewinkt zu haben, den ich noch nicht einmal richtig gesehen hatte, war lächerlich und absurd. Das würde ich nicht hinnehmen. Ich löste den Gurt, rutschte zur Tür hinüber und öffnete sie. Ich war im Begriff auszusteigen, als er Gas gab und wieder losfuhr. Durch den Fahrtwind schlug die Tür zurück und prallte schmerzhaft an mein Bein. Ich stemmte mich gegen die Tür und geriet dabei einen Moment lang in eine gefährliche Schieflage. Er packte mich am Arm, zerrte mich auf den Sitz und stoppte das Auto. Ich blieb wie versteinert an meiner Rückenlehne kleben und stierte vor mich hin. Und diesen Mann liebte ich seit Jahr und Tag, der so unbeherrscht war und völlig unberechenbar. Wie sollte ich denn mit so einem leben? Ich fand ihn ab-

stoßend, grob, ja gefährlich und hatte zum ersten Mal Angst vor ihm.

Drei Stunden sprach keiner von uns ein Wort. Selbst die Ankunft in Weimar, auf die wir uns gefreut hatten, und die übertriebene Herzlichkeit seiner Mutter, die ihn in ihre Arme riss und auch mich auf die Wange küsste, so als wäre ich keine mitreisende Journalistin, sondern würde zur Familie gehören, konnte seinen Ärger nicht vertreiben. Er brachte das Gepäck ins Haus und ließ mich draußen mit seinen Eltern stehen.

Seine Mutter sah mich mit besorgter Miene an. Ich staunte, wie die Frau mich, Rat suchend, ja fast vertraulich, in ihre Besorgnis einbezog und eine Erklärung von mir erwartete.

Was sollte ich sagen? Ich zuckte mit den Schultern, als hätte ich keine Ahnung.

»Sicherlich wieder so ein alberner Verdacht«, sagte sie schließlich.

Der alte Herr, den Worten seiner Frau folgend, meinte: »Lass doch den Jungen, Irmgard, der hat wenigstens noch richtiges Blut in den Adern.«

»Aber du weißt doch, wie übertrieben er reagiert mit seiner schrecklichen Eifersucht. Damit macht er sich und anderen das Leben schwer.«

Offensichtlich kannte sie solche Situationen.

Irmgard hatte uns oben Wolfs breites Bett in seinem ehemaligen Zimmer hergerichtet. Wie unproblematisch sie alles anging. Ihr verheirateter Sohn und die ihn ständig *begleitende Journalistin* in einem Bett! Ganz sicher hatte sie Erfahrungen, ihr gesamtes Verhalten war nicht anders zu deuten.

Wolf blieb auf der Bettkante liegen, ohne mich zu berühren. Als ich nach einer schlechten Nacht aufwachte, war er schon weg. Am Frühstückstisch, der nur für uns beide gedeckt war, sagte er kein Wort. Auch den ganzen Vormittag über ließ mich Wolf links liegen. Selbst am Mittagstisch, als er von Frankreich erzählte, sah er an mir vorbei.

Sein Verhalten war so abwegig und unerklärlich, dass ich völlig ratlos war. Seine deutlich schlechte Laune konnte auf keinen Fall von der lächerlichen Episode auf der Autobahn herrühren. Und dann war mir auf einmal klar, was ablief. Sein absonderliches Verhalten war eine Art Selbstschutz. Um sein schlechtes Gewissen Margret und seinem Sohn gegenüber zu kompensieren, die er in seinen Gedanken und natürlich auch de facto aus ihrem Domizil hier verstoßen hatte, musste er mich bestrafen. Ich war der Blitzableiter. Es war derselbe Mechanismus, der ihn vor Jahren dazu gebracht hatte, seinem Sohn das Buch auf den Kopf zu schlagen, weil der ihn daran hinderte, so schnell wie möglich zu mir zu kommen.

Diese Überlegungen, so logisch sie in diesem Moment für mich waren, hatten nichts mit der Wirklichkeit zu tun. Ihn plagten ganz andere Sorgen.

Nach dem Kaffee ging Wolf nach hinten in den Obstgarten, um ein paar Äste abzusägen; Irmgard hatte ihn darum gebeten.

Sie fragte mich nach Frankreich. Ich erzählte von Rose und von Nizza und kein Wort von unserer *Hochzeitsreise.*

Nach einer Weile meinte sie: »Wollen Sie nicht mal nach hinten schauen und sehen, wie weit Wolfi ist?«

»Ja, natürlich«, sagte ich, als hätte ich längst selbst darauf kommen können, und ging mit klopfendem Herzen hinaus in den Garten. Wolf saß im Gras und streichelte Nora, die Schäferhündin, eine ergraute Dame, die als kleiner Hund ins Haus gekommen war.

Als ich mich ihnen langsam näherte, knurrte die Hündin.

»Nora, sei brav«, sagte Wolf und strich ihr über den Kopf, »du musst nicht so eifersüchtig sein. Das ist Madame Claire, an die wirst du dich gewöhnen müssen.« Er blickte kurz auf zu mir. Die Furche saß tief zwischen seinen Brauen. So schlimm sah er aus, dass mir das Herz weh tat. Ich musste mich sehr zurückhalten, ihn nicht um Verzeihung zu bitten. Aber wie konnte ich? Es gab nichts zu verzeihen. Wenn jemand sich zu entschuldigen hatte, dann gefälligst er.

Plötzlich hob er den Kopf, sah mich mit einem kleinen Lächeln an und sagte: »Möchtest wohl auch gestreichelt werden?«

Diese Bemerkung degradierte mich augenblicklich in die Position der Hündin. Vor Empörung stieg mir das Blut zu Kopf. Ich drehte mich um und ging. Der erste Akt einer Auflehnung. Ein Riss, ich spürte ihn deutlich und schmerzhaft.

Wolf lief mir hinterher.

»Komm«, sagte er leise, »ich liebe dich doch. Nur hier, in dem ganzen Müll, verliere ich die Beherrschung.«

Es hatte den Anschein einer Entschuldigung. Er nahm meine Hand und stieg mit mir die Treppen hinauf in sein altes Zimmer mit dem breiten, für uns hergerichteten Bett, das Irmgard schon wieder gemacht hatte. Kurz bevor er die Tür öffnete, blieb er einen Moment lang stehen. Er schaute auf das alte Poster, das an der Tür klebte, und hob es an einer Ecke an. Das Blatt löste sich langsam. Als es bis zur Mitte entfernt war, zeigte sich ein kleines zersplittertes Loch.

20

So, wie seine Eifersucht eskalierte, forcierte er die ausgeklügelte Strategie der Überwachung. Es war ein berechnendes Kontrollieren. Bei weit entfernten Reisen, bei denen ständiges Telefonieren entweder zu kompliziert oder zu teuer war, verabredeten wir, uns zu einer genauen Zeit an einem bestimmten Himmelspunkt zu »treffen«. Wolf, der ständig unter Druck lebte und von Termin zu Termin hetzte, bat mich, den passenden Stern und die übereinstimmende Stunde, unter Berücksichtigung des Zeitunterschieds natürlich, herauszufinden. Der Stern, der dem Mond am nächsten stand, war Ort und Zeit unserer imaginären Begegnung. Solange sich Wolf nicht weiter als drei Längengrade rechts oder links von mir aufhielt, gab es keine Nacht, in der die Beschaffenheit des Himmels unsere verabredete Begegnung hätte verhindern können. Er nahm es schicksalhaft als positives Zeichen.

Es kam vor, dass ich den Zeitpunkt verpasste oder vergaß. Aus tiefem Schlaf schreckte ich dann hoch, wach gerüttelt von meinem Versäumnis. Treulosigkeit, Desinteresse, Verrat! Vielleicht sogar Tod!

Wolfs Enttäuschung sprang mich an. »Wenn du mich belügst oder hintergehst, dann ist die Verbindung zwischen uns gekappt. Deine Ströme werden mich nicht mehr erreichen. Ich werde schutzlos sein. Du weißt, was das bedeutet.« Wie oft hatte ich das von ihm gehört. So oft, dass ich es glaubte.

Am Tag nach einem solchen Versäumnis war ich unkonzentriert, schreckhaft, auf Schlimmes gefasst. Bis am Abend der Anruf kam. »Hast du es gespürt?«, schrie er von Casablanca aus in mein Ohr.

»Ja«, log ich.

»Und hast du im selben Moment an mich gedacht?«

»Ja«, log ich wieder.

Als er nach Melbourne flog, war es, als wäre er aus der Welt. Nicht nur wegen der maßlosen Entfernung, dem endlosen Flug, sondern vor allem wegen der Unmöglichkeit, einen für uns beide zugänglichen Fixpunkt unserer gedanklichen Vereinigung zu finden. Worauf sollten wir unsere Blicke richten? Worin unsere Gedanken bündeln, wenn hier Tag war und dort Nacht und wir nicht dasselbe Stück Himmel über uns hatten? Jeder von uns war außerhalb des Raums und der Zeit des anderen. Als ich selbst nach Konsultation einer Sternwarte nichts Übereinstimmendes finden konnte, musste ich Wolf über den betrüblichen Ausgang informieren.

»Ach so?«, meinte er erstaunt. Und dann, ganz beiläufig: »Ist vielleicht besser so. Ich war in letzter Zeit sowieso oft verhindert, ständig in den Himmel zu starren.«

Es war, als hätte er gedankenlos eine Waffe auf mich gerichtet und so ganz nebenher abgedrückt. »Aber du warst doch ganz versessen darauf, hast unser Glück, dein Überleben davon abhängig gemacht«, hielt ich dagegen.

»Ja, ja, aber deshalb kann ich ja die Aufführungen nicht versäumen. Ich denke doch ohnehin immer an dich. Sterne oder Mond spielen dafür überhaupt keine Rolle. Und was, wenn der Himmel wolkig wäre?«, fügte er sanft hinzu.

Ich verstand ihn nicht, das Einzige, was ich verstand, und zwar schlagartig, war, dass ihm Himmel, Mond und Sterne, unser gesamtes kosmisches Liebesleben nicht mehr wichtig war.

21

Wir halten vor einem Haus in einer langen, spärlich beleuchteten Straße. Aram öffnet das knarrende Tor des Holzzauns. Ein Hund kläfft uns an. Er verstummt, als Aram leise mit ihm schimpft. Vorsichtig tasten wir uns den dunklen, holprigen Weg bis zum Haus entlang. Entweder gibt es hier keine Beleuchtung, oder Aram benutzt sie nicht. Er fasst meine Hand und zieht mich die ausgetretenen Stufen zur Haustür hinauf. Langsam öffnet er die Tür und hält bei jedem Quietschen inne. Wir kommen in eine Art Flur, in dem eine nackte, funzlige Glühlampe ein mattes Licht herabwirft. Von dort aus führt eine Treppe in den oberen Stock.

Aram bleibt stehen und lauscht. Meine Augen gewöhnen sich allmählich an die flaue Beleuchtung. Ich bemerke mehrere Türen, die von drei Seiten der Diele abgehen.

Aram hantiert am Schloss der Tür, die sich gleich rechts neben dem Eingang befindet. Es dauert eine Weile, bis sich das Schloss öffnen lässt. Er flucht leise vor sich hin. Endlich kann er die Tür öffnen. Sie quietscht und knarrt. Er drückt sie langsam so weit nach innen, dass ich hindurchgehen kann. Dann kommt auch er herein und schließt wieder ab. Er tritt zum Fenster, durch das der Mond ein bleiches Licht wirft, klettert auf das breite Fensterbrett und lässt von oben eine Art aufgewickelten Vorhang herunter, der das Zimmer total in Dunkelheit hüllt.

»Bleib stehen«, ruft er mir flüsternd zu. Ich stehe wie angewurzelt, und es ist, als ob die Schwärze um mich herum leise zu summen beginnt. Weil ich nichts sehen kann, tritt mein Gleichgewichtssinn außer Kraft, und mir wird schwindlig.

»Aram? … Aram!«

»Minütchen«, sagt er. Ich höre ihn irgendwo leise herumkramen. Dann schabt Metall aufeinander, und kurz darauf wird es schummrig hell. Aus zwei Metern Entfernung, von einem Tischchen aus, sieht er mich triumphierend an, als hätte er eine gefahrvolle Arbeit erfolgreich beendet. Offensichtlich hat er in eine Fassung, die von der Decke herunterbaumelt, eine Birne geschraubt. Er rückt den Tisch zurecht und weist auf das breite Bettgestell, die einzige Sitzgelegenheit im Zimmer. Bevor ich mich anschicke, Platz zu nehmen, streicht er die bunt gehäkelte Decke glatt, die darauf ausgebreitet ist.

»Ist gut so?«, erkundigt er sich, nachdem ich es mir bequem gemacht habe.

»Ja, gut … Was machst du?«, erkundige ich mich bei ihm, als er sich in der hinteren Ecke des länglichen Zimmers an einer kleinen Kommode zu schaffen macht.

»Ein Armenier bietet seinem Gast als Erstes ein Glas Tee an«, antwortet er lächelnd, »und da Teekochen eine Art Wissenschaft ist, muss ich ihr meine ganze Aufmerksamkeit widmen.«

Ich blicke mich um. Die Dürftigkeit des Raums wirkt niederdrückend. Kein Versuch, sie zu mildern. Das Licht der nackten Lampe, das von dem Spiegel an der Wand noch einmal in den Raum geworfen wird, raubt ihm den kleinsten Rest von Wohnlichkeit. Daran kann auch die schöne farbige Bettdecke nichts ändern.

Ich erschrecke vom Weinen eines Kindes, das ich dicht neben mir höre. Aram sieht sich nach mir um und weist auf die Wand hinter dem Bett. Er zuckt mit den Schultern, als wollte er sagen: Was soll man machen, daran kann man nichts ändern.
Dann erst bemerke ich das Foto. Es ist schräg hinter mir an die Wand gepinnt. Ein Mann mit ölig glänzendem, dicht anliegendem Haar. Sein Blick hinter halbgeschlossenen Lidern nimmt von der Außenwelt keine Notiz. Der Mund ist in einer Anstrengung oder Verzückung fest geschlossen. Unter dem Kinn klemmt eine Geige. Der Bogen in der schmalen, sehnigen Hand ist schräg auf die Saiten gesetzt. Die Finger der anderen gebeugten Hand umfassen den Hals des Instruments. Der Geiger, in schwarzem Frack und schneeweißem Hemd, steht offensichtlich auf einer Bühne. Es dauert einen Moment, bis ich Aram erkenne. Der Gegensatz zwischen dem Künstler auf dem Bild und dem Mann im Zimmer ist so groß, dass es mich Mühe kostet, beide miteinander in Einklang zu bringen.
Aram kommt und bringt ein Tablett mit zwei Gläsern, aus denen Dampf hochwirbelt. Er stellt das Tablett auf das Bett und verhängt die Glühlampe mit einem seidenen roten Tuch. Es macht das Licht weich und matt und stellt eine gewisse Gemütlichkeit her. Vorsichtig kauert er sich mir gegenüber auf das andere Ende des Bettes. Zwischen uns duftet der heiße Tee. Es ist, als säßen wir in einer Arche und schwömmen davon.
Aram erzählt von Wundern, von Musik und großen Tourneen und von viel Bedrängnis. Zuerst leise und stockend und dann immer flüssiger mit weit ausholen-

den Armen und gestikulierenden Händen. Er spricht leise, fast flüsternd, um das Kind hinter der Wand, das nun ruhig ist, nicht zu wecken. Die Laute, die er formt, kann ich keiner mir bekannten Sprache zuordnen. Es ist eine vokalreiche, wohltönende Sprache, wahrscheinlich Armenisch. Unverständlich für mich, bis auf wenige einzelne Wörter, aber ich ahne den Inhalt. Dann beginnt er die Sprachen zu mischen, in das Armenische ganze Sätze Russisch gestreut, vielleicht als er jenseits der Kindheit ist. Von da an kann ich fast alles verstehen.

Er spricht von Sonne und Sommer. Hitzige Sommer sind es, mit aufstaubenden, gefurchten Wegen zu Weinbergen hin. Und am Abend wohltuender Schatten auf geschützten Innenhöfen, deren Wände die spitzen, hartgrünen Blätter des Oleander sind. Das Dach bilden dichte Weinreben, von denen anthrazitblaue Trauben herunterhängen. Gäste kommen, und nach den ersten Gläsern ertönen von der reich gedeckten Tafel fröhliche Gesänge, die im Lauf der Nacht melancholischer werden.

Aram gießt neuen Tee ein, schlürft ein paar Schlucke mit gespitzten Lippen und lehnt sich zurück an die Wand. Ausruhen, um neu zu beginnen, um auf das Wichtigste und Schwerste zu kommen. Als er wieder anhebt, lässt er das Armenische fort und spricht nur noch Russisch. Von einem Mädchen erzählt er. Eine wunderschöne olivenfarbene Anmut. Sie blieb ein Weilchen, verzaubert von seiner Musik. Aber es reichte nicht für lange. Sie ging fort, als sein Herz schon bei ihr war. Von da an blieb er allein, weil keine Ähnliche folgte. Erst jetzt fing er an, ein Krüppel zu sein, auch innerlich, sagt er. Äußerlich sei er

es von klein auf, seit einer Knochentuberkulose im Winter des Hungers, nach einem brennend heißen, trockenen Sommer. Da war er zwei Jahre alt.
Nach einer Pause spricht er von Frauen, die er in seiner Einsamkeit aufliest. Solche wie mich, die selber in Not sind. In einige verliebt er sich. Das tut ihm nicht gut. Er will nicht noch mehr verkümmern und lässt keine Gefühle mehr zu. Von da an nahm er andere, die sich für die Nacht mit ihm reich beschenken oder teuer bezahlen ließen.
Er schweigt, schaut hoch auf das Bild an der Wand und erzählt von seiner Musik. Als er so lange krank war, kam sie zu ihm, stärker als vieles andere. Sie war nicht nur Talent aus der väterlichen Linie, sondern großer Trost für das Anderssein. So manches fiel ihm zu, wenn er spielte. In der großen Verwandtschaft, der lauten, fröhlichen, trinkfreudigen, holten sie ihn zu ihren Festen und lauschten seinem Spiel.
Er sah, dass seine Kunst ein Schlüssel war, der ihm fast jede Tür öffnete. Aber Liebe wollte er sich so nicht beschaffen. Wann immer er glaubte, sie nähere sich, wandte er sich um und ging. Einer seiner Onkel aus der kunstsinnigen väterlichen Linie brachte ihn aufs Konservatorium nach Jerewan.
Als er das Studium als einer der Besten abschloss, kamen viele Angebote. Er wollte in kein Orchester. Erklären kann er es nicht, er sagt nur: »Es passt nicht zu mir. Ein Buckliger gilt nie als Künstler, er ist immer nur der Clown.«
Nach einer Weile zieht er die lederne Brieftasche aus seinem Jackett und sucht einige Fotos heraus. Eine kleine

Gruppe von Musikern, sieben zähle ich; Violinen, Bass, Gitarre, Akkordeon und Zimbal. Ein Zigeunerorchester, und Aram der Primas. Sie reisen durch das ganze Land. In Cafés treten sie auf, in Restaurants, bei Volksfesten und auf Rummelplätzen. Aram, auf einem kleinen Podest, steht vor ihnen und ist der Größte.

Manchmal kommen Einladungen an ihn zu Soloauftritten in großen Sälen, und gelegentlich nimmt er sie an. Gibt Konzerte in Moskau, Kiew und Petersburg und fliegt, seltener, auch ins Ausland – Paris, Mailand, Warschau. Er hat riesigen Beifall und gute Gagen. Davon konnte er sein Auto kaufen, mehr will er nicht. Jetzt hat er sich freigenommen an den Abenden, an denen ich da bin. Damit ich mich wohl fühlen kann und nicht friere, hat er das Zimmer gemietet. Das nimmt er sich auch für den Winter. Wenn ich abgeflogen bin, wird er wie sonst in seinem Auto wohnen.

»Die Dusche, die ich brauche, gibt es sowieso nur oben im Wald. Dort wasche ich auch mein Geschirr und meine Wäsche. Und das ist gut so. Wenn es anders wäre, hätte ich dich niemals getroffen.«

Ich bitte ihn, sein Bild von der Wand zu nehmen, damit ich es genauer betrachten kann. Er kniet sich hin und macht sich an dem Foto zu schaffen. Da erst bemerke ich, dass rechts unten an der Ecke des Bildes ein dunkelblaues Sträußchen vertrockneter Blüten befestigt ist. Es ist eingeklebt in eine Plastikhülle, die es dicht umschließt. Womöglich ein Andenken an eine unglückliche Liebe. Er reicht mir das Foto, die Blüten in der Hülle behält er in der Hand.

Nun, da ich in seinem Haus schlafe, ist es an der Zeit, ihm auch meine Bilder zu zeigen. Meine Eltern, mich selbst in unterschiedlichen Lebensphasen und, nach einigem Zögern, auch ein Passbild von Wolf.
Dieses Foto guckt er lange an, bevor er es mir zurückgibt. Er schweigt eine Weile, dann blickt er zu mir auf und fragt: »Darum?«
»Ja.«
»Eine große Liebe?«
»Das dachte ich.«
»Und warum denkst du es nicht mehr?«
»Er liebt eine andere. Schon lange. Und er hat so getan, als wäre es nicht wahr …«
Aram beugt sich vor und hält seine Hand vor meinen Mund, als brauchte er nichts mehr zu hören. »Ich weiß schon, ich weiß. Aber es ist nicht so schlimm, wie du denkst. Du wirst eine neue Liebe finden.«
Dann nimmt er Wolfs Foto aus meiner Hand und legt es zu den übrigen. Er blättert noch einmal zurück und greift sich ein kleineres Bild von mir heraus. Es ist nicht besonders schön, ich habe ganz dicke Augen vom Weinen. Agnes hat es gemacht. »Zur heilsamen Erinnerung«, sagte sie.
Aram legt sich das kleine Foto auf die flache Hand, streicht mit der anderen Hand vorsichtig darüber, als hätte er Staub wegzuwischen, sieht mich an, lächelt, fährt mit zwei Fingern behutsam über mein Gesicht und sagt ernst und mehr zu sich selbst: »Glück gehabt.«
Dann legt er das Foto zurück zu den anderen.

Ich werde es ihm schenken, bevor ich zurückfliege, beschließe ich an einem der folgenden Abende. Ich suche es wieder hervor, bedauere, dass ich kein besseres habe, und schreibe auf die Rückseite:

»Danke, Aram.
Auch ich hatte Glück, dir zu begegnen.
Rischenka«

Ich stecke es in ein Kuvert und klebe es zu. Spät in der Nacht, als wir erschöpft sind und uns das Bett für den Schlaf herrichten, lege ich ihm, als er sich wäscht, das Kuvert auf sein Kissen.

Er sieht mich erstaunt an und fragt: »Für mich?«

Ich nicke.

Er setzt sein trauriges Lächeln auf und sagt: »Frauen schenken mir nichts.«

Er dreht den Umschlag hin und her. »Soll ich ihn öffnen?«

»Ja, natürlich.«

»Werde ich froh sein danach …«

»Ich hoffe«, sage ich schnell.

»… oder traurig?«

»Nein, warum sollte ich dich traurig machen?«

»Gut.« Er öffnet vorsichtig den Briefumschlag.

Er zieht das Foto heraus, dreht es um, liest die paar Wörter auf der Rückseite und zerreißt es in winzige Stückchen, ohne es noch einmal anzusehen. Dann geht er damit zum Fenster, öffnet es und bläst die Schnipsel hinaus in die Nacht.

»Du wirst es nicht vermissen, denn du hast es ja verschenkt«, sagt er ruhig, als er zurückkommt ins Bett. Und nach einer Weile, als er bemerkt, dass ich vor Gekränkt-

sein schluchze, erklärt er: »Es ist ein sehr trauriges Geschenk, aber das kannst du nicht verstehen.«
»Nein«, sage ich wimmernd, »wie kann ich denn das verstehen? Ich dachte, es hätte dir gefallen.«
»Und wie es mir gefällt. Gerade deshalb will ich es nicht. Ich würde es Tag für Tag bei mir tragen, es betrachten und mich verzehren nach dir. Wozu diese Quälerei? Nun habe ich es in meinem Kopf, und langsam, mit den Jahren, wird es verblassen, bis ich es vergessen habe.«
Er zieht das Laken hoch bis zum Kinn und schließt die Augen. Nach einer Weile dreht er sich zu mir um. Ich spüre, dass er mich ansieht. Er richtet sich ein wenig auf und streichelt mein Gesicht. »Ich danke dir, ich danke dir von ganzem Herzen«, flüstert er. Ich ziehe ihn an mich. Er wehrt ab und krümmt sich zusammen. Ich spüre, dass er weint.

22

Kurz nach unserer Frankreichreise besuchte mich Agnes. Mein Bericht war durchwachsen. Ich schwärmte von Madame Rose und der flirrenden, duftenden Schönheit der Provence und streifte Wolfs Eifersuchtsanfälle nur am Rande.

»Du hast es gut«, meinte sie völlig überraschend.

Ich dachte, ich höre nicht richtig, vermied es aber, ihre Ansicht zu korrigieren. Offensichtlich war sie mit Sorgen zu mir gekommen. Vielleicht hatte Karl etwas von ihrer Liaison mit Achim gemerkt, dem Mathematiklehrer, der seit einiger Zeit ihrer Tochter Nachhilfeunterricht gab.

»Was ist los, Agnes?«

»Achim will sich scheiden lassen«, platzte sie los und sah mich hilfesuchend an.

»Der ist doch noch so jung und schon verheiratet?«, fragte ich verwundert.

»Na klar, gerade deshalb habe ich mich doch guten Gewissens mit ihm eingelassen. Auf gleicher Ebene sozusagen. Keiner kann dem anderen etwas vorwerfen oder abverlangen, wenn du verstehst, was ich meine.«

»Ach so, und nun ist eingetreten, was du nicht beabsichtigt hast und was du auch nicht gebrauchen kannst. Aber wenn du ihn liebst …?«

»Ja, ja, ich liebe ihn. Aber das heißt doch noch lange nicht, dass ich mit ihm leben will. Und vor allem heißt es nicht, dass ich auf meine Ehe, meine Familie verzichten möchte. Denk doch mal an Evi!«

»Ja, und? Evi ist fünfzehn. Sie würde es sicher verstehen, wenn du es ihr erklärst. Außerdem ist es für die psychische Entwicklung eines Kindes besser, wenn die Eltern sich trennen, als wenn sie hinter Lügen leben. Eure Tochter ist sowieso bald selbständig und wird euch verlassen. Und ihr müsst euch ja auch bei einer Scheidung nicht die Köpfe einschlagen.«

»Scheidung! Was redest du von Scheidung, die kommt für mich nicht in Frage«, sagte sie bestimmt. »Ich steige doch nicht aus einer funktionierenden Ehe aus, um in eine ungewisse neue einzusteigen.«

»Ungewiss? Du hast mir doch immer von deinen Plänen mit Achim erzählt, die großen Reisen, die ihr vorhabt. Kanada, Südafrika, Israel. Und das Haus, das Achim für euch beide bauen will. Du warst doch ganz begeistert.«

»Clarissa, verstehst du nicht?!«, rief Agnes, und ihre Ansprache deutete auf Verärgerung hin. »Es ist wunderbar, mit einem Geliebten Pläne zu schmieden. Aber das sind nur Traumblasen, verstehst du, Luftschlösser, die umso schöner sind, je unwirklicher sie bleiben. Der Stachel des Verlustes, des Unerfüllten, des voraussehbaren Endes – das ist es doch, was ein Verhältnis so reizvoll macht. Es hat nichts mit dem zu tun, was man einander verspricht. Für mich jedenfalls nicht«, fügte sie etwas versöhnlich hinzu und fuhr dann fort: »Offensichtlich ist es für Achim anders. Er hat alles für bare Münze genommen. Wollte sich ›ehrlich‹ machen mir gegenüber, wie er es ausgedrückt hat, und dachte, ich freue mich halbtot darüber. Aber das kann ich nicht, weil ich diesen Ausgang niemals wollte. Nun sitz ich in der Patsche.«

»Dann ist es bei dir keine Liebe«, sagte ich.

»Das ist doch Unsinn, Clara. Sicher ist es bei mir nicht die selbstlose Hingabe, die du für deinen Wolf aufbringst. Aber es gibt doch sehr viele Arten zu empfinden. Liebe ist ja nicht etwas, das nach vorgeschriebenem Rezept erledigt wird, sondern hängt von deinem Charakter, deiner Psyche, deiner persönlichen Situation, deinem Alter ab. Ganz abgesehen von den Erwartungen, Sehnsüchten, Vorlieben, Ängsten, die du hast.«

»Bloß gut, dass du nicht noch das Sternzeichen erwähnst.«

»Unsinn«, wischte sie meinen Scherz beiseite. »Du hast mich schon verstanden. Und wenn das alles bei zwei Menschen zusammengeht, dann, glaube ich, ist Liebe möglich. Bei mir und Karl ist das der Fall. Keine totale Übereinstimmung natürlich, aber eine weitgehende. Und deshalb liebe ich ihn. Ein durch Zeit und Gewohnheit gefestigtes Gefühl. Aber erotisch natürlich längst nicht mehr das, was ich gerade mit Achim erlebe. Und alles noch reizvoller durch den Umstand des Verbotenen.« Sie dachte einen Moment nach und fuhr dann fort: »Aber Erregung, auf welchem Level auch immer, reicht natürlich nicht aus für ein gemeinsames Leben.«

»Achtung, die Psychologin spricht!«

»Unsinn.«

»Was wollen Sie denn jetzt machen, Frau Doktor?«

»Da gibt es nur eine Lösung. Ich muss versuchen, ihn davon abzubringen, sich von seiner Frau zu trennen. Was nicht so einfach sein dürfte, ohne ihn zu verletzen. Besser ist, Ausflüchte zu finden, ihn hinzuhalten.«

»Was für Ausflüchte?«

»Weiß ich noch nicht. Vielleicht eine Krankheit bei Karl, die es mir unmöglich macht, mich von ihm zu trennen …«

»Ach, und dann wartet ihr beiden Liebenden in eurer Erregtheit auf den stillen Tod deines Mannes, ja?«
»Du bist in letzter Zeit keine große Hilfe, Clara«, sagte Agnes ärgerlich und stand auf.

Wir waren sehr unterschiedlich, Agnes und ich. Sie war viel pragmatischer, eine tüchtige Person, die die Dinge im Griff hat. Das war es, was ich so sehr an ihr schätzte, ihre Bodenständigkeit, ihre Verlässlichkeit. Ich hingegen ließ mich zu leicht aus der Fassung bringen, neigte dazu, mich schnell und bei winzigen Anlässen schon maßlos zu erregen, im Glücklichen wie im Traurigen. Ich hatte keine ausgleichende Mitte.
Aber der wichtigste Unterschied war natürlich, dass Agnes seit achtzehn Jahren verheiratet war und ich immer nur in verzwickten Beziehungen gelebt habe. Aussichtslos in allen bisherigen Fällen. Kann es sein, überlegte ich, dass allein Agnes' Ehe, dieser im Grunde nebensächliche Umstand, Achim dazu bewogen hat, an eine Trennung von seiner Frau zu denken? Ich hielt diese Vorstellung für zu simpel, um zu funktionieren. Man müsste sich Statistiken über Scheidungsumstände unterschiedlicher Paare in unterschiedlichen Liebesbeziehungen ansehen, dachte ich. Aber selbst wenn es solche Statistiken gäbe und wenn sich ein Paar wie wir darunter befinden sollte, sagt das nichts über irgendwelche Erfolgsquoten aus, schon deshalb nicht, weil Menschen niemals identisch sind. Unbestreitbar aber war, und das setzte mir unheimlich zu: Achim wollte sich nach zwei Jahren für Agnes scheiden lassen, und Wolf dachte nach sechs Jahren noch immer nicht daran.

Zu jenem Zeitpunkt hatte ich nur den zwanghaften Wunsch, ihn für mich allein zu haben. Vielleicht lag es daran, dass sich unsere Beziehung so, wie sie war, etabliert hatte. Sie hatte ein Eigenleben gewonnen und existierte völlig selbständig und unabhängig von Wolfs anderem Leben. *Selbständig und unabhängig?* O nein! Ich rieb mich auf an dem Rest, mit dem ich nichts zu tun hatte und von dem kaum gesprochen wurde. Aber nach wie vor fuhr er Nacht für Nacht, nachdem er bei mir gelegen hatte, zurück in dieses andere Leben, um mit seiner Anwesenheit dort Verantwortungsgefühl und irgendeine dubiose familiäre Zusammengehörigkeit zu demonstrieren. Nicht nur die Nächte, auch die Morgen, alle Wochenenden und sämtliche Feiertage nahm er uns weg und verbrachte sie dort.
Die Fragen bohrten und bohrten. Warum, wenn er mich liebt, geht er fort? Warum erhält er das andere aufrecht, wenn es ihm nichts bedeutet? Warum hat er ein eigenes Leben? Das war überhaupt der gravierende Unterschied, dass ich nichts hatte, nichts haben durfte außer ihm, er aber neben mir alles. Er hatte nicht nur seine Familie, auch die Freunde dieser Familie, die Verwandten, festgefügte Bräuche und Regeln, nach denen sich alle zueinander verhielten und miteinander in Beziehung standen, auch die Feste, die gefeiert wurden – und aus allem hielt er mich raus.

Am Freitag nach der Probe wollte er wie immer kommen. Das war unser Ausklang, bevor die Wüste des Wochenendes für mich begann. Wann genau er käme, war ungewiss. »Es hängt davon ab, ob die Winter endlich ihren Part beherrscht«, erklärte er bei einem kurzen Treff am Nachmittag.

»Die Frau des Intendanten?«, fragte ich, weil er sie als Schauspielerin noch nie erwähnt hatte, außer dem einen Mal damals, als er die Lady Macbeth besetzen musste, aber das hatte sich dann zerschlagen, weil sie vorerst in Dresden geblieben war.

Wolf winkte ab. »Ja, seine Frau, die unerhört talentierte Antonia Winter«, sagte er in ironischem Ton. »Wir haben sie doch kürzlich in Dresden bewundert«, erinnerte er mich an die ein wenig zu schöne Blondine, die sehr eindringlich die Grusche gespielt hatte.

»Nun ist sie bei uns in Berlin gelandet, mit tausend Sonderwünschen, wie du dir denken kannst. Wie mich das ankotzt! Aber nichts dagegen zu machen. Ich hoffe nur, dass sie es nie schaffen wird, ihren Text zu lernen, dann wär'n wir sie endlich los. Aber leider ist sie nicht dämlich.«

»Ich wundere mich sowieso, dass sie so lange in Dresden geblieben ist. Sie war doch schon längst bei euch angekündigt.«

»Ach, was weiß ich. Es wurde von einer Liebschaft gemunkelt, ein Kollege dort, den sie wohl nicht verlassen wollte oder konnte. Winter selbst hat erzählt, sie hätten in Berlin noch keine passende Wohnung gefunden. Er fuhr an den Wochenenden immer nach Dresden. Na ja, nun ist es vorbei mit der Ruhe, die Diva ist da und möchte beschäftigt werden.«

Er sah auf die Uhr und musste los. »Ich rufe dich an, wenn ich komme. Es wird sicherlich dauern.«

Als er mich anrief, war es kurz nach elf. »Liebste, ich bin

gleich bei dir. Leider nur kurz. Ich liebe dich!« Er klang ärgerlich. Auch ich war gereizt. Gestern konnte er gar nicht, heute nur kurz.

Gegen Mitternacht war er endlich da. Zermürbt, unwirsch, mit tiefer Kerbe zwischen den Brauen.

»Besuch«, sagte er, ohne mich anzusehen.

»So? Wer denn?«

Wolf wusste, dass es unangenehm werden würde, und flüchtete sich zu relativ sachlichen, sehr kurz gehaltenen Informationen. »Ihre Eltern.«

»Ach, familiärer Besuch?«

»Was heißt familiär?«

»Die Schwiegereltern gehören zur Familie«, beharrte ich und fragte, ob sie überraschend gekommen seien.

Er schwieg.

»Du hättest mir doch bestimmt davon erzählt«, bohrte ich weiter.

»Ja, ja«, erwiderte er genervt und beleidigt, als wäre meine Gereiztheit total unangebracht, weil nicht ich, sondern er es durchzustehen hatte. Ich konnte mich nicht beherrschen. Es war die einzige Waffe, die ich bei solchen Gelegenheiten gegen ihn hatte, ihn wenigstens verbal zu quälen.

»Wie schön, dann habt ihr ja ein erlebnisreiches Wochenende vor euch. Sicher wird gegrillt, und du erzählst von deinen Reisen. Sind das nicht die Leute, die Olivers Klavierunterricht bezahlen? Dann werdet ihr doch bestimmt zweihändig Chopin spielen.«

»Hör auf«, sagte er, und seinem Ton mischte sich etwas Feindliches bei. »Kannst du dir vorstellen, wie ich darunter leide?«, schrie er plötzlich. »Mit jedem Gedanken bin ich bei dir. Aber ich kann nicht bei dir sein, weil dieser verfluchte Besuch mich daran hindert. Von wegen Chopin, dämliches Gequatsche. Weißt du, wie ich mich da fühlen werde? Missbraucht! Vergewaltigt! Benutzt! Kapierst du das?«

Mein Hals wurde eng, ich schluckte. *Dämliches Gequatsche* und *kapierst du das* – in so einem Jargon hatte er noch nie mit mir gesprochen. Es musste ihm wirklich unheimlich schlechtgehen. Aber ich konnte ihm nicht helfen. Ich trank langsam einen Schluck Wasser und sagte, auch das zum ersten Mal: »Du verhältst dich scheinheilig, mein Lieber, zu deiner Familie ebenso wie zu mir, und das ist beleidigend, für sie wie für mich. Für sie, weil du ihnen was vorgaukelst, und für mich, weil du mich aus einem Teil deines Lebens ausklammerst.«

»Vorgaukelst – so ein Unsinn. Soll ich ihnen etwa mitteilen, dass ich fremdgehe? Denn das wäre die Sprache, die sie verstehen. Aber wie immer ich es auch sagen würde, es wäre eine Katastrophe für sie. Es sind immerhin die Großeltern meines Sohnes, verstehst du? Doch selbst wenn ich das außer Acht ließe, würde eine solche Offenbarung nichts an unserem Problem ändern, es würde es nur noch mehr komplizieren. Und was meinst du eigentlich mit ausklammern? Soll ich dich dort vielleicht als meine Geliebte einführen? Würde dir das gefallen? Möchtest du etwa so in Zukunft leben, als freundlich begrüßte Dritte im Bunde? Also so viel weiß ich, ich möchte das nicht.«

Er schwieg. Im Grunde genommen hatte er recht. Es musste eine prinzipielle Entscheidung getroffen werden. Er musste mit seiner Frau sprechen, musste ihr endlich

die Wahrheit sagen. Und hatte es nicht eben so geklungen, als würde er das erwägen?
Da sagte er, und seiner Stimme war anzuhören, wie zermürbt er war: »Hab doch Geduld, Liebste. Mach es nicht schwerer, als es schon ist. Eines Tages ist das alles vorbei.«
Da ahnten wir beide nicht, wie bald schon alles vorbei sein würde.
In meinen vor Erschöpfung und vor Müdigkeit abflauenden Zorn flüsterte er mit unendlicher Zärtlichkeit: »Du weißt doch, dass du mein Leben bist.«
Ich nickte und streichelte seinen Kopf, den er in meinen Schoß gelegt hatte. Und ganz weit in meinem Hinterkopf schwamm der Gedanke an Weihnachten und an Silvester, das ganze verfluchte Jahresende, das vor der Tür stand. Ich würde wie jedes Jahr zu meinen Eltern fahren. Er würde mich jeden Tag einmal anrufen, so dass ich in der ständigen Angst, diesen Moment zu verpassen, noch nicht mal spazieren gehen konnte. Und wenn ich zurückkam, wäre ich so zerstört von meinem Alleinsein, von den Bildern, die mein Gehirn produziert hatte, von all den Verletzungen, denen er mich ganz selbstverständlich aussetzte, nur um seine Familie nicht zu verletzen, von den Ausreden, die ich meinen Eltern auftischen musste, dass unser Wiedersehen in einer von Empörung und Vorwürfen geladenen Aussprache total vergiftet wäre. Eine Aussprache, die im Grunde genommen gar keine war. Aufreibend, zerstörerisch und zu nichts nutze, als einander weh zu tun.

23

Nach unserer sogenannten Hochzeitsreise war ich mir sicher, Wolf würde sich niemals scheiden lassen. Ich begann den Mechanismus zu durchschauen, nach dem er funktionierte. Als ich das begriffen hatte, wusste ich, dass es das Schicksal gut mit mir meinte, indem es alles so ließ, wie es war. Eines war mir klar: Wenn er sich scheiden ließe, würde er aufhören, mich zu lieben. Vielleicht nicht im selben Moment, aber mit der Folgerichtigkeit eines Naturgesetzes würde es so kommen.
Wozu sollte es eigentlich gut sein, ihn Tag für Tag und Nacht für Nacht bei mir zu haben mit seinen Unzufriedenheiten, seiner Eifersucht, den Zornesausbrüchen, die er vom Theater mit nach Hause brachte? Zu nichts. Unsere Insel würde unbewohnbar werden. Selbst wenn es so weiterging wie bisher, wenn ich unsere kurze, kostbare Zeit damit vertat, ihn zu etwas zu drängen, was er nicht wollte oder konnte, würde ich ihn vertreiben.
Als es endlich so weit war, dass ich diese Tatsache sah und auch akzeptierte, berührte ich das für uns beide so quälende Thema nicht mehr. Von einem Tag zum anderen hörte ich auf damit. Wenn er kam, war ich heiter, wenn er am Freitag ging, wünschte ich ihm ein schönes Wochenende. Ich freute mich, wenn er mich anrief. Und wenn er kam, war ich zärtlich und hingebungsvoll und zeigte ihm meine Liebe.

Wolf wurde hellhörig. Er merkte die Veränderung, vermochte sie jedoch nicht zu deuten. Auf jeden Fall schien sie ihm nicht zu gefallen, und das, obwohl ich zufriedener, freundlicher, ausgeglichener war. Um diesem Neuen entgegenzuwirken, weitete er seine Besitznahme aus, bewertete kleinste Äußerlichkeiten, begann die Minuten meines Tages zu kontrollieren. Jede Abwesenheit wurde ihm verdächtig, jeder Blick, jedes Wort.

Das Leben mit ihm wurde von nun an noch aufreibender. Er schien sich bedroht zu fühlen oder entmachtet oder nicht mehr genügend geliebt. Seine Phantasie hielt unendliche Möglichkeiten bereit, denen ich mich ausgesetzt haben könnte oder womöglich sogar schon erlegen war. Sie mussten ausgeräumt werden in endlosen, ermüdenden Gesprächen, die Verhöre waren. Immer häufiger kam es vor, dass er zwar seine Verdächtigungen gegen mich aufbaute, aber aus irgendeiner unerklärbaren Furcht, die vielleicht von meiner vermeintlich gewachsenen Souveränität herrührte, schneller als sonst zu beruhigen war.

Auf der anderen Seite – und das war die beabsichtigte Wirkung – machten uns seine absurde Angst, die latente Bedrohung, die er spürte, die erhoffte Aufklärung und die Erleichterung, die unsere Diskussionen ihm brachten und die seine Anspannung endlich löste, weich und bereit für Empfindungen, die wir zuvor in dieser Intensität nicht mehr gehabt hatten. Ein inszenierter Ablauf. Wolf ahnte nichts davon. Und es befriedigte mich maßlos, einen Mechanismus in Gang gesetzt zu haben, der ihm verschlossen blieb, dem er aber folgte. Endlich hatte ich ihn im Griff.

Dem Neuen Theater stand ein Gastspiel in Prag mit individueller Anreise des Ensembles bevor. Wahrscheinlich waren es meine unentwegten kleinen Verunsicherungen, die ihn veranlassten, mich auf diese Reise mitzunehmen. Außerdem fiel mein Geburtstag in die Zeit des Gastspiels. Pragreise – was für ein schönes Geburtstagsgeschenk!

Ich war erstaunt. Nicht nur, weil es in all den Jahren das erste Mal war, dass er mich auf einer Auslandsreise dabeihaben wollte, sondern weil seine Kollegen auf mich aufmerksam werden würden. Wolf schien es nichts auszumachen. Merkwürdig. Denn bisher hatte er alles getan, um unsere Beziehung geheim zu halten. Selbst wenn er mich zu Aufführungen in Berlin mitnahm, und das passierte relativ häufig, saßen wir nie nebeneinander, noch nicht mal in einer Reihe. Er vermied jeden Kontakt zu mir, der auf mehr als eine zufällige Begegnung hätte schließen lassen. Mary war die einzige Ausnahme. Wenn sie mich im Theater sah, begrüßte sie mich. Sie fragte ohne jegliche Scheu nach Wolf, wunderte sich, dass er nicht bei mir war, und schüttelte ungläubig den Kopf, wenn sie ihn bei einer überraschenden Annäherung schleunigst verschwinden sah. »Dussel«, sagte sie, »was soll denn das Affentheater?«

Einmal kamen Winter und seine Frau direkt auf Mary und mich zu, als wir in der Pause mit einem Glas Sekt im Foyer standen. Mary zögerte nicht einen Augenblick und stellte mich in ihrer unkomplizierten Art als Clara Bergfeld, Theaterexpertin und Freundin von Wolf vor.

»Wohl eher Kollegin von Herrn Montiér«, beeilte ich mich zu korrigieren.

»Was auch immer«, meinte Winter und drückte kräftig meine Hand.
Antonia, in einem wunderbar fallenden, eng taillierten und tief dekolletierten dunkelblauen Samtkleid, betrachtete mich aufmerksam und bemerkte, mit einem amüsierten Lächeln zu ihrem Mann gewandt: »Schau mal, Wolf Montiér hat nicht nur für seine Arbeit auf der Bühne ein glückliches Händchen, sondern auch außerhalb des Theaters.« Dann sah sie mich mit ihren schönen dunklen Augen neugierig an und reichte mir die Hand.
Winter drehte sich suchend um und sagte etwas polternd zu mir: »Wo ist er denn, der Rabauke, scharwenzelt schon wieder in der Gegend rum, anstatt sich wie ein Kavalier zu benehmen.«
Wolf ließ sich nicht blicken, und ich erzählte ihm später nichts von dieser Begegnung und dem kurzen Wortwechsel mit seinem Chef und dessen Frau. Nicht zuletzt, weil diese durchaus freundliche, offene Begegnung ein beklemmendes Gefühl in mir zurückgelassen hatte, das sich den ganzen Abend nicht legte.

Ich freute mich auf Prag, aber ganz wohl war mir bei der Sache nicht, schon wegen der Aufmerksamkeit, die sie erregen würde. Reisetag war mein Geburtstag. Wolf schlief die Nacht zuvor bei mir. Wir zelebrierten unser Abschiedsritual, das diesmal eigentlich keinen Anlass hatte, und Wolf machte mich früh mit einer zärtlichen Umarmung wach. »Happy birthday!«, flüsterte er mir ins Ohr und: »Ich liebe dich.«
Ich war ein bisschen enttäuscht. Keine Blumen, kein Immer-und-ewig. Nach einer hastigen Tasse Kaffee im Ste-

hen rief er ein Taxi, und wir fuhren zum Bahnhof. Er hatte ein Abteil für uns reservieren lassen und lud mich, nachdem unser Gepäck verstaut war, in den Speisewagen ein. »Warte mal, ich gehe vor und sondiere die Lage«, sagte er und verschwand.

Aha, so war das also, er würde jeden unserer gemeinsamen Schritte vorher absichern. Nach ein paar Minuten kam er strahlend zurück. »Alles bestens«, sagte er gut gelaunt, legte seinen Arm um mich und schob mich vor sich her in den Speisewagen. Der Tisch fiel schon von weitem auf. Ein Bouquet tiefdunkler Rosen neben einem Sektkübel hob ihn leuchtend aus der Reihe der übrigen Tische heraus.

»Bist du glücklich?«, fragte er mich und küsste meine beiden Hände.

»Ja, sehr.«

»Es soll so bleiben!«, sagte er mit glücklichem Lächeln und zog ein kleines Etui aus seiner Jackentasche. Er öffnete es und streifte mir einen mit einer kleinen Goldmünze verzierten Ring auf den Finger.

Ich mochte generell keinen Schmuck und Ringe dieser Art schon gar nicht. Außerdem trug ich seinen goldenen Reif mit den zwei Worten *per sempre* am Ringfinger meiner linken Hand. Hatte er das vergessen? Demonstrativ legte ich meine Hand mit dem schönen Ring auf den Tisch. Wolf nahm die Bedeutung der Geste nicht wahr. Sein Geschenk enttäuschte mich maßlos, und genauso enttäuschte mich sein lapidares *es soll so bleiben*. Weder sein Glückwunsch im Bett noch dieser nachgereichte Satz hatten etwas von der beschwörenden Eindringlichkeit, die ich von ihm gewohnt war.

»Ich danke dir«, sagte ich leidenschaftslos und sah nachdenklich auf meine beiden Hände, die mit dem schönen Goldreif und die mit der in Gold gefassten Münze, die vornehmlich von Fleischverkäuferinnen und Handwerkersgattinnen getragen wird.
»Eine Hochzeitsreise hatten wir ja schon, ist das nun der Verlobungsring?«, provozierte ich ihn.
»Ach, du meinst, wir entwickeln uns zum Anfang zurück?«, bemerkte er ironisch.
»Ich hätte nichts dagegen, dann könnte man noch mal von vorn beginnen und vieles besser machen.«
»Ach Clara, du sagst manchmal Dinge, über die du tief gekränkt wärst, wenn sie von mir kämen.«
»So? Ich meinte ja nicht, dass du es bist, der etwas besser machen sollte, ich meinte vor allem mich.«
»Wenn ich mich nicht irre, tust du das ja schon eine Zeitlang.«
»Was meinst du damit?«, fragte ich erstaunt.
»Lass sein, Clärchen. Komm, stoß mit mir auf deinen Geburtstag an, auf unsere Liebe«, schob er meine Frage beiseite und hob mir sein Glas entgegen.
Beim Trinken stellte ich fest, dass sich zwei Tische hinter Wolf ein Spiegel befand, der den Raum wesentlich größer erscheinen ließ. Ein Spiegel bot vielerlei Möglichkeiten, kam mir plötzlich in den Sinn, und ich lächelte beim Absetzen des Glases meinem Abbild zu. Es stimmte also, er hatte bemerkt, dass ich mich anders verhielt. Welche Gründe mochte er dafür finden? Ob es ihn beunruhigte? Oder eher amüsierte? Es war schon eigenartig, dass er es überhaupt nicht kommentierte. Würde ich es durchhalten können? Ich musste es versuchen.

»Hast du dich vorhin davon überzeugt, dass wir hier niemanden von deinen Theaterleuten treffen würden?«, fragte ich ihn, mit kurzem Blick in den Spiegel.
»Nein, das war nicht nötig, ich habe vorher schon eine Liste herumgehen lassen«, gab er grinsend zurück.
»Dein Geburtstagswunsch scheint nicht in Erfüllung zu gehen«, stichelte ich weiter, »nicht mal für diesen Tag.« Dabei sah ich lange in den Spiegel und probierte ein Lächeln aus.
Wolf starrte mich an. »Den Eindruck habe ich auch«, zischte er, sprang auf, schob sein Glas beiseite, dass es umstürzte, und schritt aus dem Wagen.
Ich hatte übertrieben. Meine Enttäuschung und meine idiotische Taktiererei hatten mich dazu gebracht. Als der Ober kam, um das kleine Malheur zu beseitigen, bat ich um die Rechnung. Ich zahlte, nahm die Vase mit den Rosen und ging in unser Abteil. Bis auf meine Reisetasche und meinen Mantel war es leer. Wolf war weg. Es war unfassbar, aber er war weg.
Was sollte ich tun? Weiterfahren? Ich kannte ja nicht mal den Namen des Hotels in Prag, in dem wir wohnen würden, ich besaß keine Kronen, und ich beherrschte kein Wort der fremden Sprache. In meiner Enttäuschung und Wut entschied ich mich auszusteigen.
Wir näherten uns Dresden. Ich zog den Mantel über, nahm meine schwere Tasche und die Rosen und verließ den Zug. Am Schalter erkundigte ich mich nach der nächsten Verbindung Richtung Berlin und kaufte eine Fahrkarte. Ratlos stand ich mit meinem glamourösen Strauß in der großen Halle und überlegte deprimiert, was ich die verbleibenden zwei Stunden an diesem ver-

fluchten Tag, der mein Geburtstag war, tun sollte. Plötzlich schien sich einer der Pfeiler, auf den ich starrte, zu teilen. Eine Gestalt trat hervor und kam auf mich zu.
»Wolf!«, rief ich fassungslos. »Du bist einfach verschwunden … weg … ohne ein Wort … hast mich sitzenlassen … mutterseelenallein …«, schluchzte ich wie ein verlassenes Kind.
»Ich wollte sehen, ob du mit diesem Kerl weiterfahren würdest.«
»Mit welchem Kerl?!«, schrie ich.
»Den du hinter mir unentwegt angemacht hast.«
»Wolf, bist du noch bei Sinnen? Hinter dir war kein Mann, da war niemand und nichts außer einem Spiegel.«
Er stutzte, sah auf meine Rosen, die ich noch immer in der Vase trug, blickte mich ein wenig reumütig an und sagte mit dem Anflug eines Lächelns: »Du hast die Rosen nicht vergessen. Weißt du noch, die erste Rose, die ich dir mitgebracht habe? Auch an deinem Geburtstag. Schon lange her. Und heute schenke ich dir immer noch Rosen. Ist das nicht wunderbar?«
Noch in derselben Nacht im Hotel, mit großartigem Blick über die Türme und Brücken der Stadt, ließen wir dem Ritual des Abschieds vom Abend zuvor, das ohne Anlass war, ein Ritual der Ankunft folgen. Es war das erste Mal, dass wir einen wirklichen Abschied geprobt hatten. Und wir waren heilfroh, dass er hinter uns lag.

In Prag fragte niemand nach mir. Man grüßte mich mit einem freundlichen Hallo, als gehörte ich dazu. Winter grinste, als er uns sah. Als ich umkehren wollte, hielt Wolf mich am Arm fest und zog mich weiter.

»Hast du dir darüber etwa Gedanken gemacht?«, fragte er, sich amüsierend. »Weißt du, die Liaisons beginnen und enden auf solchen Reisen so schnell, dass es niemanden interessiert, wer mit wem ankommt oder abreist.«

»Glücklicherweise gibt es Ausnahmen«, sagte ich und wunderte mich, warum er vor kurzem noch solchen Wert darauf gelegt hatte, moralisch integer zu erscheinen. Diesmal hatte ich den Eindruck, dass er es darauf anlegte, mich möglichst vielen seiner Kollegen und insbesondere seinem Chef, Konrad Winter, zu zeigen. Winters Frau, der wir als Nächste in die Arme liefen, tat so, als hätte sie mich noch nie gesehen, und auch Wolf gegenüber verhielt sie sich total desinteressiert.

»Willst du ihr nicht wenigstens guten Tag sagen?«, fragte ich ihn.

»Nein«, sagte er.

24

Wenn ich die Nachmittage am Strand nicht verschlafe, weil meine Nächte kurz sind, vergrüble ich sie. Heftigen Erinnerungsattacken, die sich unentwegt aufdrängen und mir die Luft abschneiden, folgen kurze Momente, in denen ich mich gerettet fühle. Noch ist es nicht so weit, sage ich mir. Noch ist nichts geschehen, von dem ich wüsste, dass es die Wahrheit ist. Noch ist sie unwiderlegt, diese Liebe. Und es würde so bleiben, solange ich es wollte. Ich zwinge mich, auf eine übertriebene Art froh und unbeschwert zu sein. Die Hülle, die sich um meine Ängste legt, ist hauchdünn. Vielleicht sind diese Ängste gar nicht nötig, und ich produziere sie nur, weil ich sie nötig habe. Überlegungen dieser Art entlasten mich. Sie führen sogar dazu, dass ich ernsthaft beschließe, fröhlich zu sein. In solchen Momenten erhole ich mich. Aber es hält nicht an. Ein Gefühl lässt sich nicht so einfach beschließen. Schon im seelischen Normalzustand funktioniert das nicht und erst recht nicht in dem Ausnahmezustand, in dem ich mich befinde. Ganz überraschend, in einer Phase totaler Ruhe bricht der Terror wieder los: der Alptraum vom Niemalsmehr, das schwarze Loch des Alleinseins, die Folter der Sehnsucht, die ganze Hölle der Erinnerungen.

Die Erinnerungen, das ist das Schlimmste. Sie drängen sich geradezu auf, und ich stöbere zwanghaft darin herum, gehe gerade Linien, durchforste Seitenwege, Abzweigungen, Ecken und Winkel, suche nach Beweisen, fördere längst Vergessenes zutage, krame jeden Fetzen hervor, wende ihn nach oben und unten, links und rechts, stelle ihn auf den Kopf, verkehre ihn in sein Gegenteil. Einer klettet am anderen, die Bewegung reißt Stückchen mit sich fort, schwemmt sie an einen anderen Teil, verleiht ihnen eine neue Bedeutung.

Belanglosigkeiten eigentlich, aber nun nicht mehr, nicht mehr in der von Hitze ausgebrannten süchtigen Reinheit meines Gehirns. Da tritt alles zutage. Die Dinge gewinnen Gewicht, sie wiegen schwerer. Wo ich nicht weiterkomme, betreibe ich Mummenschanz, versenke mich in ausgetauschte Szenarien: Ich liege mit einem Fremden im Gras – Boris oder Karl oder Winter oder X, Y, Z –, die Bluse geöffnet über nackter Haut, die Schenkel leicht gespreizt, und Wolf kommt dazu. Ich erfinde quälende Details, vertiefe mich in sie, lebe in ihnen, verausgabe mich bis zur völligen Erschöpfung. Es bringt mir nichts.

Die Furcht vor dem Meer und seinen Geistern habe ich abgelegt; ich schwimme häufig weit hinaus. Manchmal bin ich kurz vor dem Zusammenbrechen und habe Mühe, mich zurückzuholen, mich nicht einfach an die Linie des Horizonts treiben zu lassen. Jedes Mal halte ich es aus, bis ich glaube, vor Erschöpfung unterzugehen. Dieses Gefühl ist sehr nah und sehr wirklich. Ich kann den Punkt genau bestimmen und fühle deutlich, wie ich mich schnell auf ihn zubewege. In dem Augenblick, in dem ich mich aufzugeben beginne, kann ich einen Moment des Grauens nutzen, um mit kräftigen Stößen zurückzuschwimmen. Manchmal bin ich nahe daran, diesen Moment verstreichen zu lassen. Aber die Angst vor der unumkehrbaren Einsamkeit und der bodenlosen Schwärze ist so überwältigend, dass ich entsetzt fliehe. Es wird zu einem Sport, einem Wettkampf gegen mich selbst. Der Ausgang ist niemals sicher. Ich wette nicht darauf, weil ich verlieren könnte. Und wenn ich dann sicher ans Ufer gelangt bin, überkommt mich so etwas wie Enttäuschung. Noch nicht einmal das schaffe ich – einfach zu ertrinken.

Auch wenn ich schlafe, erinnere ich mich. Die Erinnerungen verzerren sich im Traum. Wolf kommt zu mir. Nein, er kommt nicht zu mir. Er erscheint wie ein Schauspieler in einem grotesken Bühnenbild. Ich stehe da, unfähig, mich zu bewegen, unfähig, meinem Wunsch zu folgen und zu ihm zu gehen. Mitunter versuche ich, angestoßen von einer großen Sehnsucht, mich bemerkbar zu machen. Aber ich habe keinen Laut in mir. Und er sieht mich nicht, er erwartet jemand anderen. Vor Traurigkeit werde ich wach.

Heute Nacht hatte ich einen solchen Traum. Er trug sich an einem Augustabend zu.

Eine Wiese mit Düften, die an Bauerngärten oder Sommerküchen oder Geburtstagsfeste der Kindheit erinnern. Ich konnte mich in diesem Moment nicht an ihnen erfreuen, weil ich etwas verloren hatte. Es schien etwas Wichtiges zu sein, etwas, das ich dringend brauchte. Es war ein Verlust, der sich nicht offenlegte, was das Suchen erschwerte. Schnell lief ich einen grünen Abhang hinauf. Es erschreckte mich, dass die Bäume schon ihre Früchte verloren hatten und kahl waren wie Gerippe. Trotzdem hatte ich eine geringe Hoffnung auf etwas Unbestimmtes.

Dann hörte ich die leise Musik. Das Haus oben am Hügel war voller Licht. Es stand mitten in einem kleinen See.

Die Fenster waren weit geöffnet. Die tanzenden Paare huschten wie Schatten vorbei. Einmal sah ich auch ihn. Er ließ seine Tänzerin stehen und drehte sich ganz allein wie ein trauriger Kreisel. Ich stand am Ufer und winkte ihm zu.

Nach mehreren Tänzen, der See war schon schwarz, kam er ans Fenster. Mit schmalen, unglücklichen Augen sah er hinaus, als ob er nach jemandem Ausschau halten würde. Mich nahm er nicht wahr. Die Bernsteinpunkte in seinen Augen sahen aus wie Honigoasen. Wieder winkte und rief ich. Erst stand er ganz still. Dann beugte er sich weit hinaus, als hätte er mich gehört. Die Musik setzte ein – ein gedudelter Walzer. Die schönen Frauen, die ihn am Arm zupften, lächelte er traurig fort. Er tanzte nicht mehr. Er blieb am Fenster und wartete.

Dass sie nicht kam, konnte er offensichtlich nicht begreifen. Er lehnte den Kopf auf seinen an das Fensterkreuz gestützten Arm. Mein Mitleid mit ihm war riesengroß. Ich sammelte Steine und warf sie zum Fenster. Ein paar davon trafen ihn, er wischte sie fort wie lästige Fliegen. Dann schien es mir, als ob er weinen würde.

Sein Fenster blieb lange hell. Wie ein Leuchtturm warf es sein Licht auf den See. Er stand in dem Lichtrechteck wie ein Scherenschnitt. Ich sah, dass er sacht hin- und herschwankte. Vielleicht wiegte er sich im Takt der Musik und stellte sich vor, er tanze mit ihr.

Bald tanzte niemand mehr. Auch die Musik war verstummt. Bis auf das eine Fenster, in dem er hing, war das ganze Haus dunkel. Bald war es nicht mehr auszumachen, auch sein Fenster nicht. Wo es vorher war, war nun das Geäst eines Baums. Hinter den Zweigen stand der

Mond. Der See war versunken. Ein kühler Wind kam auf und setzte sich in das kahle Geäst.
Er aber hing am Fensterkreuz mit nach vorn gefallenem Kopf. Jedes Wehen setzte ihn in ein leichtes Schwingen. »Er sieht aus wie ein trunkener Mondmann«, sagte ich lachend und war froh, dass er nicht mehr tanzen konnte.

Wenn ich grüble, nachmittags am Meer, denke ich nicht an Aram, an die schmerzlindernden Abende und Nächte mit ihm. Ja, er ist mein Freund, aber ich liebe ihn nicht. Nur Wolf ist in mir und weitet sich aus. Ich bin ganz und gar mit ihm verknüpft. Immer noch, was unglaublich ist und was mir zeigen müsste, dass ich noch nichts gelernt habe. Eigentlich ist es wie vorher, dieselbe Intensität. Aber es gibt einen Unterschied. An die Stelle des Glücks ist Schmerz getreten. Da hat nichts anderes Platz, auch Aram nicht.
Was wäre, wenn Wolf es wüsste?, frage ich mich. Und gleich darauf dieser teuflisch tröstliche Selbstbetrug: Vielleicht läuft es bei ihm und Antonia auf etwas Ähnliches hinaus. Womöglich sucht er nur Trost bei ihr in seiner Bedrängnis, die ich seit Jahren schüre und aus der er keinen Ausweg findet. Nein, und das weiß ich definitiv, bei ihm geht es in Liebesdingen immer um Leben und Tod. Und dass ich noch da bin, wenn ich es überhaupt noch bin, hat mit seiner Schwäche zu tun und nichts mehr mit seiner Liebe.
Seit ich hier bin und mein Leben mit Wolf analysiere, stoße ich immer wieder an eine Stelle, eine schwarze, dumpfe, taube Stelle in meinem Kopf. Es kostet mich große

Anstrengung, an diesen Punkt zu gelangen, geschweige denn, ihn festzuhalten und zu benennen. Bisher dachte ich, es sei ein Irrweg, der an dieser Markierung ins Nichts führt. Eine Sackgasse in den Windungen meines Gehirns. Aber ich weiß, dass das nicht stimmt. In Wahrheit ist es so, dass ich aus Selbstschutz nicht zulasse, den undurchsichtigen Schleier zu heben, weil sich dahinter etwas Grauenvolles verbirgt, eine mörderische Absicht, der ich in letzter Minute entkommen bin und für die ich keinerlei Gewissheit wünsche. Aber ich bin mir darüber im Klaren, dass ich es eines Tages schaffen muss, diesen Gedankenfaden bis zum Ende aufzurollen und meinem Tod zu begegnen.

Meinem Tod? …

Ich fürchte, ich werde verrückt.

25

Unser achtes Jahr.

Verbraucht sich eine Liebe in so langer Zeit? Viele Ehen halten nur sieben Jahre. In sieben Jahren erneuert der Mensch sein Zellmaterial. Wie alt war Wolf jetzt? Sechsundvierzig? Ganz gleich, Gefühle haben kein Alter.

Vielleicht war es zu leicht mit mir, zu einfach, zu unkompliziert. Was sagte Agnes immer? *Sie sind alle Jäger und Sammler.* Und je schwerer ein Wild zu erlegen ist, desto mehr strengen sie sich an. Ich bin von Anfang an zu bereit, zu willfährig in seinen Käfig gerannt, habe mich darin eingerichtet, es mir bequem gemacht, mich stets und ständig ihm zur Verfügung gehalten. Dabei besaß ich alle Mittel, mich rar zu machen. Ich war diejenige, die frei war, ungebunden und zu nichts verpflichtet. Was für eine Chance, in diesem Psychospiel, zu dem Liebe über kurz oder lang immer wird, die Trophäe zu bleiben, die schwer zu gewinnen und zu bewahren ist. Diese Chance hatte ich in den Jahren gründlich vertan. Ich hatte mich einfach an ihn verschenkt, und nun besaß er mich. Erst in letzter Zeit hatte ich versucht, mich freier zu machen. Mit Erfolg, wie ich fälschlich glaubte.

Kurz nach unserer Pragreise kam ich auf eine infame Idee. Sie bot sich an, als ich daranging, die Reise in unserem Tagebuch festzuhalten. Das Tagebuch. War es nicht ein wunderbares Medium, um in subtiler Form Unruhe zu stiften? Mit Bemerkungen, die sich wie zufällig ergaben, die ich meiner Chronistenpflicht schuldete und die das Gegenteil von dem bedeuteten, was sie mitteilten? Zum Beispiel schrieb ich wahrheitsgemäß: »Meine Chefin lud mich zum Kaffee ein. Ich zögerte lange. Aber die Stunde mit ihr würde mein Warten auf dich verkürzen, Liebster. Dass irgendein Schriftsteller überraschend erschien und keine Anstalten machte, wieder zu gehen, war ein Zufall. Sie schwor es mir später. Als ich den Vorschlag abwehrte, von ihm nach Hause begleitet zu werden, unterstützte sie mich. Nach zwei Stunden war ich Gott sei Dank wieder bei uns.«

Ich hatte mich also versehentlich mit einem fremden Mann getroffen. Natürlich hatte ich mich korrekt verhalten. Aber konnte nicht trotzdem vieles geschehen sein? Ein gewisses Hingezogensein konnte sich angedeutet haben, um irgendwann zu wachsen und sich deutlich kundzutun. Oder ein gemeinsames Interesse war aufgekommen, dem einer von uns in einer einsamen Stunde, gedanklich eng verbunden mit dem anderen, nachzugehen bereit war. Oder die Chefin hatte gelogen und die Begegnung bewusst herbeigeführt und würde fortfahren, das zu tun.

Ich schrieb alles ins Tagebuch, nicht so, dass ich die Dinge eindeutig offenlegte oder dass sie allzu leicht zu entziffern wären, aber ich ließ spüren, dass ich mich öffnete und nicht mehr willens war, so wie bisher zu leben. Ich war überzeugt, es wäre eine sehr diffizile, aufregende und erfolgreiche Art, ihn zu halten.

Bei dem Versuch seiner Verunsicherung bemühte ich mich, Metaphern für meine Seelenzustände zu finden, in denen er sich wiederentdeckte, sich und seine Art, zu lieben und zu fühlen. Er sollte sehen, dass es niemals und nirgends eine Frau geben würde, die ihn so verstehen, so erkennen, so auffangen konnte wie ich. Und dass mein Verlust für ihn unersetzbar wäre.

Stets war das Buch nach der Heimkehr, der Begrüßung und den hastig vergewissernden Fragen das Erste, wonach er verlangte. Unruhig las er es, manchmal noch im Mantel, sah mich an, ungläubig, verzweifelt, bewundernd, schließlich beruhigt und letztlich glücklich, denn am Ende war alles schlüssig.

Wolf glaubte, was er las. Meine Mitteilungen, die ich als strategisches Material einsetzte, nahm er stets zum Anlass ausführlicher Nachfragen und Vergewisserungen. Ich durfte nicht zu eindeutig werden, meine Absicht nicht auf Anhieb erkennbar. Ich war also gezwungen, meine Methoden unentwegt zu ergänzen und zu erneuern. Von Mal zu Mal perfektionierte ich mich. Es bedurfte keiner direkten Fremdkontakte, es reichten Imaginationen. Ich unterlegte alles, was meine Ungeduld, meine Freude, meine Lust bewies, mit winzigen Übergriffen. Es waren klitzekleine Angriffe auf seine Allmacht, ein Infragestellen seiner Einzigartigkeit. Ich schrieb von geheimnisvollen Anrufen einer nicht erkennbaren männlichen Stimme, die verfängliche Sätze sagte. Erwähnte den unangemessen langen Blick eines Unbekannten auf der Straße, der mir neuerdings häufig begegnete, einen Brief mit freundlichen Grüßen von einem, den ich längst vergessen hatte, einen Blumenstrauß auf meinem Schreibtisch im Institut, dessen Herkunft ungewiss blieb, und dergleichen mehr. Wahrhaftig und voller Unschuld teilte ich ihm solche Ereignisse in unserem Tagebuch mit, Be-

weise dafür, dass ich lebte und dass mich andere Männer bemerkten. Es war im Grunde genommen lächerlich, und es war unwürdig.
Gespannt wartete ich die Wirkung dieser Anspielungen ab. Sie würden seine Abhängigkeit auffrischen, seinen Blick auf mich schärfen, seine Lust beleben – hoffte ich. Aber ich irrte mich. Aus irgendeinem Grund hatte sich seine besorgte Neugier erschöpft. Die eine oder andere Nachfrage, die sofort verebbte, wenn einer wie immer gearteten Erwartung, einem vermeintlichen Interesse nichts Konkretes gefolgt war. Seine Reaktionen hatten sich völlig verändert. Nach einer Weile reagierte er gar nicht mehr auf das, was er las. Er sagte nichts. Wechselte noch nicht einmal seinen Gesichtsausdruck.
Ich war total ratlos und grübelte mir Löcher ins Hirn. Vielleicht las er zu schnell und zu oberflächlich, oder er hatte sich daran gewöhnt, oder aber es interessierte ihn einfach nicht mehr.
Von nun an stand ich wieder am Anfang, einem Anfang, der alle Möglichkeiten bereits vertan hatte. Die Mechanismen, derer ich mich bediente, hatten aufgehört zu wirken. Ob er mein System durchschaut hatte? Es gab keine Möglichkeit, es herauszufinden. Fragen konnte ich ihn nicht. Also beobachtete ich ihn, was zu nichts führte. Er kam wie bisher und ging wie bisher.
Manchmal dachte ich, dass ich mich irrte. Aber was es auch war, ich brauchte Gewissheit. Ich musste einen Schritt weitergehen und meine Andeutungen, die ich nach wie vor einsetzte, mit Beweisen unterlegen. Es war umständlich, zeitraubend und kräftezehrend, aber es ging nicht anders.

So begann ich damit, länger auszubleiben als angekündigt, ich meldete mich nicht, wenn er anrief, ich war nicht da, wenn er kam. Nein, er reagierte nicht, außer mit einigen allgemeinen, nichtssagenden Bemerkungen. Meine Taktik ging also nicht auf, sie richtete sich sogar gegen mich, verunsicherte mich und machte mich ratlos. Die Geschütze, die ich auffuhr, waren offensichtlich nicht stark oder nicht treffsicher genug. Vielleicht sollte ich mit Boris schlafen und mich dabei in flagranti erwischen lassen. Das wäre definitiv das Ende gewesen, noch dazu böswillig und leichtfertig von mir herbeigeführt. Nein, das wollte ich nicht.

Schließlich kam mir eine grandiose Idee.

Auf der jüngsten Institutssitzung, der eine Reihe von Gerüchten vorausging, informierte die Chefin über genehmigte Dienstreisen. Auch unsere Abteilung war mit zwei Reisen dabei, eine zur Frankfurter Buchmesse, auf der in diesem Jahr die neue russische Literatur im Blickpunkt stand, und eine nach Venedig. Dorthin würde es den Moskauer Autor Ruben Sorotkin führen, den man in Deutschland hochtrabend als neuen Tolstoi handelte. Ihn selbst interessierten solche Etikettierungen nicht, ihn interessierte überhaupt nichts – keine Verlage, kein Leser, keine Öffentlichkeit –, er schrieb nur für sich selbst, wie er behauptete. Die Einladung nach Frankfurt hatte er ausgeschlagen. Venedig allerdings schien ihm eine Reise wert.

Von unserer Anwesenheit im unmittelbaren Umfeld dieses jungen russischen Wilden, noch dazu in der traumhaften, dekadenten Kulisse Venedigs, erhoffte sich das Institut Anregungen für eine aktuelle Publikation Sorot-

kins in unserer Institutszeitschrift und damit Prestigegewinn im Kultusministerium. Wer wohin fahren würde, war noch nicht entschieden.
Als ich mich nach der Institutssitzung mit Wolf traf, holte ich zu einem, wie ich hoffte, entscheidenden Schlag aus. In Höhe der Humboldt-Universität, vor dem Reiterstandbild Friedrichs des Großen, hakte ich mich bei ihm ein und sagte in ziemlich lapidarem Ton: »Habe ich dir eigentlich schon erzählt, dass ich nach Venedig fahren soll?« Pause. »Ich weiß zwar noch nicht genau, wann, aber die Reise selbst steht schon fest.« Von Wolf keine Reaktion.
»Ach, wirklich?«, sagte er nach einer unermesslich langen Zeit. Wie er es sagte – beiläufig, desinteressiert –, zeigte, dass er mit seinen Gedanken weit entfernt war.
Wir liefen ein ganzes Stück wortlos nebeneinander her. Meine Bemerkung über die Reise, nach der ich einen Ausbruch und vielerlei Verdächtigungen erwartet hatte, veranlasste ihn noch nicht einmal zu einer Nachfrage. Ich konnte nur annehmen, dass er gar nicht richtig zugehört hatte.
»Wann denn?«, wollte er plötzlich doch noch wissen. Ich wiederholte etwas gereizt, dass es sich bisher lediglich um einen Vorschlag handle und der Termin noch nicht feststehe.
»Ach«, seufzte er, was immer das bedeuten mochte.
Ich konnte es nicht fassen. Eine Reise, und noch dazu allein, das kam in der Agenda unserer Beziehung bisher nicht vor. Schon die Erwähnung einer solchen Möglichkeit, die sich oft genug in meinem Job bot, hatte stets zu langen, erregten Diskussionen geführt; und später nicht einmal mehr das. Kurz von mir angedeutet und dann

von ihm ad acta gelegt. Ich habe niemals eine solche Reise gemacht. Meine Eltern waren zu hinfällig, dass ich mich so weit entfernen konnte. Der Grund wurde vom Institut akzeptiert.

Das Reiseverbot galt natürlich nur für mich. Seine Reisen, immer häufiger und immer länger in letzter Zeit, wurden nie in Frage gestellt.

»Ich fliege nur, weil es sein muss.«

Gegen diesen simplen Satz, der wie ein Bollwerk stand, war nicht anzukommen.

Wir liefen schweigend nebeneinander her. Vielleicht hatte er gar nicht richtig hingehört. Neuerdings versank er häufig in Phasen minutenlanger geistiger Abwesenheit.

Was nun kam, war gewissermaßen mein allerletztes Aufgebot. Ich bestellte bei Agnes zu bestimmten Zeiten Anrufe, die stumm bleiben sollten, sobald Wolf den Hörer abnahm. Die Anregung dazu kam, ohne dass er es ahnte, von ihm selbst. In letzter Zeit beobachtete ich nämlich, dass Mary viel öfter als sonst bei mir anrief. Meist war Wolf da, wenn das Telefon klingelte. Einmal passierte es, dass ich den Hörer abnahm und niemand antwortete, als ich mich meldete. Später, als Wolf kam und ich es ihm erzählte, reagierte er verstört und missmutig. Meinen Vorschlag, zurückzurufen, schob er mit einer unwilligen Geste beiseite. »Wird schon nicht so wichtig sein, sonst hätte sie es ja noch mal versucht«, brummelte er und fügte hinzu: »Vielleicht war es ja auch für dich.«

Das war es, diesen Verdacht musste ich erhärten. Ich bekam angeblich Anrufe, von denen er nichts wissen durfte! Agnes fand diese Aktion relativ belanglos angesichts der kunstvollen Konstruktionen, die sie aufbaute, um ihren Mann in die Irre zu führen. Immerhin war sie bereit mitzumachen. Und tatsächlich, das schrille Läuten brachte Wolf sofort in Bewegung. Er sprang auf, griff nach dem Hörer und lauschte angespannt und ein wenig zu lange, wie mir schien, in die Muschel. Dann legte er in unterschiedlicher Stimmung den Hörer wieder auf. Manchmal wirkte er fröhlich und ausgelassen, oft aber auch bekümmert, fast niedergeschlagen. Er sagte nichts, stellte keine Fragen, sprach keinerlei Vermutungen aus. Manchmal rief er ein paarmal halbherzig: »Hallo? … Hallo?« Aber das war auch alles.

Ich wunderte mich. Interessierte es ihn wirklich nicht, wer da Tag für Tag meine Nummer wählte? Warum reagierte er so unterschiedlich? Es gab Augenblicke, in denen ich es nicht mehr aushalten konnte. Ich war drauf und dran, mit ihm darüber zu sprechen. Aber was sollte ich sagen?

Nach mehreren Wochen rief ich bei Agnes an. Sie meldete sich nicht. Auch Karl schien nicht zu Hause zu sein. Eines Tages, nachdem Wolf den Hörer nach langem intensivem Lauschen und ohne ein Wort zu sagen wieder vorsichtig zurückgelegt hatte, konnte ich mich nicht länger beherrschen.

»Was war denn um Himmels willen? Das geht nun schon wochenlang so! Willst du nicht mal etwas dazu sagen?«

Diese wenigen Worte hatten mich so viel Anstrengung gekostet, dass ich keine Kraft mehr aufbrachte, Wolf mein Gesicht zuzuwenden und seiner Antwort entgegenzusehen.

»Was soll ich dazu sagen? Es war nichts. Niemand dran. Ein Irrläufer, irgendein Idiot.«

Die Art, wie er es sagte, still und ohne Aufruhr, wie er dabei die Hand auf meinen Arm legte, als würde er Trost brauchen, und sich dabei in dem Drehbuch vertiefte, in dem er gerade gelesen hatte, ließen die Sache absolut nebensächlich erscheinen. Es blieb mir nichts anderes übrig, als mich halbwegs zu beruhigen. Agnes hatte recht, es brachte nichts. Ich musste es lassen. Trotzdem konnte ich nicht umhin, mich an seiner gelegentlichen deutlichen Niedergeschlagenheit zu weiden, sie zu meinen Gunsten zu deuten. Doch auch die Zweifel blieben. Warum fragte er mich nicht? Warum verlangte er keine Erklärung? Warum stellte er keine Vermutungen an? Warum bemühte er sich, immer als Erster am Apparat zu sein? Woher rührten seine Stimmungsschwankungen?

Ich traf mich mit Agnes.

»Es funktioniert nicht, Agnes.«

»Was funktioniert nicht?«

»Na, das mit deinen anonymen Anrufen.«

»Ach, du großer Gott«, rief sie und schlug sich die Hand vor die Stirn, »das habe ich völlig vergessen. Ich musste dienstlich weg. Ganz überraschend. Da ist es mir weggerutscht. Tut mir leid. Was wolltest du eigentlich damit erreichen?«

»Ich wollte ihn ein bisschen verunsichern.«

»Und warum?«

»Ich glaube, ja … ich weiß auch nicht … Wer hat denn dann jeden Tag bei mir angerufen?«

»Ohne sich zu melden?«

»Ja.«

»Seine Frau! Vielleicht ist der endlich ein Licht aufgegangen.«
»Und warum hat sie sich niemals gemeldet?«
»Wer hat denn den Hörer abgenommen?«
»Eigentlich immer nur Wolf, weil er dachte, Mary ist dran.«
»Na und?«
»Manchmal war es Mary … glaube ich jedenfalls.«
»Und manchmal auch nicht. Aha! Ich sage dir, es war seine Frau.«
»Aber warum sagt sie dann nichts?«
»Vielleicht wollte sie mit dir sprechen und nicht mit ihrem Mann.«
»Ja, vielleicht«, erwiderte ich nachdenklich. »Vielleicht könnte es so gewesen sein.«
»Du wirst ja sehen, wie es weitergeht«, meinte sie und erzählte von ihrer Dienstreise.

Auch am folgenden Abend, Wolf war gerade eingetroffen, klingelte das Telefon. Er sprang auf, lauschte ein Weilchen und legte abwesend wieder auf.
»Das ist nicht mehr zu ertragen«, schrie ich. »Irgendjemand will mich zum Wahnsinn treiben. Ich werde mich bei der Post beschweren. Die sollen die Nummer des Anrufers feststellen. Ich staune sehr, dass dir das überhaupt nichts ausmacht.« Ich rannte im Zimmer umher, ruderte mit den Armen und war außer mir. Wolf trat auf mich zu und fing mich auf, drückte mich an sich, streichelte mich.
Dann kam endlich der Zufall zu Hilfe. Wolf hatte sich verspätet, eigentlich hätte er schon seit einer halben Stun-

de da sein sollen. Erst da fiel mir auf, dass diese Anrufe immer nur kamen, wenn er bei mir war.
Ich stand am Fenster und sah nach draußen. Das Telefon! Ich zögerte einen Moment, dann nahm ich den Hörer ab und wartete. Was ich hörte, war das Atmen einer Frau. Ja, es war eindeutig eine Frau. Als ich mich meldete, legte sie auf. Einen Moment lang war mir, als müsste ich sterben, dann warf ich den Hörer auf die Gabel.
Die Wahrheit, oder was ich dafür hielt, fiel mich an wie ein Hund. Ich begann zu schwitzen, fühlte mich elend, bekam Schüttelfrost. Jetzt wusste ich es, wusste das schier Unmögliche: Es gab eine Frau. Eine Frau, deretwegen er meinen Zeichen nicht mehr zugänglich war. Täglich rief sie ihn um dieselbe Zeit an. Anrufe in meiner Gegenwart, aber hinter meinem Rücken. Es waren gar keine Gespräche, eher Anhörungen, vielleicht waren es nur Signale der Verständigung, der Sehnsucht, der Liebe. Auf dieses Zeichen wartete er, sein Seelenheil hing davon ab. Je nachdem, wie es ausfiel, war er froh oder niedergedrückt. Und bei alldem brauchte er nur die Hand auszustrecken. Und was so unverschämt, hinterhältig, ja geradezu teuflisch daran war, es spielte sich nicht nur in meiner Wohnung, es spielte sich in meiner Anwesenheit ab. Und wie wagemutig, wie riskant die ganze Sache war! Wie viel Verstellungskunst es Wolf abverlangte, mich nichts davon merken zu lassen. Wie perfekt er mich täuschte! Kein Wunder, darin war er ja geübt.
Aber was hatte ich denn gehört? Ich hatte eine Frau atmen hören, wenn es überhaupt ein Atmen war. Ließ sich das Atmen eines Mannes von dem einer Frau am Telefon überhaupt unterscheiden? Andererseits war das, was ich

zu hören vermeint hatte, die einzig logische Erklärung für Wolfs Verhalten.

Wie weit dieses Neue schon gediehen war! Ich sah es daran, wie sehr es ihn quälte. Und wenn ich in Rechnung stellte, dass er mit ihr in meiner Wohnung, auf *seiner Insel,* in Verbindung trat, wusste ich, wie dringlich, wie unaufschiebbar diese Verbindung für ihn war. Und es zeigte mir auch, wie weit er sich schon von mir gelöst hatte und wie wenig er mich noch brauchte.

Von nun an hatte für mich alles einen Grund. Alles fügte sich logisch und klar zusammen – tausend kleine fremde Gesten, die ungestellten Fragen, Freundlichkeiten, wo sie nicht hingehörten, Zärtlichtun, das schon um Vergebung bat. Unzählige Ungereimtheiten wuchsen zu einem Beweis.

Sollte ich ihn zur Rede stellen? Ja, vielleicht. Aber was würde es bringen? Für Wolf wäre alles nichts. Ein totes Telefon, ein Läuten, das niemand verursacht hat, das Atmen einer Frau – lachhaft! Alles nur Einbildung!

Ach, ein Atmen?, würde er fragen. Eine Frau?, würde er ironisch fortfahren. Beweis? Wofür, wogegen? Was überhaupt ist zu beweisen? Vertraust du mir etwa nicht mehr? Habe ich dich jemals belogen? Liebe ich dich nicht mit jeder Faser meines Herzens?

Niemals hatte ich es vermocht, in den kleinsten Angelegenheiten nicht, und hatte es später auch nicht mehr versucht, ihn zu einem Schuldbekenntnis zu bewegen. Er entzog sich mit redegewandten, verwinkelten Rechtfertigungen, schwer widerlegbaren Gegenbeweisen, nicht zu überprüfenden Alibis. Missverständnisse gestand er gerade noch ein, aber eigene Schuld nahm er niemals auf sich, selbst dann nicht, wenn Entschuldigung gar nicht nötig war. Wie sollte so etwas Artfremdes für ihn denn jetzt funktionieren?

Ein Gespräch ohne wirklichen Beweis zu führen wäre müßig. Ich wusste genau, wie es enden würde. In meinem Kopf hörte ich die Sätze, die er mir sagen würde, und ich hörte genauso klar meine Antworten:

Er: Ich erkenne an allem, was du Beweise nennst, was aber in Wirklichkeit nichts anderes ist als Phantasterei, die du dazu benutzt, mich ins Unrecht zu setzen, dass du aufgehört hast, mich zu lieben. Vielleicht hat Agnes es endlich geschafft, dich an jemand anderen zu verkuppeln, jemanden, der umgänglicher ist als ich und vor allem verfügbarer. Aber wenn das so ist, was kann ich dagegen tun?

Ich: Wolf, ich schwöre, es ist nicht so. Ich kann ohne dich nicht leben. Und wenn ich mich sorge, dann nur aus Angst. Was wird aus mir, wenn du mich verlässt, wenn alles Lüge war und verlorenes Leben?

Er: Wie kannst du das denken?! Das wird nie geschehen.

Ich: Aber wenn?

Er: Dann musst du mich töten …

Liebe und Tod. Sein unwiderlegbares Vokabular. Immer und immer dasselbe Lied.

Es kamen keine Anrufe mehr. Wir taten beide so, als hätte es niemals welche gegeben. Ich misstraute ihm noch lange, aber ich fand nichts Verdächtiges. Alles war so wie immer. Es war Frühling, und ich war anfällig für Melancholie und Traurigkeit. Wolf sah es und war so zärtlich wie lange nicht mehr.

»Weißt du was, Clärchen«, sagte er eines Abends, »ich

denke so oft an Fréjus, diese wunderschöne, innige Zeit. Wollen wir so etwas nicht wieder mal machen, eine Woche nur für uns?«

»Wieder eine Hochzeitsreise? Wir sind doch noch gar nicht geschieden.«

»Ach, Liebstes«, sagte er ganz weich, »es quält dich immer noch, ich weiß. Ich wollte es dir schon lange sagen, aber so etwas klingt immer so vordergründig, so nach Ausrede und Verzögerung … Ihr geht es seit einiger Zeit nicht gut. Ihre Eltern waren schon da. Sie muss ins Krankenhaus.«

Ich bekam einen Schreck. Hatte ich ihr nicht den Tod gewünscht! »Was fehlt ihr denn?«

Er zuckte mit den Schultern. Es war schon genug gesagt, eigentlich wollte er nicht weiter darüber sprechen.

Mir fiel Agnes ein. Sie hatte überlegt, ihren Geliebten auf Distanz zu halten, indem sie ihm die Lügengeschichte über eine unheilbare Krankheit ihres Mannes auftischte.

»Soll es mir leidtun, mich abschrecken oder in Hoffnung wiegen?«, fragte ich aggressiv.

»Ich will nur, dass du es weißt«, sagte er kurz. Und fügte noch schnell hinzu, um es stichhaltiger zu machen: »Sie hat Kopfschmerzen, Gleichgewichtsstörungen, Schwindelanfälle. Manchmal sieht sie doppelt. Der Hausarzt tippt auf Hirntumor.«

»O mein Gott«, sagte ich, nun sehr betroffen. Ich glaubte ihm. So etwas konnte niemand erfinden. Nach einer Weile bedrückenden Schweigens fragte ich: »Und trotzdem willst du mit mir verreisen?«

»Ja, ich brauche das. Es war alles so schlimm in letzter Zeit, auch mit uns.«

»Und wann, denkst du, werden wir fahren?«

»Nicht heute und nicht morgen. Wenn ich aus Salzburg zurück bin, kümmere ich mich darum.«

»Fahrt ihr nicht vorher erst noch nach London?«

»Ja«, sagte er, und es klang nicht sehr begeistert.

»Salzburg ist diesmal lange, nicht wahr?«, fragte ich.

»Drei Wochen, weil wir letztes Jahr so groß in der Presse waren.«

»Davor noch zwei Wochen London, dann wird es wohl noch zwei Monate dauern«, rechnete ich. »Kommt Winter auch wieder mit?«

»Ja.«

»Seine Frau auch?«

»Clara, was soll diese Frage. Natürlich kommt sie mit, sie spielt die Hauptrolle in einem Stück.«

»Und Anna Nikolai auch?«

»Seit wann interessiert dich die Nikolai?«

»Ich meine, ob sie auch dabei ist?«

»Wir fahren mit dem gesamten Ensemble, weil wir mehrere Stücke spielen. Selbst Mary kommt mit. Warum fragst du?«

»Weil du niemals von ihr erzählst.«

»Von wem?«

»Von Antonia Winter.«

»Warum sollte ich dir von ihr erzählen?«

»Weil sie immer die Hauptrolle spielt.«

»Also Clara, das ist ziemlich hirnrissig, was du da sagst, als Erklärung, meine ich.«

»Entschuldige.«

»Liebste, lass uns nicht streiten. Mir geht es ohnehin nicht besonders gut. Mich hat das alles ziemlich mitgenommen, diese Anrufe und der ganze übrige Stress.«

»Wolf, liebst du mich noch?«
Er empörte sich nicht über diese Frage, die in unserem Zusammensein bislang keinen Anlass hatte. Er protestierte auch nicht gegen das kleine, bedeutungsschwere Wörtchen *noch.* Er antwortete auf eine belanglose Art und Weise, die nichts besagte.
»Wie verrückt«, antwortete er.

26

Es ist schon spät am Nachmittag. Ich bin weit hinausgeschwommen. Das Wasser ist ruhig heute. Es trägt mich in langen flachen Wellen zurück an den Strand. Ich gehe gleich ins Hotel, um mich für Aram frisch zu machen. Auf dem Teppich meines Zimmers finde ich ein durch den Türspalt geschobenes Kuvert. Ich hebe es auf, erblicke auf der Vorderseite die mit vielen Stempeln versehenen bunten Briefmarken und die mit der Maschine getippte Adresse. Ich bin kurz davor, in Ohnmacht zu fallen. Aber Wolf hat mir noch nie mit der Maschine geschrieben. Ich drehe das Kuvert um und sehe auf den Absender. Mit Erleichterung erkenne ich Agnes' Adresse.

Ich reiße den Umschlag auf und lese. Da steht alles Mögliche. Ich soll mich erholen, soll die Tage genießen, nicht so viel nachdenken. Dann endlich kommt sie zur Sache.

… aber ganz gleich, ob es Dir gelingt oder nicht, ich denke, es ist vernünftiger, dass Du es weißt, bevor Du zurückkommst. Dann wirst Du besser damit umgehen können. Wolf rief an. Völlig außer sich, wie Du Dir vorstellen kannst, so als wäre es meine Schuld, dass er Dich seit Jahr und Tag betrügt. Er beschimpfte mich als infame Intrigantin, die von Anfang an seine Beziehung zu Dir sabotiert hat. Ich hätte Dich ihm nicht gegönnt!!! Als ich mich weigerte, ihm Deine Adresse zu verraten (ich behauptete, Du hättest es mir verboten), drohte er Schritte gegen mich an. Das war kurz nach Deiner Abreise, ich war zufällig in Berlin, um noch ein paar Sachen zu holen.

Er scheint sich dann relativ schnell beruhigt zu haben. Jedenfalls traf ich ihn ein paar Tage später (mein Jürgen hatte in Berlin zu tun, und wir nutzten die Gelegenheit, tanzen zu gehen) in einer Hotelbar. Und wer war bei ihm? Du glaubst es sicher nicht, aber Jürgen ist Zeuge: Antonia Winter. Er tat so, als sähe er mich nicht, und in Wahrheit schien es ihm auch egal zu sein, ob ich ihn sehe oder nicht. Was ich mitbekam, war eindeutig und hat mir so ziemlich den Abend verdorben. Ich will Dir Einzelheiten ersparen, meine Liebe. Aber Du sollst endlich begreifen, dass er ein Hundsfott ist. Dass er sich neu verliebt hat, nehme ich ihm nicht übel – ich wahrlich nicht! Aber dass er Dich bis zur letzten Minute täuscht und belügt, ist sadistisch von ihm. Man müsste ihm den Schwanz abhacken. Liebe, Du siehst, wie zornig ich bin. Und auch Du …

In der Hitze verdörre ich mehr und mehr. Aber ich bin voll von Wut und Schmerz, Rachsucht und Hass. Auch gegen mich selbst habe ich eine unbändige Wut. Meine Geduld – dumm und selbstzerstörerisch –, meine Unterwürfigkeit – naiv und eitel –, meine Vernunft – völlig versackt.
Die Selbstbeschimpfungen helfen mir. Ich bin mir nicht mehr so ausgeliefert, dämmere tagsüber nicht mehr in diesem ätzenden Selbstmitleid. Ich tauche langsam wieder an die Oberfläche. Ob mich der Hass lange trägt, weiß ich nicht. Was wichtiger ist, meine Gegenwehr gegen mich selbst ist aktiviert, und sie fordert Tribut. Meine Gedanken brennen Löcher in meine Haut. Mein ganzer Körper ist voll davon. Es sind die Stellen, an denen er mich berührt hat. Irgendwann hat sich meine Haut gewehrt gegen seine falschen Zärtlichkeiten. Sie ist dünn geworden davon, nun reißt sie und vernarbt. Warum

vernarbt meine Seele nicht? Warum produziert mein Kopf unentwegt Erinnerung?

Aber mehr und mehr analysiere ich sachlich meine Lage, gewinne Sicherheit in der endlosen Kette der Ursachen. Ich arbeite konzentriert auf das Ziel hin, dessentwegen ich hier bin. Es zeichnet sich schon als ein deutlich wahrnehmbares Gefühl des Entschlusses ab.

Meine Situation? – Demütigend

Meine Rettung? – Gegenwehr

Wie? – Drastisch

In welcher Form? – Trennung

Und das Ergebnis? – Vernichtend.

Wolf ist schuld. Er hat eine Entscheidung getroffen, die mich außer Acht lässt. Unsere Geschichte war von Anfang an eine Geschichte, die er erfunden hat. Er hat auch das Ende erfunden, ein böses Ende für mich. Aber es ist nicht *mein* Ende, und *mein* Ende wird diesmal das gültige Ende sein. Ich resümiere: Neben dem Leben mit mir hatte er ein wirkliches Leben. Und nun hat er diesen beiden Leben noch ein ekstatisch neues hinzugefügt. Wer soll sich da noch durchfinden. Ich setze diesem Chaos ganz einfach ein Ende. Das Chaos stimmt ohnehin mit den Prämissen, die er festgelegt hat und aus denen sich alles ergab, nicht überein. Es ist nicht logisch. Ich hingegen werde ein Ende kreieren, mit dem Wolf von Anfang an rechnen musste, ein logisches Ende. Dieses eine Mal werde *ich* am Zuge sein … Seit ich an diesem Punkt meiner Selbstanalyse angelangt bin, werde ich ruhiger. Ich habe mich endlich in Handlungsbereitschaft versetzt. Mein Bedürfnis zu handeln wird von Tag zu Tag größer.

27

Seit jenen geheimnisvollen Anrufen, die nach einer gewissen Zeit beendet waren, unterlag er auffallend starken Stimmungsschwankungen. Niedergeschlagenheit und äußerste Reizbarkeit wechselten mit Gelassenheit, Freude und Zuversicht. Es gab Tage, da war er der wunderbare Geliebte des Anfangs. Dann wieder geriet er außer sich über Geringfügigkeiten. Ein Glas fiel mir aus der Hand.

»Das bringt Unglück«, brüllte er, »ich werde abstürzen. Aber das wäre vielleicht das Beste. Dann ist endlich Ruhe.«

Er war wütend, gereizt, unglücklich. Manchmal tat er mir weh mit seinem Geschrei, seinen unflätigen Ausdrücken, aber am Ende hatte ich Mitleid mit ihm. Vor allem, wenn er sich nach unbeherrschten Ausbrüchen schämte, sich unter demütigenden Selbstanklagen entschuldigte. Dann kauerte er sich auf die Erde und umklammerte wie ein Ertrinkender meine Füße. Ich streichelte sein Haar und sagte ihm, wie sehr ich ihn liebe. Er begann zu schluchzen und beruhigte sich erst nach längerer Zeit. Ich sah, dass er krank war vor Kummer. Er bewältigte sich selbst nicht mehr.

Was war es, das ihm so zusetzte? Meine inszenierten Versuche, Liebe zu erzwingen? Die Krankheit seiner Frau, die vielleicht dramatischer war, als er zugeben wollte? Oder war es etwas noch Schlimmeres?

»Ruf mich an, meine Liebste. Bitte, ruf mich jeden Tag an. Auch ich versuche es, wann immer ich kann«, bettelte er,

als er sich nach London verabschiedete. »Und wenn das wieder beginnt mit den anonymen Anrufen, geh bitte zur Post. Notfalls sollen sie die Nummer auswechseln. Versprich es mir, ja?« Und als er schon auf der Treppe war, rief er: »Und bitte, vergiss das Tagebuch nicht!«
Ich war fassungslos. Seine Anhänglichkeit, die Besorgnis wegen der Anrufe. Sogar das Tagebuch! Hatte ich mir alles nur eingebildet? Hatte meine Strategie am Ende doch noch gefruchtet? Und obwohl ich mir in diesem Moment so gut wie sicher war, dass ich die Sache mit dem Telefon falsch gesehen und aufgebauscht hatte, wusste ich doch, dass es so einfach nicht war.

Aus London kam er ausgelassen und heiter zurück. Er war glücklich, wieder da zu sein. Da Margret im Krankenhaus lag, hatte er einen Tag länger Zeit, bei mir zu bleiben. Nach dem Tagebuch fragte er nicht. Ich hatte ganz fest damit gerechnet, hatte mir sein ungläubiges Staunen ausgemalt, wenn ich ihm sagen würde, dass ich es nicht angerührt, kein einziges Wort geschrieben habe. Er würde es nicht verstehen, würde fragen, bohren, unterstellen. Meine Antwort, lange bedacht und eingeübt, hätte aus zwei Sätzen bestanden: *Es hat keinen Sinn mehr. Ich kann deine Gedanken nicht mehr erkennen.* Das würde ihn treffen, er würde es nicht akzeptieren. Vielleicht kämen wir dann endlich dazu, miteinander zu reden. Ich konnte diese Wechselbäder der Gefühle, das Unbestimmte, die Zweifel und Ungewissheiten nicht mehr ertragen.
Manchmal fragte ich mich, ob die Entfremdung, an der ich litt, in mir selbst stattfand. Ob ich den Überdruss an

dieser exaltierten Liebe, der mit der Zeit unmerklich entstanden und mit Wolfs Ausbrüchen und Übergriffen gewachsen war, ihm anlastete, weil ich ihn für mich selbst nicht wahrhaben wollte. Aber warum tat mir dann so weh, was nach Abschied schmeckte?

Vielleicht lag ja wirklich alles an mir. Vielleicht konnte ich es nicht ertragen, dass Scheidung für ihn unmöglich war, und erwartete mehr, als gut für mich war. Aber das hatte ich doch alles längst hinter mir. Vielleicht betrog ich mich selbst damit, dass ich glaubte, wenn ich es nicht mehr einfordern würde, käme er von selbst zu mir.

Was wollte ich denn? Er kam doch. Er kam jeden Tag. Mehrmals täglich rief er an, im Institut und zu Hause. Wenn er mich nicht erreichte, war er bedrückt. Seine Verhöre, voller Misstrauen und unerhörten Vermutungen, waren seltener geworden, aber sie fanden noch statt. Früher hatten sie mich gekränkt und verletzt, jetzt vermisste ich sie, wenn sie ausblieben. Ich brauchte sie, um seine anmaßende Eifersucht für Liebe zu halten.

Nein, nach dem Tagebuch fragte er diesmal nicht.

Die Vorbereitungen auf die große Tournee nach Salzburg zu den Osterfestspielen beanspruchten seine ganze Zeit. Kaum dass Abschiedsstimmung aufkam. Nur der letzte Abend, das Weinritual, verlief wie gewohnt.

Ich wunderte mich. Es war unser neuntes Jahr, und wie oft war er in der Vergangenheit schon nach Salzburg gereist? Aber diesmal tat er, als wäre es das erste Mal.

Nach Essen und Trinken, im Bett schon, beschwörende Formeln und das letzte Glas Wein. Fliegenblutwein. Unser gedankliches Sterne-Treffen hatte er ohne weitere Diskussionen endgültig aufgegeben. Manchmal empfand ich auch das als Verlust, obwohl es mich immer genervt hatte.

Diesmal fuhr er leichtherzig weg, trotz seiner inneren Aufgeregtheit. Kurze, flüchtige Anrufe kurz nach der Ankunft. Nach einigen Tagen eine bunte, lackierte Ansichtskarte. Aus irgendeinem Grund hatte ich Angst, sie zu lesen, obwohl er mir immer Karten schrieb.

Hier steht alles schon in vollem Blühen. Ich weiß, wie sehr dich der Frühling plagt. Merkwürdigerweise tut er auch mir in diesem Jahr nicht gut. Denke immer daran, dass mein Leben abhängt von dem, was du tust …, las ich, als ich die grellgrünen Wiesen mit ihren unnatürlich gelben Butterblumen am Fuße blau leuchtender, schneeiger Alpengipfel umwendete. *Pass auf dich auf und auf uns, so, wie es für unsere Liebe nötig ist …*

Es waren endlich wieder die Worte, die ich in unzähligen Varianten kannte, mündlich und schriftlich. Sie berührten mich kaum noch, aber ich brauchte sie, um mich sicher zu fühlen.

Ich las den Schluss in Wolfs kleiner, krakeliger Schrift: *… Die paar Abende ohne Aufführungen (übrigens wieder großartiges Echo) verbringe ich mit dem Alten und seiner Frau. Das Getue, das mir das abverlangt, ist lästig, aber es gehört dazu. Ich hab dich lieb – wie verrückt! W.*

Von Salzburg kam er direkt zu mir. Als ich die Tür öffnete und er vor mir stand mit seinem üblichen erschöpften Gesicht, war etwas fremd an ihm, etwas, das ihn als einen anderen erscheinen ließ. Er trug einen neuen Mantel.

Feinstes hellbraunes Nappaleder, lammfellgefüttert. Trotz seiner Zerschlagenheit sah er gut darin aus.
Mit seinem schweren Gepäck schob er sich ächzend an mir vorbei, ging ins Schlafzimmer, stellte den schweren Koffer ab und ließ die beiden prallen Umhängetaschen von den Schultern gleiten. Erst dann trat er zu mir. Er knöpfte den schönen Mantel auf, klappte ihn mit beiden Armen weit auseinander und zog mich hinein in die wohlige Wärme des Fells. Er schloss die Arme und wiegte mich sanft hin und her. Sein Herz klopfte hart an meiner Brust. Mir wurde heiß, und ich schob mich leicht von ihm weg, bis er die Arme öffnete, um mich freizulassen.
»Es war lange diesmal«, sagte er.
Ich nickte und sah auf seinen Mantel. »Wie gut du darin aussiehst.«
Er begann herumzureden, drehte und wendete sich mit umständlichen Erklärungen, die gar nicht nötig gewesen wären. Schließlich erzählte er von einem Honorar, das Winter für zwei Zusatzaufführungen herausgerückt hatte.
»Hör auf, dich zu rechtfertigen«, sagte ich lachend, »du wirst dir doch wohl einen Mantel kaufen können, es wurde sowieso höchste Zeit.« Irgendwie erleichtert, drehte er sich weg, zog ihn im Gehen aus und warf ihn im Schlafzimmer achtlos auf sein Gepäck.
»Hast du ihn selbst ausgesucht?«, fragte ich arglos. Er antwortete nicht gleich, sondern kramte in seiner großen Schultertasche, um schließlich ein Päckchen hervorzuholen, das er mir in den Schoß legte. »Hoffentlich gefällt es dir«, sagte er.

Er war glücklich, wenn er mir von seinen Reisen etwas mitbringen konnte. Ich setzte mich in den Sessel, und während ich das Band abwickelte, wiederholte ich meine Frage.
»Nein, die ganze Truppe war unterwegs«, sagte er, etwas unwillig. Er nestelte an seinem Schlips herum, schimpfend, dass sich der Knoten nicht öffnen ließ. Dann hob er den Kopf und sah mich erwartungsvoll an. Ich hatte aufgehört auszupacken und lehnte mich in meinem Sessel zurück. Wolf hatte meine Frage noch immer nicht beantwortet. Dadurch gewann sie eine Bedeutung, die ihr nicht zugedacht war. Er kannte mich gut genug, um zu wissen, dass ich auf einer Antwort beharren würde.
»Alle haben sich irgendwas gekauft. Souvenirs, Mitbringsel – du weißt doch, wie das so ist. Man muss die Spesen verbraten. Winter und seine Frau, Mary auch und die Nikolai. Sie waren zufällig mit mir in dem Laden, in dem es die Mäntel gab. Und Tonele hat dann einen für mich ausgesucht«, warf er hin.
Ach so, das war es, dachte ich erleichtert. Die Winter, die er nicht mochte, war in die Sache verwickelt. Aber *Tonele,* diese alberne Koseform? Noch nie hatte er sie so genannt. Sie war Ensemblemitglied und eine nicht unbegabte, wenn auch schwierige Schauspielerin, wie Wolf fand. Groß, blond, mit ausdrucksstarken dunklen Augen, war sie eine schöne Frau, aber das interessierte Wolf nicht, wenn er mit jemandem arbeitete. Für ihn war sie *die Frau des Alten,* die Diva mit angeheirateten Vorrechten, die Nervensäge, wenn sie anderer Meinung war als er, der Regisseur, und nicht aufhörte, diese Meinung zu vertreten. Aber *Tonele,* dieser Name, der eine große Vertrautheit

voraussetzte, eine Nähe und Zusammengehörigkeit, hatte ich von Wolf noch nie gehört

»*Tonele* …? Warum nennst du sie *Tonele?*«

»Habe ich Tonele gesagt?«

Ich sah ihn belustigt an.

»Na gut, ist mir nicht aufgefallen. Winter nennt sie so. In den drei Wochen habe ich immer nur Tonele gehört. Vielleicht ist es mir deshalb rausgerutscht«, bemerkte er ärgerlich. »Du kannst sicher sein, ich werde es mir ganz schnell wieder abgewöhnen. Kein Tonele mehr, nur noch mein Clärchen«, versuchte er zu scherzen. Aber es hörte sich nicht lustig an, eher gereizt.

Seine Erklärung klang plausibel. Ich war froh, dass sich die Spannung, die unversehens aufgekommen war, wieder löste. Auch er schien erleichtert zu sein. Er trat hinter meinen Sessel, legte seine Wange auf meinen Kopf und murmelte: »Ach, Liebste«, als hätte er eine Zeitverschwendung zu beklagen, die unnütz war. Aber es war auch so etwas wie Wehmut in diesem Wort. Ich nahm das Päckchen wieder auf und fuhr fort, es auszuwickeln. Schließlich kam ein Parfum zutage, das ich sehr mochte. In einem Samtkästchen lag eine goldene Kette mit einem Medaillon, das sich öffnen ließ.

»Was für wunderschöne Geschenke!«, rief ich, beschämt über den von mir provozierten Disput und den Argwohn, den ich empfunden hatte. Ich trat zu ihm, und er nahm mich in die Arme und schob mich hinüber zu dem großen breiten Bett. Nach einer hastigen Umarmung fragte er nach dem Tagebuch. Darauf war ich nicht gefasst, diesmal nicht. Ich fühlte mich überlistet, hatte die Antwort nicht mehr parat, gebrauchte Ausflüchte, die

ich hinhaspelte, log schließlich, als ich seine Enttäuschung sah, die mir echt erschien.
»Die Zeit … es war so viel zu tun … die Dokumentation, du weißt doch … die Chefin hat mich gedrängt … die Venedigreise … hatte dir doch vor einiger Zeit schon davon erzählt … viel Organisatorisches … du weißt ja, wie das immer so ist … ich möchte nur wissen …« Mitten in meinen gehaspelten Wörtern hatte ich plötzlich keine Luft mehr und hörte im halben Satz auf.
Er stieg aus dem Bett, ging ins Bad, kam nach kurzer Zeit wieder, zog sich seinen Slip, die Hose und das neue blaue Seidenhemd an, von dem er neuerdings mehrere besaß, und setzte sich rittlings auf seinen Koffer, auf dem schon der Mantel lag. Er schwieg. Die Bräune war aus seinem Gesicht gewichen. Auf einmal sah er schlecht aus, scharfe Linien im Gesicht, der Mund hart und schmal. Ich hörte, dass er mit Anstrengung atmete. Etwas Unheilvolles ging von ihm aus, wie er so saß, und es kostete ihn ungeheure Mühe, sich zu beherrschen. Er fing an zu zittern, als fröre er, erhob sich ein wenig, griff nach seinem neuen Lammfellmantel und warf ihn sich über. Wie fremd er ihn machte!
»Es ist ja noch nichts entschieden«, fing ich wieder an, in der Hoffnung, ihn freundlich zu stimmen. »Nur wegen ein paar Gesprächen diese ganze Reiserei … Eigentlich Unsinn, nicht wahr? Der Termin steht auch noch nicht fest …« Je mehr ich redete, desto steifer wurde er. Ich hätte es ihm nicht sagen sollen. Aber nun war alles verpatzt.
Er setzte sich wieder auf seinen Koffer und ließ langsam den Mantel nach hinten gleiten. Ich sah, wie er schwitzte, große nasse Flecken hatten sich unter den Achseln gebildet und breiteten sich wie Tümpel auf dem feinen hell-

blauen Seidenhemd aus. Kleine Schweißperlen bildeten sich unter dem Haaransatz. Er beugte sich ein wenig nach rechts, fasste in seine Hosentasche und holte ein weißes Taschentuch hervor, mit dem er sich den Schweiß abwischte.

»Ach, nach Venedig?«, sagte er mit betonter Beiläufigkeit.

Er sagte es so, als hätte er noch nie etwas davon gehört. Als hätte ich ihm die Reise verheimlicht, und nun sei er zufällig dahintergekommen. Ich war völlig im Ungewissen. Wollte er eine Antwort auf seine Frage oder nicht? War es überhaupt eine Frage? Natürlich wusste er, dass ich seit Monaten an einer Dokumentation arbeitete, die sich mit der avantgardistischen russischen Literatur nach dem Umbruch beschäftigte. Bei meinen Recherchen war ich auf den jungen Dichter Ruben Sorotkin gestoßen, dessen sarkastische Bücher Aufsehen erregt hatten. Ich wünschte mir, ihn treffen und sprechen zu können. Und dann ergab sich die Möglichkeit mit Venedig. Ich würde fahren. Alles war perfekt.

Er würde mir doch wohl jetzt Venedig nicht ausreden wollen. Was sollte er auch dagegen haben? Es war einfach ein Glück für mich, meinen Protagonisten so bald schon zu treffen und dazu noch in Venedig. Wolf war schon oft dort gewesen. Und jedes Mal kam er wie verzaubert zurück von der verwirrenden Schönheit, der maroden Pracht, der herzzerreißenden Melancholie dieser im Wasser versinkenden Stadt.

Er sah mich scheel an. »Venedig, soso.« Seine Erregung wuchs. »Ach ja, du hattest ja so etwas angekündigt«, erinnerte er sich plötzlich. Seine Stimme klang heiser. »Hast ja lange daran gearbeitet. Was zieht dich denn in Venedig so in seinen Bann?«

»Ruben Sorotkin ist dort«, sagte ich in beleidigtem Ton.

Nun war es da, was schon lange in der Luft gelegen hat, was ich gespürt habe wie ein Unheil, das sich langsam zusammenballt.

Wolf stand auf, die Hände in den Hosentaschen. Mit verzerrtem Gesicht stand er da, holte durch breit geöffnete Nüstern laut hörbar Luft und ballte Wörter zu Unrat zusammen. Er wurde unflätig, malte auf ordinäre Weise Bilder und Situationen, in denen er mich agieren ließ. Sein Gesicht veränderte sich, wurde flächiger, schwammig, hässlich, als es aus ihm herausbrach.

»Venedig, ersoffen in seinen eigenen Exkrementen, und du und dein Sorotkin, ihr suhlt euch darin. Erzähl mir doch nichts von Interviews, dokumentarischen Erkundungen, Publikationen. Dass ich vor Lachen nicht tot umfalle! Weißt du eigentlich, womit sich dein Sorotkin einen Namen gemacht hat? Mit seinem Drogenkonsum und seiner Alkoholsucht, nicht mit seinen Büchern und Stücken. Die sind doch nichts weiter als eine verbale Anhäufung von Dreck.«

Er machte eine kleine Pause, als hätte er sich von so viel Schmutz erst mal zu reinigen, bevor er sich erneut da hineinbegab. Sein Gesicht, eine einzige Grimasse. Ich bin ihr schon früher einmal begegnet, nur nicht so brutal und abstoßend wie jetzt. Etwas Obszönes, Gemeines, Ordinäres, das sich in Augen und Mundwinkel setzte, ein Ausdruck, den ich damals erstaunt und entsetzt bemerkt hatte und dann niemals mehr. Es war bei der Pressekonferenz, als ich ihm das erste Mal begegnet bin.

Abschätzig sah er zu mir herüber. »Natürlich, er wird dich erkunden. Mit seinen Händen und todsicher auch mit seinem Schwanz. Die Empfänge, weißt du, was für Veranstaltungen das sind? Orgien mit Wodka und Wein, und du, angespornt von Sorotkins trunkenem Beifall, wirst nackt auf dem Tisch tanzen. Ich kenne dich doch, wie dir das gefällt mit dem Wein. Wie feurig du wirst, wenn du trinkst, wie bedenkenlos. Weißt du, was Venedig ist? Eine Kloake mit Gondeln, und jede Gondel ein Hurenlager. Wenn du das alles willst, bitte schön, aber dann nie wieder mit mir!«, schleuderte er mir entgegen. Er nahm sein von Margret sorgfältig gewaschenes und gebügeltes Taschentuch, das nun schon etwas zerknüllt war, und wischte sich die Handflächen trocken. »Bitte schön!«, geiferte er. »Na, dann fahr doch. Na bitte, na bitte, na los doch«, brüllte er mir ins Gesicht, wie ein Irrer durch das Zimmer tigernd, alles beiseitestoßend, was ihm im Weg war. Vor mir sich aufbauend und mit zusammengekniffenen Augen, hasserfüllt und beinahe mich anspeiend, zischte er: »Das also willst du, daran arbeitest du so unermüdlich, selbst in den Nächten, dass du mich nicht mehr spüren kannst, daran also, dich mit deinem Sorotkin herumzusuhlen an einem Ort, den wir für uns geträumt haben, fast krank vor Sehnsucht, uns dort zu lieben. Und so sehr denkst du daran, dass du kein anderes Denken mehr hast und keine Minute für unser Tagebuch, mein wichtigstes, schönstes Geschenk von dir. Hast alles vergessen, weggeschmissen wie stinkenden Müll. Aber was du da so eifrig entsorgt hast und so leichtfertig, das war nicht mehr und nicht weniger als *unsere Liebe!* Kapierst du?«

Er schrie es mit weit geöffnetem Mund, holte aus und schlug mir ins Gesicht. Ich stand an der Wand, und er schlug und schlug und krümmte die Finger zu Krallen und fuhr damit meine Wangen entlang und boxte auf meine Nase, bis ihm mein Blut auf sein himmelblaues Seidenhemd spritzte.

28

War das das Ende? Ja! Was denn sonst?! So weit war er noch nie gegangen, und ich hätte es ihm auch nicht zugetraut. Es war das Äußerste an Überheblichkeit, Missachtung und Gewalttätigkeit, das sich jetzt zwischen uns aufgetan hatte. Und da es möglich geworden war, war auch alles andere möglich. Alle Hüllen zerrissen. Liebe? Nein, das hatte nichts mehr mit Liebe zu tun. Nur noch mit Überdruss und mit Hass. Nackt und offen, unkaschiert. Keine Lügengespinste mehr zu irgendeiner Verbrämung. Es gab nichts mehr, das mir Schutz geboten hätte durch ihn.

Und wie feige er war. Er konnte nicht mit mir darüber reden, mir nicht erklären, dass seine Liebe aufgehört hatte; er konnte sich ja von nichts und niemandem trennen. Und da Wahrheit außerhalb seines Vermögens lag, schlug er sich seinen Weg einfach frei. Schlug sich frei von mir, um zu jemand anderem zu gehen, zu einer neuen Liebe. Er schlug mich, wohl wissend, dass ich ihm das nicht vergeben konnte.

Augenblicklich würde ich ihn auffordern, meine Wohnung zu verlassen und nie mehr wiederzukommen. Und somit würde in seinen Augen ich es sein, die ihn verließ.

War das seine Absicht? Diese Insel zu verlassen, leichten Schrittes und frei von Gewissensbissen?

Sein Körper zuckte und bebte wie der eines Epileptikers. Es sah erbärmlich aus, wie er dastand mit herausgerutschtem Hemd und hängenden Hosen. Ich starrte ihn an, sog dieses Bild in mich ein, wollte es nie mehr vergessen. Der Schläger, schlotternd vor Selbstmitleid. Abstoßend, widerlich!

Ich rührte mich nicht. Nach einer Weile drehte er sich langsam zur Seite und sah mich an. Glänzende rote, trauernde Augen, aus denen die Tränen rannen. Er krümmte sich zusammen und weinte laut und herzzerreißend. Langsam schüttelte er den Kopf, unentwegt, hilflos, ungläubig. Dann schlug er die Arme vors Gesicht, lehnte sich mit dem Gesicht an den Türpfosten und fing wieder an, mit zuckenden Schultern laut und verzweifelt zu schluchzen.

»Ist genug jetzt«, murmelte ich und ging um ihn herum zur Tür, um ins Bad zu gelangen. An der Tür streckte er den Arm aus und hielt mich fest, mit abgewandtem Gesicht, so als könnte er mir vor Scham nicht in die Augen sehen. Er zog mich zu sich heran und presste sich an mich. Sein Körper zitterte. Ich stand irgendwie daneben und sah uns und spürte auf einmal ein unerhört großes Mitleid mit uns. Als wären wir etwas Zusammengepapptes, dass zerrüttet war und nicht mehr lebensfähig. Aber dieses Gefühl fand nur noch in meinem Kopf statt. Meine Seele hatte nichts mehr damit zu tun. Und trotzdem war es schlimm, trotz aller Distanz.

Wolf hatte zu lange einen zu großen Aufwand mit uns betrieben. Ziellos, nur um des Aufwands willen, auch noch, als es sich für ihn nicht mehr lohnte, als er meiner schon überdrüssig war. Und ich habe es zugelassen, es vorsätzlich missdeutet, nur um ihn nicht aufzugeben.

Er packte mich an den Oberarmen und hielt mich fest. Er hielt mich, dass es mich schmerzte. Er merkte, dass ich ihm entglitt. Ich drehte mein Gesicht beiseite, ich wollte sein Hemd nicht noch mehr verderben, sein schönes, neues, teures Hemd aus Salzburg. Und ich wollte mich auch nicht daran schmutzig machen. Es war schon sein viertes, fiel mir plötzlich ein. Irgendwer schien diese Farbe an ihm zu lieben.

Ich drehte mich weg. Er aber presste mich an seine Schulter und ließ mich nicht los. Als ich ihn wegschob und auf die hellroten Flecken zeigte, dieses besudelte schöne Hemd, machte er eine Handbewegung. Es bedeutet mir nichts, sollte sie heißen. Es war eine Geste, die für Wolf typisch war. Er war großzügig, er verschenkte schnell und leichtherzig und freute sich über die Freude des anderen. Jetzt aber war es ein Preis. Eine erste Anzahlung, längst nicht dem Anlass gemäß, aber das erste und vielleicht auch das Kostbarste, das sich bot.

»Warte«, bat er, »warte nur einen Moment.« Er knöpfte das Hemd auf, vorsichtig, bedächtig, als hätte es etwas zu bedeuten. Behutsam schälte er sich heraus und breitete es aus. Das helle Rot war dunkler geworden und beherrschte das leuchtende Blau.

Er holte eine Schere und zerschnitt sein Hemd, sehr langsam und gemessen die Opferung fortsetzend. Es war ganz nach seinem Geschmack – die große, bedeutungsschwere Geste.

Allmählich begriff ich, worum es ihm ging. Tatsächlich eine Opferung, Souvenir für den Erinnerungsbeutel: Claras Blut auf dem kostbaren Hemd des Geliebten, konserviert für die Ewigkeit.

Er riss einen Zettel aus seinem Notizbuch und schrieb etwas darauf. Dann wickelte er den rostroten Hemdflicken um das Stückchen Papier, schnitt einen Streifen vom hellblauen Stoff ab und band ihn um das kleine Paket. Den Rest des Hemds warf er achtlos in den Papierkorb.
Wäre es nicht so makaber gewesen, hätte ich mich amüsiert und wäre ihm lachend um den Hals gefallen vor lauter Liebe und Vergebung. Aber so stand ich nur still daneben und tupfte mir mit einem Papiertaschentuch das immer noch rinnende Blut von der Nase.
Wolf sah mich verklärt an, nahm die Umhängetasche, die niemals geöffnete, zog den Reißverschluss auf und zerrte etwas heraus, das ich dort niemals vermutet hätte – eine Flasche Champagner Moet. Er holte zwei Gläser und öffnete die Flasche. Die Gläser goss er so voll, dass sie überschäumten. Eines davon reichte er mir und drückte mich sanft in den nächsten Sessel. Er kniete sich vor mich hin, hob den Kopf und stieß sacht an mein Glas. »Du fährst doch nicht, du fährst nicht dorthin«, sagte er mit leiser Stimme. Er trank das Glas mit einem Schwung leer, schob meinen Rock nach oben und liebkoste meine Schenkel.
Er nahm mir das Glas aus der Hand, aus dem ich nicht mit ihm getrunken hatte, und zog mich zu sich herunter. Mit heißen Lippen flüsterte er an meinem Hals; ich hörte vieles, was ich schon wusste. Mein Gesicht tat mir weh, und das Blut aus der Nase rann dickflüssig in meinen Mund. Ich drehte mich weg.
Er richtete sich etwas auf und nahm mein Gesicht in seine warmen, weichen Hände. Er küsste meinen versehrten Mund, seine Zunge, die nach Champagner schmeckte, fuhr über meine Lippen, in meine Nasenlöcher, die

Wangen entlang, überquerte die Stirn und kam zu den Augen mit zärtlichen Küssen, um wieder zum Mund zurückzuwandern. Gründlich und überaus behutsam leckte er das Blut von meinem Gesicht. Dann legte er seinen Kopf in meinen Schoß und ruhte sich aus. Er hatte gestraft und hatte – nicht ohne Stil – dafür geopfert und gebüßt. Es hatte ihn erschöpft, aber seine Welt war wieder in Ordnung. Und um auch das Letzte noch einmal abzusichern, sagte er leise und bestimmt: »Du fährst nicht allein nach Venedig. Wir fahren zusammen. Nach Venedig und wohin du willst.« Er sagte es so endgültig, als würde er daran glauben.

»Lass mich, Wolf, ich muss mich sauber machen. Wenn Sorotkin dort ist, werde ich fahren.«

Er starrte mich ungläubig an. Dann stand er auf, zog seine Jacke an, seinen Mantel darüber, schulterte das Gepäck, ging mühsam zur Tür, stellte den schweren Koffer ab, öffnete die Tür, nahm den Koffer wieder auf und ging langsam, ohne die Tür hinter sich zuzumachen, die Treppe hinunter.

Na gut, dachte ich, das war es also. Ich war verblüfft, dass er mich davon befreit hatte, ihn wegzuschicken, dass er von selbst gegangen war. Natürlich, ich hatte auf Venedig beharrt. Das war Grund genug.

Wolf war gegangen.

Wolf hatte mich verlassen.

Ich wunderte mich, dass diese Feststellung so leicht zu denken war, so schmerzlos, ja fast erleichternd.

Ich stellte mich vor den Spiegel, sah meine blutunterlaufenen Augen, meine zerkratzten Wangen, meine ge-

schwollene Nase und meinen zerschundenen Mund und sagte ruhig und deutlich: *»Wolf hat mich verlassen.«*
Nun bekam dieser Satz plötzlich eine Gestalt, gewann durch die Artikulation an Kraft und Bedeutung. Sein Klang kündete Unheil an und erschreckte mich. Er stürzte sich in meine Ohren, schnürte sich um den Hals, drückte die Luftröhre ab und fiel als bleischwere Masse in meinen Magen. Mein Bauch revoltierte, mein ganzer Körper wand und krümmte sich, sackte in sich zusammen, bäumte sich wieder auf, kämpfte gegen diesen Satz, der sich in ihm auszuweiten begann. Und mit einer mächtigen, krampfartig anlandenden Welle spie er ihn wieder aus. Es war so, als wollte er sich, nach so viel Missbrauch, der ihm angetan worden war und den ich nicht verhindert hatte, von mir befreien.
Ich wankte ins Zimmer zurück, nahm das um den Zettel gerollte Stück Stoff, dessen Flecken inzwischen braun geworden waren, knüpfte das hellblaue Band auf und rollte das Papier auseinander. Im Voraus wusste ich, dass es schlimm sein würde, was ich zu lesen bekam. Dort würde nicht stehen: Ich habe dich geschlagen, weil ich durch mein Handeln in eine Situation geriet, der ich nicht mehr gewachsen bin. Aber ich kann da nicht mehr heraus. Ich fühle mich bedrängt von dir und von dem Gefühl, das ich immer noch für dich empfinde, aber das keine Liebe mehr ist. Um mich davon zu befreien, muss ich es totschlagen. Und das habe ich heute versucht. Es tut mir leid, dass ich dir weh getan habe. Bitte vergib mir.
Ich würde auch nicht lesen: Ich habe dem selbstgestellten Anspruch nicht standgehalten, weil er von vornherein nicht für mich gelten konnte. Ich hätte es wissen müssen,

aber ich habe es immer verdrängt. Und weil das so war, war unsere Beziehung von Anfang an auf einer Lüge aufgebaut. Ich habe sie damit beschädigt, und ihr Ende war abzusehen. Auch meine neue Liebe wird sich, wenn überhaupt, so entwickeln. Die Dinge des Lebens sind endlich – alle.

Nein, so etwas, die Wahrheit nämlich, würde ich gewiss nicht lesen. Auf dem Zettel standen nur zwei Wörter: *Venedig – NEIN!* Es war wie ein Urteil, und Wolf hatte es gefällt. Er hatte nicht auf mich gehört, hatte einfach bestimmt, meine Meinung völlig ignoriert, mich total missachtet, mich geschlagen, weil ich widersprochen habe. Und auf einmal war mir klar, dass ich ihn nicht mehr lieben konnte. Ich war mir sicherer als noch vorhin, in der Zeitlosigkeit seines tollwütigen, hasserfüllten Schlagens. Vielleicht würde es Rückfälle geben, kleinere Unterbrechungen meiner Ernüchterung, aber über kurz oder lang wäre das erledigt. Woher ich diese Gewissheit nahm, konnte ich nicht erklären, aber ich war mir hundertprozentig sicher, dass es so kommen würde.

Ich wusste nun, was wirklich passiert war, und konnte es in Worte kleiden. Bis zu einem bestimmten Punkt ist alles zu ertragen, alles hinzunehmen, alles zu entschuldigen, alles zu verkraften und alles wieder gutzumachen. Solange es Liebe ist! Danach nicht mehr. Dieser Punkt war nun erreicht. Nicht, dass er mich geschlagen hatte, nicht die jahrelange Abhängigkeit von ihm, nicht die Rituale und nicht seine gefährliche Eifersucht hatten mich so weit gebracht. Sondern mit allem zusammen Stück für Stück und nun endgültig dieser kategorische Imperativ: *Venedig – NEIN!* Ein Befehl, der mich ganz und gar mei-

ner Würde beraubte, der über mich hinwegschritt als wäre ich gar nicht da.
Im Grunde war es ein Urteil.
Ja, es war ein Urteil.
Ein Todesurteil.
Unsere Liebe war tot.

Noch am selben Abend kam er wieder. Er klingelte nicht, sondern schloss mit seinem Schlüssel die Tür auf. Ganz geschäftig kam er herein und legte die Plastiktüte, die er in der Hand trug, auf den Tisch. Konzentriert schaute er auf einen Zettel und holte allerlei Tuben, Päckchen und Flaschen hervor, die er mit dem Zettel verglich.
»Komm mal bitte her«, forderte er mich auf, immer noch konzentriert auf den Zettel blickend.
Jetzt müsste er jeden Augenblick hochsehen und mich fragen: *Möchtest wohl auch gestreichelt werden?*, dachte ich grimmig.
Er sah tatsächlich hoch, setzte ein warmes Lächeln auf sein unrasiertes, zerstörtes Gesicht, das es ganz weich und verletzbar machte, und sagte noch einmal, fast bittend: »Komm her zu mir, Clärchen.«
»Nein«, erwiderte ich. »Ich möchte, dass du augenblicklich gehst. Und dass du nicht mehr kommst.«
»Clara«, sagte er leise, »ich will dir doch Venedig nicht nehmen. Aber ich weiß, wie das läuft. Gerade weil ich so oft unterwegs bin. Du wirst hingerissen sein von Venedig, von deinem Sorotkin, und du wirst dich fortschwemmen lassen von diesen überwältigenden Eindrücken. Und das soll ich einfach geschehen lassen? So tun, als ob nichts weiter wäre, um den Preis unserer Liebe? Wärst

du denn glücklicher, Clara, wenn ich dich ohne Widerspruch fahren ließe? Mich gleichgültig demgegenüber verhalte, was dort geschieht?«

Nein!, schrie es in mir. Beinahe platzte ich vor Empörung. Nein! Immer und immer das alte Lied. *Würdest du mich denn lieben können, wenn ich Oliver so einfach im Stich ließe?*

Ich blieb, wo ich war, und sprach in großem Ernst. »Es geht hier nicht um Venedig. Es geht um Gewalttätigkeit. Du hast mich geschlagen. Und das, was du sagst, ist psychische Gewalt. Und was du mir vorwirfst, entbehrt jeder Logik. Du selbst bist ständig unterwegs, fährst bis ans Ende der Welt. Aber du bist diesen Gefahren, wie du es nennst, natürlich nicht ausgesetzt, nicht wahr? Du hast mir jedenfalls noch niemals so etwas Verrücktes erzählt. Und ich habe bei deinen Reisen auch noch nie daran gedacht, eben *weil* ich dich liebte. Ich jedenfalls kann dir versichern, dass ich mich keineswegs *fortschwemmen* lasse. Anstatt dieser abwegigen Unterstellungen erwarte ich eigentlich, dass du dich bei mir entschuldigst. *Du hast mich geschlagen,* Wolf! Und du hast es nicht nur aus Eifersucht getan. Du hast mich aus Hass und Ärger und Überdruss geschlagen, weil ich dich bei irgendetwas Wichtigem störe, wahrscheinlich bei einer neuen Liebe. Du hast deine Wut an mir ausgelassen, wie damals, als du deine Wut an Oliver ausgelassen hast, weil er dich daran gehindert hat, zu mir zu kommen, damals, als *ich* deine neue Liebe war. Du willst dich doch längst von mir trennen, aber du kannst es nicht, weil du mich nicht loslassen kannst, wie du nichts loslassen kannst, was dir einmal gehört hat. Das ist alles schwer genug für dich, nicht

wahr? Was sollst du dich dafür auch noch entschuldigen?«
Ich hatte keine Luft mehr und hielt kurz inne. Er starrte mich fassungslos an, als könnte er nicht glauben, dass ich so mit ihm rede. Am Ende meiner Kraft, fügte ich hinzu: »Und nicht nur, dass du mich geschlagen hast, ist ungeheuerlich. Genauso schlimm ist die Gewalt, die du mit Worten an mir verübst. *Venedig – NEIN!* Hahaha! Der große Zampano senkt den Daumen. Dass ich nicht tot umfalle vor Lachen. Wer bist du denn, dass du dir so etwas anmaßt?«
»Clara!«, schrie er. »Clara! Clara! Clara!« Und dann leise und eindringlich: »Zähme deine Zunge, Clara. Worte sind ewig. Wenn sie einmal gesprochen sind, sind sie in der Welt. Du kannst sie nicht wieder zurückholen. Und noch etwas: Alles, was du sagst, ist nicht wahr. Ich weiß, wie solche Gedanken entstehen, wie sie in einem wachsen und einen zum Wahnsinn treiben. Wahnsinn, der einem jegliche Beherrschung raubt. Und genau das ist mir heute passiert. Zum ersten Mal in meinem Leben habe ich derart die Beherrschung verloren. Interessant, nicht wahr? Du hast recht, das hätte niemals geschehen dürfen. Es tut mir unendlich leid. Es wird nie wieder vorkommen. Ich verspreche es dir, bei allem, was mir heilig ist. Aber ich bitte dich, Liebste, sage auch du nicht etwas, das mich erst dahin bringt, mich so zu erniedrigen. Und überlege dir, mich nicht mit einer unüberlegten Reaktion zu strafen, einer Reaktion auf das, was du für Wahrheit hältst und was du dir an schlechten Tagen zusammengereimt hast. Und bitte, drohe mir nicht – ich bitte dich! –, drohe mir nicht, mich nicht mehr zu lieben. Das liegt

nämlich nicht in deiner Macht.« Er schwieg einen Moment und sagte dann sehr ernst und versöhnlich: »Ich möchte dir etwas anbieten, nein, entschuldige bitte, etwas vorschlagen möchte ich dir. Lass uns zusammen verreisen. Gib uns noch diese letzte Chance. Die Zeit hat dich zermürbt, diese endlos lange Zeit der Halbheiten. Wir müssen in Ruhe darüber reden. Und dann werden wir entscheiden, wie es weitergehen soll. Wir können nicht zulassen, dass einer von uns in einer aufgeheizten, angespannten Situation alles aufkündigt. Du kannst mich nicht einfach vor die Tür setzen, Clara. Nein, nein, so einfach geht das nicht.«

»Wo wollen wir denn hinfahren? Wo immer wir sind, an deinen Problemen wird sich nichts ändern. Du musst wissen, was du willst, Wolf. Aber selbst wenn du das wüsstest, wenn du dich für mich entschiedest, bin ich mir so gut wie sicher, dass ich nicht mehr mit dir leben will.«

Mein Gott, was redete ich denn? Würde ich diesem Satz standhalten können? Oder werde ich ihn zeit meines Lebens bereuen? Er war eine Waffe, die ich gegen mich selbst richtete. Hoffentlich würde sie mich nicht umbringen. Jetzt, da das gesagt war, *ich bin mir so gut wie sicher, dass ich nicht mehr mit dir leben will*, was so viel hieß wie: Ich will nicht mehr mit dir leben, ich will dich nicht, ich bin deiner überdrüssig – furchtbare Sätze, die ihn, wenn er mich wirklich noch liebte, um den Verstand bringen müssten – jetzt also, da das gesagt war, brach meine Stärke, die auf hohen Stelzen stand, einfach weg. Wie wahnsinnig wünschte ich mir, dass er mich in seine Arme nähme, dass er mich küssen, mich streicheln und lieben würde. Nein, ich konnte nicht ohne ihn sein! In diesem

Moment, da ich zum ersten Mal diese irrsinnige Möglichkeit in einen deutlich hörbaren Satz gekleidet hatte, wusste ich, dass er noch immer nicht wahr war. Wenn ich nicht elend krepieren wollte, durfte ich Wolf nicht verlieren. Ich *musste* mit ihm leben, auf welche Art auch immer. *Ja, ich musste mit ihm leben!*

Ich sah ihn an. Er hatte kein Wort gesagt seit meinem großen Satz. Er stand leicht an den Tisch gelehnt, auf dem er die Tuben und Fläschchen verteilt hatte, immer noch im Mantel, und hatte ein weiches, von Trauer entstelltes Gesicht. Er sah so bedürftig aus, so verloren, so krank und so unerhört einsam, dass mir sein Anblick das Herz zerriss. Ich konnte nichts sagen, meine Kehle war zugeschnürt. Was hätte ich auch sagen sollen? Ich hatte schon zu viel gesagt.

Langsam, mit großer Anstrengung, drückte er sich weg vom Tisch, drehte sich ein wenig, bis er mir gegenüberstand, und sagte mit heiserer Kehle: »Vergiss nicht, die Salbe aufzutragen.«

Ich rührte mich nicht. Er ging an mir vorbei, öffnete vorsichtig die Tür, zog sie leise hinter sich zu und stieg mit schweren, langsamen Schritten die Stufen hinunter.

Mein Herz schlug so hart, dass ich schwankte. Aber ich konnte mich nicht bewegen. Festgenagelt von meinem Satz. Dieser Abschied war endgültig. Ich hatte ihn einfach weggeschickt, als wäre er irgendein belangloser Mensch. Zwölf Jahre einfach weggewischt mit einem einzigen Satz. *Noch niemals so geliebt,* hatte er einmal gesagt. Wolf stieg die Treppe hinunter, Schritt für Schritt für Schritt. Ging fort von mir. Die Haustür schlug hinter ihm zu … die Straße … das Auto …

Ich riss die Korridortür auf und rannte hinaus. Sah die Haustür, die sich schon wieder geschlossen hatte, öffnete sie, stürzte auf die Straße, starrte auf den Mittelstreifen und konnte sein blaues Auto nicht finden. Ich lief den Bürgersteig hoch und runter, immer die Autoreihe fixierend. Verzweiflung packte mich. Ich war mir auf einmal ganz sicher, ich würde ihn niemals wiedersehen.

Einer der Wagen stieß nach hinten zurück, um auszuparken. Ich ging über den Fahrdamm und stellte mich in die Lücke. Als ich mich umwandte, sah ich Wolf. Er saß am Steuer, nach hinten gelehnt, die Lider geschlossen, als ob er schliefe. Sein Gesicht war nass von Tränen, die immer weiter in einem breiten Rinnsal die Wangen hinunterliefen und vom Kinn hinab auf seinen Lammfellmantel tropften. Ich stand wie gebannt und starrte ihn an. In diesem Moment schwenkte ein breites Auto in die Lücke, hupte kurz und bedeutete mir, zur Seite zu gehen. Ich presste mich an Wolfs Tür, hämmerte wild dagegen. Er reagierte nicht. Ich sah, wie er sich nach vorn beugte und den Gang einlegte. Der Wagen fuhr an, gleich darauf stockte er wieder. Nun endlich öffnete er sein Fenster und blickte mich an. Ich beugte mich zu ihm und sagte, nach Atem ringend: »Komm, Liebster, es tut mir alles so leid.«

Noch mit demselben Atemzug wusste ich, dass dieser Moment der Moment meiner größten Niederlage war. Dieser Augenblick der Schwäche, mit dem ich gerechnet hatte und der, wie ich glaubte, zu überwinden wäre, war so schnell gekommen und so machtvoll, dass er mich umbringen würde, wenn ich ihn nicht sofort für ungültig erklärte. Zugleich wusste ich, dass ich Wolf damit ins

Recht setzte, ihm Absolution erteilte, ihn geradezu aufforderte, weiter so mit mir zu verfahren. Von nun an würde er seine Attacken ausweiten, würde auf mir herumtrampeln, bis er mich totgetreten hätte.

Er schien zu überlegen. Schälte sich langsam aus seinem Sitz. Schob sich aus dem Auto an mir vorbei zum Kofferraum, öffnete die Klappe und nahm etwas Langes, Eingewickeltes heraus. Oben in der Wohnung, im noch dunklen Korridor, gab er es mir. Als ich es nahm, verspürte ich einen kleinen Schmerz. Eine Rose also. Eine ebenso schwarze, weit geöffnete Blüte wie die, die er mir damals zu meinem ersten Geburtstag mit ihm geschenkt hatte. Die heimlichtuerische Rose unserer ersten Liebesnacht. Als ich das Papier entfernte und zusammengeknüllt in den Mülleimer warf, hätte ich fast schon wieder gelacht.

Ich betrachtete meinen Finger, sah den kleinen Blutstropfen und reichte Wolf den Rosenstil mit der Bitte, ihn in die Küche zu legen. Als er zurückkam, hatte er von der Küchenrolle ein Stück Papier abgerissen und betupfte damit meinen Finger. Diesmal war der kleine rote Fleck, der sich auf dem weißen Papier bildete, nichts Besonderes mehr, nichts, das aufzubewahren war, nichts für den Reliquienschrein. Eine kleine Verletzung, die ich mir zugefügt hatte, nichts weiter. Er küsste den Tropfen, der immer aufs Neue aus meiner Fingerkuppe quoll, nicht fort, sondern nahm eine kleine Ecke Papier, klebte sie auf meinen Finger und sagte: »Drück ein bisschen dagegen, es ist gleich wieder gut.« Das rotgefleckte Papier warf er in den Abfalleimer. »Ein Glück, dass du gekommen bist, sonst wäre sie im Kofferraum vertrocknet«, sagte er, mühsam lächelnd mit verquollenen Augen. In dem Mantel mit hochgeschlagenem Kragen, den er nicht auszog, sah er aus wie gehetzt. Schon unten, als er kurz anfuhr, um gleich darauf wieder anzuhalten, war mir der Gedanke gekommen, dass er fliehen wollte.

Er blieb nicht lange. Irgendwie sei er am Ende, sagte er und hustete heftig. Paris, das Gastspiel, Avignon oder nicht Avignon, so viele Probleme. Ins Theater müsse er noch und vielleicht sogar noch nach Dresden. Kein Wort an mich. Kein Wort über uns.

Ich konnte nichts für ihn tun, das war aus seinen Sätzen deutlich geworden. Ich sah, wie sehr er in Eile war, trat zu ihm, umarmte ihn, strich ihm lächelnd über sein Haar, obwohl ich hätte schreien mögen, und sagte: »Du musst jetzt gehen, es wird immer später.« Und als er schon auf der Treppe war, wie eine Bettlerin: »Liebst du mich noch?«

»Wie verrückt«, antwortete er glatt und geübt.

Es war also nichts passiert. Es war also alles so wie immer. Selbst die geläufige klitzekleine Zärtlichkeit seiner Antwort. Unten in der Tür rief er noch kurz: »Ich melde mich.«

Er war anders als sonst, spürte ich mit einer Deutlichkeit, die mir weh tat. Ich hatte unzählige Erklärungen dafür. Sie alle waren gefärbt, gefärbt von Rosen-Rot, dem stummen Rot der Lüge.

Ich ging in die Küche, hob den Deckel des Abfalleimers und nahm das zusammengeknüllte Papier der Rose heraus. Ich versuchte es auseinanderzustreichen, um es für den Souvenirbeutel zu retten. Dabei bemerkte ich, wie etwas auf den Boden schwebte. Ich bückte mich und hob das kleine Teil auf. Ein aus dem Wickelpapier ausgeschnittenes Herz, auf dem etwas geschrieben war. Ich las: »Die eine Rose überwältigt alles. W.«, darunter das heutige Datum.

29

Er meldete sich nicht. Ich wartete einen Tag, zwei Tage, drei Tage. Wolf blieb stumm. Er bestrafte mich. Wenn ich nicht mehr mit ihm leben wollte, blieb er eben weg. Ich sollte sehen, wie es war, leichtfertig mit Sätzen zu jonglieren. *Ich bin mir so gut wie sicher, dass ich nicht mehr mit dir leben will.* Ja genau, ich hatte gesagt, *ich bin mir so gut wie sicher.* Ich hatte nicht gesagt, ich will nicht mehr mit dir leben. Das ist ein großer Unterschied.

Ich fühlte mich elend und versuchte die Tage zu überstehen. Bei jedem Läuten des Telefons fuhr ich zusammen. Umso größer dann die Enttäuschung. Nach der Arbeit eilte ich so schnell wie möglich nach Hause. Ich verabredete mich mit niemandem, fuhr nicht zu Agnes, lehnte den Vorschlag von Boris ab, mit ihm ins Konzert zu gehen. Ich zog mich um, wenn ich nach Hause kam, kämmte mich, machte mich schön. Dann nahm ich ein Buch, setzte mich in meinen Sessel und wartete. Wie nach einem harten Tag fiel ich spätabends zerschlagen ins Bett.

Hin und wieder war ich entschlossen, mich bei seiner Frau nach ihm zu erkundigen. Schließlich fasste ich Mut und rief im Theater bei Mary an. Die Dame im Sekretariat verweigerte jegliche Auskunft und verwies mich auf nächste Woche.

Auf meine Frage nach Mary erfuhr ich, dass sie im Urlaub sei.

Trotz des Misserfolgs tröstete mich die Auskunft ein wenig. Wolf war nicht da, aber es gab ihn noch. Vielleicht

war er dienstlich unterwegs, oder er war nach Dresden gefahren. Womöglich war er genauso unglücklich wie ich und hatte ein paar Tage freigenommen.
Ich wartete. Nicht mehr mit demselben äußeren Aufwand wie bisher, aber mit einer großen inneren Unruhe. In der Angst, sein kurzes Klingeln oder Klopfen zu überhören, hielt ich die Luft an, bis ich zu ersticken drohte. Ich musste diesem Zustand entkommen und wusste, dass das nur durch Ablenkung möglich war. Der Zufall kam mir zu Hilfe. Eine Delegation aus Moskau war zu begleiten. Sie war für zwei Wochen in Berlin und München, um sich neue Inszenierungen anzusehen und Gespräche zu führen. Ich wurde als Dolmetscherin eingesetzt. Eine eher formale Arbeit, zumal einige der Gäste Deutsch sprachen.
Fast jeden Abend war ich unterwegs. Nach jeder Veranstaltung saßen wir im Hotel beisammen und redeten lange. Meist kam ich erst in der Nacht nach Hause und fiel todmüde ins Bett. Ich fürchtete mich vor dem Tag der Abreise, der mich wieder auf mich selbst zurückwerfen würde. Die leeren Tage, die vor mir lagen.
Knapp drei Wochen waren vergangen. Ich hatte die Moskauer zum Flughafen gebracht, nun standen zwei freie Tage bevor. Gleich nach dem Aufstehen rief ich im Theater an. Wieder dieselbe unfreundliche Person. In vierzehn Tagen vielleicht, teilte sie kurz mit, sonst nichts.
Was war das für eine merkwürdige Abwesenheit, von der man nicht wissen durfte, wo sie stattfand und wie lange sie dauerte, und die sich offensichtlich immer weiter verlängerte?

Das Telefon. Ich nahm den Hörer ab und lauschte.

»Fräulein Bergfeld?«

»Ja, bitte?«

»Hier spricht Irmgard, die Mutti von Wolfi.«

»Ach … hallo … guten Tag …«, stotterte ich überrascht, »wie nett, dass Sie anrufen.« Sie war wie ein hilfreicher Arm, der sich mir entgegenstreckte.

»O nein, meine Liebe, gar nicht nett, eher empört. Warum haben Sie sich nicht bei uns gemeldet?«

»Ich mich bei Ihnen?«

»Aber ja. Schließlich waren Sie doch unser Gast. Und da hätte es ja wohl nahegelegen, dass Sie uns informieren würden und nicht die Klinik …«

»Wie bitte? Wovon reden Sie, was ist denn passiert?«, unterbrach ich sie in größter Aufregung.

»Ach, Sie wissen noch gar nichts?«

»Nein!«

»Mein Sohn liegt seit drei Wochen in der Charité!«

»Was?«, schrie ich.

»Schwerer Verkehrsunfall. Rippenbrüche, Quetschungen, Lungenriss. Tagelanges künstliches Koma und jetzt Intensivstation.«

»Um Gottes willen, kommt er durch?«

»Ja, das Schlimmste hat er hinter sich, sagen die Ärzte.«

»O Gott, ich war nicht da … dienstlich unterwegs … Ich hab mir schon größte Sorgen gemacht … sofort hin …«, haspelte ich und legte auf.

Kurz darauf rief Mary an. Sie sei aus dem Urlaub zurück. Ihre Vertretung habe sie informiert. »Hat er Sie denn nicht benachrichtigen lassen?«, fragte sie in ihrer spontanen Art. Und dann, wie zur Entschuldigung: »Na ja, er war ja nicht bei Sinnen.« Sie sei gestern bei ihm gewesen, berichtete sie. Es gehe ihm leidlich. Schwere Operation, er spucke immer noch Blut, aber das sei normal. Nein, nicht mehr auf der Intensivstation. »Gestern bat er mich übrigens, Sie anzurufen. An Ihrer Stelle würde ich die Beine in die Hand nehmen und hinrennen. Station sieben, Chirurgie. Ich glaube, er braucht jetzt jeglichen Zuspruch, und Ihren ganz besonders. Vertragt euch mal wieder!«, rief sie zum Schluss, als wüsste sie alles.

Station sieben. Ich fragte nach ihm. Sie wussten sofort Bescheid. Ich klopfte kurz an die Tür und trat ein.

Ein Zweibettzimmer; das zweite Bett leer. Bücher und bekritzeltes Papier verstreut auf dem Boden rund um sein Bett. Das Kopfende halb hochgestellt. Gegenüber an der Tür, so dass er ihn gut sehen konnte, ein Tisch voller herrlicher Blumen. An einer blutroten Rose hing ein winziges Päckchen mit der Aufschrift *Wolfele.*

Wolfs Bett stand unter dem Fenster. Ich hatte das Bedürfnis, auf ihn zuzugehen, aber irgendetwas hielt mich davon ab. Vielleicht die Blumen, die sich mit ihren Düften wie eine Mauer in den Weg stellten. Ich blieb ein paar Schritte vor ihm stehen und sah ihn an. Er blickte zurück, als könnte er nicht glauben, was er sah. Dann ging ein Strahlen über sein Gesicht. Es war nicht das erleichterte Lächeln eines von Sehnsucht Getriebenen, es war einfach nur Freude über einen unerwarteten Besuch.

Er schlug mühsam die Decke zurück und hob seine Beine langsam über den Rand des Bettes auf den Boden. Dann hangelte er nach seinem Bademantel, der am Fußende lag. Ich ging die paar Schritte zu ihm hin und reichte ihm den Mantel. Wolf griff nach meinen Händen. Er legte sie an sein Gesicht und neigte den Kopf. Ich sah die breiten silbrigen Strähnen in seinem schwarzen Haar, als wären Jahre vergangen.

»Ich danke dir, dass du gekommen bist«, sagte er. »Setz dich hier hin.« Er zerrte einen Stuhl zu sich heran, ich setzte mich. »Wie du aussiehst, Clärchen, ich hatte schon vergessen, wie du aussiehst.«

Er sagte es mit einem unaufhörlichen Lächeln, das nicht in sein müdes Gesicht passte. Mit seinen weißen Bartstoppeln sah es aus wie abgebrannt. Eine Landschaft aus Asche. Er sagte ein paar freundliche Worte ohne jeglichen tieferen Belang. Tagesablauf, Essen und was man so sagt. Kein Wort über die vielen Blumen, die davon zeugten, dass es Menschen gab, die von Anfang an wussten, wo er war und wie es ihm ging. Ich fühlte mich unwohl neben diesen Sträußen, zumal ich ohne Blumen gekommen war. Ich fühlte mich so, als würde ich nicht hierher gehören, als hätte ich mich hinterrücks eingeschlichen. Es war ganz anders, als es hätte sein müssen.

Seine braunen Augen mit den kleinen hellen und dunkleren Flecken wurden auf einmal groß und traurig. Ich sah, dass er schmal geworden war, seine Haut fahlgelb und schlaff.

»Ja, Clärchen, sieh nur, was sie aus mir hier gemacht haben.« Bitter jetzt und den Blick von mir abgewandt: »Von Zeit zu Zeit kommen so wahnsinnige Schmerzen in der Brust. Ich habe Angst davor. Und auch vor dem Tod. Denk nur nicht, dass ich über den Berg bin. Es hing sowieso alles am seidenen Faden. Vierzehn Tage war ich so gut wie tot. Der Tod, Clärchen. Dieses große schwarze

Loch, in das man fällt. Aber wohin fällt man denn? Das ist der große Beschiss im Leben. Keiner kann dir auf eine so simple Frage eine Antwort geben, die wahr ist.« Dann sah er mich an mit bettelnden Augen. »Clara, kannst du mir nicht sagen, was aus mir wird, wenn ich tot bin, du kanntest mich doch von allen am besten?«

Er sprach schon von mir in der Vergangenheit. Mir wurde brennend heiß. Der Schweiß brach mir aus, und ich dachte, gleich würde ich anfangen zu tropfen und eine Wasserlache würde sich unter meinem Stuhl bilden.

Alles, was er sagte, schien er ernst zu meinen. Er witterte Tod und Teufel und verlangte Erklärungen, die es nicht gab.

»Warum glaubst du nicht, dass du bald wieder gesund sein wirst? Was ist denn überhaupt geschehen? Weshalb bist du so sicher, dass du sterben musst?«, fragte ich lächelnd und streichelte seine heißen, abgemagerten Hände.

»Weil ich nicht dämlich bin«, sagte er böse. »Nächste Woche lassen sie mich schon wieder nach Hause. Ein paar Medikamente, Essen und Trinken nach Bedarf und viel frische Luft. Dafür war ich zwei Wochen abgedreht? Hätten sie mich doch im Koma gelassen. Dann hätte ich nichts von der ganzen Scheiße gemerkt. Aber so, wie es jetzt aussieht, muss es doch schon sehr, sehr spät für mich sein. Oder wie würdest du das deuten?«

Er sah mich bohrend an mit Augen aus Angst, Wut und Hilflosigkeit.

Was sollte ich antworten? Ich wusste nichts, wusste nur, was seine Mutter und Mary mir gesagt hatten: Er sei auf dem Wege der Besserung.

»Ich an deiner Stelle würde glauben, was die Ärzte sagen. Warum sollten sie dir etwas vormachen?«, versuchte ich ihn zu beruhigen. Und dann, nach einer Sekunde des Schweigens, in der er auf seine Bettdecke starrte, sagte ich etwas, was ich vorher nicht bedacht hatte und unter anderen Umständen wahrscheinlich auch nicht gesagt hätte. Ich holte tief Luft und sagte mit einer Dringlichkeit, die keinen Aufschub gestattete: »Und außerdem, Wolf, ich liebe dich.« Es war tatsächlich das Wichtigste, was ich zu sagen hatte, und es hätte mich zerrissen, wenn ich es nicht in diesem Moment ausgesprochen hätte. »Ja, ich liebe dich«, wiederholte ich mit Nachdruck. Und ich wusste, dass das stimmte, aber nicht so wie bisher. Es war Liebe, ja, immer noch, aber Liebe, die krank geworden war, vielleicht sterbenskrank.

»So?«, fragte er. Offensichtlich war er nicht bereit, irgendetwas Positives zu akzeptieren. Er, dem das Theatralische so nahe lag, hatte sich in der Rolle des Ausgestoßenen, des zum Tode Verurteilten eingerichtet wie ein Kuckuck in einem fremden Nest. Vielleicht lenkte ihn diese abwegige Angst von seinen vielen realen Ängsten ab.

Vielleicht aber war meine Liebesmitteilung gar keine positive Nachricht für ihn, vielleicht belastete sie ihn mehr, als dass sie ihn tröstete.

Plötzlich beugte er sich etwas vor, drückte die Hand auf die Brust, spitzte den Mund wie zu einem offenen O und fing an zu husten. Ein ächzender, kratzender, mühsamer Husten. Dabei stieß er laut gurgelnd auf. Er presste die Lippen zusammen, griff nach dem Zellstoffpaket, das sich auf dem Nachttisch neben ihm befand, und zog ein paar Lagen heraus. Aus seinem Mund kam eine rosa Flüssigkeit.

Mir wurde übel. Ich konnte mich vor Schreck nicht bewegen und starrte gebannt auf den rosaroten Fleck im zusammengeknüllten Zellstoff. Er rang nach Luft.

»Das kommt noch hinzu«, keuchte er nach einer Weile. »Entsetzlich, nicht wahr? Ich kotze mir die Lunge aus dem Leib. Sie haben mir erklärt, das sei normal, eine vorübergehende Nachwirkung der Operation. Na, wenn das normal ist.« Er schob die Schlafanzugjacke beiseite. »Guck mal, wie das aussieht. Wunderbar verheilt, nicht wahr?«

Ich sah eine dicke, gerade, etwas wulstige rote Narbe. »Sieht wirklich gut aus«, entgegnete ich staunend.

»Ja, ja« meinte er kichernd, »Operation gelungen – Patient tot.« Und als wäre es noch nicht genug der schlechten Nachrichten und des Mitleids, das ihm zustehe, sagte er: »Na ja, etwas Gutes hat das Massaker hier wenigstens gebracht. Ich weiß nämlich nun, dass ich eine total müde Pumpe habe. Müde und ausgeleiert und kaum noch belastbar. Ist ja auch kein Wunder, bei dem ganzen Stress.« Er hüstelte und presste sich wie ein tödlich getroffener Krieger die Hand auf sein Herz. »Aber was soll's, heute haben sie ja für alles Pillen, und zur Not pflanzen sie mir eine Maschine ein.«

Ich starrte ihn entgeistert an, merkte, wie er schon abgerückt war von mir. Diese Horrorszenarien, mit denen er vor mir herumprotzte, wiesen mir Schuld zu, sollten mich klein und still halten und ohne weiteren Anspruch auf ihn. Und sie sollten zeigen, wie sehr er für alles hatte büßen müssen. Freigesprochen durch Schmerz, Blut, Todesschwäche, Koma und Herznot. Ein gerade noch so dem Tode Entronnener, unantastbar.

Er bemerkte mein Entsetzen, missdeutete es, nahm meine Hand und sagte: »Nein, nein, Clärchen, keine Angst. Winter hat mir Experten besorgt, und Margret braut ihre Wundertinkturen für mich.«

Margret, das Unwort, der Unname, jahrelang nicht mehr von ihm in den Mund genommen und nun wie etwas Selbstverständliches zwischen uns geworfen. Mit keinem Gedanken daran, wie sehr mich seine Erwähnung gerade jetzt und gerade hier kränken musste. Margret, die Hilfreiche, die sich in größter Not um ihn kümmert. Wie damals, als alles begann zwischen ihnen. Er tat so, als wäre ich mittlerweile immun gegen sie, nicht mehr verletzbar, nicht mehr beschützenswert. Einfach zurückgestellt, abgelegt in eine neutrale, lieblose, weit entlegene Zone seiner Vergangenheit.

War da nicht noch etwas? Nein, nein … ach das … ja, ja, das war einmal, ist längst vorbei.

Ich hatte vorgehabt, ihn vieles zu fragen. Nach dem Unfall, nach seiner Frau, nach Antonia, nach uns. Aber wie hätte ich das jetzt noch tun können? Alles unwichtig angesichts der unzähligen gefleckten Zellstoffballen neben seinem Bett, in Anbetracht seines lahmen Herzens und seiner verebbenden Liebe. Ein kaum noch Lebender. Ich fragte nicht.

Er legte sich wieder lang hin, und ich deckte ihn zu. »Danke, Clärchen, meine Abhandengekommene«, sagte er und sah mich zum ersten Mal mit zärtlichen Augen an.

»Ich bin dir nicht abhandengekommen, ich habe nur die ganze Zeit über nichts gewusst«, erwiderte ich in einem erstaunlich sachlichen Ton.

»Und hast nicht mal im Theater nach mir gefragt?«
Meine Antwort interessierte ihn nicht. Er griff nach einem Drehbuch und blätterte darin. Sein Atem ging pfeifend.
»In einem Monat wollen wir nach Paris. Ein großes Ding. Ich will sehen, dass ich mitfahren kann«, hörte ich ihn sagen, und es klang schon wieder ein bisschen couragierter. »Wenn es so harmlos ist, wie sie hier tun, werden sie ja wohl nichts dagegen haben.« Er sah mich an. »Und ich will endlich einen Wein mit dir trinken.« Es klang ein bisschen aufgesetzt und kam ziemlich unvermittelt, so, als ob etwas zuzudecken wäre.
Eine Schwester erschien mit einer Spritze. »Damit wir schnell wieder auf die Beine kommen«, sagte sie munter.
Ich neigte mich zu ihm hinunter und küsste ihn leicht auf die Wange. Dann drehte ich mich zur Tür.
»Ich melde mich«, rief er mir nach, diesen vermaledeiten Satz, den ich als Letztes vor seinem Unfall von ihm gehört hatte. Dann wandte er sich der Schwester zu. Ich bekam noch mit, dass er irgendetwas von Kollegin sagte, und hätte laut schreien mögen.
Ich ging den geraden Flur entlang. Ein Arzt kam mir entgegen. Ich war drauf und dran, ihn wegen Wolf zu fragen. Aber wie sollte ich ihm mein Interesse erklären? Sollte ich sagen, dass ich seit vielen Jahren mit ihm zusammenlebe, dass ich ihn liebe, dass ich ein Recht auf Auskunft habe? Das wäre sicher kein hinreichender Grund. Ich ging wortlos vorbei, fuhr im Fahrstuhl die sieben Etagen hinunter und trat durch die breite Tür hinaus in einen eisigen, unwirtlichen, kaltsonnigen Frühling.

30

Als ihm kalter Schweiß auf die Stirne kommet und der Pulß schwächer wird, gibt man dem Opfer das in Wein gelösete Gegengift zu trinken. Aber es hilfet ihm nicht! Da ers getruncken hat, verwandt er die Augen scheußlich, sperrete und zerrete dz maul, krümmet den halß, saß auf einem Stock und were dißmal überrück auff die Erden gefallen, wo jhm der Scherge nicht gehalten hatte. Dieweil besprengt man jhm das Antlitz mit Weinessig und rupffte jhn by den Haaren, da kam er alsbald widerumb zu sich selbst und machte sich unrein. Darnach legt man jhm auf stroh, da klagt er, wie jhn Schauder oder Kälte anstiesse. Nach dem brach er sich und speyete viel stinckenden wust und gewässer auß von Farben gelb und bleich shwartz. Darauff sagt er, er spürete Besserung. Aber nit lang darnach wendet er sich auff die ander Seyten, als wolt er schlaffen, so man jhm doch den schlaff verbotte, starb also sanft ohn alle andere Zufälle und bewegnuß, gleicherweise als entschlieff er. Das Antlitz wurde jhm bleichschwartz.

Ein Paar Sandalen, die noch in meinem Koffer lagen, sind in die Zeitungsseite gewickelt, auf der dieser Text steht. Es scheint eine Ewigkeit her zu sein, dass ich das letzte Mal eine deutsche Zeitung in den Händen hielt. Ich streiche die Seite glatt und betrachte sie. *Geschichten um die giftigste Pflanze Europas* steht in fetten Lettern über allerlei kleineren Artikeln, Abbildungen und fotokopierten Seiten aus einem mittelalterlichen *Kreuterbuch.* Ich lese den altdeutschen Text. Dann gucke ich mir die Pflanze an, die in dem Bericht einen Mann zu Tode brachte. Mir fällt ein, sie schon irgendwo gesehen zu haben, ich weiß im Moment nur nicht, wo. Sie sieht aus wie eine kleine zusammengetrocknete blaue Rose, eine blauviolette Rosenblütenmumie. Aber Rosenblüten sind nicht blau, sind auch nicht lila. Dieser Gedanke hatte sich vor kurzem schon einmal eingestellt, und zwar aus gleichem Anlass. Ich hatte die Blüten gesehen und gedacht, es seien Rosenblüten, aber als ich näher hinsah, fiel mir auf, dass es etwas anderes war. Blumen, die ich nicht kannte.

Rosenblüten sind nicht blau. Nun fällt mir auch der Ort ein, an dem ich der blauen Blume begegnet bin. Das Zimmer, Arams Zimmer, das sich nach Belieben verwandeln kann, in ein Schiff, eine Höhle, einen armenischen Sonnenhof, je nachdem, worüber wir sprechen. Ich erinnere mich an die kleine Plastiktüte, die an der unteren Ecke seines Fotos angepinnt war, die Tüte mit den kleinen Blüten.

Ich nehme die Zeitung wieder auf und lese an anderer Stelle: *Schon 0,001 bis 0,002 Gramm davon sind imstande, einen Menschen zu töten. Selbst das Pflücken der Pflanze birgt Gefahr, denn das Aconitin, das sie enthält, kann auch durch die unverletzte Haut in den Körper gelangen. Der Tod tritt dann je nach Giftmenge in einer halben oder innerhalb von drei Stunden durch Atemlähmung oder Herzversagen ein …*

Der Name der tödlichen Blume klingt eigenartig, ein bisschen kriegerisch sogar. *Blauer Eisenhut* aus der Familie der *Ranunculaceae.* Wegen des todbringenden Aconitins, das sie reichlich enthält, lautet ihr lateinischer Name *Aconitum napellus.*

Aram hat die Tüte nicht aus der Hand gegeben. Er fürchtete, ich könnte sie öffnen und den Inhalt herausnehmen und mich womöglich durch die Berührung vergiften. Er weiß also, was er da hortet. Für die größte Not eine Fluchtmöglichkeit. Dass er sie öffentlich aushängt, direkt unter seinem Porträt, deutet darauf hin, dass er sich an ihrem Anblick tröstet. Sie erinnert ihn daran, sich vor nichts und niemandem zu fürchten. Sie hängt da wie eine schussbereite Waffe, die nur noch zu entsichern ist. Und Aram ist nicht jemand, der sich zuvor Verbandszeug beschafft.

Ein beklemmendes Gefühl stellt sich ein, eine merkwürdige Erregung. Ich sehe deutlich die Bilder vor mir, sehe, wie Wolf das Päckchen öffnet und die kleine blaue Blüte, die darin enthalten ist, in die Hand nimmt, sie betrachtet, an ihr riecht, um zu erkunden, ob sie ihm etwas von mir verrät. Er wird die Blüte nicht kennen, wird sie, wie ich es ebenfalls tat, für eine kleine Rose halten, eine russische Rose vielleicht. Ein erstes Zeichen nach so langer Zeit, ein verschlüsselter Liebesgruß womöglich. Wolf ist so verführbar durch Zeichen. Er würde den kleinen Zettel entfalten, den ich beigelegt hätte, und würde das Dichterwort lesen: *Die eine Rose überwältigt alles* – diese Zeile, die er so liebt. Der Suggestion dieses Satzes würde er nicht entkommen können. Er würde die kleine Blütenmumie behutsam, ja zärtlich an seine Lippen führen, sie, mit ein bisschen Wehmut vielleicht, liebevoll und dankbar küssen. Lange und innig genug, dass Partikel des Giftes an seinen weichen Lippen haften bleiben. Vielleicht würde er sich, wie es gewohnheitsgemäß geschieht, mit der Zunge die Lippen netzen und das Gift in den Mundraum führen. Direkt an die dafür empfindsamen Schleimhäute …

31

Wolf erholte sich überraschend schnell, so wie die Ärzte es vorausgesagt hatten. Kurz vor seiner Entlassung rief er mich an. Er dürfe bald die Klinik verlassen und schon kleine Spaziergänge machen. Ich hörte an seiner Stimme, dass es ihm deutlich besserging. Nichts mehr von Sterben und Tod. Eher so etwas wie Lebensüberschwang, eine Art positiver Nervosität war an die Stelle der Niedergeschlagenheit getreten. Am Telefon war er fröhlich und zuversichtlich, was ganz sicher einen freudigen Ursprung hatte. Großen Anteil daran mochten das bevorstehende Gastspiel in Frankreich und die damit einhergehenden Begleitumstände haben. Die Reise bedurfte zwar noch immenser Vorbereitungen, würde aber den guten Ruf des Neuen Theaters weiter festigen.

Nein, nein, ich müsse ihn nicht mehr besuchen, sagte er, als würde er mir damit eine Freude machen. Die septische Luft in der Klinik und er selbst, besudelt im Krankenbett, diese Eindrücke möchte er niemandem ein zweites Mal zumuten. Außerdem stecke er tief in den Reiseplänen für Frankreich, da sei ihm jede Minute kostbar.

Ich blieb still, und er merkte, wie sehr mich besonders dieser letzte Satz kränkte. Sogleich lenkte er ein, um mir zu versichern, dass er auf keinen Fall fahren würde, ohne sich von mir zu verabschieden. »Ich komme bei dir vorbei, sobald ich hier raus bin. Das passiert in wenigen Tagen, versprochen!«

Etwas später trat er wieder in mein Leben ein. Über das, was geschehen war, sprach er nicht. Weder über meinen schlimmen letzten Satz noch über seinen gewalttätigen Ausbruch und auch nicht über den Unfall. Nur einmal, sehr kurz, erzählte er. Von der unglücklichen Fahrt weg von mir, die mir wie Flucht erschienen war, von dem inneren Chaos, in das ihn meine Worte gestürzt hätten, von der Gewissheit schließlich, mich verloren zu haben. Und dazu noch die Fahrt nach Dresden. In so einer Stimmung. Und dann dieses Sauwetter. Auf der Autobahn sei es passiert.

»Vielleicht wäre es besser gewesen, du hättest mich nicht zurückgeholt, als ich schon im Auto saß«, sagte er wie zu sich selbst und versetzte mich damit in größte Verwirrung. Aber ich wollte keine Dispute, die zu nichts führten. Ich wollte eine Entscheidung, und ich brauchte Zeit und Gelegenheit, sie ihm abzuverlangen.

Er kam wieder täglich, auch an den Abenden der Wochenenden. Zweimal kurz hintereinander brachte er mir Karten für das Neue Theater mit. Früher hatte er mich in der Presseloge plaziert, diesmal saß ich vorn in der Mitte der zweiten Reihe. Nach der Vorstellung wartete ich unten im Foyer auf ihn, dann fuhren wir gemeinsam zu mir. Wir hatten interessante Gespräche über kleine interpretatorische Unterschiede an den beiden Abenden. Wolf erklärte, dass solche Abweichungen die Schauspieler in einer langen Serie gleicher Aufführungen lebendig erhalten, das Stück nicht stagnieren lassen, sondern es im Gegenteil wahrhaftiger machen.

»Antonia Winter war gar nicht besetzt?«, fragte ich verwundert gleich nach dem ersten Abend.

»Winter ist zurück nach Dresden gewechselt«, antwortete er kurz, »großer Aufstieg, Intendant an der Semperoper. Er hat lange darauf hingearbeitet.«
»Und sie ist mitgegangen?«
»Ja, natürlich, sie sind doch verheiratet«, sagte er und sah mich verwundert an. »Ihre Position wird nun die Nikolai einnehmen. Sie hat das Talent dazu. Sie hat eine Filmrolle abgesagt, als ich ihr die Seeräuberjenny angeboten habe. Na ja, kein Wunder, in dieser Partie hat Antonia Triumphe gefeiert, wie du ja weißt.«
»Sind sie schon lange weg? Du hast gar nichts davon erzählt.«
»Nein, nicht lange, zwei Monate etwa.« Er nahm mich in die Arme, legte seinen Kopf an meinen Hals, und ich merkte, dass er weinte.
»Wolf, was hast du?«
»Es tut mir alles so leid«, schluchzte er leise.
»Ist gut, Liebster, ist ja gut«, tröstete ich ihn.
Er schneuzte sich, fasste mich um die Schulter und führte mich ans Fenster. Dicke weiße Flocken tänzelten auf das Fensterbrett. Es war Ende April, der Winter war noch einmal zurückgekehrt. Wolf war liebevoll, weich und bedürftig nach Nähe. Irgendwie wirkte er angeschlagen. Er litt.
»Liebster, bist du noch krank?«
»Nein, überarbeitet und total gestresst. Und natürlich die Nachwirkungen. Ich spucke zwar kein Blut mehr, aber manchmal pfeift sie noch ganz schön, meine zusammengeflickte Lunge.«
»Bist du damals, als es passiert ist, zu Winter nach Dresden gefahren?«

»Wie kommst du denn darauf?«, fragte er schroff. »Ich wollte nach Weimar, wo hätte ich denn sonst in diesem Zustand aufkreuzen können?«
Ich fühlte mich schuldig und sagte, um ihm eine Freude zu machen: »Es ist übrigens klar, dass ich nicht fahre. Der junge, dekadente Dichter ist ihnen nicht wichtig genug.«
»Ich verstehe nicht …«
»Venedig, Wolf, Venedig.«
»Ach so, ja, natürlich. Du fährst nicht, weil sie dich nicht lassen. Aber wenn du gedurft hättest, wärst du gefahren. Du hast es mir ja gesagt. Und es wäre auch richtig gewesen«, erklärte er überraschend.
Ich schwieg. Auch er sagte nichts weiter.
»Der Termin wäre genau in einer Woche gewesen«, sagte ich eher für mich selbst.
»Das trifft sich gut. Da bist du ja in deinem Institut für die Venedigzeit ausgeplant, oder?«
»Ja, eigentlich schon.«
»Dann sag mal deiner Chefin, wenn du schon nicht an den Lido fährst, möchtest du wenigstens in die Alpen.«
»Was denn, schon nächste Woche?«, fragte ich erfreut.
»Ja, heute in sieben Tagen. Wir fahren über Weimar und machen einen Abstecher bei meinen Eltern.«
»Ist Margret immer noch in der Klinik?«
»Nein.«
»War denn etwas Ernstes?«
Er zuckte mit den Schultern. Wusste er es wirklich nicht, oder wollte er nicht darüber sprechen?
»Ziemlich nebulös das Ganze«, sagte er in einem abschätzigen Ton, den er sonst nicht gebrauchte, wenn er über sie sprach. Er bemühte sich stets, neutral zu bleiben, aber

jetzt war Missachtung herauszuhören. Sosehr ich darüber hätte froh sein können, so sehr verunsicherte mich seine merkwürdige Auskunft. Ich hatte den Eindruck, dass Schlimmeres dahintersteckte und dass er ihr übelnahm, ihn damit zu belasten. »Nächsten Freitag muss ich wahrscheinlich noch mal kurz nach Dresden«, sagte er in einem neuen Ton, der das Thema Margret beendete. »Nur für zwei Tage, Sonntag komme ich wieder, und dann fahren wir beide nach Österreich in die Alpen.« Als müsste er es für mich deutlicher machen, fügte er hinzu: »Winter bat mich um den Besuch. Es geht um Paris. Du weißt doch, wir sind ursprünglich mit Brecht in das Théâtre National Populaire in Paris eingeladen. Aber nun hat sich die Tournee ausgedehnt. Ich erwähnte doch Avignon, oder? Winter wird mitkommen, er hat die Zusatzverträge gemacht und kennt die Partner. Darüber wollen wir reden. Aber wir telefonieren morgen noch mal. Wenn es am Wochenende nicht klappt, fahre ich Montag von Weimar aus schnell noch mal rüber zu ihm, damit das erledigt ist.«

Ich staunte über seinen langen Redefluss und die detaillierten Erklärungen. Winter interessierte mich nicht, er hatte doch ständig mit ihm zu tun.

Wir tranken noch ein Glas Rotwein und gingen dann ins Bett. Ich hatte Schwierigkeiten einzuschlafen und wunderte mich, dass Wolf, den Kopf in meinen Arm gebettet, tief und fest schlief. Er machte auch gegen Mitternacht, die übliche Zeit seines Aufbruchs, keine Anstalten aufzuwachen. Ich schüttelte ihn sanft.

»Liebster, es ist gleich Mitternacht.«

»Ja, schlaf du schön«, murmelte er und drehte sich auf die andere Seite.

Auch nach der zweiten Vorstellung, dem Mittwoch darauf, blieb er bei mir. Ich musste vom Theater aus noch einmal ins Institut, eines Anrufs nach Moskau wegen. Bei der schlechten Verbindung dorthin war nachts die beste Zeit. Er setzte mich am Institut ab und fuhr schon vor in meine Wohnung. Er war in einer frohen, leichten Stimmung, und es schien ihm nichts auszumachen, auf mich zu warten.

»Ruf mich an, wenn du fertig bist, ich hole dich ab«, bot er an.

»Bleibst du denn über Nacht?«, fragte ich ungläubig.

»Wenn du mich lässt«, antwortete er lachend.

Erst kurz nach Mitternacht hatte ich jemanden in Moskau erreicht. Ich rief bei mir zu Hause an. Die Leitung war besetzt. Ich wartete. Nach fünf Minuten noch immer der kurze Piepton. Ich dachte genervt an Störung und rief ein Taxi.

Als ich nach Hause kam, hantierte er in der Küche.

»Es war ständig besetzt bei dir«, sagte ich leicht verärgert.

»Besetzt?«

»Hast du vergessen, dass du mich abholen wolltest?«

Er sah mich mit einem Ausdruck der Empörung an. »Ich habe mehrmals versucht, dich zu erreichen, um zu hören, wann du endlich kommst. Ich warte ja schon eine Ewigkeit«, sagte er und schob mir den schwarzen Peter zu.

»Du hast von hier aus telefoniert?«, fragte ich ungläubig.

»Ja, warum denn nicht?«

Ich war verärgert. Ich wusste genau, ich hatte es ihm gesagt, aber er hatte es ganz einfach vergessen. Nach jenen ominösen Anrufen, die so viel Verwirrung gestiftet hatten, hatte ich bei der Telekom eine Untersuchung beantragt. Hinzu kam, dass in jener Zeit meine Telefonrechnungen beträchtlich höher lagen als gewohnt. Womöglich ging es doch um irgendwelche Fehlleitungen und Falschabrechnungen, vermutete ich und wollte endlich Gewissheit haben. Die Nachforschungen brachten es mit sich, dass ich bis zum Abschluss der Untersuchungen Anrufe zwar empfangen konnte, selbst aber nicht telefonieren durfte. Ich hielt mich strikt daran und teilte die Order auch Wolf mit.

»Ja, ich weiß, du hast es mir gesagt, aber das ist doch schon ewig her. Ich dachte, das wäre längst erledigt«, räumte er ein.

Die ganze Angelegenheit war ihm lästig, seine gute Laune schwand. Sollten wir uns deshalb den Abend verderben? Als er noch einmal anhob, winkte ich ab. In der Küche pfiff der Wasserkessel, den er offensichtlich aufgesetzt hatte, als ich kam.

»Komm, lass uns einen Tee trinken«, beendete ich das Thema, nahm ihn an die Hand und zog ihn mit mir in die Küche.

Am nächsten Tag und auch am darauffolgenden kam er nicht. Er rief mich ein paarmal an, klang abwesend, als wäre er mit seinen Gedanken fort. Wenn ich ihn fragte, wann er komme, redete er um das Thema herum. Es sei noch so vieles unklar mit Frankreich. Er müsse sich unentwegt kümmern. Bis zu unserer Abreise müsse alles in Ordnung sein, weil gleich nach der Rückkehr das Gastspiel beginne. Kurz und gut, er wisse es nicht. »Eigent-

lich ein Wahnsinn, das mit dem Gebirge, aber na gut«, sagte er.
»Wir können es verschieben.«
»Nein, nein, das kriege ich schon irgendwie hin.«
Ich war beruhigt und spürte zugleich, wie klein ich mich machte, wie angebunden ich war und wie angewiesen auf seine kläglichen Liebesgaben. Es war schlimmer als vor seinen Schlägen.
Später rief er noch einmal an, wieder ohne besonderen Anlass. Keine Nachricht über sein Kommen. »Ich weiß nicht, ob es heute klappt«, erklärte er auf einmal, mitten in einem fremden Satz. »Vielleicht muss ich abends noch nach Dresden. Winter deutete so etwas an. Wenn ich nicht komme, weißt du, wo ich bin. Vergiss mich nicht«, sagte er schnell und war nicht in den Sätzen, die er sprach.
»Kannst du dich nicht von Dresden aus melden, damit ich wenigstens weiß, ob du gut angekommen bist?«
»Ich weiß doch noch gar nicht, ob ich fahre«, sagte er in einem Ton, aus dem Überforderung klang.
»Aber wenn du da bist, rufst du mich an?«
»Clara, was willst du von mir?«, rief er plötzlich aufgebracht. Und ohne eine Antwort abzuwarten: »Ich muss jetzt Schluss machen, ein Gespräch auf der anderen Leitung.« Dann legte er auf. Ich brauchte Stunden, um für dieses *Clara, was willst du von mir?* eine halbwegs plausible Erklärung zu finden.
Wahrscheinlich fahre er nun, teilte er mir am Nachmittag mit. Ich solle mir keine Sorgen machen, auf jeden Fall sei er am Sonntagabend zurück. Dann komme er direkt zu mir.
»Nimmst du dein Gepäck schon mit?«

»Gepäck? Wieso Gepäck?«
»Wir wollen Montag verreisen«, erinnerte ich ihn gereizt.
»Ach so, natürlich. Also bis bald. Ich bin wirklich in großer Hektik.«

An diesem Tag meldete er sich nicht mehr und am nächsten, einem Donnerstag, auch nicht. Ich wusste nicht, ob er in Dresden ist, ich wusste überhaupt nichts mehr von ihm. Am Abend wusch ich ein paar Sachen für die Reise. Es war ärgerlich, dass ich mein Telefon nicht benutzen konnte. Ich hätte zu gern mit Agnes telefoniert. Vielleicht hätte sie mich mit ihrer sachlichen Sicht auf die Dinge beruhigen können.
»Vielleicht ist er doch noch nach Dresden gefahren«, fragte ich Mary, die ich in meiner Verzweiflung dann doch noch anrief.
»Wie kommen Sie denn darauf?«
»Er wollte vor dem Gastspiel noch mal mit Winter wegen des Vertrags sprechen.«
»So? Der war doch heute Vormittag hier«, sagte Mary in ihrer ehrlichen, unverblümten Art in erstauntem Ton. »Na ja, er wird uns schon nicht abhandenkommen«, meinte sie wieder aufgeräumt und wünschte mir einen schönen Tag.
Die Beunruhigung blieb. Was war mit ihm? Sollte ich in Weimar anrufen? Unter welchem Vorwand? Es war ziemlich abwegig, dass ich mich bei seinen Eltern nach ihm erkundigte, sie womöglich beunruhigte, wenn er nicht bei ihnen war. Andererseits hatte mich seine Mutter neulich ermuntert, mich zu melden. Aber das war ein Notfall, dachte ich zögerlich. In Wahrheit war es die Angst, dass er nicht dort sein könnte, die mich von dem Anruf abhielt.

Ich rief bei Agnes an. Vergeblich. Wenigstens konnte ich eine Nachricht auf dem Anrufbeantworter hinterlassen. Was sollte ich tun? Nach Hause gehen und auf Wolfs Anruf warten? Die ungewisse Aussicht war so entmutigend, dass ich sie nüchtern nicht meistern würde. Ich kaufte zwei Flaschen Rotwein und beeilte mich, nach Hause zu kommen. Bevor ich die Treppen hochstieg, leerte ich nervös den Briefkasten in der vagen Hoffnung, eine Nachricht von ihm vorzufinden. Die Zeitung, ein Brief von der Post, ein Kuvert von der Versicherung und eine Karte von Boris, der mir von neuen Büchern schrieb. Das war alles.

Wieder fiel ich ins Grübeln. Wolf wollte von Dresden aus direkt zu mir kommen. Was bedeutete das? Er hatte Probleme zu Hause, das war die einzige Erklärung für sein eigenartig verstörtes Verhalten. Darauf deutete auch hin, dass er kurz hintereinander zweimal über Nacht bei mir geblieben war. Das war ohne plausiblen Anlass noch nie geschehen.

Bei allen Überlegungen, die allmählich ein stimmiges Bild zu ergeben schienen, war mir völlig unverständlich, warum er mit mir noch kein einziges Wort über die offensichtlich desolate Situation bei sich zu Hause gesprochen hatte.

Ich machte den Wein auf, setzte mich in meinen Sessel und öffnete den Brief von der Post. Die Fernmelderechnung. Ich starrte auf den Betrag und konnte nicht glauben, was ich sah. Diesmal waren es beinahe zweihundert Euro, die zu zahlen waren. Es handelte sich um zwei Gespräche, beides Ferngespräche. Die Nummern waren

aufgeführt. Zweimal derselbe Anschluss. Die Vorwahlziffer war die von Dresden.
Wolf hatte telefoniert, wer sonst? Nun fiel es mir wieder ein. Es musste vorige Woche gewesen sein, am Mittwoch, als ich nach dem Theater noch einmal im Institut war, um in Moskau anzurufen. Natürlich, er setzte mich am Institut ab und fuhr schon zu mir in die Wohnung. Später wollte er mich abholen. Ich konnte ihn nicht erreichen, weil immer besetzt war. Ich verglich die Daten. Ja, es stimmte, ein Mittwoch. Beide Anrufe am selben Tag. Beide am späten Abend. Der erste um kurz nach zehn bis viertel vor elf, der zweite von fünf nach elf bis nach Mitternacht. Um diese Zeit musste ich etwa nach Hause gekommen sein. Er habe im Institut angerufen, hatte er mir erzählt.
Die Telekom teilte mir in einem Anschreiben mit, dass die Überwachungsaktion eingestellt würde. Was die hohen Gebührenforderungen angehe, möge ich mich vergewissern, wer außer mir meinen Apparat benutze. Und in Klammern dahinter: siehe Fernverbindungen am Mittwoch dem soundsovielten von insgesamt zwei Stunden und sieben Minuten.
In diesem Moment kam Agnes.
»Hast du meine Nachricht gehört?«
»Aber ja, deshalb bin ich hier. Ist er noch nicht da?«
»Nein.«
»Wo ist er?«
»Ich weiß nicht.«
»Du weißt es nicht?«
»Nein, du hörst doch.«
»Aber ihr wolltet doch Montag verreisen?«

»Ja, Agnes, ja, ich würde dir bestimmt Genaueres erzählen, wenn ich es könnte.«
»Dann erzähl, was passiert ist. Aber gib mir zuerst auch ein Glas.«
Ich war so durcheinander, dass ich mir eingegossen hatte, ohne dabei an Agnes zu denken. Ich stand auf und holte ein Glas aus der Küche. Dann gab ich so genau ich konnte den Verlauf der letzten Tage wieder. Wolfs Verstörtheit, seine Nervosität, sein unbestimmtes Gerede, seine Unaufmerksamkeit, die wiederholt in Frage gestellte Fahrt nach Dresden, sein gehetztes Hin und Her.
»Soso«, sagte Agnes. »Gab es denn etwas Besonderes, etwas Ungewöhnliches bei euch?«
»Er ist zum ersten Mal das ganze Wochenende bei mir geblieben, auch über Nacht.«
»Ist denn seine Frau immer noch in der Klinik?«
»Eben nicht. Sie war auch gar nicht besonders krank.«
»Sagt er das?«
»Nicht wirklich.«
»Na, wie auch immer. Man könnte denken, er hat endlich die Nase voll von seinem Doppelleben und versucht eine Klärung herbeizuführen.«
»Das denkst du auch, nicht wahr?«, fragte ich sie, als würde ihre Meinung irgendetwas bewirken.
»Ja, Clara, aber ich weiß nicht, ob du darüber glücklich sein sollst. Denn deine Inseltheorie, die ich, was ihn betrifft, für ziemlich schlüssig halte, setzt Achtungszeichen bei dieser Wendung.«
Ja, ja, sie hatte recht, aber es war wirklich nur eine Theorie, verteidigte ich mich in Gedanken und sagte nichts mehr dazu.

»Und weißt du, da ist noch etwas, was mich nachdenklich macht.«
»Ja?«
»Warum spricht er nicht mit dir darüber? Es geht doch um ihn und um dich, um euer künftiges Leben.«
»Aber du kennst ihn doch. Er ist völlig verwirrt, gänzlich aus der Bahn geworfen, jetzt, wo es ernst wird. Du weißt doch, wie schwer es ihm fällt, loszulassen.«
»Na gut«, räumte sie ein und zündete sich eine neue Zigarette an, »das würde übrigens tatsächlich dafür sprechen, dass es seine Frau war, die neulich den Telefonterror inszeniert hat. Sie sah ihre Felle wegschwimmen und wollte wahrscheinlich mit dir darüber reden.«
Ich machte die zweite Flasche auf. Mir war jetzt viel leichter zumute. Ich war froh, dass Agnes da war. Sie sah alles mit realistischeren Augen und stellte Überlegungen an, die folgerichtig waren und mich beruhigten.
»Apropos Telefonterror, was ist denn aus der telefonischen Überwachung geworden?«, fragte sie, während ich eingoss. »Hast du schon etwas gehört?«
»Ja, gerade heute kam Post«, sagte ich und gab ihr das Schreiben.
»Nein«, rief sie, nachdem sie den Brief gelesen hatte, »das ist doch nicht möglich. Ich denke, du durftest nicht telefonieren, und dann fast zweihundert Euro an einem Tag?!«
»Wolf hat telefoniert«, erklärte ich, »er war so durcheinander die letzten Tage, da hat er die Anordnung der Post vergessen.« Ausführlich erzählte ich ihr, wie er zu den Großeltern seines Sohnes stand und warum ich vermutete, dass er zu ihnen nach Dresden gefahren sei. »So hat er es auch Mary erzählt«, log ich.

»Warum nicht auch dir?«, bohrte sie weiter.
»Wir hatten schon einmal ein sehr aufgeregtes Gespräch über diese Leute,« antwortete ich ebenso vieldeutig wie nichtssagend.
»Eine Logik, wie aus Spinnfäden gewebt. Man muss aufpassen, dass man sich nicht verheddert.« Sie schüttelte den Kopf. »Na ja, er gehörte ja immer schon zu einer Spezies, auf die gesunder Menschenverstand nicht zutrifft«, frotzelte sie weiter. »Aber dann weißt du ja eigentlich ganz genau, wo er jetzt ist«, lenkte sie schließlich ein und hielt mir strahlend ihr Glas entgegen. »Hat er denn sonst noch jemanden in Dresden?«
Ich schüttelte unentschlossen den Kopf und dachte in diesem Moment, dass sie statt Ärztin und Psychologin auch Kriminalkommissarin hätte werden können.
»Na gut, da wir offensichtlich beide darauf keine exakte Antwort wissen, nehmen wir die Hoffnung für die Wirklichkeit«, entschied sie, schon ein klein wenig beschwipst. Wir leerten auch die zweite Flasche und amüsierten uns über unseren kriminalistischen Scharfsinn. Dann bestand Agnes darauf, noch nach Alkohol zu suchen. Schließlich fand ich eine halbe Flasche Kirschlikör, die wir mit größtem Vergnügen leerten. Ziemlich beschwipst sagte sie zu mir in einem Ton großen Mitgefühls: »Weißt du, was ich manchmal über dich und Wolf denke?«
»Nein, sag mal.«
»Du bist zu willfährig mit ihm.«
»Was bin ich?«
»Du verfährst total nach seinem Willen, willfährig eben. In gutem Deutsch heißt das: Du bist viel zu abhängig von ihm. Du solltest dich stärker emanzipieren.«

»Und wie soll ich das machen?«
»Du solltest dir einen Liebhaber zulegen.«
»Ich bin doch nicht sein Ehegesponst«, brachte ich mühsam heraus und konnte mich vor Lachen kaum halten.
»Nein, du bist sein Liebesgespenst«, amüsierte sie sich.
»Wie meinst du das?«
»Du wirst ihm langsam unheimlich.«
»Unheimlich?«
»Ja, unheimlich lästig. So wie ein Gespenst einem werden kann«, sagte sie kichernd.
»Ich habe von Gesponstern gesprochen«, beharrte ich.
»Egal ob Gespenster oder Gesponster – lästig sind sie beide. Oder?« Sie kicherte erneut und hielt sich dabei den Bauch.
»Weißt du was?«, fiel ihr plötzlich ein, »der Boris, du weißt schon, dein guter alter, lieber Freund Boris, ist unheimlich scharf auf dich.«
»Wihirklich??«, stotterte ich betrunken. »Zwei Liebhaber auf einmal kann ich nicht verkraften.«
»Pschyschisch oder pschyschedelisch?«, fragte sie kichernd.
»Beides«, sagte ich und verschluckte mich vor lauter Lachen.
»Beides? Wieso?«
»Weil ich nicht so ein abgebrühtes Huhn bin wie du.«
Sie hakte sich bei mir ein, und wir wankten unter lautem Geträller in die Küche, um den letzten Rest Weinbrand aufzuspüren.
Gegen eins rief ich ein Taxi für Agnes. Als sie gegangen war, fiel ich ohne mir die Zähne zu putzen wie tot in mein Bett.

Irgendwann träumte ich, dass das Telefon klingelt. Ich drehte mich auf die andere Seite und träumte den Telefontraum noch eine Weile. Dann war er zu Ende, und ich fuhr fort, traumlos, tief und schwer zu schlafen.
Plötzlich schreckte ich hoch. Ich hatte das sichere Gefühl, jemand bewege sich in der Wohnung.
»Wolf?«, flüsterte ich und richtete mich auf. Und noch einmal, lauter: »Wolf?«
Keine Antwort. Eine Stille, die nur von einem winzigen kurzen Knarren unterbrochen wurde. Dann das Öffnen der Korridortür und der dumpfe Ton ihres vorsichtigen Einklickens.
Ich sprang aus dem Bett, lief zur Tür, riss sie auf und beugte mich über das Geländer. Ich sah Wolfs Schatten auf der Treppe unter mir. »Wolf!«, rief ich klar und deutlich. Er blieb stehen, drehte sich, mit der Hand am Geländer, zu mir hoch und sah mich an.
»Willst du nicht reinkommen?«, fragte ich.
»Nein«, sagte er. »Ich wollte nur nach dir sehen. Es war so verqualmt in der Wohnung, und der Aschenbecher war voll. Gift für meine Lunge. Und die vielen leeren Flaschen. Da hatte ich keine Lust, dich zu wecken.« In seiner Stimme schwang ein Anflug von Ekel mit. »Außerdem hast du tief und fest geschlafen. Du hast ja noch nicht mal meinen Anruf gehört.« Er machte eine kleine Pause und sagte dann kurz: »Leg dich wieder hin.«
Ohne zu zögern wandte er sich um und ging schnell die Stufen hinunter.

32

Ich höre das kurze Hupen des Autos. Aram. Viel zu früh. Es ist noch heller Abend, und ich bin gerade erst vom Strand zurück. Ich gehe ans Fenster und zeige ihm meine beiden gespreizten Hände. Zehn Minuten. Er versteht, nickt.

Als ich aus der Tür trete, kommt er mir entgegen. Auch das ist neu. Er hat einen grauen Anzug an und ein am Hals geöffnetes weißes Hemd. Das Haar nach hinten gegelt, wie immer, frisch rasiert. Einen Schritt vor mir bleibt er stehen und sieht ruhig in mein erstauntes Gesicht.

»Heute will ich mit dir feiern, gemeinsam mit meinen Freunden. Das Fest des Feuers. Es ist ein alter Brauch armenischer Zigeuner. Vor einer Lebenswende reinigen sie Körper und Seele im Feuer, brennen Vergangenes aus, um Raum zu schaffen für die guten Schicksalsgaben der Zukunft.«

»Du bist so früh heute«, sage ich.

»Wir haben nicht mehr viel Zeit.«

Ja, das stimmt, denke ich, ohne genau zu wissen, wie er es meint. Es ist noch einiges zu bereden. Den ganzen Nachmittag am Strand habe ich mir ausgemalt, wie Wolf mein kleines Souvenir mit der blauen Rose öffnen würde, wie er trotz seiner neuen Liebe auf ein solches Zeichen von mir gewartet hätte, wie er in großem Mitgefühl mit der so lange Geliebten dieses schöne Zeichen zu würdigen wüsste. Um Verdächtigungen zu entkräften, würde ich ihm in ein paar Zeilen mitteilen, wie ich diese schönen kleinen Blüten gesehen und als einen versöhnlichen Gruß an ihn, dem Blumen so viel bedeuten, gepflückt hätte. Auch er hatte mir schließlich Rosen geschenkt. Eine zum Anfang und eine zum Ende.

Aram hatte mir seine Blüten verwehrt, um mich vor ihnen zu schützen. Ich bin mir sicher, er besitzt noch mehr davon. In seinem Auto vielleicht, der mobilen Wohnung, in der er alle Schätze birgt. Ich muss ihn noch einmal darum bitten.

Aram redet über das Fest. Er hält meine Hand in der seinen und wendet sich dem Weg zu, der in die Stadt führt.

»Du hörst mir gar nicht zu«, beschwert er sich freundlich.

»Gehen wir zu Fuß dorthin?«, frage ich verwundert.

»Ja. Wir gehen durch die Stadt.«

»Aram, ich habe eine letzte Bitte an dich …«

»Später, Rischenka, später«, fällt er mir sanft ins Wort.

Die Hitze hat nachgelassen, aber es ist immer noch schwül. Ich trage das Kleid unserer ersten Nacht. Es ist verknittert und die weiße Farbe ist ergraut. Mein von der Sonne ausgeblichenes Haar fällt strähnig auf meine Schultern. Die tiefbraune Haut meines Gesichts ist von scharfen Linien durchzogen. Die Augen sind in diesem neuen Gesicht groß wie die Augen nächtlicher Katzen.

Aram lächelt zu mir hoch. »Geht es dir gut?«, fragt er.

»Ja, es geht mir ganz gut.«

Es sind jetzt mehr Leute auf der Straße als zu unseren nächtlichen Zeiten. Sie schlendern zur Mole hinunter oder wenden sich einem der kleinen Restaurants zu, deren ummauerte Höfe sich zum Meer hin öffnen. Die

Männer blicken uns an, den Buckligen und die Zigeunerin, wie sie wohl glauben. In einigen Gärten sitzen Einheimische um lange Holztische unter Lampions. Sie trinken Wodka, sprechen laut und lachen, und der eine oder andere stimmt eines der schicksalsschweren russischen Lieder an.

Ziemlich schnell fällt die Dämmerung herab. Die lange schmale Straße, auf der wir gehen, ist unbeleuchtet. Der Lichtschein, der heller oder gedämpfter aus den Häusern und Gärten fällt, reicht aus, um Dingen und Menschen Gestalt zu geben. Die Räume aus Dämmerung, Schatten und Licht, die warme, weiche Luft, die die Gesänge trägt, der Geruch des Meeres und das Lachen aus den nahen Gärten – das alles rückt die Realität beiseite und versetzt uns in eine imaginäre Zwischenschicht aus nervöser Erregung und ruhevoller Erwartung. Abschied rückt auf uns zu.

Die Stadt liegt nun hinter uns, und wir biegen in ein Waldgebiet ein. Jetzt ist es eher ein Tasten als ein Erkennen, bis sich die Augen an die Finsternis gewöhnt haben. Plötzlich tanzt es wie Funkenflug vor unseren Köpfen. Kleine glimmende Punkte, die sich kreisend und torkelnd umeinander bewegen. Glühwürmchen, aufgeweckt von unseren Schritten, huschen wie kleine Raketen durch die Nacht. Aram fängt eines der Tierchen und hält es in seinen aneinandergelegten, gewölbten Händen. »So müsste man leben können, nicht wahr?«

»Nein«, sage ich, »so habe ich zwölf lange Jahre gelebt.«

In einiger Entfernung leuchtet ein flackernder Feuerschein auf. Dunkle Gestalten, wie Schattenrisse, bewegen sich davor. Von dort dringt bald auch der klagende Ton einer hoch gestimmten Violine, sehr leise zuerst und dann immer deutlicher.

Als wir näher kommen, öffnet sich der Ring von Menschen, die sich um das Rondell der Feuerfläche versammelt haben. Die am nächsten Stehenden kommen auf uns zu. Sie begrüßen Aram mit großer Freude. Er achtet darauf, dass ich dicht an seiner Seite bleibe.

Eine Frau in langem buntem Rock und einem um den Kopf geschlungenen Tuch kommt zu mir und stellt einen Stuhl neben mich. Aram nickt und fordert mich auf, mich zu setzen. Er legt, in immer neue Gespräche gezogen, seine Hand auf die Lehne des Stuhls und bleibt nahe hinter mir stehen. Alle sehen, dass ich zu ihm gehöre.

Als hätte man auf uns gewartet, wird der Flammenhaufen von zwei Männern auseinandergekehrt, so dass ein großer, rot züngelnder Teppich entsteht. Die Geige jauchzt auf, bevor sie verstummt. Eine dramatische Stille. Wenige Augenblicke nur, bis ein Mann mit aufgekrempelten Hosenbeinen und nackten Füßen ein in ein wehendes weißes Gewand gekleidetes barfüßiges Mädchen auf den Feuerteppich trägt. Zum wieder einsetzenden zärtlichen Gesang der Violine tänzelt er mit ihr erhobenen Hauptes und ohne den Anschein eines Schmerzes in kurzen Schritten durch die Glut. In der Mitte, in der der ursprüngliche Scheiterhaufen noch immer heftig züngelt, setzt er die junge Braut behutsam ab und tanzt, sie mit zärtlichen Gesten umwerbend, um sie herum.

Sie selbst, mit gerafftem Rock und bloßen Fußes auf glühenden Kohlestücken tänzelnd, streckt erwartungsvoll lächelnd die Hände nach ihm aus. Das weiße Gewand scheint von dem Rot des Feuers wie in Blut getaucht. Ein starkes, fast geisterhaftes Bild. Ein Raunen erhebt sich. Eine Frau schreit auf. Einige Männer eilen mit Wassereimern zu den beiden Feuertänzern. Die Geige setzt aus. Es zischt, dampft und brodelt, als wäre ein Vulkan aus der Erde gebrochen. Als sich der beißende Qualm wieder legt, ist die Glutfläche leer. Die Menschen klatschen und kreischen und fallen sich in die Arme. Es wird Wein gebracht, ein Orchester spielt auf, und das Fest beginnt. Einer der Musiker kommt und reicht Aram eine Geige. Der schüttelt den Kopf. Er wolle nicht spielen heute, nur sehen und hören und spüren, sagt er. In diesem Moment weiß ich, dass es das Hochzeitsritual war, in das er uns einbeziehen wollte. Starke, mystische Bilder: die Hitze der Flammen, der Rauch, der uns einhüllt, der Geruch des brennenden Holzes, das feuernde Rot, der Qualm, der auf der Zunge brennt. Alle Sinne berührt, so stark, dass es bleiben wird. Keines unserer fremden Worte hätte diese Wirkung erzielt. Und Aram glaubt sowieso nicht an Worte. Er liebt große Worte nicht. Ich habe sie dennoch vernommen. Gehört, gerochen, gesehen, gespürt.

»Du hast mein Herz berührt, Aram«, sage ich ihm in meiner fremden deutschen Sprache.

Er blickt mich fragend an und bleibt still.

Etwas später nimmt er meinen Arm und bedeutet mir, dass wir nun aufbrechen. Schweigsam wandern wir den Weg zurück. Aram hält meine Hand, manchmal drückt er sie ein wenig, als gäbe er die Gedanken, die ihn bewegen, in eine andere Form.

Vor der Tür meines Hotels bleiben wir stehen. Er sieht mich an.

»Aram …«, hebe ich leise an. Da schüttelt er heftig den Kopf und legt den Finger auf seine Lippen. Mit der anderen Hand streicht er über meinen Mund, als würde er meine unausgesprochene Frage fortwischen. Dann dreht er sich weg und steigt in sein Auto. Ich bleibe noch lange stehen. Er schaut nicht zurück.

Wir haben noch eine Nacht. Ich bin so auf mich konzentriert, so aufgeladen, dass ich nichts anderes höre als meine eigenen lauten Gedanken. Und die kreisen um kleine blaue Knospen. Mir fällt die Rose ein, die Wolf damals, als ich ihn zurückholte, aus dem Kofferraum seines Autos nahm, um sie mir zu geben.

Heute, an diesem Abend mit Aram, zwei Tage bevor ich zurückfliege, weiß ich, dass diese Rose nicht für mich bestimmt war. Es war Antonias Rose. Aber dafür, dass ich ihm dieses für ihn ganz und gar unerträgliche Gefühl des Verlustes erspart habe, meines Verlustes, ein Gefühl, mit dem er nicht umgehen konnte, im Überschwang dieser beinahe an Glück grenzenden Empfindung hat er mir die Rose geschenkt.

In dieser Sekunde, als ich in Arams Armen liege und das harte Klopfen seines Herzens spüre, kommt mir diese Erleuchtung. Ich habe gar nicht an Wolf gedacht, habe auf einen günstigen Moment für meine Bitte an Aram gewartet, und wie eine Antwort kam plötzlich die Wahrheit zu mir.

Diese letzte Nacht ist übrigens die einzige in den drei Wochen meines Zusammenseins mit Aram, in der ich mich mit einer Absicht zu ihm lege, die wichtiger ist als er selbst. Es beginnt damit, dass ich ihm meine Geschichte erzähle, meine Geschichte mit Wolf. Ich erzähle sie nicht für ihn, so grausam will ich nicht sein, ich erzähle sie für mich, weil ich endlich darüber sprechen will, es laut aussprechen, und weil Aram jemand ist, der zuhören kann. Obwohl ich in meiner Sprache rede, weil das Russische zu fremd dafür ist, verhält er sich, als würde er alles verstehen. Geborgen im Nachen seines Bettes, eingehüllt in die Duftschwaden des Tees, kann er den Inhalt erspüren. Ich spreche lange, und auch ich höre meine Geschichte zum ersten Mal. Ich erkenne, dass sie zu Ende ist. Bis auf eine Kleinigkeit. Es ist wie ein Punkt, der noch hinter den letzten Satz gehört. Und diese letzte Kleinigkeit kündigt sich seit geraumer Zeit unheilbringend an, ist schon in Bereitschaft, sitzt lauernd in meinem Kopf, streut Unruhe in meine Augen, Unrast in meine Worte.

Aram versteht. Das Letzte, das Wichtigste auch? Als ich ihn neulich um die kleine Tüte mit den getrockneten Blüten bat, hat er gelächelt und den Kopf geschüttelt. »Es ist dasselbe wie mit dem Foto von dir. Eine Sache, die zerstört.« Er hat den kleinen Beutel von seinem Bild an der Wand gelöst, ihn in beide Hände genommen und sie gegeneinandergerieben. Als er die Handflächen öffnete, war nur noch ein blaues Pulver in der Tüte. Mit seinem Taschenmesser hat er die Tüte aufgeritzt, ist ans Fenster getreten, hat es aufgemacht und die geöffnete Tüte – genau wie die kleingerissenen Papierfetzen meines Fotos Nächte zuvor – dem Nachtwind entgegengehalten. Die Tüte verbrannte er anschließend über der dunkel auflodernden Kerze.

»Aram, ich muss gehen«, erinnere ich ihn an unsere Abmachung, den Abschied so kurz wie möglich zu halten.

Ich werde ihn nicht noch einmal um das Gift bitten. Entweder hat er verstanden oder nicht. Wenn nicht, würde ich es ihm in dieser letzten Stunde nicht erklären können. Dazu ist das Quentchen Zeit, das uns gegenseitig noch vor der Welt schützt, zu kostbar. Nur noch wenige Worte, einige behutsame Berührungen, nichts mehr, was heftig oder laut ist. Danach werden wir füreinander nur noch Erinnerung sein. Eine zärtliche, hilfreiche, langsam verblassende Erinnerung.

Die Nacht ist kalt, ich friere. Eine innere Kälte. Ich merke, wie stark ich diesen Abschied empfinde, den Abschied von Aram. Im Hotel, schon in meinem sterilen Bett, denke ich: Ich bin gegangen wie jede Nacht. Aber wie sonst hätte ich gehen sollen?

33

Nach jener Nacht, in der er mich berauscht vorgefunden hatte, angewidert wahrscheinlich und enttäuscht, und einfach gegangen war, rief er mich erst mittags im Institut an. Er fahre am Abend zu Winter, informierte er mich kurz.

»Dann warst du also noch gar nicht bei ihm?«

Er zögerte einen Moment und sagte schnell: »Nein.«

»Aber du warst nicht zu erreichen.«

»Ja, und?«

»Selbst Mary wusste nicht, wo du bist.«

»Hast du etwa bei Mary nach mir gefragt?«

»Du meldest dich zwei Tage nicht, ich weiß nicht, wo du bist, ob dir vielleicht etwas zugestoßen ist …«

»Quatsch, Clara, hör auf mit dem Unsinn. Außerdem scheint es dich nicht allzu sehr beunruhigt zu haben. Du warst ja in der Stimmung, dir einen äußerst lustigen Abend zu machen, mit wem auch immer.«

Ich musste aufpassen, dass ich nicht losheulte. Ich schluckte und sagte leise: »Es war nicht so, wie du denkst. Glaub mir bitte.«

»Hör zu, ich bin sehr in Eile. Ich komme Sonntagabend zu dir. Halt dich bereit, wir fahren dann sofort los … Und freu dich ein bisschen«, fügte er noch rasch hinzu.

Also Sonntag, dachte ich und konnte kaum atmen vor Beklemmung. Noch zwei Tage …

Am Abend trommelte es leise an meiner Tür. Der andauernde Ton, wie eine Herde galoppierender Pferde – Wolf! Der Gedanke war so überraschend, so abwegig zugleich, dass ich ihn kaum zu fassen vermochte. Ich ging zur Tür und öffnete. Er stand vor mir, verschwitzt, abgehetzt. Eine Reisetasche hatte er dabei, die er im Flur fallen ließ. Dann kam er zu mir, wortlos, bedürftig, nahm mich in die Arme, vergrub sein Gesicht an meinem Hals und sagte: »Clara, es ist alles so schlimm.«

»Was ist so schlimm?«

»Spürst du es nicht?«, fragte er und löste sich langsam von mir.

»Doch. Ich spüre es Tag und Nacht.«

»Es ist alles durcheinander in meinem Leben. Ich habe kaum noch einen Halt.«

»Du hast doch mich.«

»Bist du sicher?«

»Aber ja.«

»Ach, Clärchen«, sagte er und lächelte melancholisch, so als glaubte er an nichts mehr.

»Hat dich mein Satz damals so getroffen?«

»Ja, ja. Aber ich bin ja mit mir selbst nicht mehr im Reinen. Du spürst das doch auch und bist unglücklich darüber. Und das ist das Letzte, was ich will. Du sollst meinetwegen nicht unglücklich sein. Ich will nicht, dass *du* leidest, weil *ich* nicht mehr aus und ein weiß.«

»Wir haben schon so lange keine Zeit mehr, miteinander zu sprechen. Ich möchte dir vieles sagen, dich nach Dingen fragen, die ich nicht verstehe, aber wir sind so weit voneinander entfernt. Was bedrückt dich so sehr? Ist es Margret? Bin ich es, weil ich dich ständig bedränge? Ist es vielleicht eine andere Frau? Bitte, sag es mir doch.«

»Du hast recht, wir sollten miteinander reden. Aber nicht jetzt, Clärchen. Jetzt muss ich los. Ich war schon unterwegs, aber ich wollte dich nicht so zurücklassen. Ich habe dich vorhin am Telefon angefahren und neulich schon, in der Nacht. Es tut mir leid. Es hat nichts mit dir zu tun. Du hast vorhin so traurig geklungen, so verlassen. Der Gedanke daran hat mich krank gemacht. Da bin ich einfach umgekehrt. Eigentlich ist es idiotisch, ich hab so und so schon keine Zeit, aber ich konnte nicht weiterfahren. Ich will dir nur schnell auf Wiedersehen sagen. Und alles andere später. Meine Liebste ...«

Er nahm mich in die Arme und küsste mich. Knöpfte meine Bluse auf, küsste meine Schultern, meinen Hals, meine Brüste. Er schob mich hinüber zum Bett und ging zurück in den Flur. Er kramte eine Flasche Rotwein aus seiner Reisetasche und entkorkte sie. Dann trank er, als wäre es Wasser. »Zieh dich doch aus«, bat er, als er die Flasche abgesetzt hatte. Auch er entkleidete sich. Dann trank er noch einmal und reichte auch mir die Flasche. Ich schüttelte den Kopf, ich trinke nicht gern aus der Flasche. »Ach ja«, sagte er lächelnd, als hätte er es vergessen, ging in die Küche und holte ein Glas. Ich trank einen kleinen Schluck und stellte das Glas wieder ab. Wolf legte sich zu mir.

In einer sich steigernden Anstrengung, die ihn klitschnass werden ließ, mühte er sich ab. Sein Atem ging pfeifend. Er versuchte an irgendein Ziel zu kommen. Es war eine Art Selbstbefriedigung, die nicht gelang. Mit Liebe hatte es nichts zu tun. Ich versuchte ihm zu helfen. Seine

Arme zitterten, sein Schweiß tropfte mir brennend in die Augen, bis er plötzlich erschlafft auf mir zusammensackte.

»Entschuldige«, brachte er einige Zeit später hervor, »ich bin so kaputt.«

Er löste sich, griff seine Kleider und stolperte ins Bad.

»Die Tasche bleibt hier, meine Sachen für Österreich«, rief er mir vom Bad aus zu. Ich stieg aus dem Bett und warf mir meine Bluse über. Er war schon im Begriff zu gehen, als er sich noch einmal umwandte. Er überlegte einen Moment und ging zu dem kleinen Tisch an meinem Bett. Dort nahm er mein Glas mit dem Wein und stellte es im Wohnzimmer ins Regal. Dann küsste er mich kurz und hastete los. »Übermorgen bin ich wieder da«, rief er. Es war wie ein Versprechen, das er sich selber gab.

34

Das Telefon. Ich nahm den Hörer ab und sagte wie immer: »Ja, hallo?«

Es blieb einen Moment lang still. Dann hörte ich eine weiche, hohe Frauenstimme: »Guten Tag, ich bin Wolfs Frau.« Pause. »Ich wollte gern wissen, ob er bei Ihnen ist. Das heißt, ob er schon zurück ist aus Dresden.«

Es war ein Moment, den ich mir tausendfach vorgestellt hatte. Nur umgekehrt. In meinen Vorstellungen war ich es, die anrief. Sie wäre am anderen Ende der Leitung, und ich hätte keine Ahnung, wie sie reagieren würde, ob sie wüsste, wer ich bin, oder ob ich es lange erklären müsste. Ob es sie schockieren würde, was ich ihr offenbarte. Ob sie vielleicht sogar auflegen würde.

Vor sechs Jahren etwa, in der Mitte unserer Zeit, hatte ich oft mit diesem Gedanken gespielt. Nach jedem dieser aufreizenden, unerquicklichen Gespräche, die Wolf zuwider waren, weil ich ihn an Worte, Versprechen, Schwüre erinnerte, die er irgendwann ausgesprochen und niemals eingehalten hatte. Jedes Mal, bevor er mit dem Theater auf Tournee ging, nahm ich es mir fest vor, mit seiner Frau zu reden. Aber schon mit seinem ersten Anruf noch vom Flughafen aus, seinen geflüsterten Liebkosungen, der ungeduldigen Sehnsucht, die ihn schon jetzt zermürbe, hatte er meinen Plan zunichtegeredet. Was wollte ich auch von der Frau? Sie würde mir sicher nicht helfen können.

Und nun, auf einmal, sprach ich mit ihr. Das heißt, ich sprach gar nicht mit ihr, ich blieb stumm. Ich erwog so-

gar eine Sekunde lang, so zu tun, als wäre ich jemand anders und sie hätte sich verwählt. Aber diese Idee verwarf ich sofort. Es wäre kindisch gewesen.
»Nein, er ist nicht bei mir. Er kommt erst Sonntagabend zurück«, sagte ich.
»Ach, am Sonntag«, überlegte sie laut, und ein kleines Staunen schwang mit. »Sind Sie sicher?«
»Ja, natürlich«, erwiderte ich beflissen, so als könnte ich ihr damit einen Gefallen tun, »er ist doch erst gestern gefahren. Es geht um das Gastspiel in Frankreich. Da war noch einiges mit Winter zu besprechen ... weil der ja eigentlich nicht mehr zuständig ist ... aber wegen des Vertrags ... er kennt dort die Leute ...« Ich verhaspelte mich.
»Frau Bergfeld, ich weiß, weshalb er in Dresden ist, ich weiß es wahrscheinlich besser als Sie. Mir ist nur nicht bekannt, wie lange er dort ist. Denn es war die Rede, so jedenfalls habe ich es von Oliver gehört, dass er längere Zeit fortbleiben will. Wenn Sie jedoch recht haben, scheint er ja erst mal zurückzukehren.« Und nach einer kleinen Pause: »Da kommt er von Dresden aus wohl Sonntag direkt zu Ihnen?«
Ich hörte ihr verächtliches Lächeln geradezu und fand ihre Bemerkung unverschämt. Sie wisse besser als ich, warum er in Dresden ist. Wie vermessen sie sprach! Aber warum tat sie so, als ob sie nicht wüsste, wann Wolf zurückkommt und dass er dann mit mir verreisen würde? Hatte er ihr nichts von unserer Reise nach Österreich gesagt? Sprach er nicht mehr mit ihr? Ich wusste nicht, was ich erwidern sollte. Um Zeit zu gewinnen, räusperte ich mich. Dann sagte ich: »Ja, er kommt direkt zu mir. So ist es verabredet.«

Sie blieb ein Weilchen still. Ich fragte mich, was sie eigentlich von mir wollte.
»Morgen ist Sonnabend, nicht wahr?«, sagte sie dann.
»Ja«, bestätigte ich hörbar gereizt, »aber bitte sagen Sie mir doch, warum Sie mich anrufen.«
»O ja, entschuldigen Sie bitte. Ich wollte Sie fragen, ob ich Sie besuchen darf. Wenn es möglich ist, morgen schon. So gegen drei. Geht das bei Ihnen?«
»Den Grund Ihres Besuchs wollen Sie mir wohl nicht schon verraten?«
»Oh, es ist nichts Besonderes. Ich möchte Sie nur gern kennenlernen.«
»Also gut. Dann bis morgen.«
»Vielen Dank für Ihr Entgegenkommen, Frau Bergfeld. Sehr nett, dass Sie mich nicht abgewiesen haben. Ich denke, es ist höchste Zeit, dass wir uns endlich mal sprechen. Vielleicht interessiert es Sie, was ich Ihnen zu sagen habe. Also nochmals vielen Dank und bis morgen.« Dann das Knacken im Telefon.
Ich war erschöpft wie nach einer harten Arbeit. Die Gedanken schwirrten wie aufgescheuchte Vögel in meinem Kopf. Was wollte sie von mir? Was führte sie im Schilde? Sie verfolgte eine Absicht, einen Plan, das war klar. Der Anruf eben war nur der Auftakt. Bei ihrem Besuch, den sie geschickt arrangiert hatte, würde sie ihre Karten vielleicht offenlegen. Die Zeit war geschickt gewählt. Wolf war nicht da. Ich hatte keine Möglichkeit, mit ihm in Verbindung zu kommen. Na gut, das wusste sie nicht. Oder doch? Ihr Anliegen musste ein ernstes sein. Sonst hätte sie sich nicht eingeladen. Vielleicht wollte sie erkunden, wer ich bin, wollte die Insel in Augenschein nehmen, auf

der ihr Mann gestrandet war. Vielleicht tat sie das, weil Wolf keinen Hehl mehr aus seiner Beziehung zu mir machte. Es war merkwürdig, dass sie gerade diese lächerliche Dresdenfahrt als Aufhänger für ihren Anruf gewählt hatte. Um herauszufinden, wann er zurückkommt? Unsinn! Da hätte sie auch im Sekretariat bei Mary anrufen können.

Es erschien mir abwegig, dass sie mich besuchen wollte. Freundinnen besuchten sich, Kolleginnen, Bekannte, aber doch nicht Frauen in einer Situation wie der unseren. Die trafen sich vielleicht in einem Café, vor einem Denkmal oder in einem Park. Warum wollte sie mich besuchen? Warum begab sie sich gewissermaßen in die Höhle des Löwen? Warum um Himmels willen tat sie das? Sie hätte doch ein Café vorschlagen können. Nein, sie wagte sich an den Ort des Ehebruchs, den Ort ihrer Niederlage. Ich fing an, ihren Mut zu bewundern. Wie sicher sie sich fühlen musste. Von der scheuen, verhärmten Provinzlerin, als die Wolf sie geschildert hatte, konnte ich nichts entdecken. Aber schon damals, als sie sich seiner bemächtigte, hatte sie ja Geschick und Ausharrungsvermögen bewiesen.

Ich war wirklich sehr gespannt, was mich erwarten würde. Aber so viel war klar, sie würde nicht kommen, wenn sie sich ihrer Sache nicht sicher wäre. Sie kam, weil sie etwas beabsichtigte. Weil sie ihren Wolf zurückhaben wollte? Ich würde ihr beibringen müssen, dass das nicht möglich war, zumindest hätte ich keinen Einfluss darauf. Kannte sie ihn so wenig, dass sie das nicht wusste?

Selbstverständlich würde ich freundlich sein, verständnisvoll, verbindlich. Ich würde sie meine Überlegenheit

nicht allzu deutlich spüren lassen. Nein, ich würde fair zu ihr sein.
Wieso fühlte ich mich ihr eigentlich überlegen? Weil ich Wolf hatte? Weil er schwach genug war, einer Scheinwelt zu bedürfen, in deren Mittelpunkt er zufällig mich gestellt hatte? Verhielt er sich nicht genauso wie die meisten anderen Männer auch? Genauso anmaßend, gewalttätig, besitzergreifend und feige, nur auf eine subtilere, ausgeklügeltere Weise?
Weil ich Wolf hatte?
Hatte ich ihn denn überhaupt?
Plötzlich wurde mir klar, dass sie die Stärkere war. Seit dem Moment, in dem sie sich entschieden hatte, mich anzurufen und zu mir zu kommen, war sie die Stärkere. Und sie war gefährlich. Ich hatte mich vor ihr zu hüten.

35

Es würde alles wieder ins Lot kommen, beruhigte ich mich nach einer Weile. Ich goss mir einen Weinbrand ein und trank ihn in einem Zug aus. Um mich abzulenken, begann ich die Reisetasche zu packen. Wenn wir erst von hier weg wären, weg aus Berlin, weg aus Dresden, weg vom Theater, würden wir Zeit für uns haben, um über alles zu reden. So hatte er es versprochen.

Ich wüsste dann schon, was Margret eigentlich von mir wollte. Auch darüber könnte ich dann mit ihm sprechen. Vielleicht war es gut so, dass ich ihm nichts von ihrem Anruf und dem angekündigten Besuch erzählen konnte. Selbst wenn er sich vor seiner Rückkehr noch einmal melden sollte, würde ich ihm nichts verraten. Möglicherweise würde er ihr untersagen hierherzukommen. Das wäre die weitaus ungünstigere Variante.

Inzwischen war ich auf diesen Besuch eingestimmt. Nach dem ersten Schrecken hatte ich alles noch einmal durchdacht, mir ihre Situation vor Augen geführt und vergleichend dazu die meine. Nicht gerade rosig momentan, das war nicht zu leugnen. Aber immer noch besser als ihre.

Nein, nein, ich war fest entschlossen, sie hier, auf meinem heimischen Terrain, zu empfangen. Ich war wirklich neugierig auf sie.

In einer künstlich geschürten euphorischen Stimmung trank ich noch ein Glas und noch eins. Bis mir übel wurde. Hinter meinen Schläfen rumorte der Specht. Migräne

im Anzug. Ich nahm mehrere Aspirin kurz hintereinander und legte mich früh ins Bett.
Die Medikamente versenkten mich in einen schweren Schlaf, der mir lähmende Träume bescherte. Aus einem wachte ich, nach Luft ringend, auf. Es muss total diffuses Zeugs gewesen sein, denn ich konnte mich an nichts mehr erinnern.

36

Sie kam auf die Minute genau. Punkt drei Uhr.
»Die Tulpen sind leider noch nicht aus meinem Garten«, sagte sie lächelnd und überreichte mir einen herrlichen Strauß.
Wolf hatte nie etwas von einem Garten erwähnt, hatte mir auch niemals Gartenblumen mitgebracht, die ich so liebte. Er kam meist mit teuren, sterilen Bouquets aus Flughafenshops. Wahrscheinlich war der Garten ihr Revier, und sie würde merken, wenn etwas daraus fehlte. Und so rücksichtsvoll war er immer gewesen, dass er vermied, sie bewusst zu kränken.
Während ich ihr den Strauß abnahm und mein Gesicht darin versenkte, durchaus nicht, ohne bewegt zu sein von diesem schönen Geschenk, betrachtete ich sie aus dem Augenwinkel. Es gab nichts Auffälliges an ihr. Weder war sie geschminkt noch besonders gut angezogen. Eine dunkelblaue Kostümjacke zu einer schwarzen Hose, die unten eng zulief. Die dunklen Haare waren ohne großen Aufwand im Nacken mit einer Spange zusammengehalten. Parfum benutzte sie offenbar nicht. An ihrer Schultertasche aus Kunstleder baumelte ein kleiner Teddy. Es wirkte so kindlich, so hilflos, dass ich plötzlich Mitleid mit ihr bekam. Mit einer Handbewegung bat ich sie ins Zimmer. Sie trat ein und blickte sich interessiert um.
»Das also ist es«, sagte sie, als hätte sie die Bestätigung einer lange angestellten Vermutung erfahren.

Ich staunte über die Gelassenheit, die sie zur Schau stellte, hier, auf einem für sie feindlichen Gebiet. Und ich fragte mich, woher sie den Mut nahm, sich diesem Anblick auszusetzen.
Sie drehte sich zu mir und sagte ruhig, noch bevor sie Platz nahm: »Sie hängen sehr an ihm, nicht wahr?« Sie musste sich sehr sicher fühlen, mir hier, auf meinem Terrain, eine solche Frage zu stellen. Eine Frage war es eigentlich gar nicht, eher eine Feststellung. In diesem Moment war mir klar, dass sie ihre Entscheidung bereits getroffen hatte, unabhängig davon, wie unser Gespräch ausging.
»Möchten Sie einen Kaffee, vielleicht einen Tee oder ein Glas Wein?«, fragte ich und wandte mich Richtung Küchentür.
»Einen Saft bitte, wenn Sie haben, oder ein Wasser. Wein vertrage ich nicht so gut.«
Ich ging in die Küche, öffnete den Kühlschrank und holte den Saft heraus. Dann nahm ich zwei Gläser aus dem Schrank und schloss die Tür so, dass sie es hören musste. Ich täuschte Geschäftigkeit vor und damit Normalität und Gelassenheit. Mein Aufwand galt nicht nur der Absicht, ihr zu zeigen, wie sicher ich mich fühlte, nein, damit beruhigte ich auch mich selbst.
Das also war seine Frau, das, was von ihr übrig geblieben war. Bisher war sie nur ein Begriff gewesen, der einer imaginären Wirklichkeit angehörte. Sie existierte in einer Welt, mit der ich nicht wirklich zu tun hatte. Dass sie dennoch real war, hatte ich jahrelang nur an der Besessenheit erkannt, mit der Wolf mich in Besitz nahm und diese Besitznahme gleichzeitig vor allen verbarg, am

sorgfältigsten wohl vor Frau und Sohn. Auf einmal hatte sich die Konstellation verändert. Die Frau war ins Leben getreten, in mein Leben, und hatte mich ans Licht gezerrt. Eine Situation, die ich nicht kannte und der ich auch nicht gewachsen war. Momentan jedenfalls nicht. Ihr hingegen schien es gar nichts auszumachen, sie schien damit Erfahrung zu haben.

Als ich ins Zimmer zurückkam und das Tablett vor ihr absetzte, hatte ihre Anwesenheit plötzlich etwas Bedrohliches.

»Ich weiß seit langem, dass es Sie gibt«, sagte sie mit einem kleinen Lächeln, das wie eine Entschuldigung war für das Ungemach, das sie mir bereitete. »Es gab immer jemanden. Aber mit Ihnen geht es länger als sonst. Das ist der einzige Unterschied.«

Ich lächelte zurück, verletzt. Woher nahm sie die Unverfrorenheit zu dieser Bemerkung? Sie wollte mich in meine Schranken verweisen, wollte mich als ein beliebiges Glied in eine Reihe stellen. Auswechselbar! Sie selbst hatte mit dieser Reihe natürlich nichts zu tun, genoss die Sonderstellung des Anfangs und die sieghafte Aussicht des Überdauerns.

Ich konnte sie nicht mehr ansehen. Sie war meine Feindin. Ich hasste sie. Mir fiel ein, dass ich ihr den Tod gewünscht hatte. Und dass sie dann tatsächlich unter Vorspiegelung einer tödlichen Krankheit in die Klinik musste. Plötzlich kam mir die Idee, dass es ganz anders gewesen sein könnte. Dass sie damals tatsächlich todkrank war und ihren Zustand aus irgendeinem Grund bagatellisierte. Vielleicht hatte sie diese Krankheit immer noch. Vielleicht würde sie nicht mehr lange leben, und sie wusste das und wollte vorher noch reinen Tisch machen. Ich ließ ihre Bemerkung im Raum stehen, stellte die Gläser auf den Tisch und sagte, ohne sie anzusehen: »Sie waren sehr krank, erzählte mir Wolf. Geht es Ihnen inzwischen wieder besser?«

»*Wolf,* Sie nennen ihn also auch Wolf. Das klingt so männlich, so gefährlich, nicht wahr? Wussten Sie, dass das gar nicht sein richtiger Name ist? Eigentlich heißt er Wolfgang. Aber er mag diesen Namen nicht, er will nicht, dass man ihn so nennt. Auch für mich ist er längst nur noch Wolf. Es gibt aber auch noch *Wolfi* oder, ganz apart, *Wolfele.*«

Sie betonte dieses Wolfele in einer sehr ironischen Art. Ich würde mir nicht die Blöße geben, sie zu fragen, wer ihn so nannte.

»Nur ganz selten, nur wenige Sekunden lang und nur in Gedanken nenne ich ihn Wolfgang«, fuhr sie fort. »Als Wolfgang habe ich ihn kennen- und lieben gelernt. Merkwürdig, dass Sie von diesem Namen gar nichts wissen …«

Ihre Bemerkung war unangemessen. Ich tat so, als hätte ich sie nicht gehört. Ja, es stimmte, ich kannte ihn nur als Wolf, aber was ging sie das an?

Sie nahm den Faden wieder auf. »Sehr krank?« Erstaunt hielt sie einen Moment inne. »So etwas erzählt er Ihnen von mir? Ich dachte, ich finde in diesen Wänden hier gar keine Beachtung. So jedenfalls kenne ich es von ähnlichen Gelegenheiten. Und was meine Krankheit angeht, o nein, glücklicherweise nichts Dramatisches. Nichts weiter als eine Blinddarmoperation, nach einer Woche erledigt. Da hat der böse Wolf ziemlich übertrieben.« Wie sie es sagte, beiläufig, konstatierend, ein wenig abschätzig auch, klang es durchaus glaubwürdig. »Wolfs Lügengerüste – man bricht ein, wenn man auch nur einen Fuß daraufsetzt«, fügte sie lachend hinzu, als wäre diese Behauptung nichts als ein Scherz.

Wie sie über ihn spricht, dachte ich entsetzt. Sie hatte ja recht, aber wie konnte sie zu mir, einer wildfremden Frau, so über ihren Mann sprechen? Und was meinte sie überhaupt mit *Gelegenheiten?* Sie tat so allwissend und abgeklärt, dass es mich empörte. Ich überhörte ihre Bemerkungen und enthielt mich jeglicher Äußerung. Die eingetretene Pause überbrückte ich, indem ich ihr das Glas reichte. Als sie es nahm, mit beiden Händen, sah ich, wie sie zitterten.

»Es tut mir leid«, sagte ich und merkte sofort, wie unsinnig, ja lächerlich ihr diese Entschuldigung vorkommen musste, die keinerlei konkreten Anlass hatte, obwohl ich sie in diesem Moment ehrlich meinte.

»Ach, darum geht es doch gar nicht. Entschuldigungen und dergleichen sind wirklich unangebracht. Sie müssen wissen, es macht mir nichts mehr aus. Nach so langer Zeit machen mir seine Betrügereien wirklich nichts mehr aus, verstehen Sie? Und wenn Oliver nicht wäre, würde ich gar nicht daran rühren. Aber für den Jungen ist es nicht länger tragbar. Da haben wir eine Verantwortung, wir sind seine Eltern. Und wenn Wolf sie nicht sieht oder nicht sehen will, dann muss *ich* sie eben wahrnehmen. Ein Mann sieht die Dinge offenbar anders, in erster Linie auf sich selbst bezogen. Aber unser Sohn, der als Kind sehr an seinem Vater hing, fängt an, ihn komisch zu finden. Er nimmt ihn nicht ernst, lässt sich nichts mehr von ihm sagen. Das kann ich nicht dulden, und das hat er auch nicht verdient. Er arbeitet hart genug, damit wir alles haben, was andere sich nicht so leicht leisten können.«

Einer ihrer giftigen Pfeile. Was hatte sie denn, was ich nicht hatte? Gut, er sorgte für Haus und Hof. Und was noch? Schlief er etwa mit ihr? Liebte er sie? War es mehr als Mitleid, was er für sie empfand? Nein! Das wusste ich mit ziemlicher Sicherheit. *Was andere sich nicht so leicht leisten können …* Was sie sich einbildete! Sie lebte von ihm, ich dagegen konnte meinen Lebensunterhalt selbst verdienen und brauchte keinen Ehemann, der mich aushielt. Was ließ sie hier für Parolen los? Das Mitgefühl, das ich einen kleinen Moment lang für sie empfunden hatte, war verschwunden.

Ich sah sie an. Nicht mehr höflich zurückhaltend, sondern unverhohlen neugierig, auf der Suche nach Unglück und Elend. Sie sah ernst und entschlossen aus und ein bisschen traurig. In ihren Augen stand Einsamkeit, auch Resignation. Plötzlich erwiderte sie meinen Blick, versenkte sich in mein Gesicht und sagte ohne jede Berechnung: »Sie müssen nicht glauben, dass es mir leichtfällt, hier mit Ihnen in Ihrer Wohnung zu sitzen, einer Wohnung, in die mein Mann jahrelang vor mir geflüchtet ist. Ich habe Zeiten gehabt in all den Jahren, die Sie mit ihm zusammen sind, in denen ich dachte, ich müsste mich umbringen, weil ich es einfach nicht mehr ertragen konnte. Aber da war ja das Kind. Ich war immer allein mit meinem Sohn, allein in meinem leeren Haus, in dem ich nicht sein wollte und das mir lange fremd blieb. Und allein in dieser fremden Stadt.

Ich habe Wolf sehr geliebt, habe gegen den Wunsch meiner Eltern jahrelang auf ihn gewartet, habe ihn ohne ihr Einverständnis geheiratet, habe viel zu früh ein Kind von ihm bekommen, zu einem Zeitpunkt schon, als ich noch gar nicht sicher war, ob er mich überhaupt wollte. Bin dann in das Haus seiner Eltern gezogen, die mich nicht freundlich aufgenommen haben. Bin mit ihm hierher nach Berlin gegangen. Eine Stadt, die mir Angst machte und wo ich niemanden kannte, weil er keine Kontakte wünschte. Das war mein Leben mit Wolf, den ich gegen all diese Widerstände geliebt habe. Bis in die Hölle wollte ich mit ihm gehen. Aber da bin ich längst hindurch.«

Ihre Offenheit, die einer Bloßstellung gleichkam, beeindruckte mich. Sie vertraute sich mir an, begab sich in meine Hände. Was sollte ich ihr sagen? Jedes ihrer Worte hatte meine Distanz zu ihr vermindert. Der Hass hatte sich daran aufgebraucht. Sie war der andere Pol, zu dem ich mich seit einiger Zeit hinbewegte. In diesem Moment wurde es mir klar. Hinauszuzögern war diese Bewegung nur, wenn jeder von uns auf seinem Platz blieb. Ich war von ihr abhängig, sie hatte alles in der Hand. Und offensichtlich hatte sie ihre Entscheidung schon getroffen. Sie war gekommen, um sie mir mitzuteilen.

Sie nahm das Glas wieder auf, trank es aus und setzte es diesmal ganz sicher ab. Ich sah, wie ihr Mund sich öffnete und Worte formte, und erst dann hörte ich den Satz.

»Ich werde mich von Wolf scheiden lassen«, sagte sie.

Das also war es. Sie würde ihren Platz verlassen, würde ihn frei machen für mich. Aber ich wollte ihn nicht. Ich wollte Wolf, seine Liebe, und die konnte ich nur haben, solange *sie* da war.

»So«, sagte ich und hatte nicht genug Atem, noch etwas hinzuzufügen. In meinem Kopf schwirrten ihre Worte. Was hatte sie gesagt? *Sie wolle nicht daran rühren … Sie sei darüber hinweg … Durch alle Höllen gegangen …* Und nun hatte sie diese Entscheidung getroffen. Vielleicht glaubte sie, sie ließe uns unbehelligt und schaffe Freiraum für uns, wenn sie Wolf verließ. Was für ein Irrtum!

Ging es wirklich um den beinahe erwachsenen Sohn, oder was bezweckte sie? Vielleicht wollte sie ihn zwingen, sich für Haus, Frau und Sohn zu entscheiden. Nein, dann hätte sie nicht herkommen müssen. Hatte meine Existenz Wolf etwa vor seinem Sohn lächerlich gemacht? Nein, so hatte sie es nicht ausgedrückt. Was um Gottes willen hatte sie gemeint?

Wieder ergriff sie das Wort: »Jedes Mal bemüht er sich, mir nicht weh zu tun. Er gibt sich wirklich große Mühe bei seinem Versteckspiel und ist dabei doch so egoistisch. Er könnte sich die Mühe sparen, ich kenne alle seine Spiele. Ich glaube, ich kenne auch die meisten Ihrer Briefe, Frau Bergfeld. Sie verstehen sicher, dass ich sie gelesen habe, als ich sie fand. Briefe dieser Art stecken immer in Wolfs Jacketttaschen, direkt am Herzen.« Sie machte eine Pause und lächelte ein bisschen abschätzig. »Und dann all die Dinge, die er aufhebt. Die beschrifteten Sektkorken und die kleinen Äste und Holzstückchen und die unzähligen Eintrittskarten, Quittungen und Fahrscheine, mit Uhrzeit, Datum und Namen versehen, als würde er sonst durcheinandergeraten. Manchmal vergisst er, sie herauszulegen, und ich finde sie dann in seinen Taschen. Da kommt einiges zusammen. Ich wundere mich manchmal, dass er sich noch zurechtfindet. Denn auch mir fällt es schwer, die kleine Sammlung, die ich in den Liebesjahren mit ihm zusammengetragen habe, von den Neuerwerbungen zu unterscheiden, die sich Jahr um Jahr bei uns eingefunden haben … Und dann natürlich die Telefonate in der Nacht. Über die Jahre kriegt man ein Ohr dafür, mit wem er telefoniert, auch wenn er es noch so leise tut. Es wiederholt sich doch immer von einer zur anderen.«

Die Sätze schlugen mir ins Gesicht und wirbelten in meinem Kopf. Sie tat gerade so, als hätte er mehrere Geliebte zur selben Zeit. Aber ich fragte nicht nach, ich wollte es nicht wissen. Ich saß einfach nur da und hörte ihr zu. Arm und erbärmlich saß ich vor ihr. Klein geredet von ihren Sätzen, ganz und gar in ihrem Schatten. Sie sah darüber hinweg mit einer Erhabenheit, die jedes Maß überschritt. Sie wusste alles, durchblickte sein fein konstruiertes, taktisches Spiel, kannte die Abläufe und Rituale, die Abhängigkeiten, die zur Versklavung führten, und seine großen, unerfüllten Versprechen. Wusste Bescheid über die kunstvollen Inszenierungen seiner außerehelichen Verhältnisse. Kurz und gut, sie kannte seine Bühnen mit allen Figuren, hatte die Dramen verfolgt, die sich darauf abgespielt hatten. Dass es für ihn unglückliche Ausgänge gewesen sein mussten, war eindeutig. Sonst wäre sie selbst längst nicht mehr da.

Ich war sprachlos. Schließlich fasste ich mich, stand auf und nahm ihr Glas, um es nachzufüllen. Als ich aus der Küche zurückkam, hatte sie ihren Platz verlassen und stand am Fenster, unweit des Regals. Wahrscheinlich hatte sie sich das Glas mit den Fliegen auf dem Regal angesehen. Vielleicht hatte sie es sogar angehoben und daran gerochen, um den Gärungsgrad festzustellen und zu wissen, wie alt es schon war. Wahrscheinlich sah sie aus dem Zustand des Weins und der Anzahl der Fliegen, wann wir das letzte Mal zusammen gewesen waren. Glücklicherweise ahnte sie nicht, wie unglücklich wir dabei waren. Aber vielleicht war ihr das Ritual des Fliegenblutweins ja auch gar nicht bekannt.

Sie sagte nichts, sie sah aus dem Fenster und summte eine Melodie. Nach einer Weile schaute sie sich lächelnd um. »Es gefällt mir bei Ihnen, ein schöner Blick nach draußen, selbst in dieser tristen Jahreszeit. Man kann sich wirklich wohl fühlen hier.«

Sie prüfte die Landschaft, den Zustand der Insel. Vielleicht wollte sie sich Gewissheit darüber verschaffen, ob ihn der Verlust seines Hauses mehr oder weniger hart treffen würde.

Schließlich setzte sie sich wieder. Ganz ruhig und entspannt saß sie da. Ein bisschen zu entspannt. Aber es war unverkennbar, sie war zufrieden mit sich. Ihre Arbeit war getan. Und sie hatte sie gut gemacht. Eigentlich konnte sie jetzt gehen.

Aber ich fühlte, dass sie noch etwas verborgen hielt. Sie hatte noch ein Pfand in der Hinterhand, etwas, das wichtiger war als ihre Entscheidung, die sie mir mitgeteilt hatte. Ich hatte mich von ihr täuschen lassen. Sie hatte mich ausgetrickst. Ich war mir ganz sicher, sie war hergekommen, um sich an mir zu rächen. Ihre Rache war nicht die Trennung von Wolf – damit würde ich viel zu billig wegkommen. Nein, nein, ihr vorgetragener Trennungsentschluss, so unerwartet er kam, war nur der Vorwand, mit mir in Kontakt zu kommen. Heute hatte sie mich nur ausspioniert, mich weich geklopft, vorbereitet für den Vernichtungsschlag. Und dieser Schlag würde noch kommen. Oder bildete ich mir das nur ein?

Sie nahm ihr Glas, ganz gelöst, ohne ein Zeichen von Nervosität, und trank es in winzigen Schlucken leer. Um die Stille zu unterbrechen und die Dinge voranzutreiben, fragte ich sie, wann sie es Wolf sagen würde.

In ihren Mundwinkeln saß eine kleine Überlegenheit, als sie hinwarf: »Ich habe es ihm bereits mitgeteilt. Sicher glaubt er es nicht. Sie kennen ihn ja, er selbst würde sich aus eigenem Entschluss niemals von mir trennen, und er traut es auch mir nicht zu. Aber Sie können ganz beruhigt sein, er wird es über kurz oder lang begreifen.« Wieder trank sie einen kleinen Schluck und fuhr dann sehr konzentriert fort: »Ich habe ihm mitgeteilt, dass ich mich in der nächsten Woche an einen Anwalt wenden werde. Mein Entschluss steht fest. Ich werde mich ein für alle Mal von ihm trennen. Sicher wird es nicht einfach sein. Sie kennen ihn ja, er kann es einem sehr schwer machen, weil er nicht loslassen kann. Das hat er von seiner Mutter. Sie hebt alles auf. Jede Plastiktüte, jede Zeitung und jedes Stückchen Seidenpapier, um es in zwanzig Jahren, falls sie dann noch lebt, glatt zu plätten und wieder zu verwenden. Wie oft habe ich mich geekelt, wenn wir bei seinen Eltern waren. Aber wozu erzähle ich ihnen das. Sie kennen es sicher aus eigener Anschauung. Für mich ist das Gott sei Dank vorbei.«

Sie hielt inne und schaute interessiert in ihr Glas, das sie noch immer in der Hand hatte. Dann blickte sie mich an und fuhr fort: »Wolf wird einsehen, dass eine Scheidung für alle das Beste ist. Vor allem für ihn selbst. Das wird

ihn sicher überzeugen. Und unser Sohn ist ja jetzt alt genug.«
Wie einsichtig sie redete. Ein bisschen gehässig nur, was seine Mutter betraf, aber das war verständlich.
»Ja«, sagte ich ohne Freude, »aber meinetwegen hätten Sie Ihren Entschluss nicht treffen müssen.«
Sie lächelte ein bisschen verloren. »Ich tue es auch nicht Ihretwegen, ich mache es für mich.« Dann erhob sie sich. »Wie gut, dass die Dinge jetzt endlich ins Reine kommen«, sagte sie, schon im Stehen.
Ich konnte mir vorstellen, dass die Erleichterung, die sie zeigte, nach allem, was sie mit Wolf erlebt hatte, echt war. Ich hätte nicht mit ihr tauschen wollen, obwohl meine Lage auch nicht gerade berauschend war. Womöglich die Vorstufe zu dem Stadium, in dem sie sich jetzt befand. Aber vielleicht bildete ich mir ja vieles nur ein. Er hatte mir gleich am Anfang erzählt, dass er sie gelegentlich betrogen hatte. Nichts Bedeutendes, kleine Affären. Diese Euphorie nach den Premieren. Die Anbeterinnen, die so taten, als ginge es ihnen um die Kunst. Und die, kaum dass man ihnen einen Platz angeboten hatte, schon ihre Beine breit machten. Er konnte sich nicht mal mehr an die Namen erinnern. Aber das war in *einem anderen Leben,* wie er abwinkend sagte.
Sie zog ihre Jacke an und hängte sich ihre unsägliche Kunstledertasche mit dem baumelnden Bärchen über die Schulter. Als sie mir freundlich die Hand reichte, sagte sie, ein klein wenig verlegen: »Ich hatte nicht erwartet, dass es so gut mit uns gehen würde. So ein Gespräch kann auch sehr unangenehm sein. Andererseits habe ich Ihnen ja nichts wegnehmen wollen, im Gegenteil, ich

habe Ihnen etwas überlassen. Vielen Dank, dass Sie mich empfangen haben.«

Es gab also keine andere Botschaft? Ich war mir schon so sicher gewesen und voller Angst. Und ich glaubte es immer noch. Ich wusste nur nicht genau, was es war. Sie aber wusste es und hatte es aufgespart. Wer weiß, wofür? Sollte ich sie einfach daraufhin ansprechen? War da nicht noch etwas, dass Sie mir sagen wollten, Frau Montiér? Sollte ich sie fragen? Jetzt noch, im letzten Moment?

Nein, entschied ich. Ich reichte ihr die Hand, lächelte freundlich und sagte: »Ja, ich fand es auch angenehm, wenn auch ein wenig überraschend, was Ihren Entschluss angeht.« Dann öffnete ich die Korridortür und ließ sie hinaus. Ich blieb noch einen Moment in der geöffneten Tür stehen und sah ihr hinterher. Sie hatte das Terrain erkundet, ein bisschen mit Worten gewildert, mir ehrlich ihr Leid geklagt, als Krönung mir ihren Entschluss verkündet und war gegangen.

Auf dem Treppenansatz drehte sie sich noch einmal um. Blieb stehen, die Hand am Geländer. Mein Herz klopfte laut. »Haben Sie nicht Lust, meinen Besuch zu erwidern?«, fragte sie zu mir hoch. In ihrem Ton schwang etwas Zwielichtiges mit. »Ich würde mich gern für Ihre Gastfreundschaft revanchieren. Die Adresse kennen Sie ja. Am besten, bevor Wolf wieder da ist. Vielleicht schon morgen, ja? So gegen drei.«

Also doch, dachte ich und entschied, den Besuch vorerst abzulehnen. Nicht schon morgen. Ich musste mich erst erholen, musste mit Wolf sprechen, musste hören, ob es stimmte, was sie mir aufgetischt hatte, und musste wissen, wie er dazu stand.

Ich beugte mich etwas vor und sagte über das Treppengeländer: »Danke für Ihre Einladung. In den nächsten Tagen geht es leider nicht. Ich melde mich bei Ihnen.«

»Wann etwa wird das sein?«, erkundigte sie sich.

»In zehn Tagen spätestens, denke ich.«

»Vergessen Sie es nicht«, sagte sie lächelnd, und es klang wie eine Drohung.

Ich nickte und ging zurück in die Wohnung.

37

Wolfs Verlust ist ein Gewinn für mich. Weil damit alles endet, was war. Diese lange Zeit! Es waren verlorene Jahre.

Seine Liebe wohnt nun in einem anderen Haus. Von dort winkt sie mir manchmal zu. Ich hätte hingehen, mich in Erinnerung bringen und fragen können, wie es ihr geht, dieser neuen Liebe. Aber dann hätte sie mich angelogen.

Ich werfe mich auf den Rücken, setze die Sonnenbrille auf und biete mich der Sonne dar. Krimsonne, mein letzter Tag.

Die Gedanken lassen nicht locker. Ein Für und Wider, Auf und Ab.

Verlorene Jahre.

Nein!

Aber was bleibt?

Ein Wahnsinnsgefühl.

Des Betrogenseins, der Lüge, der Einschränkung, der nackten, rohen Gewalt.

Nein, nein, nein!

O ja!

Ich habe doch eigentlich nichts vermisst.

Doch, eigenes Leben.

Aber ich habe viel gewonnen dafür.

Was denn?

Unvergleichliche Stunden des Glücks.

Möglicherweise sind mir viel schönere entgangen.

Möglicherweise, möglicherweise. Möglicherweise hätte ich mich jetzt schon zu Tode gelangweilt.
Zu Tode gelangweilt? Zu Tode gekommen? Zu Tode gestürzt …
Schluss, aus, Ende! Genau das ist der Punkt in meinem Kopf, an dem ich nicht weiterkomme. Der Verwirrpunkt. Ich kann nicht länger mit mir reden.

Als Aram gestern ging, auf eine stille, fast schmerzlose Art, kam mir ein Stück meines Lebens abhanden. Vielleicht jenes Quentchen, das ich brauchen würde, um einmal leicht zu sterben. Aber ich gewann auch etwas – die Gelassenheit und die Kraft, die nötig sind, mein künftiges Leben zu retten.
Ich schwimme noch einmal hinaus, tauche ein bisschen und verabschiede mich vom Meer und von seinen Gespenstern. Ich bin dankbar, dass sie mich nicht mitgenommen haben in ihr schwarzes, tiefes, kaltes Reich. Ich schleppe meine Pritsche zurück, lächle den Müttern zu, die mit hohen, lauten Stimmen nach ihren Kindern rufen, winke den tobenden Kleinen zu, die mir den Weg versperren, und kaufe mir bei dem Eisverkäufer mein allererstes Moroschnoje, jene köstlich schmelzende, sahnige Gaumenfreude, die die Russen hochmütig zum besten Eis der Welt erklären.
An der Hotelrezeption liegt ein Brief für mich, ein aufgeblähtes Kuvert. Ich gehe ein paar Schritte seitwärts, setze mich in einen Korbsessel und reiße den Umschlag auf. Einige handgeschriebene Zeilen in kyrillischer Schrift, die ich so schnell nicht entziffern kann, und ein extra eingewickeltes Päckchen, das mit einer Schnur zugebunden ist.

Mit wachsender Ungeduld löse ich die Schnur und wickle das Papier auseinander. In einem kleinen länglichen und sehr flachen Glasgefäß, dessen Öffnung mit Wachs fest verschlossen ist, befindet sich ein blauschwarzes Pulver. In kleinsten gedruckten Buchstaben auf der Vorderseite der Phiole der Name des Pulvers: *Aconitum napellus.*

Mühsam entziffere ich Arams Schrift. Er habe alles verstanden, schreibt er. Der Beweis dafür liege bei – die blaue Blume. Er hoffe sehr, dass allein ihr Besitz mir schon helfen werde. Er habe es mir nicht geben wollen, weil Gift nur gegen den zur Zufriedenheit einsetzbar ist, der es besitzt. Und davor habe er mich bewahren wollen. Aber inzwischen glaube er, dass ich es nicht mehr brauche, nicht für jemand anderen und schon gar nicht für mich.

Er werde am Flughafen sein, um mir zum Abschied zu winken, schrieb er. Wenn ich von oben hinuntersähe, wäre der kleinste Punkt er. Seine Gedanken würden mich noch lange begleiten. Er hoffe, dass mir das Schwere leicht werde. »Alles Gute für das Leben!«, schreibt er zum Schluss.

Ich weiß, was er mir sagen will.

38

Am Sonntagmorgen zwang ich mich, spazieren zu gehen. Es war bald Mai, doch noch immer lag etwas Schnee. Unter Sträuchern blitzte er hervor, und auf den Grasrändern der Straßen harrte er aus.

Als der Morgennebel verrann, kam die Sonne und verhalf der Stadt zu ihren Farben. Frühling lag in der Luft mit all seiner gläsernen Grausamkeit. Kurz vor zehn ertönte das Läuten der Kirchenglocken. Wie gehetzt lief ich nach Hause.

Wolf war noch nicht da.

Langsam kam ich wieder ins Gleichgewicht. Wir würden miteinander sprechen; diese Aussicht beruhigte mich. Er würde mir sagen, wie der Stand seiner Dinge war. Sollte ich ihm von Margrets Besuch erzählen? Sollte ich berichten, was sie mir eröffnet hat? Vielleicht wusste er noch nichts von ihren Absichten, oder er wollte nichts wissen. Ich musste abwarten, was er mir von sich aus erzählen würde. Vielleicht wäre es überhaupt besser, erst dann zu reden, wenn ich bei ihr gewesen bin.

Ich glaubte fest daran, dass sie etwas im Schilde führte. Etwas, von dessen Wirkung sie überzeugt war. Es störte sie nicht, dass Wolf und ich eine Woche verreisen würden. Denn dass wir das planten, wusste sie bestimmt.

Ich war mir nicht sicher, wie weit ich ihr vertrauen konnte. Mir war unwohl bei dem Gedanken, zu ihr zu gehen, in sein Haus, ohne ihm vorher Bescheid zu sagen.

Wolf kam spät aus Dresden. Er sah schrecklich aus. Das Gesicht zerfurcht, unrasiert, grau. Ich umarmte ihn, er drückte mich an sich. Einen Moment lang blieben wir so. Nicht lange genug, um froh zu sein. Er drängte zur Eile. Im Auto legte er eine Kassette ein – »Szenenausschnitte, magst du hören?«

Ich nickte.

»Brechts *Dreigroschenoper*«, klärte er mich auf, bevor er die Taste drückte.

Ich hörte nicht zu. Ich dachte an seine Frau. Mit der Zeit verwischten sich die Laute, und beim Lied der Seeräuberjenny, von dem ich nicht wusste, ob Antonia oder Anna es sang, schlief ich ein.

Kurz vor Mitternacht trafen wir in Weimar ein. Irmgard und Hans waren noch auf. Ich dachte, sie kämen von irgendeiner großen Feier, als ich sie sah. Aber sie hatten sich uns zuliebe, oder wohl mehr ihres Sohnes wegen, wie Premierengäste verkleidet. Selbst Hans, der sehr schlecht zugange war, saß, auf seinen Krückstock gestützt, in schwarzem Anzug, gestärktem weißem Hemdkragen, mit Fliege und schwarzen Lackhalbschuhen in seinem Sessel. Irmgard hatte ein langes, perlenbesticktes schwarzes Kleid an und ein Diadem in ihrem frisch gefärbten Haar.

Wolf war gerührt. Er umarmte die beiden, klopfte seinem Vater, der grundlos vor sich hin kicherte, sanft auf den Rücken und küsste seine Mutter, die ihre Arme fest um ihn schlang, auf beide Wangen. Dann wandte er sich zum Klavier, schlug den Deckel auf und begann zu spielen. Irmgard wagte nie, ihn darum zu bitten, und wenn er es, selten genug, dennoch tat, war sie von überschwenglicher Dankbarkeit. Auch jetzt klatschte sie ein paarmal kurz in die Hände, so wie kleine Mädchen es tun, und rief entzückt: »Oh, wie schön, Wolfi, wie schön!« Und wie zur Bestätigung wiegte sie sich, leicht hin- und herschaukelnd, im Takt seines Walzers. Sie hatte die Hand auf die Schulter ihres Mannes gelegt und bezog ihn in ihre Bewegung mit ein. Als Wolf kurz unterbrach, tänzelte sie in die Küche. Sie kam mit vier Gläsern und einer Flasche Sekt zurück, die sie Hans in die Hand drückte. Er öffnete sie und füllte die Gläser.

Wolf fing wieder an zu spielen. Irmgard tanzte mit weit geöffneten Armen und verklärtem Gesichtsausdruck zu Mozarts *Kleiner Nachtmusik* rund um den Tisch. Bei Schuberts *Forelle* blieb sie hinter ihrem Sohn stehen, legte ihm die Hände auf die Schultern und sang laut und im kräftigen Tremolo den Text des Liedes mit. Hans saß da wie eine holzgeschnitzte Puppe und lächelte mit einem Ausdruck kindlichen Staunens.

Wolf stand auf, verteilte die Sektgläser, und wir stießen miteinander an.

Irmgard hielt ihr Glas in der Hand, legte den Kopf ein wenig schief und bedachte mich mit einem kecken, vielsagenden Blick. »Meine liebe Clarissa«, hob sie feierlich an und nannte mich dabei zum ersten Mal bei meinem Vornamen, und zwar in der vollständigen, etwas fremd klingenden Form.

»Ja, also, liebe Clarissa, wir möchten mit Ihnen anstoßen und das förmliche Sie künftig fortlassen, nicht wahr, Hans?«

Hans hatte schon einen Schluck getrunken, nahm das Glas aber sofort wieder von seinen Lippen, kam auf mich zugeschlurft und winkelte seinen Arm so, dass ich hineinhaken konnte. Dann nickte er mir fröhlich zu, trank, löste die Verhakelung wieder auf, stellte das Glas auf den Tisch, nahm mein Gesicht in beide Hände und küsste mich kräftig auf den Mund.

»Nun ist aber gut!«, rief Irmgard mit gespielter Empörung. Sie zog mich am Arm und sagte: »Komm her, mein liebes Kind.« Dann spitzte sie ihre schon leicht verwischten roten Lippen und hielt sie mir entgegen. Ich berührte sie kurz und trat, um weiteren Vertraulichkeiten vorzubeugen, einen Schritt zurück.

Wolf stand daneben wie ein Regisseur, dem die Szene aus der Kontrolle geraten ist, und schaute der Sache hilflos zu. »Na, wenn es euch jetzt besser geht«, sagte er ein bisschen ironisch und trank sein Glas in einem Zug leer.

»Wie wär's denn mit einem Eis, einem selbstgemachten natürlich?«, rief Irmgard fröhlich in die Runde, wohl wissend, dass Wolf ganz verrückt danach war.

Sie wandte sich zur Tür und winkte mir, ihr zu folgen.

Im Kühlschrank waren die Eisschälchen bereits vorbereitet. Sie bat mich, noch etwas Eierlikör darüberzugießen und das Eis auf dem bereitgestellten Tablett hineinzutragen.

Wolf saß wieder am Klavier und spielte, tief in sich versunken, den Kopf etwas zurückgeneigt und die Augenlider geschlossen. Seine Mutter setzte sich und hörte andächtig zu. Nach einer Weile, mit einem Blick auf das Eis, sagte sie: »Komm, mein Junge, sonst schmilzt uns das Eis davon.«

Er drehte sich mit dem Klavierhocker zum Tisch und nahm eine der Schalen. »Das hast du aber lieb gemacht«,

lobte er sie und begann zu löffeln. Plötzlich hielt er inne und starrte auf seinen Löffel. »Pfui Teufel, was ist denn das?«, schrie er.
Seine Mutter inspizierte den Löffel und sah die reglose dicke weiße Made. »Die muss im Eispulver gewesen sein«, erklärte sie ohne allzu große Verwunderung.
»Im Eispulver, was du nicht sagst«, schrie Wolf. »Wie alt ist denn das Pulver schon? Ist doch sicher noch aus einer der Kisten von vor dem Zweiten Weltkrieg.« Er sprang auf, baute sich vor ihr auf, die erschrocken sehr gerade auf ihrem Stuhl saß und ihn mit weit aufgerissenen Augen anstarrte, und fuchtelte mit den Armen vor ihr herum. »Weißt du, dass das krankhaft ist, diese blödsinnige Aufheberei? Dass du damit ins Irrenhaus gehörst, in die geschlossene Abteilung? Dieser Wahn, sich von nichts trennen zu können, selbst wenn wir alle darüber krepieren! Wenn du nicht endlich damit aufhörst, landest du im Zuchthaus! Wegen fahrlässiger Tötung! Schaff dieses eklige Zeug vom Tisch!« Er nahm sein Glas, wandte sich ab und trank es in einem Zug aus. Etwas ruhiger, nun aber mit einem Ausdruck unverhohlenen Abscheus in seiner Stimme, hob er wieder an: »Warum habe ich mich auch darauf eingelassen, in diesem Haus noch einen einzigen Bissen zu essen … Entschuldige, Clara, ich hätte dich warnen sollen.«
Ich saß auf meinem Stuhl und starrte auf meine Hände, die das Sektglas umklammert hielten. Es war das zweite Mal, dass ich Wolf in einer derartig haltlosen Verfassung erlebte. Eine Made im Eis war sicherlich ein sehr seltener und unappetitlicher Anblick, aber er rechtfertigte keineswegs einen solchen Ausbruch. Man hätte auch darüber

lachen können. Denn die kuriose Made entbehrte bei aller Dramatik nicht einer gewissen Komik – allein schon durch die Seltenheit eines solchen Anblicks. Warum war er nur so in Rage geraten? Die eigentliche Ursache musste in ihm selber liegen, eine andere Erklärung gab es nicht. Irgendetwas musste ihm innerlich so zusetzen, dass es bei kleinstem Anlass derartige Eruptionen auslöste.

Seine Mutter stand wortlos auf und sammelte die Eisschälchen wieder ein. Ihrem Mann musste sie es geradezu aus den Händen zerren. »Ist doch alles Natur«, meinte er unbeeindruckt.

Nach einer Weile kam sie zurück, ging zu Hans und wischte ihm einen Flecken vom Revers, der vom Eis herrührte.

»Du hast die Schalen hoffentlich nicht wieder ins Eisfach zurückgetan, um sie dem nächsten Besuch zu servieren«, schnauzte Wolf sie an und stand auf, um nachzusehen.

»Mein Gott, was ist denn mit ihm? So was kann doch mal vorkommen«, meinte sie und sah mich an. Ich zuckte mit den Schultern.

Als er kopfschüttelnd wiederkam, sagte sie zu ihm, und es klang ein bisschen hinterhältig: »Du hattest vorhin einen Anruf.« Mir schlug dieser Satz sofort auf den Magen.

»So?«, erwiderte Wolf nervös und ging hastig hinaus auf den Flur, wo auf einem niedrigen Tischchen das Telefon stand. Die Zimmertür zog er hinter sich zu. Er war gegangen, ohne nach dem Anrufer zu fragen.

Es dauerte lange, bis er zurückkam. Er hatte den gleichen zermürbten Gesichtsausdruck wie zuvor.

»Winter«, sagte er mit einem Blick zu mir.

Seine Mutter posaunte los: »Seine Frau hat ja vorhin auch schon nach dir gefragt.«

»Ja, ja«, sagte Wolf in einem völlig normalen Ton, ohne seine Mutter eines weiteren Blickes zu würdigen, klappte das Klavier zu und fuhr dann ziemlich gleichgültig, fast schon ein wenig belästigt fort: »Er bittet mich, morgen noch mal kurz vorbeizukommen. Ich dachte mir so etwas schon. Das Théâtre National Populaire hat sich heute erneut mit einigen Änderungswünschen zu unserem Programm gemeldet, was ganz gegen den Vertrag geht. Außerdem will die Agentur, dass wir auf jeden Fall in Avignon spielen. Ich dachte, das wäre schon erledigt, aber die geben keine Ruhe. Morgen müssen wir eine endgültige Entscheidung über das Programm treffen. Das Ensemble muss sich darauf einstellen können.«

Ich konnte das ständige Gerede über Paris und Avignon schon nicht mehr hören. Was veranlasste ihn bloß, es mir immer wieder brühwarm aufzutischen. Als hätte er irgendetwas zu erklären oder zu kaschieren. Er machte doch sonst nicht so ein Aufhebens um Programmänderungen.

»Wolf«, sagte seine Mutter mit einschmeichelnder Stimme, »da könntest du doch den Herrn Winter vielleicht gleich mal bitten, uns gelegentlich zu einer Premiere einzuladen.«

Er reagierte unwirsch: »Als ob der Mann keine anderen Sorgen hätte. Und wie wollt ihr denn überhaupt nach Dresden kommen? Das können wir nur machen, wenn ich auch da bin.«

Ich horchte auf. Was hieß das: *Wenn ich auch da bin?* Hatte er vor, weiter mit Winter zusammenzuarbeiten? Morgen oder übermorgen, beruhigte ich mich, werden wir über alle Ungereimtheiten reden.

Wolf sah mich an und kam zu mir. Er hockte sich auf die Lehne des Sessels, in dem ich saß, und legte seinen Arm um meine Schulter. »Sei nicht traurig«, sagte er tröstend, »ich mache mich morgen ganz früh fort. Wenn ihr mit dem Frühstück fertig seid, bin ich wieder da. Und dann fahren wir los.«

In der Nacht schlief er unruhig neben mir. Kein Wort, keine einzige Zärtlichkeit, ganz und gar auf sich selbst konzentriert. Er drehte sich weg, murmelte etwas von Müdigkeit und schlief sofort ein.

Ich lag immer noch wach, als er sich im Morgengrauen aus dem Bett stahl und leise die Tür hinter sich zuzog.

Zwei Stunden später, gegen sieben, stand ich auf und traf Irmgard im Morgenrock in der Küche. Nora scharwenzelte um sie herum und bettelte um ihr Fressen.

Ich bot mich an, Kaffee zu kochen und den Tisch zu decken. Irmgard wies mich ein.

»Wie lange braucht man denn bis Dresden?«, fragte ich.

»Mit dem Zug dauert es eine Stunde. Mit dem Auto wird es wohl dasselbe sein, bis er vor der Haustür steht«, antwortete sie und summte vor sich hin. »Und ihr wollt gleich nach dem Frühstück zurück?«, erkundigte sie sich.

»Wieso zurück? Wir wollen nicht zurück, wir fahren zum Urlaub nach Österreich.«

»Ach nein«, sagte Irmgard erstaunt, »davon hat er gar

nichts gesagt. Zu Frau Winter meinte er noch gestern am Telefon, er würde heute Abend wieder in Berlin sein.«

»Vielleicht wollte er nicht, dass Winter davon erfährt.«

Irmgard sah mich nachdenklich an. »Das kann schon sein. Der Junge braucht wirklich mal ein bisschen Ruhe«, klagte sie voller Mitgefühl.

Ich wunderte mich über die Gelassenheit, mit der sie Wolfs hysterischen Ausbruch aufgenommen hatte. Wahrscheinlich war seine Unbeherrschtheit nichts Neues für sie. Eigenartig, wie lange er diesen hässlichen Charakterzug vor mir verborgen hatte, bevor er ihm schließlich, schreiend und schlagend auch gegen mich freien Lauf gelassen hatte. Aber noch mehr erstaunte es mich, mit welcher Selbstverständlichkeit Irmgard den Amouren ihres Sohnes begegnete. Und schließlich fiel mir noch etwas als sehr sonderbar auf: Kein einziges Mal hatten sie oder ihr Mann nach ihrer Schwiegertochter oder ihrem Enkelsohn gefragt. Stattdessen verbrüderten sie sich mit seiner Geliebten.

Wolf kam zurück, nachdem wir mit dem Frühstück fertig waren. Ich hatte nur einen Kaffee getrunken. Nach Irmgards Unterweisung hatte ich bereits abgewaschen und das Geschirr wieder weggeräumt. Nur Wolfs Gedeck stand noch an seinem Platz.

Ich hörte das Scharren der breiten eisernen Gartentür, die er öffnen musste, um das Auto auf dem Grundstück am Haus zu parken, und ging hinaus zu ihm. Er strahlte, kam die Steinstufen heraufgesprungen, nahm mich in die Arme und küsste mich kurz. Sein Mund schmeckte nach Fisch, ein widerlich abgestandener Fischgeschmack.

Ich wischte mir mit dem Handrücken die Lippen ab und sah ihn an. »Wonach schmeckst du?«, fragte ich und konnte meinen Ekel nicht unterdrücken.

»Wonach denn?«

»Nach etwas Fischigem.«

»Ach ja«, sagte er lachend, »Winter hat mich zum Frühstück eingeladen, da gab es Sprotten oder so etwas Ähnliches.«

»So früh am Morgen?«

Er überhörte diese Frage geflissentlich und rief stattdessen »Guten Morgen, Nora!« Die Hündin kam geduckt aus einer Ecke der Küche und wollte offensichtlich hinaus in den Garten. Sie blieb jedoch dicht vor Wolf stehen, bleckte die Zähne und knurrte böse.

»Was ist denn mit dir los, altes Haus, tust du dumm mit mir?«, fragte er lachend und wollte ihr über den Kopf streichen. Nora krümmte den Rücken, auf dem sich das Fell sträubte, sprang hoch und schnappte nach seinem Arm. Wolf schlug ihr auf den Kopf und riss sich los von ihr. Die Hündin kniff den Schwanz ein und schlich sich geduckt aus der Haustür.

Irmgard kam neugierig auf den Flur und war außer sich, als Wolf erzählte, was vorgefallen war.

»Hast du denn einen fremden Geruch an dir? Du weißt ja, da ist sie sehr empfindlich.«

»Vielleicht kann sie Winter nicht riechen«, meinte Wolf, »oder sie ist immer noch eifersüchtig auf Clara. Das hatten wir ja schon einmal, nicht wahr?«, fragte er zu mir hin. Und dann: »Sie hat ja nicht gebissen, sie wollte nur, dass ich diesen Pullover ausziehe.« Damit war das Thema erledigt.

»Hoffentlich hast du nichts gegessen«, sagte er zu mir, als seine Mutter mit der Kaffeekanne kam, und schob sein Gedeck demonstrativ zur Seite.

»Dann eben nicht«, sagte Irmgard und ging erhobenen Hauptes zurück in die Küche.

39

Ich sitze wieder in dem Zimmer, in dem ich mich die ganzen vier Wochen nicht wohl gefühlt habe. Ein fremder, sachlicher, völlig anonymer Raum. Aram hatte mich daraus befreit. Nun gibt es keinen Aram mehr, ich bin wieder ganz und gar bei mir. Ich sitze auf dem Bett, und die kleine Glasphiole liegt neben mir. Plötzlich fällt mir ein, dass ich noch immer die Kette mit dem Medaillon trage, die mir Wolf vor Jahren von irgendeiner Reise mitgebracht hat. Da ich sie seither ständig umhabe, fällt sie mir nicht mehr auf. Ich öffne den Verschluss und nehme sie ab.

Mein Koffer ist schon gepackt. Ich trinke die zweite Flasche Rotwein, die ich ziemlich teuer unten an der Bar gekauft habe. Ich bin zufrieden, mein Problem ist endlich gelöst, nur ein Schritt noch. »Wolf – TOT!«, skandiere ich laut in die Stille des Raums. Wolf tot? Eigentlich müsste es in seinem Sinne sein. Wie hatte er großspurig gesagt: *Dann musst du mich töten.* Ja, so war das, so hatten wir es vereinbart. Ganz oder gar nicht. Halbheiten gab es nicht. Plötzlich musste ich lachen. Was war denn eigentlich so Besonderes an ihm? Er war ein Schauspieler, sein ganzes Leben war nichts als Theater. Lächerliches Gehabe und Getue.

Endlich sehe ich klar. Bin über mich hinausgewachsen. Über Wolf auch. Er existiert schon nicht mehr. Nur noch der letzte Schritt. Wenn *er* schon nicht konsequent ist, muss ich es eben sein. Ein herrliches, leichtes, befreien-

des Gefühl. Rauschartig. Es hält mich zusammen, mehr ist nicht nötig.
Aber kann ich es wirklich?
Nein.
Doch, ich sehe alles ganz klar.
Unsinn!
O nein, ich wäre in der Lage, es in diesem Moment zu tun.
Das Unmögliche?
Ja.
Ihn zu töten?
Ja.
Das ist albern.
Warum?
Weil es nichts nützt und nichts ändert und weil ich mich strafbar machen würde.
Und was ist mit ihm? Hat er sich nicht strafbar gemacht die ganze Zeit? Endlich bekommt er, was er verdient.
Woher weiß ich, was er verdient?

Die Gefahr besteht im Verlust des Hasses. In dem Chaos meiner Gefühle darf ich den Hass nicht verlieren. Ohne ihn ist nichts möglich.
Mein alkoholisiertes Gehirn ist ein gutes Substrat. Ich aktiviere Erinnerung, die mich seit kurzem nicht mehr peinigt. Unentwegt produziert sie Bilder wie am Schnürchen, äußerst detailgenau. Mein Gehirn verwandelt sie in Wirklichkeit. Es sind *unsere* Bilder, es ist *unsere* Wirklichkeit. Eine wunderbare Wirklichkeit. Ich sehe, was wir taten und wie wir es taten, sehe unsere Gesten, unsere Zärtlichkeiten, unsere Ängste, unsere Sehnsucht, unser

Warten, unsere Freude, unser Glücklichsein, unsere Abschiede und unser Wiedersehen. Was für ein herrlicher Schmerz.

Dann sehe ich das andere Bild, Wolf und Antonia im grün lackierten Gras in Salzburg. Ein großartiger Stoff für Hass. Wolf ist nur noch, was er als Hass in mir hinterlassen hat. Ich bin daran nicht zugrunde gegangen, bin daran gewachsen. Das, was er mir angetan hat, halte ich als Werkzeug bereit. Ich bin fähig, ihn zu töten. Wolf – TOT!, der wohlbekannte Gleichklang.

Ich nehme Arams Phiole in die Hand und fange an zu kichern. Ich kenne ihn gut, diesen Satz. Mit anderen Versatzstücken zwar, aber der Rhythmus ist derselbe. Er war auf mich gezielt wie eine Waffe: *Venedig – NEIN!*

Warum bin ich so lange bei ihm geblieben? Warum war ich ab einem bestimmten Zeitpunkt sogar bereit, seine ewige Geliebte zu bleiben? Zwölf Jahre lang! Kann ich ihm vorwerfen, dass es so lange gedauert hat? Ich hätte doch gehen können. Als ich die ersten deutlichen Anzeichen spürte, hätte ich freundlich und erhobenen Hauptes gehen können. Ich sah alles, aber ich sah darüber hinweg, versuchte zu kitten und zu kleben, was nicht mehr reparabel war. Liebe, die sich abgenutzt hat und die damit nutzlos geworden ist, kann man nicht reparieren.

Schuld oder Nichtschuld – darum geht es hier nicht. Wolf hat mich geliebt, wie eine Frau sich nur wünschen kann, von einem Mann geliebt zu werden. In seiner von vornherein besitzergreifenden Art, sich mir zu nähern und dann auch später mit mir umzugehen, war etwas entscheidend Neues. Ich empfand ihn sofort als etwas Besonderes, etwas Einzigartiges, etwas Niewiederkehrendes. Vorher war ich mir des Mangels, den ich bei jedem Mann empfand, immer nach kurzer Zeit bewusst geworden. Aber bei Wolf war alles anders. Unsere Liebe lebte vom Überfluss. Das lag an seiner Art, sie zu zelebrieren. Er war Künstler, und er hatte die skrupellose, empfindsame Seele eines Künstlers. Tiefe, Gier und Maßlosigkeit lagen eng beieinander. Und zwar in einer Vollkommenheit, die Jahrhunderte gebraucht hatte, um sich über Familiengenerationen hinweg in einem einzigen Menschen zu formen.

Seine subtilen Perversionen waren anregend und kostbar für mich. Und ich hielt sie für eine wunderbare Art, begehrt und geliebt zu werden. Dagegen war alles Vorherige blasse Normalität.

Irgendwann war er fertig mit dieser Liebe und sah sich nach einer neuen um. Pech, dass ich diejenige war, die auf der Strecke blieb. Vor mir war es jemand anders. Und so wird es immer weitergehen. Ich war noch nie so glücklich wie mit ihm. Vielleicht war ich zu sehr im Glück und bin davon blind geworden. Und als ich wieder sehen lernte, war ich noch nie so unglücklich wie mit ihm.

Kann so etwas wie Glück ewig dauern? Natürlich nicht, nach dem Gesetz des Lebens funktioniert Ewigkeit nicht. Ein Ding bedarf seines Gegensatzes, um ins Leben zu kommen, da zu sein und eine Weile zu bleiben. Und dann gerät es ins Gegenteil … Glück wächst aus Unglück und umgekehrt. Man kann das eine nicht ohne das andere haben. Ist das ein Gesetz? Gesetz – ich weiß nicht, ob es Lebensgesetze gibt. Aber Lebenserfahrungen, die gibt es …

Ich verhasple mich in meinen durch den Rotwein eskalierten Gedankengängen. Aber eins ist klar: Ich hätte begreifen müssen, dass Wolfs Frauengeschichten nach seinem Charakter genauso unabwendbar sind wie die Maden in Irmgards Eis nach dem ihren. Basta!

Ich lasse mir ein Kännchen Kaffee aufs Zimmer bringen, setze mich aufs Fensterbrett und schlürfe das gallebittere Getränk genüsslich in mich hinein. Allmählich werde ich wieder klarer im Kopf. Der Wirrwarr löst sich auf und macht nüchternen Überlegungen Platz. Warum, verdammt noch mal, habe ich mich bei den ersten Anzeichen seiner Unschlüssigkeit und den daraus resultierenden Lügen nicht aus dem Staub gemacht? Dann hätte ich mich ein bisschen wehleidig, aber guten Gewissens an eine relativ große Liebe erinnern können. So wie es jetzt aussieht, sind es zwölf klägliche Jahre. Nein, das ist nur die halbe Wahrheit, auf die ersten sechs Jahre traf sie nicht zu.

Und Wolf? Er ist so, wie er ist. Und wenn er anders gewesen wäre, so wie die Männer, die ich vor ihm kannte, wäre es ebenso wie mit ihnen verlaufen, durchschnittlich und ziemlich kurz.

Dass er mich betrog und belog, war schlimm. Ob er mich wirklich umbringen wollte, weiß ich nicht. Dass er mich geschlagen hat, war unverzeihlich. Aber gut, zur Schadensbegrenzung muss man den richtigen Zeitpunkt erkennen. Dass ich das nicht vermochte, war nicht seine Schuld. Im Grunde habe ich ihm nichts vorzuwerfen.

Ich stehe auf, krame in meiner großen Reisetasche, lege den Mantel ordentlich zusammen, den ich hier nicht gebraucht habe, und befördere das kleine seidenblaue Päckchen hervor, das ich in letzter Minute in Berlin aus einer der Tüten genommen hatte. Ich wickle es behutsam aus. Die Blutflecke haben eine fast schwarze Farbe angenommen. Der kleine Zettel verkündet wie eh und je das mit dickem Filzstift verewigte *Venedig – NEIN!* Zum ersten Mal muss ich ein wenig lächeln über den Aufwand, den wir betrieben haben. Großes Drama, Blut und Tränen. *Und der Tod lauert in den Kulissen.*

Ich rolle alles wieder zusammen und stopfe es in die leere Rotweinflasche. Dann nehme ich die kleine Phiole und wickle sie in ein Stück Papier, auf das ich einen Totenkopf male und daneben das lateinische *Aconitum napellus,* außerdem noch das deutsche Wort GIFT! und das englische POISON! Auch das kommt in die Flasche. Wolfs goldene Kette auch. Und sein Bild kommt hinein, fällt mir plötzlich ein, und ich freue mich diebisch über diese Idee. Ich nehme das Foto aus dem Medaillon und verfrachte es, leicht gerollt, in das gläserne Grab. Und dann habe ich noch einen grandiosen Einfall, den ich sofort in die Tat umsetze. Ich hole eine Pinzette aus meinem Etui, gehe hinüber zum Fensterbrett, auf dem sich wie jeden Abend etliche tote Fliegen angesammelt haben, wähle drei aus und transportiere sie ebenfalls in den Bauch der Flasche – *Fliegenweinblut,* zum Totlachen komisch.

Ich korke die Flasche fest zu, klemme sie unter den Arm, stopfe das leere Medaillon in meinen Brustbeutel, gleich neben die Zigarettenschachtel, und gehe aus dem Hotel, hinunter zum Strand. Ein paar kleinere Boote sind dabei, sich für den Nachtfang bereitzumachen. Ich bitte einen der Fischer, einen älteren Mann, meine Flaschenpost mit hinauszunehmen. Ich gebe ihm das Medaillon dafür. Er beißt drauf, nickt mir zu und sagt: »*Karascho, karascho*«, was so viel heißt wie: Gut, geht in Ordnung. Dann gehe ich zurück und stelle mich in den Lichtkreis meiner Laterne. Ich zünde mir eine Zigarette an, inhaliere den Rauch mit großer Lust und sehne mich nach Aram.

40

Die ganze Fahrt über regnete es. Wolf war wortkarg. Ich wusste nicht genau, wo wir hinfahren. Auf jeden Fall nach Österreich, aber wohin dort?

Weil ich zum Frühstück nichts gegessen hatte, bekam ich nach ein paar Stunden Magenschmerzen. In einer Raststätte bei München hielten wir, aßen ein Sandwich und tranken einen Tee. Wolf schlug vor, in der Nähe unserer Unterkunft noch einen Happen zu essen, dort gäbe es ein gemütliches Gasthaus. »Es dauert nicht mehr lange«, tröstete er mich.

»Kannst du mir vielleicht mal sagen, wohin wir eigentlich fahren?«, erkundigte ich mich ziemlich gereizt.

»Ins wunderschöne Gschnitztal«, antwortete er in einem Ton, der deutlich machte, dass ihm die volkstümlich verschnörkelte Urlaubsromantik dieser Gegend nicht viel bedeutete. Mir ging es ebenso, und das wusste er.

»Warst du schon mal dort? Du kennst dich gut aus.«

»Nein, Mary hat die Sache organisiert und mich über die Lokalitäten aufgeklärt.«

Ach so, Mary, dachte ich und fragte mich, ob sie vielleicht auch mit ihm liiert war. Nach Margrets Andeutungen musste ich auf so etwas gefasst sein.

Nach einer Weile verließen wir die Autobahn und fuhren in Schleifen auf- und abwärts. Schließlich landeten wir in einem engen Tal, an dessen beiden Seiten in großen Abständen Lichter glimmten. Der sternenübersäte Himmel hing über uns wie eine mit gelben Blümchen bestickte, schmale schwarze Decke. In einem hell erleuchteten Gasthaus, das dicht an der Straße stand, erkundigten wir uns nach unserem Quartier. Ein Privathaus, etwa hundert Meter entfernt von hier. Wolf schwatzte noch einen Moment mit der Wirtin und zog mich dann lachend mit sich hinaus zum Auto. Was ihn wohl so amüsierte?, fragte ich mich.

Unsere Unterkunft war ein schönes altes Haus, um dessen Mitte eine breite Veranda führte. Die Gastgeberin war von ruhiger Freundlichkeit und sprach nicht viel. Das war nicht schlimm, man verstand es ohnehin kaum. Sie führte uns die Treppe hinauf, die einen schön geschnitzten Handlauf hatte, und schloss unser Zimmer auf.

Ein großer Raum mit Doppelbett, einem mit schwerer Samttischdecke bedeckten runden Tisch mit vier Stühlen. Unter den beiden Fenstern zur Straße hin stand ein niedriges Regal, in dem die Bibel und ein paar Zeitschriften lagen. Daneben führte eine Tür hinaus auf die Veranda. An der gegenüberliegenden Wand stand ein behäbiger Schrank mit bunt bemalten Türen. Links davon die Tür zum Bad. Hier war ich nicht seine Frau, und wir waren auch nicht in den Flitterwochen. Die Wirtin interessierte unser Familienstand ohnehin nicht. Frühstück gebe es ab sieben Uhr in der Früh, sagte sie und wünschte eine gute Nacht.

Es war eine Stunde vor Mitternacht.

Ich öffnete die Verandatür und trat hinaus in die feuchte graukalte Frühjahrsnacht. Vom Berg hinter dem Haus plätscherte ein kleiner Wasserfall in einen gurgelnden Bach. Ich sah es nicht, ich hörte es nur. Um in den Himmel zu blicken, musste ich meinen Kopf in den Nacken legen. Ansonsten fielen mir nur die noch schneebedeckten, unheimlich nahen und hohen Felsmassive, die in einer U-Form das Dorf umklammerten, in die Augen. Mich schauderte bei diesem vermauerten Blick. Und das Schlimmste: ein Geliebter, der weit entfernt von mir war.

Als ich wieder ins Zimmer kam, hatte Wolf sich schon umgezogen. »Mach dich schön, wir gehen ins Gasthaus essen.«

Es war schon spät, und eigentlich wäre ich lieber ins Bett gegangen, aber ich wollte ihm nicht seinen Plan verderben. Ich zog mir ein schwarzes Shirt an und steckte mir von einem rot blühenden üppigen Hibiskusstrauch auf dem Flur eine Blüte ins Haar.

Der Gastraum wirkte genauso, wie ich ihn hier nicht anders erwartet hätte – dunkel und plüschig und mit viel volkstümlicher Schnitzkunst dekoriert. Aber Wolf schien sich wohl zu fühlen, scherzte mit der Wirtin und zeigte auf einen hinter einem Gitter mit künstlichem Efeu versteckten Tisch. Offenbar das Séparée. Wir wurden dort hingeführt und aufmerksam bedient.

Wolf orderte einen schweren goldfarbenen Wein. Wir stießen auf unseren Urlaub an. Als er sein Glas absetzte, sagte er mit hintergründigem Lächeln, als wäre er mir auf die Schliche gekommen: »Erinnerst du dich?«

»Nein, woran denn?«

»Das hast du wohl vergessen, wie?« Und dann, die Silben skandierend: »Sa-vi-gnon-Blanc-Clas-sic!« Und nach einer Pause: »Du weißt es tatsächlich nicht mehr?«

»Dann kläre mich doch endlich auf«, entfuhr es mir är-

gerlich. Es stellte sich heraus, dass es jener Wein war, den er zu meinem Geburtstag im Zug nach Prag hatte kalt stellen lassen, um mit mir anzustoßen.
Sauvignon Blancs gab es Hunderte, wie sollte ich den erkennen?
Der Ober erschien. Ich bestellte Forelle blau und Wolf einen Teller Salat.
»Findest du, dass du zu dick bist?«, fragte ich ihn.
»Nicht nur ich finde das«, sagte er und fügte schnell hinzu: »Unsinn, ich will die Zeit hier einfach nutzen, um ein bisschen gesünder zu essen.«
Die Stimmung blieb gereizt.
Als das Essen kam, pikste er in seinem Salat herum. Immer mal wieder legte er die Gabel beiseite und sah mich aufmerksam an. Ich war mit meiner Forelle beschäftigt und tat kleinere Gräten, die ich aus meinem Mund fischte, auf den Tellerrand.
Wolf lehnte sich zurück und sah mir beim Essen zu, um nach einer Weile zu bemerken: »Du isst wie ein Schwein.« Er sagte es lächelnd, was dem Satz nichts von seiner Grausamkeit nahm.
Ich schwieg. Mir war, als stürbe ich in diesem Moment. Allmählich fasste ich mich, fuhr fort zu essen und sagte herablassend: »Schweine machen sich nichts aus Fischen.«
»Aber wenn, dann würde es genauso aussehen«, entgegnete er lachend, als hätte er einen Witz gemacht. Er hob sein Glas, trank es aus und schob den Salatteller von sich, als hätte ihm mein Anblick den Appetit verdorben. Nach einer Weile griff er nach meiner Hand: »Hab ich doch nicht so gemeint, sei mal nicht böse mit deinem Schatz.«

»Ich bin müde und möchte jetzt gehen, und wer ist denn überhaupt *dein Schatz?*«, sagte ich, nachdem ich wort- und blicklos unter Aufbietung aller Kraft meinen Fisch aufgegessen hatte.
»Natürlich bin *ich* dein Schatz«, antwortete er grinsend, »wer denn sonst?« Er fasste zu mir herüber, nahm die Hibiskusblüte weg, die schnell zu einem kleinen unansehnlichen Wulst geschrumpft war, und warf sie zu den Fischresten auf meinen Teller. Dann sagte er, als wäre nichts geschehen: »Ja, lass uns aufbrechen, ich bin auch hundemüde.«
Seinen Annäherungsversuchen im Bett entzog ich mich. Ich drehte ihm den Rücken zu und tat so, als ob ich schliefe.

Am nächsten Tag war das Grau des Himmels, das uns den ganzen Weg hierher begleitet hatte, weißen Wolkeninseln gewichen, die in klaren blauen Seen trieben. Wolf und ich gingen nach wortkargem Frühstück hinaus, um das Dorf zu besichtigen. Eine lange Straße hin und dieselbe Straße wieder zurück. Unser Haus ziemlich am Ende, dort, wo es nicht mehr geradeaus weiterging.
Wolf sah in den Himmel und sagte überschwenglich: »Was für ein schöner Tag! Und was für eine Luft, zu schade, um sie wieder auszuatmen.« Er hatte ein hörbar schlechtes Gewissen und wollte sich mit mir versöhnen. »Lass uns ein Stück in den Bergwald gehen«, schlug er vor.
Eigentlich war ich mit meinem engen Rock, der dünnen Jacke über dem ausgeschnittenen roten Pullover und den leichten Schuhen auf einen Gebirgsspaziergang nicht

vorbereitet. Um des lieben Friedens willen stimmte ich zu.

Wir gingen die Straße entlang, die hinter dem Gasthaus schräg und nicht allzu steil den Berg hinaufführte. Schließlich wurde sie schmaler und steiniger, um sich ein wenig später steiler bergan zu schlängeln. Nach einer längeren Strecke tauchten links und rechts drahtige Brombeerwinden auf, die noch Schnee aufgespießt hatten. Die Sicht zu beiden Seiten war weit. Auch nach oben ein offener Blick.

Tümpel geschmolzenen Schnees mit kleinen Inseln aus Eis. Weiter rechts am Berg eine schwarzgrüne Wand aus Kiefern. Und die Sonne schon erstaunlich warm.

Trotzdem begann ich zu frieren. Am liebsten wäre ich umgekehrt. Ich schlug die Arme übereinander und presste sie an meinen Körper. Er bemerkte mein Frösteln, zog sein Jackett aus und hängte es mir um.

»Es ist so schön hier«, sagte er leise und blieb einen Moment lang stehen. Ihm schien nicht nach Umkehr zumute zu sein. Er hatte auch keinen Blick für meine unbequemen Schuhe. Ich mochte ihn nicht darauf aufmerksam machen, wünschte mir Versöhnlichkeit und hatte doch etwas Rachsüchtiges in meinem Kopf. Ich wollte ihn sein Glücksgefühl angesichts der Verletzung, die er mir angetan hatte, nicht genießen lassen.

»Deine Frau war bei mir«, sagte ich unvermittelt. Es war mein erster Satz an diesem Morgen.

Er blieb wie angewurzelt stehen. »Wie bitte?«

»Margret hat mich besucht.«

»Ach, und das erwähnst du so beiläufig«, sagte er. »Was wollte sie denn?«

Ich überlegte einen kleinen Moment und antwortete dann ruhig: »Im Grunde genommen wollte sie mir nur mitteilen, dass sie seit eh und je von unserem Verhältnis gewusst hat, so wie sie in jedem der anderen Fälle auch wusste, mit wem du sie betrügst.«

»Ach, sie hat von uns gewusst. Und darüber wunderst du dich? Ich habe doch zu Hause schon lange keinen Hehl mehr daraus gemacht, wenn dir das hoffentlich nicht entgangen ist. Immerhin bin ich am Wochenende zu dir gekommen und über Nacht bei dir geblieben. Es konnte ihr nicht verborgen bleiben, dass es dich gibt.« Er schwieg und fügte dann ironisch hinzu: »Von meinen *anderen Verhältnissen* hat sie also auch gewusst. Welche Verhältnisse denn? Hat sie dir welche genannt? … Clara, hat sie dir eins genannt?«

»Nein.«

»Also dann vergiss bitte diesen Quatsch. Ich weiß wirklich nicht, was sie bei dir wollte.«

Ich konnte mir nicht erklären, was ihn so wütend machte. Vielleicht, dass ich es ihm jetzt erst sagte.

»Wann war sie denn bei dir?«, hob er wieder an.

»Als du in Dresden warst.«

»Na, das ist ja heiter«, sagte er boshaft, »da gibt es konspirative Treffen hinter meinem Rücken, von denen mir niemand einen Ton sagt. Ich krepiere bald daran, es allen recht zu machen, und die Damen schmieden hinter meinem Rücken ihre Ränke und klagen sich ihr Leid. Hat sie dir vielleicht auch mitgeteilt, dass sie sich von mir scheiden lassen will?«

»Ja, das hat sie behauptet.«

»Weil ich mit dir zusammen bin?«

»Nein, deshalb nicht.«
»Ach nein? Warum denn dann?«
»Weil sie dein ewiges Fremdgehen Oliver nicht länger zumuten will.«
»Wieso denn Oliver?«, rief er erstaunt. »Ausgerechnet Oliver, der sich einen Dreck um uns schert und außerdem gar nicht mehr zu Hause wohnt. Ja, ja, immer das alte Lied, immer die besorgte Mutter. Natürlich, das muss einem ja ans Herz greifen. Oh, welch eine hohe Moral – aus Verantwortung dem erwachsenen Sohn gegenüber trennt sich die Mutter von dem herumtreiberischen Vater.« Er gestikulierte wie ein Schauspieler in einem dramatischen Monolog mit deutlichem Hohn in der Stimme. »Und du hast ihr den Schwachsinn geglaubt?«
»Ja. Ich hatte nicht den Eindruck, dass sie mich belügt. Warum sollte sie auch? Sie will sofort, wenn du wieder zurück bist, Schritte einleiten.«
»Na wie toll! Mit dir also spricht sie darüber. Da muss ich mich wirklich wundern, dass *ich* von ihren Plänen nichts weiß. Aber soll ich dir verraten, warum ich gar nichts wissen kann?«
Ich sah ihn fragend an.
»Weil sie solche Absichten überhaupt noch nicht hatte. Denn vor kurzem führte ich ein langes Gespräch mit ihr, und zwar darüber, dass ich mich von ihr trennen werde. Du warst in diesem Gespräch nicht der Grund meiner Entscheidung, jedenfalls habe ich dich nicht erwähnt. Deshalb wundere ich mich, dass sie zu dir kommt … Ach ja, in diesem Gespräch schon schob sie Oliver plötzlich aufs Tapet. Aber mit völlig entgegengesetzten Argumen-

ten als die, die sie dir aufgetischt hat. Seinetwegen dürften wir uns nicht scheiden lassen. Und sie wisse auch nicht, wie sie es ihren Eltern beibringen solle. Sie flehte mich an, alles noch einmal zu überdenken. Jetzt staunst du, nicht wahr?«

»Warum hast du nicht mit mir darüber gesprochen?«

»Mein Gott, weil ich den Kopf bis zum Überlaufen voll hatte und weil ich es dir erst sagen wollte, wenn es hundertprozentig spruchreif ist. Ich habe mich des lieben Friedens willen darauf eingelassen, mit einer endgültigen Entscheidung bis nach unserer Rückkehr zu warten. Warum? Weil sie sich bis dahin vielleicht an den Gedanken gewöhnt hat. Das jedenfalls habe ich gehofft. Kann ja sein, dass das inzwischen geschehen ist und sie nun selber die Trennung will. Umso besser. Warum sie damit ausgerechnet zuerst zu dir kommt, bleibt ein Geheimnis. Ist mir auch egal, ich jedenfalls werde mich definitiv von ihr scheiden lassen.«

»Ach ja?«, sagte ich, als beträfe mich die ganze Sache nicht mehr.

»Was heißt *ach ja?* Du hast es doch immer gewollt.«

Ich wusste nicht, was ich denken sollte. Wer hatte die Wahrheit gesagt? Margret hatte so überlegt, so glaubhaft geklungen.

Ich sah ihn an, wie er kurz vor mir ging, nach vorn gebeugt, ein wenig keuchend mit seinem Asthma. Und plötzlich empfand ich einen Moment lang den Wunsch, ihn umzubringen.

»Ja«, erwiderte ich, »das habe ich immer gewollt. Endlich ist es nun so weit.«

Wir waren schnell bergan gestiegen, und mir war heiß.

Ich nahm Wolfs Jacke von der Schulter und gab sie ihm zurück.
»Lass uns umkehren«, sagte ich müde, »mir tun die Füße weh.«

An den folgenden Tagen waren wir aufmerksam, freundlich und rücksichtsvoll zueinander. Wir beobachteten uns heimlich und legten eine oberflächliche Heiterkeit an den Tag. Dabei waren wir bemüht, uns Gefälligkeiten zu erweisen. Wolf reichte mir die letzte Scheibe Schinken beim Frühstück, er bot sich an, aus dem Gasthaus Wein zu besorgen oder sich nach Zeitungen umzusehen.
Früher hatten wir uns gegenseitig vorgelesen, wenn er über Nacht bei mir bleiben konnte und die Zeit dafür reichte. Hier versuchten wir das auch, aber derjenige, der zuhörte, schlief schon nach einigen Seiten ein. Gewollt oder zufällig? Jedenfalls bewahrte es uns vor Zärtlichkeiten. Wenn Wolf morgens aufwachte, kuschelte er sich an mich. Wäre die Putzfrau nicht jeden Morgen erschienen, hätten wir vielleicht versucht, miteinander zu schlafen. Aber so blieb uns die Mühe erspart.
Er blätterte viel in Drehbüchern und Manuskripten, oder er schlief. Ich sah mir Zeitschriften an, die auf dem Flur herumlagen. Meist gingen wir, wenn das Wetter es zuließ, durch den Ort und betrachteten die Auslagen hinter den wenigen Schaufenstern auf beiden Seiten der Straße. In einem kleinen Café tranken wir einen Milchkaffee oder einen Mokka und aßen frischen Apfelkuchen. Über das, was uns anging, sprachen wir nicht. Wir verhielten uns so, als hätten wir eine Enttäuschung zu verbergen, die wir uns demnächst zufügen würden. Man hätte un-

sere Freundlichkeit für einvernehmlich halten können, aber das war sie nicht.
Wenn Wolf nach längerer Abwesenheit von draußen kam, sagte er, ohne dass ich ihn fragte: »Ich habe telefoniert. Winter. Ich tue so, als ob ich aus Berlin anrufe.« Am Abend des vorletzten Tages sagte er beiläufig: »Das Wetter morgen verspricht schön zu werden. Hast du Lust, ein bisschen zu wandern?«
Wollte ich das?, fragte ich mich mit einem Vorbehalt, den ich nicht näher benennen konnte. Andererseits waren wir hier, um zu wandern. Ich nickte ihm mein Einverständnis zu.

41

Nach dem frühen Frühstück gingen wir los. Diesmal trug ich vernünftige Sachen, und Wolf hatte einen Rucksack mit Proviant für den Tag auf dem Rücken. Außerdem hatte er sich von unserer Wirtin eine Wanderkarte geben lassen und zeigte mir, wie wir gehen würden.

»An einigen Stellen geht es steil bergauf, aber keine extremen Kletterpartien«, sagte er, als er mein ängstliches Gesicht sah. »Wirst du das schaffen?«

»Eigentlich ja, wenn keine Abgründe zu überqueren sind und sich neben mir keine tiefen Schluchten auftun.«

Es war ein sonniger Tag mit leicht bewölktem hohem Himmel. Wir kamen gut voran. Am späten Vormittag legten wir eine Pause ein. Wolf packte die Brötchen und eine Flasche Rotwein aus. Er hatte sogar an Becher gedacht. Er goss sie voll und stieß mit mir an. Wir saßen auf der Kuppe eines nicht allzu hohen, schräg abfallenden Berges mit weitem Blick in die Landschaft. Die Vegetation war spärlich und störte kaum die Aussicht. Ich war etwas erschöpft, fühlte mich aber nach der Erfrischung stark genug, um weiterzugehen.

»Bist du sicher?«, erkundigte sich Wolf. »Wir müssen die ganze Strecke wieder zurück. Und der Abstieg ist meist schwieriger als der Weg nach oben. Aber wenn ich alter Knochen das packe, dann wirst du es wohl auch schaffen«, scherzte er.

Ich hatte plötzlich ein gutes, geborgenes Gefühl, wie seit langem nicht mehr. »Wenn du bei mir bist, schaffe ich

das«, sagte ich in dieser etwas sentimentalen, glücklichen Verfassung.
»Ach, Liebste«, murmelte Wolf und strich über mein Gesicht.
Wir brachen wieder auf. Zwei mit allem Kletterzubehör ausgestattete Männer kamen uns entgegen. Sie grüßten, zeigten skeptisch zum Himmel und machten eine Handbewegung, die auf Ungemach deutete.
»Na gut«, entschied Wolf, »ein Stückchen gehen wir noch. Nach der Karte müsste demnächst eine Stelle kommen mit einem wunderbaren Rundumblick ins Land. Von dort aus gehen wir wieder zurück.«
Nach einer halben Stunde tüchtigen Ausschreitens wurde der Weg deutlich schmaler und fiel an der linken Seite in kurzen Abständen steil ab, als hätten Sturm und Regen oder Lawinen die Flanke des Berges ausgehöhlt. Ich blieb dicht an der festen Wand zur Rechten, die aus ineinandergeschachtelten Felsplatten bestand. Aber ich fühlte mich zunehmend unsicher, zumal der Weg durch den Schnee hier oben sehr glatt war. Mir wurde schwindlig, ich konnte nicht mehr weitergehen. Ich blieb stehen, wendete mich mit dem Gesicht zur Felswand und presste mich an die Steine. Wolf drehte sich um.
»Was ist los?«, rief er besorgt und kam zurück zu mir.
»Mir ist auf einmal so schwindlig.«
»Setz dich einen Moment hin und trink einen Schluck. Wir gehen zurück.« Er gab mir eine Wasserflasche und setzte sich neben mich. »Du brauchst keine Angst zu haben, der Weg ist doch gesichert.« Er deutete auf die massiven Feldsteine, die, am linken Rand in kurzen Abständen aneinandergereiht, vor einem zufälligen Fehltritt

schützen sollten. »Außerdem ist er so breit, dass wir beide gut nebeneinander Platz haben.«
Ich sagte nichts, sondern trank einen Schluck.
»Geht es dir besser?«, fragte er.
Ja, mir war besser, aber mir zitterten die Knie, als ich mich vorsichtig erhob. Ich hatte den Drang, über die Steine hinwegzutreten und mich nach unten zu stürzen. Ich würde es ganz bestimmt nicht tun, aber allein der Gedanke daran, der mich unentwegt lockte, war grausig.
»Weißt du, wie man solchen Ängsten am besten begegnet? Man tut das, wovor man sich am meisten fürchtet«, erklärte Wolf in der didaktischen Art, die er manchmal an sich hatte. »Komm mal her«, forderte er mich auf.
»Was hast du vor?«
»Ich halte dich fest, und du gehst jetzt mal ganz nah an den Rand.«
»Nein«, sagte ich leise und bestimmt, »das mache ich auf gar keinen Fall.«
»Du hast kein Vertrauen zu mir.«
»Das hat nichts mit Vertrauen zu tun, sondern mit Höhenangst«, versuchte ich ruhig zu erklären.
»Na gut, dann lass uns vorsichtig absteigen, bevor das Wetter schlechter wird.« Er reichte mir eine Hand, um mir aufzuhelfen. »Ich laufe hinter dir, dann habe ich dich besser im Blick«, sagte er und schob mich leicht vorwärts.
Der Weg wand sich in engen Kurven um die Felsplatten herum nach unten. Ich schritt zügig voran und spürte keine Müdigkeit. Weiter unten sah ich schon die dunklen Spitzen des Waldes.

Nach einiger Zeit bemerkte ich ein eigenartiges Geräusch hinter mir, irgendetwas, das vorher nicht da war. Ich lauschte. Nein, es war kein Geräusch, sondern das Gegenteil davon, eine Stille, die durch den knirschenden Ton meiner Schritte auf dem Geröllweg eine übertrieben starke Untermalung erfuhr. Wolfs Schritt fehlte. Ich drehte mich um. Er war nicht da. Ich ging offensichtlich schon eine ganze Weile allein auf diesem schmalen Weg, dem man nicht entfliehen konnte.

Wie erstarrt blieb ich stehen und wagte nicht, seinen Namen zu rufen. Vielleicht stand er hinter dem Felsvorsprung, etwa zwanzig Meter zurück. Ich könnte dorthin gehen und mich vergewissern. Nein, das kam nicht in Frage. Außerdem wusste er, dass ich solcherlei Spielchen nicht mochte.

Ich setzte mich auf einen Stein und starrte zurück auf den leeren Weg. Was war mit ihm? Vielleicht war er abgestürzt. Unsinn, beruhigte ich mich sofort wieder. Das hätte ich hören müssen. War er umgekehrt und weiter bergan gestiegen? Ohne mir etwas zu sagen?

Nein, nein, er stand bestimmt hinter jener Ecke dort hinten. Auch dieser Gedanke war grauslich. Er kannte doch meine Ängste. Warum versetzte er mich in einen solchen Schrecken?

Panische Angst überfiel mich. Sie wuchs von Sekunde zu Sekunde. Ich durfte hier nicht ewig sitzen, musste etwas tun, um mich wieder in den Griff zu bekommen. Ich musste jetzt sofort aufstehen und weitergehen. Den endlosen Weg durch diesen riesigen dunklen Wald, der da unten vor mir lag.

Ich erhob mich und trat mit Todesverachtung vorsichtig

einen Schritt an den Abhang heran, um zu sehen, wie weit er nach unten ging. Plötzlich spürte ich ihn hinter mir. Es war unheimlich. Ich drehte mich ruckartig um, so dass mir meine Tasche von der Schulter rutschte, und sah in Wolfs Gesicht. Er starrte mich mit einer seltsam konzentrierten Aufmerksamkeit an. Einen winzigen Moment lang dachte ich, dass er mich hinuntergestoßen hätte, wenn ich mich nicht genau in diesem Moment umgedreht hätte.

Er sah mich erstaunt an, verzog langsam den Mund und begann glucksend zu lachen. Er steigerte sich in eine Heiterkeit, die wie ein Anfall wirkte, um schließlich zwischen zwei Atemzügen hervorzubringen: »Wie siehst du denn aus?«

Wieder kicherte er los, und dann, endlich einhaltend und mich mit ernstem Blick eingehend betrachtend, bemerkte er: »Mein Gott, du zitterst ja.«

Ich sah ihn an, immer noch ohne ein Wort hervorzubringen.

»Du hattest Angst«, sagte er leise, beschwörend. »Ja, wovor denn um Himmels willen?« Er nahm ein Taschentuch aus seiner Hosentasche und reichte es mir, damit ich mir die Tränen abwischen konnte, die plötzlich losgeflossen waren und nicht mehr aufhören wollten. Ich hatte gar nicht gemerkt, dass ich weinte. Dann, beinahe ungehalten, fragte er: »Hattest du etwa Angst vor mir? Das war doch nur Spaß, ein Test sozusagen.«

Mir fehlte noch immer die Kraft, auch nur einen einzigen Ton hervorzubringen. Ich schneuzte mich, trat zurück an die Felswand und lehnte mich mit dem Rücken daran.

»Wie kannst du mich so erschrecken?«, murmelte ich nach einer Weile, immer noch schluchzend, ohne jeglichen inneren Halt.
»Ich dich erschrecken? Wie kommst du darauf?«
»Du warst nicht mehr da. Hast dich versteckt. Ich wusste nicht, wo du bist.«
»Ich bin doch nur ein paar Schritte zurückgeblieben, um zu sehen, was du machst. Wo sollte ich denn hingegangen sein, es gibt doch gar keinen anderen Weg.«
Ich wollte nicht mit ihm darüber reden, nicht streiten, ich konnte auch seiner Erklärung nicht folgen, ich wollte nur weg von hier. Ich ging einen Schritt nach vorn, nahm meine Tasche auf, die immer noch dicht am Abgrund lag, und stellte mich sofort wieder zurück an die Felswand.
»Ich möchte jetzt gehen«, sagte ich und blieb wie festgewurzelt stehen.
»Ach, du willst, dass ich vor dir gehe?«, fragte Wolf, als würde er sich über mich lustig machen. »Du hast wohl immer noch Angst, ich könnte dich hinunterschubsen?«
»Ja, ich habe einen kleinen Moment gefürchtet, dass du mich da hinabstoßen willst.«
Er blieb still, sein Gesicht wie versteinert. »Bist du wahnsinnig?«, schrie er. »Hast du ganz und gar den Verstand verloren? Wie kommst du denn auf eine so abwegige, idiotische Idee?« Er atmete heftig und versuchte wieder Gewalt über sich zu gewinnen. Dann trat er nahe zu mir heran, legte seinen Arm um meine Schulter und zog mich zärtlich an sich. »Clärchen, wie kannst du denn so etwas denken? Das ist doch hirnrissig, so ein Gedanke. Hat dich die Angst hier oben so verwirrt? Ich weiß ja, dass du Höhe nicht verträgst, aber dass es so schlimm ist … Wo-

nach hast du denn überhaupt Ausschau gehalten, als du so dicht an den Abgrund getreten bist?«

Nach meiner Angst, hätte ich sagen wollen, aber ich sagte nichts. Ich konnte gar nichts sagen. Mir war die Stimme versackt. Und in meinem Kopf dröhnte immer noch sein *Du hast wohl immer noch Angst, ich könnte dich hinunterschubsen.* Diese ungeheuerliche Idee saß also tatsächlich in seinem Gehirn. Wie weit er wohl von ihrer Ausführung entfernt war? *… immer noch Angst,* das hieß, dass ich auch davor diese Angst schon hatte. Auf jeden Fall hatte er sie bei mir bemerkt. In dem Moment vielleicht, als er beschloss zurückzubleiben. Vielleicht hatte er sie da in meinen Augen gesehen und den Moment für günstig gehalten, sie anzustacheln. Was für ein raffiniert ausgedachter und psychisch abgesicherter Plan. Er hätte mich gar nicht stoßen müssen, nur ganz leicht antippen in dem Moment, in dem ich mich über den Abhang neigte. Dann wäre es – auch für ihn – nicht viel mehr als ein durch neugierigen Leichtsinn verursachter tödlicher Unfall gewesen.

Ich war mir sicher, dass er diesen ausgeklügelten Unfall herbeiführen wollte. Er wollte es gerade in dem Moment tun, als ich mich vorbeugte. Aber da spürte ich seine Anwesenheit und drehte mich um. Genau in dem Moment war sein Plan gescheitert. Denn nun, von Angesicht zu Angesicht, wäre es Mord gewesen. Und Mord, nein, das wollte er nicht. Ich hatte, wenn man es recht bedachte, mein Leben einer zehntel Sekunde zu verdanken.

»Lass uns jetzt gehen, sonst wird es dunkel«, hörte ich seine Stimme und sah, dass er sich, mich ermunternd anblickend, langsam auf den Weg machte. Immer noch schaudernd, schloss ich mich an. Mit deutlichem Abstand zueinander schritten wir zügig den Berg hinunter. Eine halbe Stunde später begann es zu regnen. Ein spitzer, kalter Frühlingsregen, der den Winter noch in sich trug. Der Weg durch den Wald dauerte lange. Von den Zweigen tropfte es eiskalt herunter.

Durchnässt kamen wir am Abend in unserem Zimmer an. Unsere Wirtin hatte uns eine Thermoskanne mit Tee hingestellt.

Ich hatte mich wieder beruhigt und zog mir trockene Sachen an; Wolf war mit sich beschäftigt. Er blätterte in seinem Notizbuch und trug etwas ein. Dabei lief er hin und her. Den Blick auf den Boden gebannt, dachte er nach, strich das Geschriebene durch, notierte erneut.

Er blieb vor mir stehen, und ohne mich wirklich wahrzunehmen, sagte er wie zu sich selbst: »Mir wäre es am liebsten, wir würden heute noch fahren. Die Nacht bringt uns sowieso nichts mehr, und ich könnte morgen früh noch mal ins Theater.« Jetzt sah er mich an, sah meine Einsamkeit, sah die Leere, die alles andere überdeckte und ihn bewegte, mir Trost zu spenden. Er nahm mich in die Arme und streichelte meinen Rücken. »Wir hätten wirklich nichts mehr davon. Die Arbeit hat mich schon wieder eingeholt«, bekräftigte er noch einmal.

»Ja, ja, ich möchte auch so schnell wie möglich zurück«, murmelte ich.

»Dann ist es ja gut«, sagte er.

Jeder von uns wollte von hier fort. Den köstlichen warmen Tee rührten wir beide nicht an, als würden wir die Intimität eines solchen Augenblicks an diesem Abend für unangebracht halten.

Wir packten unsere Sachen zusammen, und Wolf trug sie hinunter ins Auto. Unser Zimmer hatte er erstaunlicherweise bereits am Morgen bezahlt. Ich nahm die Kanne und schüttete ihren Inhalt ins Toilettenbecken. Dann verabschiedeten wir uns und fuhren zurück nach Berlin.

42

Ich schlief die ganze Fahrt über. Ein schwerer, traumloser Schlaf, in dem ich einmal laut schrie. Wolf rüttelte an meinem Arm, und als ich entsetzt aufwachte, warf er mir vor, ich hätte ihn zu Tode erschreckt und beinahe einen Unfall provoziert.

»Was war denn los, warum hast du wie am Spieß geschrien?«, versuchte er einzulenken. Ich zuckte mit den Schultern.

Wortlos fuhren wir weiter. Einmal hielt Wolf an einer Raststätte und kaufte zwei Becher Kaffee und für jeden ein Baguette. Zehn Minuten Pause, dann fuhren wir weiter. Er wirkte gehetzt.

Die Sonne schien, als wir in Berlin ankamen. Ich war erstaunt, dass er meine Sachen nahm und mich nach oben in die Wohnung begleitete. Ich öffnete die Fenster und lehnte mich hinaus. Alles roch nach frischer Erde.

»Es macht mich ganz verrückt, dass ich nicht weiß, was los ist«, schimpfte Wolf, der sofort ans Telefon gestürzt war, um das Theater anzurufen. Glücklicherweise war Mary zur Stelle. Nein, Winter habe sich nicht gemeldet. Nur seine Frau gestern, ganz kurz, aber nichts von Bedeutung. Ja, es sei das Beste, ihn selbst anzurufen, ja, in Dresden. Ihre Stimme war laut genug, um alles zu verstehen.

Ich wandte mich zur Küche und rief: »Möchtest du einen Kaffee?«

»Nein, nein, keine Zeit.«

Ganz plötzlich kippte meine Stimmung um. Ich war erschöpft und niedergeschlagen, und das Grauen, das mich am Vortag gepackt hatte, verwandelte sich in eine abgrundtiefe Traurigkeit. Es konnte nicht wahr sein, was ich mir da zusammengereimt hatte. Mein allgemeiner Gemütszustand musste schuld daran gewesen sein, dass ich auf solche Ideen gekommen bin. Es war einfach zu viel passiert in der letzten Zeit. Ich hätte in Ruhe mit ihm über alles reden müssen. Dass ich es nicht getan habe, schob ich auf den Stress und die Unruhe, die ihn seit Tagen peinigten, ihn nervös und aufbrausend machten und keinem Gespräch zugänglich.

Total abwesend mit seinen Gedanken, sagte Wolf: »Ich muss jetzt ganz schnell ins Theater und sehen, was los ist.« Er warf sich den Schal über seinen Mantel, den er gar nicht erst ausgezogen hatte, ging zur Tür und blieb kurz vor mir noch einmal stehen. »Mein Gott, es wird Sommer«, übertrieb er und zog kurz entschlossen den Mantel aus, um ihn mir um die Schultern zu hängen. Dabei lächelte er, nahm mich in die Arme, presste mein Gesicht an seine unrasierte, stopplige Wange, küsste mich mit weichem Mund und strich mir über den Kopf. Dann zuckte er mit den Schultern und meinte: »Vielleicht hätten wir besser zu einem anderen Zeitpunkt verreisen sollen. Trotzdem, danke.« Und schon rannte er los. Seine schlechte Laune war wie weggeblasen.

Ich stand an der offenen Tür und sah ihm hinterher.

»Wolf …!«, schrie ich plötzlich und lehnte mich übers Geländer, so dass der Mantel hinunterrutschte. »Wolf, du liebst mich nicht mehr …«

»Wie verrückt!«, rief er zurück.

Ich hob den Mantel auf und hängte ihn auf einen Bügel an die Garderobe im Flur. Dann machte ich die Tür zu. Unten hörte ich die Haustür ins Schloss fallen. Wolf war auf der Flucht.

Am Abend kam er nicht. Er rief auch nicht an. Ich wartete lange. Wie schnell man sich daran gewöhnt, dass sich alles verändert hat, wie man es einfach so hinnimmt, dachte ich. Das große Gefühl – nicht mehr brauchbar. Wie ein Kleidungsstück, das gewärmt hat, etwas hergemacht auch, gehegt und gepflegt worden war und nun, durch ein anderes ersetzt, in den Müll gehört.
Das Handy surrte.
Eine SMS: »Liebste, bin unterwegs. Den Mantel bitte in die Reinigung. Freue mich aufs Wiedersehen. Pass auf Dich auf. W.«

43

Ich hatte versprochen, anzurufen, wenn ich zurück bin. Sie würde darauf warten, dass ich, wie verabredet, zu ihr käme. Ich fürchtete mich vor diesem Besuch, mehr als vor ihrem vorige Woche. Wie weit das schon hinter mir lag. Es war so viel geschehen in diesen paar Tagen.

Einfach zu viel, zu viel Wolf vielleicht. Er schien kaum noch er selbst zu sein. Ich war kaputt von seiner Unrast, beschädigt von seiner Lieblosigkeit, krank von seinen zu seltenen Zärtlichkeiten in letzter Zeit. Ich brauchte dringend Ruhe mit ihm. Oder vor ihm.

Ich wählte die Nummer. Seit Jahren wusste ich sie auswendig, hundertmal hatte ich schon den Finger auf den Wähltasten. Und nun drückte ich diese Tasten, musste es wohl tun, und es kam mir vor wie russisches Roulette.

Sie meldete sich. Ihrer Stimme war nichts anzumerken. Freundlich, verbindlich der Ton: »Ja, morgen Nachmittag … So gegen drei? … In Ordnung. Sie kennen den Weg?«

»Ja, danke, ich glaube, ich finde mich zurecht«, antwortete ich mit dieser kleinen Ungewissheit, die ihr sagen sollte: Ich war noch nie dort.

»Also bis morgen.«

Bei allen Beklemmungen, die kleiner wurden, als ich ihre Stimme hörte, wusste ich plötzlich, dass es um sie gar nicht mehr ging. Im Lauf der Zeit war sie unmerklich auf meine Seite gerückt oder ich auf ihre. Nicht aus freiem

Wunsch oder Willen, sondern der Umstände wegen, in denen wir beide lebten. Sie glichen sich immer mehr an. Wie lange hatte ich gegen sie gekämpft, ihretwegen vor Kummer geweint, mich vor Neid verzehrt, ihr den Tod gewünscht. Ich hatte eine Schimäre gehasst.

Ich fuhr zu ihrem Haus. Jetzt, da es dem Ende zuging. Zum ersten Mal in ihr Haus und zum letzten Mal. Ein Abschied noch vor dem Anfang, dachte ich mit würgender Kehle. Es war Mai. Der frühe Nachmittag stand in einem fast schrillen Licht. Ich fror trotz der warmen Sonne, die zwischen Wolkentuffs schwebte, und war erstaunt, dass die Gärten weiße Teppiche hatten. Erst später sah ich, dass es die Kirschbäume waren, die ihre Blütenblätter auf die Erde schneiten. Auf den riesigen Pfingstrosenköpfen glitzerten kleine Tropfen, als wären die Kirschblütenblätter im feurigen Pfingstrosenrot geschmolzen. Hier war alles schon weiter als in dem Stadtteil, in dem ich wohnte. Da gab es kein solches Licht, das weh tat. Und es gab keine Gärten, dort, wo ich wohnte. Ich konzentrierte mich auf den Weg, den ich, obwohl ich ihn niemals gegangen war, aus meiner Erinnerung abrufen konnte. Wolf hatte ihn oft beschrieben. Alles war so, wie ich es abgespeichert hatte. Der kleine Platz, auf dem er nachts wendete, wenn er, wie so oft, noch einmal zurückkam. Jetzt war er sonnig und sonntäglich leer. Zwei Minuten weiter die Telefonzelle, von der aus er angerufen hatte, bevor er ins Haus ging. Ich dachte schon in der Vergangenheit oder ein kleines Stück im Voraus. Ich lief und lief. Automatisch und ohne zu zögern, einer weggetreuen Skizze in meinem Kopf folgend.

Dann stand ich davor. Es war ein properes kleines Haus, und wie alle Häuser rundum hatte es einen Vorgarten. Blumen auch hier. Sie brachen aus der schwarzen Erde. An jeder Seite der Haustür ein Rosenoval, abgezirkelt, geharkt. Vier Koniferen, an jedem Rosenbeet zwei. Ein Friedhof en miniature. Rosen, Tulpen, Nelken, alle Blumen welken, Veilchen und Vergissmeinnicht, aber unsre Liebe nicht …

Die Haustür eisenbeschlagen mit geriffelten hellbraunen Butzenglasscheiben. Hinter den Fenstern schneeweiße Wolkenstores. Totenstille. Diese kleinbürgerliche, tote Sonntagsruhe, die mich stets zur Verzweiflung bringt.

Ich öffnete das Gartentor, ging den kurzen Weg zur Haustür und drückte den schmiedeeisernen elektrischen Klingelgriff, der ein schellendes Geräusch auslöste.

Die Frau kam. Durch das Butzenglas sah ich, leicht verzerrt, ihre Umrisse. Ich empfand nichts, stand nur da und wartete. Es war egal, wie sie kommen würde. Sie öffnete die Tür und hatte ein freundliches Gesicht, obwohl ich mich verspätet hatte.

»Bitte, treten Sie ein«, sagte sie lächelnd.

In dem Haus wohnte, wie ich sah, vor allem die Frau. Sie hielt auf Ordnung und hatte Behaglichkeit hergestellt. Den Charakter einer Insel besaß es nicht, aber den hatte es ja auch nicht nötig.

Das Erste, was mich furchtbar wütend machte, weil es ihn sofort Lügen strafte, war der wunderschön geschmückte große Strauß, der einladend vorn in der Diele stand. *Für solche Dinge gibt es dort kein Gespür,* hatte er behauptet. Er log und log, in den kleinsten und den größten Dingen. Die Lüge bog ihm das Leben zurecht, wie er es gerade brauchte. Es war so durchschaubar, weil ihn die Dinge selbst widerlegten. Wie hatte sie bei ihrem Besuch gesagt: »Wolfs Lügengerüste – man bricht ein, wenn man auch nur einen Fuß daraufsetzt.« Wie recht sie hatte. Ich sah erneut, dass sie nicht spielte, nicht täuschte. Sie sagte einfach nur die Wahrheit, sie war eine ernstzunehmende Partnerin.

Sie ließ mir Zeit, respektierte meine Situation, die, wie sie wusste, erbärmlich war. Sie versuchte es mir heimisch zu machen und redete über das Wetter, das dem Flieder immer noch das Blühen verwehrte. »Aber der Frühling hat ja gerade erst angefangen«, sagte sie, um mich zu trösten, »er kann ja noch wunderschön werden.« Der Flieder brachte sie offensichtlich auf die Idee, mir ihren Garten zu zeigen. »Mein ganzer Stolz«, sagte sie, nahm mich am Ellbogen und führte mich durch die kleine Veranda zu den hinter dem Haus gelegenen Beeten. Ein schmales Rechteck, das ziemlich weit nach hinten führte. Blühende eidottergelbe Forsythiensträucher und viele bunte Tulpenköpfe, die die frisch umgegrabene Erde einrahmten. »Kommen Sie.« Sie winkte mir und führte mich in die äußerste hintere Ecke des Gartens. Kleine Triebspitzen in kurz geschnittenen runden Staudenbeeten lugten vorsichtig aus der schützenden Mulchabdeckung hervor. »Mein kleiner Hexengarten, wie Wolf sagt«, erklärte sie schmunzelnd. »Sie wissen ja, er übertreibt immer gern«, fuhr sie in nachsichtigem Ton fort, »aber es stimmt schon, hier wachsen wertvolle Kräuter und Blumen, aus denen ich Tees und Salben bereite. Haben Sie Wolf schon einmal erkältet erlebt? Nein, ganz gewiss nicht«, frohlockte sie. »Und so gern er auch über

meine Hexenküche lästert, er trinkt schön brav jeden Morgen seine Tasse Kräutertee.«
Mir verschlug es die Sprache bei diesem Bild. Wolf morgens im trauten Kreis seiner kleinen Familie am Küchentisch sitzend und gehorsam den Gesundheitstee der sorgenden Hausfrau schlürfend. Wahrscheinlich wird sie ihm auch mit ihren Kräuterextrakten die Haare waschen, den Rücken einreiben und seinen stark beanspruchten Schwanz einsalben.
Sie sprach mit großem Eifer über die Vorzüge einzelner Pflanzen und über Gefahren bei falschem Gemenge, wusste alle lateinischen Namen und schien sich wirklich bestens auszukennen. Endlich hielt sie inne und wies nach vorn auf ein großes Karree mit Rosenstauden nah am hinteren Eingang des Hauses. Daneben war eine Terrasse mit gemauertem Grillofen, umgeben von akkurat gestutzten Buchsbaumbüschen und einem großen Fliederbusch zum Nachbargarten hin.
»Ich freue mich schon so auf den Sommer«, sagte sie ein bisschen zu euphorisch, »dann sitzt man so wunderbar geschützt hier in dieser Ecke.« Sie neigte den Kopf ein wenig nach hinten, schloss die Augen und hielt ihr Gesicht der Sonne entgegen. »Besuchen Sie uns doch im Sommer einmal, vielleicht wenn wir grillen«, schlug sie mit argloser Stimme vor.
Mich fröstelte nach diesem Satz, und ich bat, zurück ins Haus zu gehen. Auf der Veranda nahm sie mir den Mantel ab, und wir gingen die Treppe hinauf. Oben eine gemauerte Türöffnung mit Rundbogen, die in einen Wohnraum führte. Sitzecke, Anbauwand, Auslegware, Fernseher. Wolf konnte ich hier nirgends unterbringen.

Auf dem Tisch standen zwei Rotweingläser und eine funkelnde Karaffe mit Wein. Dazu ein Teller mit Gebäck. »Ich erinnere mich, dass Sie mir neulich Rotwein angeboten haben, und schließe daraus, dass sie ihn mögen«, sagte sie und goss die Gläser voll. Sie bewegte sich auf sicherem Terrain und war hier absolut die Herrin des Geschehens. Und nun, da das klar war, ging sie sofort in medias res. »Ich war erstaunt«, sagte sie, »Wolf war sofort mit der Scheidung einverstanden. Dass es so leicht werden würde, hätte ich nicht gedacht.«

Wann hatten sie denn darüber gesprochen? Gestern noch, bevor er wegfuhr? Ich fragte sie nicht, es war unerheblich.

Nach einer Pause hob sie mir das Glas entgegen. »Ich will nicht lange um den heißen Brei herumreden«, sagte sie und setzte ihr Glas wieder ab, ohne daraus getrunken zu haben. »Möglicherweise wissen Sie es ja schon«, fuhr sie fort, »aber dann wären Sie vielleicht nicht hergekommen. Es tut mir wirklich leid, dass sie nun gar nichts mehr davon haben.«

»Wovon?«, fragte ich verständnislos.

»Von der Scheidung, Frau Bergfeld«, sagte sie einfühlsam. »Sein Sinnen und Trachten ist seit langem darauf gerichtet, für Antonia frei zu sein.«

Ich schüttelte langsam den Kopf. »Nein …«, sagte ich, nahm das Glas, um mich an etwas festzuhalten, und trank es langsam aus, »nein, das wusste ich nicht, es hat mir niemand gesagt.«

»Es scheint ihm sehr schwerzufallen, solche Dinge mitzuteilen«, sagte sie voller Mitgefühl, als wollte sie mich trösten. »Aber das wissen Sie ja selbst am besten. Am liebsten wäre es ihm, Unangenehmes würde sich von selbst erledigen. Ein bisschen nachhelfen, ja, aber das andere soll bitte von selbst geschehen. Sie kennen ihn ja«, bemerkte sie noch einmal und lächelte entschuldigend. Dann trank auch sie aus ihrem Glas, das sie so lange in der Hand gehalten hatte, stellte es schließlich zurück und atmete einmal tief durch, als hätte sie jetzt das Schlimmste hinter sich. Dann setzte sie sich auf ihrem Stuhl zurecht und sah mich lange aufmerksam an. Wahrscheinlich wollte sie mir Gelegenheit geben, etwas zu sagen. Ich war jedoch nicht in der Lage, mein Unglück zu kommentieren. Sie merkte es, nahm Rücksicht darauf und ergriff wieder das Wort. »Ich denke, er wird gar nicht böse sein, dass ich ihm die Arbeit abnehme. Aber Sie müssen bitte verstehen, dass ich es ihm nicht so leicht machen kann.«

Das Telefon klingelte. Sie stand auf und verließ den Raum. Ich sah mich um, als könnte mich in diesem Moment irgendetwas interessieren. Vor meinen Pupillen stand eine dichte Wasserwand. Ich wunderte mich, dass ich dennoch etwas sah. Da war das gleiche kleine blau gemusterte Teeservice aus Japan im Regal, das er auch mir mitgebracht hatte. Der große geblümte Fächer aus Florenz, das Seidentuch mit dem Eiffelturm aus Paris, hier als Deckchen drapiert im Gläserschrank.
Die geheimnisvolle pralle Umhängetasche, die nur im äußersten Notfall geöffnet worden war, gab nun ihre Geheimnisse preis. Ihr Inhalt war austauschbar, wie ich sah. Die Souvenirs, die gleichen, die auch ich von ihm besaß, machten mir sein Haus auf gespenstische Weise heimisch. Vielleicht hat er geahnt, dass ich eines Tages hier sitzen

würde, unbehaglich wie auf einer Anklagebank kurz vor Verkündung des Todesurteils, und wollte es mir ein bisschen erträglicher machen. Ich goss Wein nach und trank mein Glas zur Hälfte leer. Hitze stieg mir in den Kopf.

Das, was ich sah, war nicht zu glauben, aber es war alles wahr. Und auch das, was ich gehört hatte, war die Wahrheit. Jetzt also wusste ich es. Und dieses Wissen nahm die angesammelte Last, mit der ich zuletzt gelebt hatte und mit der ich hierhergekommen war, einfach weg. Eine schützende scharfzackige Wand war hochgeschossen und trennte mich von mir ab. Ich wurde ganz fröhlich und sagte merkwürdige Dinge zu Margret, als sie sich wieder zu mir setzte.

»Schon als er mich geschlagen hat, wusste ich, dass er fort von mir wollte«, erzählte ich wie eine lustige Neuigkeit und trank den Rest Wein in meinem Glas aus.

Sie schenkte nach.

»Geschlagen hat er sie?«, fragte Margret erstaunt, als ob ihr diese Ehre niemals zuteilgeworden wäre.

»Und nicht nur das«, setzte ich noch eins obendrauf, »umbringen wollte er mich, von einer Bergkante in den Abgrund stürzen.« Ich schmunzelte wohlgefällig und schüttete auch das nächste Glas in mich hinein, als wäre ein Brunnen zu füllen, um mein Unglück zu wässern. Plötzlich fing ich schallend an zu lachen, als wären es irrsinnig komische Geschichten, die wir einander erzählten.

»Und sein Unfall! Er dachte, dass er sterben muss. Er hat es so sehr geglaubt, dass ich schon zu trauern anfing«, sagte ich kichernd.

»Ja, ja, das war schlimm. Aber Tonele war ja Tag für Tag bei ihm. All die Blumen in seinem Zimmer! Sie hat ihn damit zugeschüttet.« Sie schenkte wieder ein. Dann sah sie einen Augenblick in die Luft, als würde sie nachdenken. »Mein Gott, wie sehr er Sie geliebt haben muss, dass er so weit gegangen ist. Bestimmt konnte er sich anders nicht von Ihnen befreien«, sagte sie andächtig mit dieser kleinen Spitze am Schluss. »Wie gut, dass es Ihnen so wenig ausmacht. Ich dachte, sie würden zusammenbrechen, wenn ich es Ihnen sage. Ihm jedoch scheint es gar nicht gut zu gehen. Er hat sich total in die Sache verrannt.«

»In die Sache mit T-o-n-e-l-e?«, fragte ich beschwipst und dachte, soso, verrannt hatte er sich. Verrannt in eine neue Liebe. Sich verrennen hieß, alle seine Wege verlieren, bis auf den einen, direkt in sein Unglück. »Verrannt in die Sache mit T-o-n-e-l-e?«, fragte ich noch einmal, diesmal sehr laut. »Was will er denn dann noch von mir? Was will er dann noch?« Die innere Wand begann einzustürzen, ihre scharfkantigen Zacken hakten sich in meinen Herzwänden fest. Jeden Augenblick könnten sie sie zerreißen. Ach was, dachte ich im letzten Anflug von Gelassenheit, jedem zerreißt es mal das Herz. Ich starrte der Frau ins Gesicht, als wäre ich erpicht darauf, weitere delikate Einzelheiten meines Abgangs zu erfahren.

Und tatsächlich, sie griff meine Frage auf, die ich ausgespien hatte und die sie nicht beantworten konnte.

»Was er von Ihnen will? Loswerden möchte er Sie. Möchte, dass er Ihnen vorwerfen kann, ihn nicht mehr zu lieben. Aber selbst das funktioniert nicht immer. Bei seinem Beharrungsvermögen muss man sich schon sehr große Mühe geben, von ihm verlassen zu werden. Selbst als ich ihm seinerzeit mitteilte, dass ich einen Geliebten habe, war das für ihn nicht Grund genug, sich von mir zu trennen, obwohl er längst mit Ihnen liiert war. Er lebte zur Hälfte mit Ihnen, er liebte Sie, er schlief auch schon ewig nicht mehr mit mir, aber er gönnte mir keinen neuen Mann. Er wollte mich einfach nicht von sich loslassen. Er drohte sogar, diesen Mann, der immerhin unser Nachbar war, zu verprügeln. Als ich meinen Koffer packte, um fortzugehen, knallte er mir den Kofferdeckel auf die Hände und brach mir die Finger. Anschließend fuhr er mich in die Klinik. Es kam so weit, dass meinem Freund die Sache zu gefährlich wurde. Wolf suchte ihn tatsächlich auf und bedrohte ihn. Von da an kam er nicht mehr zu mir.«

O Gott, welche Abgründe taten sich auf. Da erzählt er mir von Verantwortung, Pflichtgefühl und Vatermoral, und alles ist Lug und Trug. Er konnte nicht ertragen, dass ihm etwas weggenommen wurde, so nutzlos es auch geworden sein mochte. Da wehrte er sich mit allen Mitteln und wurde gemeingefährlich.

»Ich verstehe es nicht. Er hat geschworen. Bei seinem Leben geschworen …«

Sie sah mich an, als wäre ich nicht bei Trost. »Aber kennen Sie denn seine Schwüre nicht? Wenigstens das hätten Sie herausfinden müssen in all den Jahren. Und übrigens, damit Sie mich nicht falsch verstehen, seine Eifersucht war kein Restbestand an Liebe oder dergleichen. Er war ja fest mit Ihnen verbandelt, das eine hatte nichts mit dem anderen zu tun. In meinem Fall ging es lediglich um Besitzstandswahrung. Warum Sie das allerdings so lange mitgetragen haben, verstehe ich nicht.«

Sie machte mir Vorhaltungen. Mit welchem Recht? Sie hatte doch an allem Schuld.

»Aber Sie haben sich ja letzten Endes auch nicht von ihm getrennt«, hielt ich ihr entgegen.

»Wissen Sie, ich bin mit ihm verheiratet, und wir haben einen Sohn. Seine Eskapaden kenne ich. Sie beginnen eines Tages und sie enden eines Tages. So war es immer. Da bleibt die Hoffnung, dass die Kette einmal abreißt. Darauf habe ich jahrelang gesetzt. Aber nun, nach der langen Zeit mit Ihnen, hat er sich aufs Neue verrannt. Und jetzt ist es wirklich genug. Ich lasse mir das nicht länger gefallen.«

»Wie lange dauert das schon?«

»Antonia Winter?«

»Ja, natürlich, oder gibt es noch eine Vierte?«

»Ich kann es nicht auf den Tag genau sagen, aber drei Jahre bestimmt«, erwiderte sie, ohne auf meinen Spott einzugehen.

»Nein«, schrie ich sie an, »Sie lügen! Sie wollen sich an mir rächen, das habe ich von Anfang an geahnt. Wenn ich nichts von der anderen wusste, warum dann Sie? Von uns wussten Sie ja auch ewig nichts.«

Sie antwortete ruhig und ohne Häme: »Ja, das stimmt. Obwohl mir bald klar war, dass es da wieder jemanden gibt, ich war mir nur nicht sicher, wen. Aber das mit Antonia wusste ich gleich. Er machte auch gar kein Geheimnis daraus, wie sonst immer. Warten Sie, ich glaube, es fing kurz vor Salzburg an. Ja, vor drei Jahren in Salzburg, da war es dann perfekt. Er kam mit einem neuen Mantel zurück, den sie ihm geschenkt hatte. Kurz darauf war sie zu seinem Geburtstag hier, mit ihrem Mann, aber den brachte sie nur anstandshalber mit, meinetwegen. Wolf hat mir gegenüber wirklich nie einen Hehl daraus gemacht. Silvester waren wir dann bei Winters eingeladen.

Seither schenkt mir Tonele – übrigens sein Kosewort für sie, Tonele und Wolfele, Sie verstehen, der Gleichklang«, fügte sie hintergründig lächelnd hinzu, »ja, seither macht sie mir hin und wieder Geschenke. Eins ihrer schönen Kleider, das nicht mehr dem aktuellen Trend entspricht, manchmal auch eine kostbare Brosche oder eine besondere Handtasche. Alles natürlich erlesene Stücke. Ich finde das sehr großzügig von ihr, denn so etwas Teures könnte ich mir nicht leisten, obwohl Wolf in finanziellen Dingen großzügig ist. Na ja, sein schlechtes Gewissen«, sagte sie schmunzelnd.

Sie machte eine kleine Pause, in der sie an ihrem Glas nippte, und fuhr dann fort: »Wir kommen überhaupt gut miteinander aus, Antonia und ich. Als sie vor einiger Zeit von mir wissen wollte, ob er immer noch mit Ihnen zusammen ist, sprach ich ihn daraufhin an. Er redete drum herum, und mir war klar, dass er Sie noch nicht ganz abgestoßen hat. Zum Schluss meinte er, dass Sie wohl schon lange seiner überdrüssig wären und vorhätten, zu einem Freund nach Venedig zu fahren. Kurz darauf habe ich Sie angerufen. Ich will ehrlich sein, Antonia hat mich darum gebeten, um endlich zu wissen, woran sie mit ihm und mit Ihnen ist.«

Ich trank und trank und trank. Sie stand auf und holte eine neue Flasche. In meinem Kopf kreisten ihre unglaublichen Sätze wild durcheinander … *seine Eskapaden beginnen eines Tages, und sie enden eines Tages … dass er Sie noch nicht ganz abgestoßen hat … Tonele, sein Kosewort für sie … Tonele und Wolfele … woran sie mit ihm und mit Ihnen ist …*

Ich versuchte, plötzlich ganz klar, ihre Details an meiner Wirklichkeit zu überprüfen. Sein Geburtstag. Den hatte er niemals gefeiert. Ich bedachte diesen Tag Ende August stets mit einem Gedicht, nach dem ich lange suchte. Ich schrieb es in unser Tagebuch, mitsamt allen Wünschen und Hoffnungen. Auch im vorigen Jahr war das so und in dem davor und davor und davor.

Und Silvester? Er war doch Silvester immer bei mir, seit jenem ersten Mal, wo ich ihn, von Agnes kommend, auf meiner Treppe vorfand. Seither kam er immer, und wenn es nur für eine halbe Stunde war. Aber seit zwei Jahren nicht mehr. Das erste Mal war er krank. Husten, Schnupfen, Fieber, von Oliver angesteckt. Es ging ihm schlecht, ich erinnere mich deutlich. Er kam dann am nächsten Tag. Immer noch sehr erkältet, aber es ging ihm schon besser. Er war gelöst, so voller Freude. *Weil ein neues Jahr anfängt und weil ich bei dir bin,* erklärte er mir. Und als ich trotzdem weinte, nahm er mich in die Arme und tröstete mich: »Bald, bald, bald, und dann für immer.«

Und das Jahr darauf? Eine Tournee über Silvester, und ich, mit seiner Erlaubnis, wohlgemerkt, wieder bei Agnes. Und dieses Jahr? Es passte alles zusammen. Äußerlich. Aber innerlich fand es keinen Halt. Ob es stimmt, was sie über Antonia sagt?, fragte ich mich.

Margret schien mir meine Zweifel anzusehen. »Warten Sie einen Moment«, bat sie mich. »Ich wollte es Ihnen ersparen, aber vielleicht ist es so leichter für Sie.«

Sie stand auf und verließ das Zimmer. Als sie wiederkam, hatte sie einen Brief in der Hand. Die Adresse auf dem Kuvert war durchgekreuzt, daneben die Notiz: Empfänger unbekannt.

»Wollen Sie ihn lesen? Er war falsch adressiert und kam zurück. Es ist noch nicht allzu lange her. Sie können es auf der Briefmarke sehen.«

Ich nahm das Kuvert, zog das zusammengefaltete Blatt heraus, dessen Kniffstellen schon abgewetzt waren, und sah Wolfs über das Papier gekritzelte, schwer leserliche Schrift.

Es war der auferlegte lange Kampf, den ich bis zur Verzweiflung kämpfen musste und der Deinen Sieg so überwältigend machte. So sehr zu unterwerfen hatte ich mich noch nie, um von Qualen erlöst zu sein. Qualen? Ja, und Du hast sie mir zugefügt. Alles andere zuvor waren immer nur Wehwehchen, die schnell verheilten. Nicht der Rede wert, ich schwöre! Aber bei Dir ist alles anders. Ich muss krepieren, wenn ich Dich nicht mehr lieben kann so wie gestern Nacht. Aber ich will es nicht dann, wenn Dein Mann mir Gelegenheit lässt, sondern Nacht für Nacht für Nacht …

Genug. Ich starrte auf das Papier, las noch ein paar Wörter, dann verschwammen sie, und ich war blind. Erblindet an der fremden Liebe.

Seine Frau betrachtete mich mit besorgtem Gesicht. Sie reichte mir ein Taschentuch, weiß gestärkt mit gehäkelten Spitzen. Ich schneuzte hinein und wischte mir die Tränen ab, die still in meinen Mund flossen. Sie würden meine Augen zu Wüsten machen, mich austrocknen und verdorren lassen, wenn ich ihnen nicht Einhalt gebot. *So eine Lust!* Ob sie geblieben war seither oder noch weiter gewachsen? Sie jedenfalls würden satt davon werden. Aber ich musste mich von den Resten nähren, dem Abfall ihrer Gelage, und würde daran verhungern … Das Datum, ich musste das Datum prüfen. Wie immer oben rechts in die Ecke gequetscht, in römischen Zahlen, kaum leserlich. Es war nur ein paar Monate her! Kurz vor seinem Unfall.

Ich musste jetzt gehen. Musste die Zeit sortieren, die Jahre, die Monate, die Nächte, die Tage, Minuten, Sekunden. Die ganze Zeit, die ich mit Wolf zusammen gewesen bin. Was hatte er gesagt? Welche Fragen gestellt? Wie auf meine geantwortet? Und wann? Und wie mich geliebt? Aber wozu der Aufwand? Was mein Gedächtnis auch hergeben würde, alles Lügen. Sinnlose Worte. Jede Berührung eine Verletzung. Verbale Misshandlungen mit dem Ziel, Zeit zu gewinnen. Wolf focht Kämpfe aus, um seine *Wehwehchen* zu kurieren, wie er es nannte. Dafür wollte er meine Seele, mein Denken, meine Lust, mein Leben. Ja, er hatte mein Leben gekapert. Und ich hatte es leichtfertig, verschwenderisch, mit einer abwegigen selbstzerstörerischen Eitelkeit aufs Spiel gesetzt. Und immer gedacht, es sei eine einzigartige, große, ewige Liebe.

Ich bat Margret, mir ein Taxi zu rufen.

»Was werden Sie jetzt tun?«, fragte sie mich, als sie wieder ins Zimmer kam.

Ich starrte vor mich hin. Mir war furchtbar schwindlig. Ich musste sofort nach Hause.

»Aber da gibt es ja nur den einen Weg«, hob sie wieder an, »den Weg nach vorn. Er hat mir ja auch schon angedeutet, dass Sie sich von ihm trennen wollen.«

»Trennen wollen?«, brachte ich heraus.

»Sie haben jemand anderen, nicht wahr? Der Herr, der in Venedig auf Sie wartet«, insistierte sie, obwohl sie doch sah, dass ich hilflos war.

»Ja, ja, natürlich, Venedig«, sagte ich und versuchte aufzustehen. Sie sprang herbei und stützte mich.
»Es ist ein Schriftsteller, glaube ich.«
Mein Gott, er hat sie immer noch in seiner Gewalt, sie glaubt ihm noch immer unbesehen sein ganzes Gefasel, stellte ich trotz meiner Trunkenheit fest.
»Wenn ich nicht gewusst hätte, dass Sie eigentlich schon mit ihm fertig sind, hätte ich Ihnen natürlich nichts gesagt«, log sie nun und brachte mich vor die Gartentür.

Als ich aus dem Haus kam, diesem kleinen, wohlgeordneten, hübschen Haus, dessen obligatorischer Vorgarten jetzt im Dunkeln noch stärker an einen Friedhof erinnerte, wusste ich, warum ich niemals hatte hierhergehen wollen. Ein Hexenhaus. Das Haus einer Witwe, deren Mann noch irgendwo dahinvegetiert.
Das Taxi stand schon da. Ich hielt den Brief noch immer in der Hand. Er behinderte mich beim Einsteigen, als wollte er mich nicht fortlassen. Er wollte mir sagen, dass ich nun auch hierher gehöre, hier in Margrets Witwenhaus. Ich warf ihn ins Auto, als ginge ein Unheil von ihm aus.
Beim Versuch einzusteigen verlor ich das Gleichgewicht und konnte mich gerade noch an der bereits geöffneten Autotür halten. Margret sprang hinzu und half mir hineinzuklettern. Sie sprach mit dem Fahrer, nannte ihm meine Adresse, fragte nach dem Preis, steckte ihm etwas zu …

44

Diesmal schnalle ich mich an. In meinen Sessel gepresst, wundere ich mich, dass mich auch jetzt wieder Angst anfällt. Wahrscheinlich, weil ich auf einem Fensterplatz eingeklemmt bin. Später werde ich versuchen, ihn gegen den Sitz am Mittelgang zu tauschen. Die Frau, die dort sitzt, beugt sich ständig über die Knie ihres Mannes zu mir herüber, um aus dem Fenster zu sehen. Sie hat den Gurt gelöst, und ihr Kopf reckt sich bis zu meinem Gesicht. Ich rieche ihren Schweiß und spüre die Wärme ihrer Haut.

Sie weiß, dass sie mich belästigt, und lächelt mich an. Ihre Nähe und ihre Unbekümmertheit beruhigen mich. Nun winkt die Frau jemandem zu. Offenbar nimmt sie an, dass man sie sehen kann.

»Wir werden gleich schreiben, heute noch«, sagt sie zu ihrem Mann, der vor sich hin döst.

Auch ich schaue jetzt hinunter. Die Erde schwankt. Es gelingt mir allmählich, meinen Blick an den langsam miteinander verschmelzenden Dingen festzumachen. Auch Aram ist jetzt irgendwo da unten. Fast hätte ich es vergessen. Er ist eines der winzigen Pünktchen, regungslos, der Schwerkraft verhaftet. Der kleinste Punkt von allen ist Aram. So hat er es mir geschrieben.

Ich beginne zu frieren. Meine Haut ist feucht und eiskalt. Ich stemme mich vorsichtig gegen die Luft unter meinen Füßen. Nach einer Weile erlischt die Anzeige *Fasten your seat belts please.* Die Stewardessen setzen sich in Bewegung. Ich muss mir meinen Mantel von der Ablage holen, um ihn mir umzulegen.

»Möchten Sie am Fenster sitzen?«, frage ich die Frau auf dem Außenplatz.

»Ach, würden Sie mit mir tauschen?«, sagt sie ungläubig und erhebt sich.

An den Knien ihres Mannes vorbei drängle ich mich auf den Mittelgang. Ich warte einen Moment, greife meinen Mantel und setze mich in ihren Sessel. Der Mann neben mir schläft. Er hat eine Zeitung auf seinem Schoß. Deutsche Schrift. *Neues Theater erfolgreich in Paris und Avignon,* sehe ich eine Überschrift. Darunter ein Foto. Eine Reihe kostümierter Schauspieler Hand in Hand an der Bühnenrampe. Lachende, zufriedene Gesichter. In der Mitte, dominierend, Antonia Winter. Daneben, ihre Hand in die Höhe haltend, als wäre sie besonders hervorzuheben, mit glücklichem Lächeln ihr zugewandt, als würde sie ihm gehören, Wolf Montiér. Dunkler Anzug, lässig offenes Jackett, aufgeknöpfter Hemdkragen. Beide braungebrannt, er, das wirre Haar kreuz und quer in der Stirn, unrasiert. Er sieht verwildert aus und immer noch mager. Es kleidet ihn.

Mein sorgsam gehegter Hass ist bei seinem Anblick auf der Stelle erloschen. Beißende, zerrende Sehnsucht, genau unterm Schlüsselbein. Als säße dort, zusammengepresst wie ein Stein, mein pochendes Leben. Ich habe ihn verloren, mein Leben verloren. Was macht man denn ohne sein Leben?

Wie sie lacht, diese Frau! Mein Hirn nimmt seine Arbeit wieder auf. Drei Jahre ist dieses Bild schon wahr. Dieser Gedanke macht mich verrückt. Was verbirgt sich nicht alles hinter dem Bild?

Ich bedaure, das Gift ebenfalls in die Flasche getan zu haben. Es dauert nur Sekunden, ein kurzes Aufwallen nur. Dann ist es vorbei. Ich kann mittlerweile einschätzen, was gut und was schlecht war mit ihm. Das Schlechte ist mit den Jahren größer geworden.

Das Flugzeug stolpert, als würde es sich über einen Acker schleppen. Holpernd und rüttelnd gewinnt es Kilometer um Kilometer. Ich hangle mich von Minute zu Minute.

Die Frau, die heute noch schreiben will, schläft ruhig auf meinem Platz. Ihr Kopf lehnt an der Schulter ihres Mannes, der ebenfalls eingenickt ist. Ein Bild kreatürlicher Eintracht. Was es so schmerzlich macht, ist Wolfs Gesicht auf dem Schoß des Mannes.

Vorsichtig nehme ich die Zeitung und betrachte eingehend das Bild. Ich muss mich daran gewöhnen, von nun an irgendeine Zeitung in die Hand zu nehmen und ihm zu begegnen. Seinem Bild, seinem Namen, seinen Aufführungen. Seinen Geliebten auch. Er ist ein berühmter Mann. Ich versuche das Foto schon mit den Augen der Zukunft zu sehen.

Ich beginne den Artikel zu lesen, ein Nachdruck aus *Le Figaro*, schon vierzehn Tage alt: *Dass dieser jungen Berliner Bühne mit ihrem großartigen Chefregisseur Wolf Montiér der Sprung in die europäische Theaterelite gelungen ist, hat sich erneut in dem soeben beendeten Frankreich-Gastspiel bestätigt. Dem aufsehenerregenden Erfolg in Paris schlossen sich zwei weitere herausragende Theaterabende unter anderem in Avignon an, die restlos ausverkauft waren …*

Ich habe Mitleid mit Wolf, ein tiefes elementares Gefühl, das im Hals brennt und bitter schmeckt. Wie wird er verkraften, dass er mich verloren hat? Er, der sich nicht trennen kann. Dieses Festhalten, das ihn bei seiner Mutter so stört. Er hat es doch oft erlebt, Ende und Neubeginn. Wie ist er vor mir damit verfahren? Je länger ich darüber nachdenke, desto sicherer werde ich. Ich war ihm in letzter Zeit lästig, ich war nicht viel mehr als ein gewohnter Lebensgegenstand. Er hatte sich mit mir abzugeben. Einmal hat er versucht, sich loszuschlagen. Hinterher hat es ihm leidgetan. Und ganz zuletzt hätte er mich am liebsten endgültig weggestoßen, einen hohen Felsen hinab, und hätte sich selbst und aller Welt eingeredet, es wäre ein Unfall gewesen. Er hätte es sogar selbst geglaubt, hätte getrauert und geweint um mich. Wer weiß. Ein Szenario, wie für ihn geschaffen. Der Entschluss stand schon in seinen Augen. Nur ein Rest von menschlichem Anstand oder von Erinnerung, der in diesem Moment stärker war als der Wunsch, sich von mir zu befreien, hat mich gerettet. Vielleicht war es auch nur ein kleiner, unvorhergesehener Zufall, der mir das Leben rettete. Ja, so war es. Alles andere ist Augenwischerei.

Der Flug ist sanft geworden, die Maschine ruhig. Nur noch das laute Brummen des Motors. Die Stewardess kommt mit dem Getränkewagen. Ich lasse mir einen doppelten Cognac bringen.
»Wie lange fliegen wir noch?«
»Etwa eine Stunde.«
Ich trinke den Cognac in einem Zug aus und spüre, wie er wohlige Wärme in mir verbreitet. Entspannt lehne ich mich zurück und schließe die Augen …

Aufgeschreckt von dem derben Sprung, mit dem das Flugzeug auf die Erde setzt, kehre ich aus einem verworrenen Traum zurück.
Ich mache die Augen auf, schaue zum Fenster und wundere mich, dass Landschaft an mir vorbeijagt. Bis die Maschine endlich zum Stehen kommt.

45

Mein Herz klopft wie wild, als ich meinen Koffer die Treppen hochschleppe und endlich die Wohnungstür aufschließe. Ich sehe sofort, dass er hier war. Der Beutel mit seinem Mantel ist weg. Ich blicke mich im Wohnzimmer um. Kein Brief, kein Zettel, kein Hinweis für mich.

Ich gehe zum Telefon. Als Erstes melde ich mich bei meinen Eltern zurück. Sie sind froh, dass ich wieder da bin. Ansonsten keine Neuigkeiten. Sie bedanken sich für meine Post und erzählen dieses und jenes. Zum Schluss fragt meine Mutter: »Hat dich dein Wolf erreicht?«

Bloß jetzt kein Gespräch über Wolf. Deshalb sage ich schnell und kurz: »Ja, ja, über Agnes.« Ich kündige meinen Besuch für eines der nächsten Wochenenden an und verabschiede mich.

Dann rufe ich Agnes an. Ihre Stimme klingt eigenartig. Sie fragt nichts, sagt kaum etwas, vertagt alles auf unser Wiedersehen. Sie will in der nächsten Stunde hier sein. Ob Karl ihr bei ihrer Ostsee-Affäre auf die Schliche gekommen ist?

Eigentlich wollte ich noch kurz im Institut vorbeifahren, aber dazu habe ich jetzt keine Lust mehr. Ich koche mir einen Kaffee und denke über Agnes' eigenartiges Verhalten nach. Ich komme auf keine schlüssige Antwort und vertröste mich auf ihre Erklärung.

Etwas später klingle ich bei der Nachbarin und hole meine Post bei ihr ab. Ich bedanke mich bei ihr und lade sie für einen der nächsten Tage zum Kaffee ein. Zum Abschied reicht sie mir, völlig ungewöhnlich, die Hand.

Ich lege die Zeitungen auf einen Haufen und sehe die Post durch. Nein, nichts von Wolf. Enttäuscht? Nein. Nein, ich bin nicht enttäuscht, eher ein bisschen erleichtert. Keine Post heißt keine Vorwürfe, keine Unterstellungen, keinerlei Rechtfertigungen, keine Sehnsucht und kein Gedanke. Der Rest nur Rechnungen und Einladungen. Eine zu einem Gastspiel Moskauer Künstler, eine zweite zu einer Filmpremiere und eine weitere zum Empfang in der russischen Botschaft. Schließlich ein Brief von Boris und ein auffälliges grobgefasertes beiges Kuvert, das nur mit meinem Namen versehen ist und dessen Herkunft ich nicht sofort entschlüsseln kann.

Zum ersten Mal schreibt mir Boris einen Brief. Irgendwie bewegt es mich. Es ist wie eine Ersatzbegrüßung, die mich nicht ganz so verlassen, nicht gar so einsam sein lässt. Ich nehme einen Bleistift und öffne das Kuvert.

Clara, ich hoffe, Dein Traum von Sonne und Meer hat sich erfüllt. Von Agnes weiß ich, dass Du es nötig hattest, so weit von hier wegzufahren. Ich hoffe, dass Du das, was Dich belastet, abschütteln konntest. Was mich angeht, so hatte ich häufig ein Stückchen Küste-Himmel-Meer-Luft im Kopf, immer wenn ich an Jalta dachte.

Was mich ansonsten dem Meer verbindet? Es ist die Sehnsucht nach den einfachen Dingen, die uns einmal, ganz am Anfang unseres Lebens, so nahe standen, dass wir vergaßen, sie zu achten. Seither brauchen wir viel zu viel Worte, unwahre auch, und Gesten, die uns im Grunde nicht guttun, um uns ein bisschen Glück vorzugaukeln.

Die Ruhe der Sonnenstrahlen atmen, die Luft am Körper spüren, die vom Meer kommt, und die Kühle des Wassers auf der nackten Haut – das ist Freiheit und Glück. Ich wäre sehr froh, Clara, wenn Du Muße und Kraft finden konntest, das zu spüren, ein »Ur«-Mensch zu sein, einig mit den Elementen, mit denen wir vertraut waren, noch bevor wir denken konnten.

Abgesehen von solchen Faulenzergedanken muss ich fleißig sein – lesen und schreiben. In einer Woche ist Staatsexamen, genauer gesagt, am Tag, an dem Du zurückkommst. Vielleicht bringt mir dieser Tag Glück. Wenn ich richtig denke, ist dieser Tag heute, heute kommst Du zurück und liest diesen Brief – hoffentlich!

Es ist kalt hier bei uns, nicht wahr? Leider konnte ich Dich nicht warnen vor diesem unfreundlichen August. Ich sitze am Schreibtisch, dick eingepackt, denn die Temperaturen liegen nur bei dreizehn Grad. Ein kleines Sonnensurrogat kommt jetzt durch mein Fenster und legt sich neben mich auf die Schreibtischplatte. Ich bade die klammen Hände darin und sehne mich nach Sonne und Meer, genauer gesagt nach Sonne und Meer, sehr weit von hier. Lande gut, Clara!

Boris, mein Rosenkavalier. Wie gut mir sein Brief tut. Seine Worte und auch sein Denken an mich.

Der Umschlag des anderen Briefes ist aus Büttenpapier und trägt eine Schrift, die ich nicht kenne. Ich schaue noch mal auf die Rückseite. Nein, kein Absender, nur zwei blasssilberne, ineinander verschlungene Initialen. Ein *A* und ein *W* – *Antonia Winter.*

Ich lege das Kuvert vor mich auf den kleinen Couchtisch, betrachte es, nehme es wieder auf. Das Papier in meiner Hand weckt dasselbe Unbehagen, das mir bei ähnlichem Anlass vor einigen Wochen schon zweimal Unglück brachte. Einmal als Foto aus Wolfs Mantel und einmal als von Margret abgefangener Brief. Beide Male ging es um Antonia Winter. Ich hole ein Messer aus der Küche und schlitze den Umschlag auf. Sehr groß beschriebene anderthalb Seiten. Ich zwinge mich, sie zu lesen:

Verehrte Clara Bergfeld, ich grüße Sie von ganzem Herzen. Der Anlass meines Briefes tut mir unendlich weh. Missverstehen Sie mich nicht, wenn ich Sie trotzdem dringlichst bitte, mir zu helfen.

Ich leide furchtbar unter dem Verdacht, mich völlig falsch verhalten und damit ein Unglück herbeigeführt zu haben. Damit trage ich ein Schuldgefühl, das mich sehr belastet und dessen Gewicht Sie mir ein wenig erleichtern könnten.

In der Hoffnung auf Ihr Verständnis bitte ich Sie, mit mir zu sprechen. Ich habe in Ihrem Institut den Termin Ihrer Rückkehr erfahren und werde mich telefonisch bei Ihnen melden. Die Zeilen hier nur vorab, um Sie nicht unvorbereitet zu lassen.

Mit guten Gedanken an Sie und unendlichem Mitgefühl, Ihre sehr verbundene, verzweifelte Antonia Winter

Ich bin verwirrt. Ich lese den Brief zweimal und dreimal und verstehe ihn nicht. Offensichtlich geht es um Wolf und mich. Und um sie natürlich. Ich erinnere mich an unser zufälliges Treffen im Foyer. Das ist jetzt drei Jahre her. Sie war aufgeschlossen, interessiert, sehr souverän. Alles in allem durchaus sympathisch. Ich weiß noch, dass ich einen Augenblick lang sogar bedauert habe, sie nicht näher zu kennen. Wolfs immer ein wenig abwertende Beschreibung konnte ich nicht nachvollziehen.

Allerdings sah ich keine Notwendigkeit, seine Meinung über sie zu korrigieren. Es kann sein, dass es ihr damals mit mir genauso ging und auch sie mich mochte. Deshalb vielleicht jetzt der Brief. Irgendwas ist passiert. Vielleicht hat er sich von ihr getrennt. Oder sie sich von ihm. Oder ihr Mann weiß Bescheid.

Eigentlich geht mich das alles nichts mehr an. Es betrifft ein anderes, abgeschlossenes Leben. Was will sie jetzt noch von mir? Ob sie weiß, dass ich bei seiner Frau war? Bei dem guten Verhältnis zwischen den beiden, wie es mir Margret geschildert hat, ist das anzunehmen. Aber den Brief, Wolfs obszönen Brief an Antonia, den Margret abgefangen hat, um ihn mir auszuhändigen, ein Totschlagbrief sozusagen, davon kann sie nichts wissen. Wohl aber von dem Foto, das ich in Wolfs Manteltasche gefunden habe. Dieses verräterische Foto, auf dem Wolf, zwischen ihren nackten Schenkeln kniend, sich ihrem lächelnden Mund zuneigt, um ihr den Wein einzuflößen und dann mit kleinen, sparsamen Stößen in sie einzudringen. Vielleicht war es ihr letzter Tag in Salzburg; für Abschiede braucht er bekanntlich ein solches Ritual. Unser ureigenes, heiliges Ritual, meines und seines, das nun abgenutzt ist, verschlissen durch zu viel Gebrauch. Wenn ich jetzt daran denke, erscheint es mir geradezu lächerlich: *Fliegenweinblut, Weinfliegenblut, Blutfliegenwein.* Ist das nicht wirklich zum Totlachen?!

Natürlich weiß sie, dass ich dieses unsäglich schamlose Foto, das mir beim Ordnen des Mantels in die Hände gefallen ist, bei ihm gefunden habe. Das wird er ihr schon berichtet haben: *Sie hat es gefunden, zufällig. Na gut, nun weiß sie es eben. Erspart mir viel Rederei …*

Wenn er ertappt wird, sich nicht mehr herauswinden kann, hat er diese lässige, arrogante Art zu reden. Und so oder ähnlich wird er mit ihr auch darüber gesprochen haben.
Damals ahnte er noch nicht, dass dieses Foto für mich den Anfang vom Ende bedeutete. Zunächst war es die Bestätigung all dessen, was Margret mir wenige Stunden zuvor in aller Brutalität offenbart hatte. Und als zwingende Konsequenz daraus wurde es zum Anstoß, zum Grund, zur Rechtfertigung meiner Flucht. Auf der Krim dann die Selbsthäutung, das Abstoßen jener kolossalen Last, unter der mein Leben begraben war.
Mit Arams Hilfe konnte ich diesen Befreiungsakt leisten. Natürlich war Gewalt nötig, wie anders hätte ich sonst entkommen können? Aber Aram hielt die Gewalt in Grenzen. Er war es, der mich davor rettete, Wolf zu töten. Eine ins Meer geworfene Flasche mit Wolfs Symbolen von Liebe, Lust und Tod – mehr war am Ende nicht nötig.

Ich gehe in die Küche, um Kaffeewasser aufzusetzen. Auf dem Weg dorthin sehe ich durch die offen stehende Schlafzimmertür eine Rose auf meinem Nachttisch. Ihre Blüte ist vertrocknet und hat sich geneigt; es sieht aus, als ob sie trauern würde. An der viel zu großen Glasvase, deren Wasser zu einer stinkenden gelblichen Brühe verkommen ist, lehnt ein Umschlag. Ich nehme es zur Kenntnis, ohne meinen Weg in die Küche zu unterbrechen.
Eine Verstimmung keimt auf. »Dass er es trotzdem noch wagt«, murmle ich kopfschüttelnd. Aber was ich auch lesen werde, es wird mich nicht mehr treffen.

Ich setze mich auf mein Bett und stelle die Kaffeetasse neben mich auf das Tischchen. Dann stehe ich noch einmal auf und bringe die Rose in dem abgestandenen Wasser ins Bad. Danach zünde ich mir eine Zigarette an und öffne den Brief:

Mein liebstes Clärchen, die Stadt ist nun leer, trist und kalt – Spiegelbild meiner eigenen inneren Verfassung. Ich bin in der verlassenen Wohnung, liege auf unserem kalten Bett und friere. Wo bist Du, Clärchen?

Aus Deiner Sicht ist nun alles klar. Mit einer Courage, die Dir nicht steht, hast Du den Schuldigen erkannt, den Betrüger gefasst. Deine Anklage würde jeden x-Beliebigen sofort überzeugen und gegen mich stellen. Und doch ist alles viel komplizierter, als es scheint. Vor allem anderen hättest Du nie an der Größe und Kraft meiner Liebe zweifeln dürfen, wie es jetzt für mich offensichtlich ist. Meine Ehe, diese Nebensächlichkeit, das ist es, was Dich von Anfang an quälte und was Du immer und immer noch als Argument gegen mich richtest. Nicht, dass Du es Tag für Tag ausgesprochen hättest, aber Tag für Tag habe ich es gespürt.

Dagegen hast Du nichts gelten lassen. Nicht meine Liebe, nicht meine Sehnsucht, nicht meine Not, nicht meine Lust – nichts von all dem, was einzig nur Dir galt und was zu meinem Leben wurde.

Mit Deiner Reise hast Du nun für uns eine neue Situation geschaffen. So viele Wochen können wir uns nicht sehen, nicht spüren, nicht sprechen. Nein, nicht einmal das. So viel war ich Dir nicht einmal mehr wert, dass Du mich wenigstens angehört hättest.

Vor Jahren hättest Du sie nicht mal erwogen, eine so unnütze Trennung. Nicht weil Du großmütiger warst, nein, ganz ein-

fach, weil Du mich geliebt hast. Dass Du uns das jetzt so einfach antun kannst, dieses Verräterische, Schwere, ist das Schlimmste für mich. Wenn Du es auch nicht wahrhaben willst, um das Gewicht dieses Verrates ist unsere Liebe kleiner geworden.
Gerade komme ich aus Frankreich zurück. Frankreich, Madame Claire! Zerreißt es Dich nicht, wenn Du es liest? Die Erinnerungen – das ist es doch, was einen so verrückt macht. Ich wage nicht mehr zu sehen, denn ich sehe den Himmel über uns, ich wage nicht mehr zu hören, denn ich höre den Regen auf unserem Dach, ich wage nicht mehr zu riechen, denn ich rieche den Duft der Linden vor Deinem Fenster. Claire! Wie ergeht es Dir denn jetzt dort? Meine Gedanken suchen und suchen und irren im Dunkeln.
Ich bitte Dich nicht um Treue und Liebe, Clara, ich bitte Dich um die Wahrheit. W.
Bis Madame Claire war es ein leichtes Lesen. Ich flog über die Zeilen hinweg, nichts, was mich aufzuhalten vermochte. Was will er denn noch? Will er etwa Erklärungen von mir? *Er* von *mir?* Und nicht ein einziges Wort über seinen Betrug, sein Doppel- und Dreifach-Leben, seine ureigene Schuld an allem? Nicht die Andeutung eines Eingeständnisses? Totale Verdrängung. Dafür alle Schuld auf mich. Unglaublich, einfach unglaublich! Und dann doch noch der Schnitt. Das Hohelied, das er so ergreifend zu singen versteht und das mir immer noch zu Herzen geht. Linden und Regen und Himmel und Duft. Und endlich dann, Gott sei Dank, dieser ernüchternde Schluss, der alles wieder geraderückt. Mit diesem letzten Satz stellt er sich bloß, aber das weiß er nicht, dazu ist er schon zu verstrickt. Er will einen Freispruch von mir.

Nicht mehr nach Liebe verlangt er, nicht nach Treue, nein, er braucht meinen von mir selbst bestätigten Verrat, der ihn von mir erlösen soll. Denn so, wie er fühlt, kann er nicht ruhigen Gewissens von mir gehen, nicht ohne die Bestätigung meiner fortschreitenden Lieblosigkeit. Indem er mich um die *Wahrheit* bittet, bittet er um ein Eingeständnis meiner Schuld, meines Verrats an ihn. Er braucht es, um guten Gewissens um mich trauern zu können.

Ich lege den Brief beiseite und gehe zur Tür; es hat geklingelt. Agnes steht da. Stocksteif steht sie vor mir und starrt mich an.

»Sehe ich so schlimm aus, dass du mich nicht erkennst?«, scherze ich. Ihre Reglosigkeit ernüchtert mich.

»Was ist denn los, Agnes? Am Telefon warst du schon so sonderbar.«

»Clara, du weißt es noch nicht?«

»Komm rein«, bitte ich sie und ziehe sie am Ärmel mit mir ins Zimmer. Ich stelle mich vor sie hin und sehe sie fragend an. »Mensch, Agnes, mach endlich den Mund auf. Ist etwas mit Karl?«

Sie umarmt mich, zieht meinen Kopf an ihre Schulter, hält mich fest und wiegt mich leise hin und her.

»Agnes, was ist passiert?«

»Er lebt nicht mehr, Clara«, flüstert sie, ohne mich loszulassen.

»Wer?« Ich schiebe sie zurück und sehe sie an.

»Wolf ist tot. Ich wollte es nicht am Telefon sagen.«

»Wolf?« Ich setze mich und versuche zu verstehen. Agnes setzt sich mir gegenüber und sagt kein Wort.

»Mit dem Auto?«
Sie schüttelt den Kopf und ringt um Worte.
»Agnes, bitte ...«
»Er hat sich umgebracht.«
»Nein«, sage ich tonlos. Agnes, grau vor Mitleid, schweigt.
Dann wird es mir langsam bewusst. Wolf lebt nicht mehr! ... Ich werde ihn nie wiedersehen! ... Ich höre seine Stimme nie mehr! ... Wolf ist tot!
Es schwappt wie eine zähflüssige Welle in mein Gehirn. Ich will zum Fenster, doch ich bin festgenagelt an diesen Stuhl. Mein Körper gehorcht mir nicht, die Beine wie Blei. Es dauert lange, bis ich mich endlich erhebe und mich die zwei Meter vorwärtsschleppe. Ans Fensterbrett geklammert, schreit mich die Linde an, als hätte ich Schuld. Alles da draußen klagt mich an: der Baum, der Himmel, die Farben, die Töne. Selbst der Regen, der sanft herunterfällt und diesen unerträglichen Duft erzeugt. Wie hatte Wolf geschrieben? ... *Ich wage nicht mehr zu sehen, denn ich sehe den Himmel über uns, ich wage nicht mehr zu hören, denn ich höre den Regen auf unserem Dach, ich wage nicht mehr zu riechen, denn ich rieche den Duft der Linden vor deinem Fenster ...*
»Agnes?«, flüstere ich mit heiserer Stimme, »Agnes, sag mir doch, warum! Wie denn nur? Und wo? An welchem Tag? Und ... um Gottes willen!«
Sie kommt zu mir, nimmt meine Hand und presst sie an ihre Wange. »Still, Clara, still ...«, murmelt sie, und immer wieder diese drei Wörter. Dann lässt sie mich los, geht ein paar Schritte, wendet sich zu mir und sagt: »Gestern ist es passiert. In seinem Haus. Er saß wohl am spä-

ten Abend noch mal am Klavier, in seinem Arbeitszimmer unten im Parterre. Dann muss er aufgestanden sein und es getan haben …«

»Was denn getan, Agnes, womit denn? … Etwa mit einer Pistole?«

»Ja. Man fand sie neben seiner … neben ihm.«

Ich greife nach ihrem Arm und presse ihn so, dass sie vor Schmerz das Gesicht verzieht. »Das hat er schon mal versucht. *Versucht,* verstehst du? Hat versucht, sich zu erschießen, aber vorher hat er sich Verbandszeug besorgt und dann absichtlich danebengetroffen. Seine großen, dramatischen Gesten! Er hat mir das Einschussloch in der Tür gezeigt … Und diesmal soll er es wirklich getan haben? Nein, das glaube ich nicht! Spielen damit – ja. Aber es tun? Nein, niemals! Entweder war es Spiel, oder es war Mord!«

»Mord? Clara, was phantasierst du da? Wer soll ihn denn ermordet haben? Seine Frau etwa? Er war ihr Ernährer, und vor allem ist er der Vater ihres Sohnes. Sie wird doch dem Jungen den Vater nicht nehmen. Oder Antonia vielleicht? Die lag mit ihm im Bett, er hat sie abgöttisch geliebt – o pardon –, und auf der Bühne hat er sie gehätschelt und getätschelt, sie war sein bestes Pferd im Stall und er wahrscheinlich ihr bester Regisseur. Also wo ist das Motiv?«

Sie schweigt einen Moment lang und starrt vor sich hin. Dann sieht sie mich an, nachdenklich, fragend. »Ja, er hat sich tatsächlich mit einer Pistole erschossen. Du wusstest es?«

»Nein, nein!«, schreie ich, ganz ohne Atem. »Wissen, was heißt wissen? Ich weiß gar nichts. Wie soll ich denn etwas wissen, woher denn? Ich habe wochenlang kein Wort mit ihm geredet. Bin gerade von der Reise zurück. Nein, wirklich nicht. Ich kam durch die alte Geschichte darauf. Seine erste unglückliche Liebe, der vorgetäuschte Selbstmordversuch mit der Wehrmachtspistole seines Vaters. Ich habe es dir irgendwann erzählt …«

»Clärchen, meine Liebe, beruhige dich, bitte. Ich weiß, wie dir zumute ist.« Sie drückt mich an sich und streichelt meinen Arm. »Ja, ja, ich erinnere mich, du hast mir davon erzählt. Das stärkt doch die Selbstmordthese – schon mal versucht … Waffe vorhanden … seine theatralischen Inszenierungen.«

Der Todeszeitpunkt fällt mir wieder ein. Gestern. Vielleicht, als ich mich entschlossen habe, ihn nicht zu töten … als der Fischer die Flasche ins Meer geworfen hat … als ich unter der Lampe stand und rauchte und an Aram dachte …

»Wann denn genau, gestern?«, frage ich mit aller Vorsicht.

»Ich weiß es nicht genau, irgendwann spät. Die Polizei ist noch dabei, die Umstände zu untersuchen.«

»Was wollen sie denn untersuchen, es ging doch um Liebe!«, sage ich und kann vor Anspannung nicht weinen.

»Wo ist er denn jetzt?«, fahre ich Agnes an, als hätte sie irgendetwas damit zu tun. In meinem Kopf geistert die Vorstellung, er läge aufgebahrt an einem Ort, an dem man Abschied nehmen könnte von ihm, dem großen Theatermann und Regisseur. Und dem vielfachen Geliebten natürlich, denke ich bitter. Und möglicherweise sollte auch ich dorthin gehen, um ihm Adieu zu sagen, eingedenk … eingedenk …

»Ganz sicher in der Pathologie«, fällt Agnes in meine unnützen Gedanken. »Opfer von Morden oder Selbstmorden werden immer obduziert.«
Ja, natürlich, das ist üblich. Da finden sie alles, was sie vorher übersehen haben … Nein, nein, ich halte das nicht aus. Es war doch alles geordnet, ich hatte die Dinge gut im Griff. Endlich, endlich, nach so langer Zeit. Bis eben noch. Aber nun …? Nun hat er wieder die Zügel in die Hand genommen. Was soll nur werden? In der Pathologie … Um Himmels willen … Mein Weicher, Zärtlicher, Sommerhäutiger, mein Sonnengeflecht – aufgeschnitten und ausgeweidet. Kalt und bleich in der Totenkammer. Sein Brief fällt mir wieder ein. Die schönen, melancholischen, zärtlichen Sätze. Der Gedanke schüttelt mich so, dass ich mich festhalten muss.
»Weißt du, Agnes, weißt du eigentlich … Nein, um Himmels willen, nein, das ist ja furchtbar, dass das nicht mehr geht … Wie hat er gesagt? … *Das ist der Beschiss im Leben* … und er hat recht damit gehabt … dieses *schwarze Loch* … hat er gesagt, *und keiner weiß, wohin* … Und kein Wort mehr, keine einzige Nachricht … dass das nicht mehr möglich ist …«, stottere ich, bis mir die Luft wegbleibt, »… dass ich ihm gar nichts mehr sagen kann.«
»Du hast ihm viel gesagt, Clara, du bist endlich von ihm weggefahren.«
»Meinst du, das reicht?«, frage ich aufgebracht und ohne mit einer Antwort zu rechnen, die es sowieso nicht gibt.
»Setz dich hin, Clara, beruhige dich.«
»Er kann nun nicht mehr die Wahrheit hören, um die er mich so sehr gebeten hat«, jammere ich in höchster Not. Ich will nicht, dass Agnes mein haltloses Schluchzen

hört, und gehe ins Bad. Hände voll Wasser in mein Gesicht. Eisig kalt. Als ich zurückkomme, raucht sie und hält mir die Schachtel hin. Ich mag nicht. Ich öffne einen Fensterflügel und bleibe in der frischen Luft stehen, die mit dem leichten Regenwind hereinströmt.

»Ich habe ihn gestern noch gesehen … Vorn an der Bühnenrampe, Antonia neben sich.«

»Das Bild in der Zeitung, ach ja. Ich habe es auch gesehen.«

»Weißt du, dass ich ihn töten wollte?«

»Ach, Clärchen.«

»Ja, ich hatte schon die Phiole mit Gift. Aber dann habe ich sie ins Meer geworfen. Vorausschauend, nicht wahr? Mein Mord war gar nicht mehr nötig, er hat es schon selbst getan.«

Agnes streichelt meine Schulter und sieht mich aufmerksam an. »Wahrscheinlich wird er am Sonntag beerdigt. Ich würde an deiner Stelle nicht hingehen. Aus mehreren Gründen nicht …«

»Ich gehe auf gar keinen Fall und aus gar keinem Grund«, stimme ich trotzig zu. Agnes lächelt milde, als wäre eine Last von ihren Schultern gefallen.

Stille im Raum. Nur das leichte Zischeln der Blätter, auf die der feindliche Regen fällt.

»Sonntag schon«, sinniere ich laut, »dann scheint ja so gut wie alles geklärt mit seinem Tod.«

Agnes nickt ein wenig unentschlossen. »Ja, bis auf die Pathologie; da muss alles noch gründlich abgeklärt werden. Aber wenn du willst, kann ich da anrufen, ich kenne einige der Kollegen dort.«

»O nein, danke, das hätte gerade noch gefehlt. Ich habe

mit diesem Tod nichts zu tun. Mord oder Selbstmord, was geht mich das an?«, schreie ich wie eine Besessene. Agnes fährt hoch und sieht mich an, als wäre ich einer ihrer Fälle. »Clara … Clara, bitte beruhige dich«, sagt sie ganz ruhig.

»Beruhigen, beruhigen!«, rufe ich außer mir und renne ins Schlafzimmer, wo meine Tasche liegt. Ich drehe sie auf den Kopf und schütte sie aus. In meiner Brieftasche klemmt das Flugticket.

»Hier, mein Ticket. Ankunft heute zwölf Uhr vierzig. Mein Alibi gewissermaßen. Sonst kommt noch einer auf die Idee, mir einen Mord aus Eifersucht in die Schuhe zu schieben.«

»Clara, komm zu dir. Ich weiß, das ist alles zu viel für dich. Du brauchst Ruhe, musst erst mal Abstand gewinnen«, sagt Agnes ganz sanft und nimmt mich in die Arme. Ich friere so sehr, dass meine Zähne aufeinanderschlagen. Keine Wärme mehr, nur noch Eis. Die Nähe ihres Körpers taut mich langsam auf. Endlich kann ich weinen. Krampfartig, nach Atem hechelnd, kreischend und klagend. Sie muss mich fest umfassen, dass ich nicht auseinanderbreche. Zitternd und zuckend schlage ich wie in einem epileptischen Anfall an ihre Schultern. Es dauert lange, bis ich erschöpft an ihr lehnen bleibe. Nach einer Weile führt sie mich behutsam zu meinem Bett, setzt mich nieder, legt meine Beine hoch, deckt mich zu, legt sich eng neben mich, um mich zu wärmen.

»Soll ich heute Nacht bei dir bleiben?«

Ich schüttle den Kopf und schlafe gleich darauf ein.

Als ich aufwache, dämmert der Abend. Agnes sitzt auf einem Stuhl neben meinem Bett und liest.

»Ich bleibe hier. Die Nächte sind immer am schlimmsten«, sagt sie.
»Und was ist mit morgen Nacht? Und übermorgen? Und all die Nächte danach? Ach nein, lass nur, es ist schon in Ordnung, wenn ich allein bin. Wäre ich doch sowieso. Danke, Agnes, wirklich, ich danke dir ... Und verzeih mir bitte.«

Später stehe ich noch einmal auf und koche mir Tee. In eine Decke gehüllt, setze ich mich in meinen hohen alten Sessel.
Der Regen hat aufgehört, ein paar fahle Sonnenstreifen haben sich ihren Weg durch die Linde gebahnt. Nichts Tröstliches. Eine gelbgrün flimmernde Traurigkeit. Begräbnislicht.
Spitze Gedanken stürzen in mein Gehirn. Hinterhältig und quälerisch. Schon tausendmal zuvor gedacht und gefürchtet. Und immer gehofft und gebangt und gebetet, dass alles anders kommen möge: ihn nicht in seinen Tod begleiten zu können. Ihm nicht beizustehen auf seinem dunkelsten Weg. Ihm nicht noch einmal in nächster Nähe Abschied zuzudenken und ein letztes Quentchen Liebe.
Was soll ich denn tun am Sonntag, diesem unvorstellbaren letzten Tag? Soll ich über alle hinweggehen? Seine Frau, den Sohn, seine Mutter, die Schwiegereltern und die Kollegen, sie alle einfach ignorieren? Mich vordrängen und sagen: Hier geht es eigentlich und wirklich und in diesem letzten Moment nur um ihn und mich? Oder soll ich unauffällig und freundschaftlich trauernd am Rande stehen, mich anstellen, um ein paar Blumen in die Grube zu werfen, seiner weinenden Witwe über die

Hand zu streichen, wenn ich an der Reihe wäre, und mir anschließend das Herz aus dem Leibe reißen?

Was wird aus mir, wenn du vor mir gehst? Sooft ich früher versucht habe es auszusprechen, etwas, was unaussprechbar ist, grinste Wolf – ein bisschen amüsiert, ein bisschen pikiert von solchen Gedanken, die er für blasphemisch hielt – und sagte schließlich: »Geht es dir wirklich nur darum, meinem Tod mit dem Recht einer Witwe beizuwohnen? Ach, Clärchen, das ist doch völlig unwichtig und auch ein bisschen lächerlich. Und außerdem, du weißt doch, dass Liebende unsterblich sind.«

Unsterblich? Wollte ich denn unsterblich sein? Unsterblich in so einer lügnerischen Welt? Unsterblich in einem Leben, in dem nichts verlässlich ist? Nein, vielen Dank. Das ist wirklich nicht mein Problem, denke ich, deutlich erleichtert.

Das Telefon weckt mich. Ich muss tief geschlafen haben, denn es dauert eine Weile, bis ich zu mir komme. Es ist stockdunkel. Kein Stern, kein Mond, dort, wo das Fenster ist. Ich nehme den Hörer ab.

»Ja?«

»Frau Bergfeld, bitte entschuldigen Sie, dass ich Sie so spät noch überfalle, Antonia Winter hier …«

»Ja …«

»Konnten Sie meine Nachricht schon lesen?«

»Ja.«

»Und Sie wissen …?«

»Ja.«

»Wann darf ich kommen? Morgen Vormittag gegen elf?«

»Ja«, sage ich und lege auf.

Nun bin ich wieder völlig wach. Aufgewühlt und verärgert. Als sich die Aufregung gelegt hat, merke ich, dass dieser Anruf meine Restbestände an Sentimentalität stark reduziert hat. Er stimmt mich sogar ein wenig heiter, wenn nicht gar übermütig.

Mir fällt ein, dass ich Agnes noch nicht von Antonias Erscheinen berichtet habe. Es ist kurz nach zehn. Ich rufe sie an.

»Ich denke, du schläfst tief und fest.«

»Antonia Winter hat mich daran gehindert.«

»Wie bitte?«

Ich erzähle ihr von dem Brief und dem soeben verabredeten Besuch.

»Du lässt sie in deine Wohnung?«

»Sollte ich lieber zu ihr gehen? Ihren Mann würde es sicher sehr interessieren, was wir zu bereden haben.«

»Wie meinst du das?«

»So, wie ich es gesagt habe.«

»Ich merke schon, es geht dir besser, Clara, Gott sei Dank. Aber was will sie denn von dir?«

»Das werde ich morgen erfahren. Immerhin sind wir Schwestern im Leid«, erkläre ich mit schiefem Lächeln.

Stille am anderen Ende der Leitung.

»Was verschlägt dir die Sprache, Agnes?«

»Ach, weißt du, vielleicht hat ihn doch jemand umgebracht. Du hast schon recht mit Antonias Mann. Eifersucht ist eines der häufigsten Mordmotive.« Sie bricht ihren Gedankengang ab und bleibt einen Moment lang still. »Oder doch seine Frau? Nein, nein, das ist Unsinn. Die hätte ihn bestimmt nicht erschossen. Sie war Drogistin, kannte sich gut mit Kräutern aus, Giftkräutern sicherlich auch. Sie hätte ihm doch eine Tinktur mixen können. Vielleicht war es eine frühere Geliebte oder einer seiner Schauspieler.«

»Wegen Fehlbesetzung?«

»Würdest du das bitte mal ernsthaft bedenken? Das hat es alles schon gegeben. Vielleicht nicht gerade wegen Fehlbesetzung, aber wegen Nichtbesetzung.«

»Agnes, sei nicht kindisch. Völlig absurd, diese Idee. Überleg doch mal, wenn alle Schauspieler dieses Landes den nächstbesten Regisseur, der sie nicht besetzt, umbringen würden, gäbe es bald keinen einzigen mehr.«

Agnes lächelt und lenkt ein: »Du hast ja recht, was wir hier reden ist sowieso alles Weibergeschwätz. Der Tathergang war eindeutig nachvollziehbar. Die Waffe in Wolfs Hand. Ein uraltes Modell, sicher noch das Ding von seinem Vater. Entfernung, Einschusswinkel und all diese Sachen – ohne Hinweis auf Fremdeinwirkung. Auch sonst keinerlei Spuren. So jedenfalls habe ich es gehört, und so stand es auch in den Zeitungen. Und die können sich das ja nicht einfach aus den Fingen saugen.«

»Na, ich weiß ja nicht …«

»Ach, du mit deinem Sherlock-Holmes-Instinkt. Warte mal ab, die Obduktion wird endgültig Klarheit bringen. Ich werde dich auf dem Laufenden halten.«

46

Kurz nach elf ist sie da. Sie sieht blass aus mit geröteten Augen, aber immer noch schön. Völlig unbefangen tritt sie zu mir und küsst mich flüchtig auf beide Wangen.

»Danke, dass ich kommen durfte«, sagt sie und hängt ihr schwarzes Ledercape an den Haken des Kleiderständers. Auf ihren blonden Locken trägt sie eine kleine schwarze Baskenmütze, die sie nicht abnimmt. Ein drei Viertel langer Seidenrock schwingt über ihren hochhackigen schwarzen Wildlederstiefeln.

»Soll ich sie ausziehen?« Sie bückt sich schon.

»Bitte, nein, das ist wirklich nicht nötig.«

»Hier hinein?«, fragt sie und sieht sich um.

»Ja, bitte, nehmen Sie Platz.«

»Darf ich?« Sie setzt sich in meinen Lieblingssessel.

»Was darf ich Ihnen anbieten, einen Kaffee, einen Tee, ein Wasser?«

»Vielleicht einen Cognac?«

Ich gehe in die Küche, atme ein paarmal tief durch und komme mit einem Tablett zurück, auf dem zwei Gläser stehen. Wir sitzen uns gegenüber, sie, die Herzensbrecherin, und ich, die mit dem gebrochenen Herzen.

»Es tut mir so unendlich leid«, sagt sie leise und tupft mit einem Tuch um ihre Augen, in denen keine Tränen sind. Was sitzt sie hier, ausgerechnet bei mir? Will sie von mir getröstet werden? Oder meint sie, sie sei mir Erklärungen schuldig?

»Sie sagen das so, als hätten Sie sich bei mir zu entschuldigen«, bemerke ich erstaunt.

»Entschuldigen? Nein, das ist nicht das richtige Wort«, erwidert sie ganz ruhig. »Ich weiß, dass Sie ihn nicht mehr geliebt haben, aber dennoch muss es für Sie furchtbar sein. Ein doppelter Verlust sozusagen. Denn bei jeder Trennung geht so viel verloren, und nun auch noch Wolfs völlig unsinniger Tod.«

»Unsinnig?« Ich überlege – ja, natürlich unsinnig. Aber jeder Tod ist unsinnig. Wäre er schon bei seinem Unfall gestorben, wäre es wahrscheinlich noch unsinniger. »Er hat es ja wohl so gewollt.«

»Ja. Weil er die ganze Zeit unter völlig falschen Prämissen um mich geworben hat.«

Ich glaube, ich höre nicht richtig. Was meint sie mit diesem gedrechselten Satz? Ich merke, wie mein Unmut gegen sie wächst.

»Aber Sie haben sich doch darauf eingelassen und seine Hoffnungen genährt«, bemerke ich ärgerlich und etwas zu laut, »und das über eine lange Zeit hinweg. Soviel ich weiß, sind sie schon seit Salzburg, seit mehr als drei Jahren also, ein Paar.«

»Ein Paar wäre zu viel gesagt, aber dort kamen wir uns zum ersten Mal nahe. Ja, das war in Salzburg, in jenem frostigen Frühling. Aber nicht so einfach von heute auf morgen. Er hatte sich vorher schon lange bemüht«, fügt sie schnell hinzu, als könnte sie dieser Umstand entlasten.

»Sie wussten damals doch sicher, dass er mit mir zusammen war?«, frage ich, obwohl das jetzt völlig gleichgültig ist. Auch ich wusste ja die ganze Zeit, dass er verheiratet ist.

»Nein, von Ihnen wusste ich nichts, aber von seiner Ehe. Und von meiner natürlich«, fügt sie schuldbewusst lächelnd hinzu.
»Und darauf haben Sie Rücksicht genommen?«
»Ja, lange Zeit jedenfalls. Erst als mir Wolf erklärte, dass seine Ehe schon lange nicht mehr gut sei und er sich scheiden lassen wolle, musste ich darauf keine Rücksicht mehr nehmen. Im Gegenteil, ich lernte Margret bald danach kennen, und wir waren uns ja – das kann man wohl sagen –, wir waren uns nicht unsympathisch.«
»Und von mir wussten Sie gar nichts?«
»Gar nichts wäre übertrieben. Ich wusste, dass Sie zusammen waren und dass das schon lange vorbei ist.«
»Und wer hat Ihnen das gesagt?«
»Er selbst natürlich.«
»Da haben Sie schon mit ihm geschlafen?«
»Ja, es deutete ja auch wirklich nichts darauf hin, dass er mich belogen haben könnte.«
»Aber Sie waren sich nicht sicher?«
»Nein, nicht hundertprozentig. Darum habe ich Margret gebeten, mit Ihnen zu sprechen.«
Sie fragt die Frau des Mannes, mit dem sie schläft, ob er noch mit seiner Geliebten zusammen ist! Das macht mich sprachlos. Ich nippe an meinem Weinbrand und sage nach einer Weile: »Und warum sind Sie nun hier? Sie hätten viel zu tun, wenn Sie bei all seinen Liebschaften Erkundigungen einholen oder Abbitte leisten wollten.«
»Clarissa«, ruft sie recht vertraulich und streckt ihre Hand nach mir aus, »Clarissa, ich verstehe Sie ja. Und ich weiß, dass Sie bis vor kurzem noch glaubten, es gäbe mich gar nicht.«

»Bitte, nennen Sie mich doch Clara, es hört sich irgendwie albern an, dieses Clarissa. Von wem haben Sie diese Langversion eigentlich, Wolf hat sie doch nie verwendet?«

Ein wenig erstaunt: »Von Irmgard, seiner Mutter.«

»Ach, die kennen Sie auch?«

»Ja, ja, sie bot uns gewissermaßen Asyl an, wenn wir mal ganz in Ruhe für uns sein wollten.«

Mir verschlägt es die Sprache. Seine Mutter! Mutter und Sohn, dasselbe Kaliber. Einer so heimtückisch und verlogen wie der andere. In was für ein Schlangennest war ich da geraten? Irmgard hatte mich angerufen, als Wolf im Krankenhaus lag, hatte mich daran erinnert, dass ich, die Lebens- und Bettgefährtin ihres Sohnes, mit der sie Brüderschaft getrunken hatte, verpflichtet sei, sie gefälligst über Wolfs Zustand zu informieren. Ich hätte ihr daraufhin antworten sollen: Wolf ist verunglückt. Aber nicht auf dem Weg zu mir, sondern auf dem Weg zu Antonia, der du so freundlich Asyl gewährt hast. Ruf doch dort bitte an.

Antonias Stimme reißt mich aus meinen Gedanken. Aber was will ich, sie ist die Letzte, der ich etwas vorzuwerfen habe.

»… O nein, dass es Sie gibt, wusste ich schon lange. Ich wusste nur nicht, wie sehr es Sie gibt.«

Sie lächelt etwas kokett. Ich reagiere nicht darauf und setze ein stures, böses Gesicht auf.

»Ich wurde stutzig, als wir uns damals im Theater trafen und Mary keinen Hehl daraus machte, dass Sie Wolfs wegen da sind. Und dann habe ich Sie ja in Prag zusammen gesehen. Das hat mich sehr verwundert, denn zu jener Zeit war er schon oft bei mir. Aber wir stritten uns immer wieder meines Mannes wegen. Dass er Sie so öffentlich zeigte, Sie mir gewissermaßen vorführte, empfand ich als Provokation. Er wollte mir beweisen, dass er Sie jederzeit wieder zurückhaben kann.«

»Nein, hören Sie auf! Bitte hören Sie auf. Das war unser neuntes oder zehntes Jahr. Wir waren unentwegt zusammen. Wolf hielt mich wie seine Gefangene, seinen persönlichen Besitz, verstehen Sie?«, brülle ich. »Er ging so weit, mich in rasender Eifersucht zu schlagen, nur weil ich allein verreisen wollte. Wir waren nicht getrennt! Wir planten bis zuletzt unser Leben. Ja, er wollte sich offenbar scheiden lassen, aber erst jetzt, in diesem Sommer. Vorher hat er das niemals in Erwägung gezogen. Und erst jetzt, als mir Margret von Ihnen erzählte, war klar für mich, dass ich ihn verlassen würde. Und genau das habe ich ihr gesagt. Er selbst hat Sie mir gegenüber immer verleugnet. Bis zu seinem Tod übrigens.«

Bei meinem Bericht gerate ich völlig außer Atem. Sie soll endlich begreifen, dass er sie genauso hintergangen hat wie mich.

»Ja, das weiß ich inzwischen«, hakt sie ein. »Ich habe ja Margret nach Ihnen gefragt. Das erste Mal damals schon, nach Prag, und dann vor kurzem noch einmal. Und sie sagte mir, dass er noch immer bei Ihnen ist. Er bestritt es, leistete tausend Eide, drohte, sich umzubringen, wenn ich mich von ihm trennen würde. Er bedrängte mich, meinen Mann zu verlassen. So ging es eine ganze Weile. Eine total nervenaufreibende Zeit. Dann bat ich Margret, mit Ihnen zu sprechen, Sie zu fragen, wie Sie zu Wolf stehen und er zu Ihnen. Als sie mir von Ihrem Besuch bei ihr erzählte, mir Ihre Überraschung schilderte, Ihr Erstaunen, Ihre Ahnungslosigkeit und dann gewissermaßen Ihren Zusammenbruch, war ich schockiert. Da beschloss ich endgültig, die Sache mit Wolf zu beenden. Das sagte ich auch Margret, denn sie wusste natürlich von uns. Auch mit ihm habe ich darüber geredet. Er war verzweifelt, geradezu außer sich, so dass ich ihm versprach, noch einmal darüber nachzudenken. Aber mein Entschluss war gefasst, es war nur noch ein Aufschub, den ich gewährte.« Sie nippt an ihrem Cognac, starrt vor sich hin und fährt dann fort: »Unabhängig von Ihnen war mir das alles zu aufwendig und zu anstrengend mit ihm, seine unentwegten Telefonate, seine Forderungen an mich und dann seine Drohungen. In letzter Zeit tauchte er ständig bei uns auf. Mein Mann hätte blind und taub sein müssen, wenn er es nicht bemerkt hätte. Ja, zeitweise war es berauschend mit Wolf – oh, entschuldigen Sie bitte, ich möchte Sie nicht verletzen –, aber ich hätte dieser Affäre wegen niemals meine Ehe aufs Spiel gesetzt. Vielleicht habe ich es kurzzeitig erwogen, aber sobald ich von Ihnen wusste, war das Thema für mich erledigt. Als Sie dann weggefahren sind – nach Jalta, nicht wahr? –, war Wolf ziemlich verstört. Damit hatte er wohl nicht gerechnet. Er setzte mich regelrecht unter Druck und verlangte definitiv, dass ich mich von meinem Mann trenne. Er drohte sogar, ihm selbst alles zu erzählen. Daraufhin habe ich zu Hause reinen Tisch gemacht und meinem Mann die ganze Wahrheit gesagt. Er verlangte, die Beziehung unverzüglich zu beenden. Und das war auch mein fester Wille. Als uns Ihre Freundin sah, in jener Bar, haben wir uns voneinander verabschiedet. Ich habe darauf bestanden, dass wir das in einer öffentlichen Umgebung tun und nicht etwa in meiner Berliner Wohnung. Meinen Vertrag mit dem Neuen Theater hatte ich schon gelöst. Er war erstaunlich ruhig und verständig und ausgesprochen lieb und natürlich auch unerhört traurig, als ich ihm meinen Entschluss mitteilte. Er bat mich dann um den Abend in der Bar. Mein Mann brachte mich nach Berlin und wartete in unserer Wohnung auf mich. Wenn ich ehrlich bin, fiel es mir an jenem Abend sehr schwer, Wolf zu verlassen. Aber letzten Endes war es nichts weiter als eine leidenschaftliche Liaison ohne Zukunftsaussicht. Eine Beziehung dieser Art hat immer ihre Zeit. Ich war überzeugt, dass ihm das ebenso klar ist wie mir. Aber je mehr ich deutlich machte, dass das Ende naht, desto unerbittlicher warb er um mich. O mein Gott, es ist der altbekannte Mechanismus.«

Sie hält inne und lächelt vor sich hin, als wäre ihr das alles bestens bekannt. Unangenehm, dieser genießerisch lächelnde Mund. Dann trinkt sie einen Schluck, hebt ihren Blick zu mir und fährt fort.

»Das Irrwitzige ist, er hatte bereits seine Scheidung eingereicht. Und ausgerechnet an unserem letzten Tag erhielt seine Frau die Scheidungspapiere seines Anwalts zugeschickt. Bevor er zu mir kam, gab es wohl deswegen Theater mit ihr. Denn damit hatte Margret nicht gerechnet. Und ich übrigens auch nicht. Mich hat es, ehrlich gesagt, auch nicht interessiert.«

Erneut macht sie eine Pause und trinkt ihr Glas mit einem Schluck leer. Bevor ich aufstehen kann, um nachzuschenken, nimmt sie den Faden wieder auf.

»Jedenfalls brachte er mich an jenem Abend noch bis zu

meiner Haustür, und am nächsten Morgen fuhr ich mit meinem Mann zurück nach Dresden. Ich hatte viel zu tun und ging nicht ans Telefon. Etwa zwei Wochen darauf benachrichtigte mich das Theater, dass Wolf tot ist. Mein Mann, der an jenem Tag noch mal in Berlin war, brachte am Abend dann auch diese schreckliche Nachricht mit. Er warnte mich davor, mich schuldig zu fühlen. Und wenn ich darüber nachdenke, sehe ich auch keinen Grund dafür. Ich habe die Angelegenheit sauber und konsequent beendet. Ich habe Margret sogar angerufen und ihr mitgeteilt, dass ich meine Ankündigung wahr gemacht habe. Und da sagte sie mir, sie hätte seit langem gewusst, dass ich mich so entscheiden würde. Die Scheidung hat sie nicht erwähnt.«

Antonia nimmt ihr Glas und bemerkt, dass es leer ist. Ich sehe sie an. Seine neue, letzte Insel. Eine verführerische, paradiesische Insel, die jedoch nicht bewohnbar war für ihn. Vielleicht war es sein größter Fehler, dass er sich zu schnell darauf niederlassen wollte. Er war sogar bereit, für sie sein doppeltes Leben aufzugeben. Das ist es, was ich ihm nachtrage. Aber trotzdem ist es gut, dass ich nun alles weiß. Ich straffe mich ein wenig und wende mich ihr zu.

»Zu Anfang war ich mir nicht sicher, ob ich Ihnen zuhören soll, aber nun bin ich doch dankbar, dass Sie mir Ihre Geschichte erzählt haben.«

Ich bin ihr wirklich nicht mehr gram. Wenn nicht sie, wäre es eine andere gewesen. Das alles hatte nichts mehr mit mir zu tun. Wolf und ich hatten eine wunderbare, erfüllte Zeit, eine große Liebe. Aber sie hatte sich nach einigen Jahren aufgebraucht. Hätte ich nach der Hälfte unserer Zeit diese Einsicht gehabt, hätte ich mich zeitlebens glücklich daran erinnern können. Nun war es ein langes Ende mit Schrecken geworden, aber zum Glück ein Ende.

»Trotzdem mache ich mir Vorwürfe. Wenn ich nicht dazwischengekommen wäre, könnten Sie bestimmt noch immer mit ihm zusammen sein. Sie waren die Stärkste von uns.«

»Oh, wie schmeichelhaft, dass Sie das so sehen, aber Sie irren sich. Wolf war nicht der Mann für ein ganzes Leben. Wir hatten unsere Zeit. Alles andere ist mein Problem. Und wenn man das überhaupt so bewerten kann, dann ist bestimmt seine Frau die Stärkste von allen.«

»Ja, vielleicht haben Sie recht. Schade, dass sie ihn nun verloren hat. Na ja, er war ein wunderbarer Geliebter, aber eben nur ein Geliebter. Doch sich aus Liebe umzubringen …« Antonia schüttelt, schon im Aufstehen, nachdenklich den Kopf.

Sorgsam zieht sie sich an, betupft die blassen Wangen mit zartrosa Rouge und zieht ihre Lippen nach.

»Ja, für nichts und wieder nichts«, sage ich und schließe hinter ihr die Tür.

47

Agnes ruft an.

»Konntest du schlafen?«

»Ja, es ging.«

»War sie da?«

»Ja.«

»Wann kam sie denn?«

»Kurz nach elf, wie verabredet.«

»Und wie war es mit ihr?«

»Aufschlussreich.«

»Also, Clara, erzähl doch mal.«

»Ach, weißt du, ich bin unendlich traurig. Aber auf eine eher friedvolle Weise. Ich hätte niemals geglaubt, dass mich eine solche Nachricht letztendlich so heil lassen würde. Ich weine und klage von Zeit zu Zeit, aber ich gehe dabei nicht zugrunde.« Ich räuspere mich und fahre fort: »Du weißt ja, es gab sehr viel Schweres mit ihm, viele Verletzungen, viel Einsamkeit, Lügen en masse, Entbehrungen und auch große Angst. Andererseits war er der leidenschaftlichste, zärtlichste Mann, den ich kenne. Niemals war ich glücklicher als mit ihm. Und das wiegt letztlich immer schwerer als das andere. Genau darum trauere ich, und das ist auch richtig. Nun ist alles fort, das Gute wie das Böse. Langsam wird es ganz verlöschen. Sein Tod hilft mir dabei. Wenn er am Leben wäre, selbst wenn wir getrennt wären – und ich habe mich von ihm getrennt, in Jalta habe ich mich endgültig von ihm getrennt –, wäre er immer noch da, verstehst du? Die

Verkörperung all dessen, was Liebe für mich war, das Glück mit ihm ebenso wie der ganze Dreck, wären leibhaftig vorhanden. Ständig gäbe es Berührungen damit, bei jedem Bild von ihm, jedem Artikel, den ich in die Hände bekäme, jedem Gerücht, das mir zugetragen würde, jeder zufälligen Begegnung mit ihm. Nein, nein, ich bin froh, das es ist, wie es ist.«

»Also wirklich, Clara, wenn du nicht Tausende Kilometer weit weg gewesen wärst, müsste ich glauben, du hast ihn umgebracht.«

»Ja, ja, das verstehe ich gut. Mir geht es genauso.«

»Und wie war es nun mit Frau Winter?«

»Somnambulisch.«

»Was heißt denn das? Würdest du bitte berücksichtigen, dass ich gewohnt bin, mich in wissenschaftlich exaktem Vokabular zu verständigen«, bemerkt sie etwas genervt.

»Pardon, Frau Doktor. Ich dachte die ganze Zeit über, die ich mit ihr zusammen war, dass ich im Halbschlaf auf einem Dachfirst spaziere – ein Somnambule eben.«

»Du fühltest dich also wie eine Schlafwandlerin?«

»Ja, so in etwa.«

»Und warum?«

»Weil ich nicht glauben konnte, was ich hörte, weil ich dachte, ich träume, und weil ich dabei ein Déjà-vu-Erlebnis hatte, als hätte ich alles schon gewusst, was sie mir da erzählt, nur nicht daran gedacht, dass es *mich* betreffen könnte. Was sie sagte, war so unglaublich, dass ich erschrak. Als würde ein Schlafwandler auf der Mitte des Daches plötzlich aufgeweckt werden. Verstehst du?«

»Nein. Vielleicht könntest du dich etwas konkreter auf meine Frage beziehen.«

»Sie hat ihn nicht wirklich geliebt, Agnes. Es war ein leidenschaftliches, stark sexuell geprägtes Verhältnis, aber nichts von Dauer. So ein Abenteuer, das die Ehe aufwärmt. Sie wollte ihren Mann seinetwegen niemals verlassen. Spaß haben, ja, aber nicht mehr. Erinnert dich das an etwas?«

»Nein, an was denn?«

»An dein Verhältnis mit Jürgen, meine Liebe, und mit Achim und wer weiß, mit wem noch. Auch du hast immer von Liebe gesprochen, dabei wolltest du Sicherheit, deine Sicherheit mit Karl. Und nebenbei ein bisschen Spaß. Aber deine Sicherheit hättest du für nichts und niemanden geopfert.«

»Das ist doch etwas ganz anderes. Dein Wolf brauchte im Grunde eine Frau wie dich.«

»Nein, das stimmt nicht.«

»Warum nicht?«

»Er brauchte es genau so, wie er es gelebt hat. Selbst das Ende war folgerichtig. Ich war nur eine Episode für ihn, eine lange, wichtige Episode vielleicht, aber nicht mehr.«

»Na immerhin.«

»Das ist gar nicht lustig. Denn es waren bei aller Euphorie sechs verlorene Jahre.«

»Warum sechs, es waren doch fast dreizehn?«

»Weil die ersten sechs wunderbar waren.«

»Vielleicht haben sie die restliche Zeit sogar aufgewogen?«

»Nein, die war ganz und gar überflüssig.«

»Aber vielleicht hat er es genauso gesehen, und auch er hat sich die letzten Jahre nur noch gequält.«

»Ein bisschen gelitten hat er schon. Das war er mir auch schuldig. Aber er war ja schon lange wieder auf Jagd. War vollauf damit beschäftigt, das Wild zu erlegen, das diesmal sein Begehren besonders weckte, weil er es jemand anderem entreißen musste.«

»Mein Gott, wie blutrünstig sich das anhört. Na gut, ich werde darüber nachdenken. Weißt du, was mich überrascht?«

»Was denn?«

»Dass du schon wieder so gefasst daherredest.«

»Du meinst nach meinem Zusammenbruch gestern?«

»Ja, zum Beispiel.«

»Die Nachricht kam so unerwartet. Die abrupte Abnabelung. Ich habe mit einem langen Prozess gerechnet, mich darauf eingerichtet, stark zu sein. Ja, ich hatte abgeschlossen mit ihm und mich mit festen Vorsätzen abgesichert. Ich konnte ja in Jalta, wie du weißt, vieles mit mir ins Reine bringen. Und dann gestern dieser Schock. Sein Tod! Das hat alles durcheinandergebracht. Wie soll ich sagen, es hat mich aus der Bahn geworfen, mich wehrlos gemacht. Kurzzeitig jedenfalls. Antonia Winter hat mir geholfen, mich wieder auf das Wesentliche zu besinnen …«

»Frau Winter? Aber sie war doch diejenige, mit der er dich betrogen hat.«

»Das ist der normale Ausgang solcher Dinge – Lug und Betrug. Etwas läuft sich tot und fault und stinkt. Wir haben es einfach nicht wahrhaben wollen; ich war zu ängstlich und Wolf zu feige. Eine Liebe, die auf falschen Voraussetzungen ruht, bleibt nicht sanft und leidenschaftlich und fürsorglich, nein, sie verfault. Wenn sie nicht beizeiten beendet wird, beleidigt, verletzt und zerstört sie. Sie zerstört immer den Schwächeren. Und den Stärkeren demoralisiert sie. Sie macht ihn zum Betrüger, zum Lügner, zum Schläger.«

»Ich frage mich allerdings, ob Wolf wirklich der Stärkere war.«

»In Jalta habe ich lange darüber nachgedacht, wer wann von uns stärker war. Aber es ist nicht mehr wichtig.«

»Wie gut, dass du dort warst. Du hast recht, alles, was war, ist nicht mehr wichtig. Sein Tod wird dir vieles leichter machen.«

»Ja, ich hoffe.«

»Übrigens, hast du die Zeitung schon gesehen?«

»Nein, warum?«

»Ihre Anzeige ist drin.«

»Wessen Anzeige?«

»Die seiner Frau. Sehr merkwürdig, sage ich dir.«

48

Ich gehe runter zum Briefkasten und nehme die Post heraus. Die Zeitung, die Telefonrechnung und ein unbeschriftetes Kuvert, wahrscheinlich von der Hausverwaltung, und schließlich ein Brief von Wolfs Mutter. Ohne Hast steige ich die Treppen wieder hinauf, schließe ruhig die Tür auf, setze mich hin und lege die Post ab. Dabei fällt mir der vermeintliche Umschlag der Hausverwaltung in die Augen. Ich öffne ihn. Ziehe ein Blatt Papier heraus und eine Theaterkarte. Mit riesigen Buchstaben über das Blatt: »Ich würde mich unbändig freuen! Bis Sonntag also. W.«

Darunter das Datum von vor drei Tagen, seinem Todestag. Mich schaudert's.

Ich drehe die Karte hin und her. Reihe 1, Platz 11. Er schickt mir die Karte und rechnet tatsächlich damit, dass ich komme. Der Tag ist der Sonntag, der Tag, an dem er beerdigt werden soll. Allerdings nur, *wenn alles glattgeht,* wie Agnes es formulierte. Zu spät, mein Lieber, muss ich mit einem plötzlich aufkommenden Anflug von Genugtuung, Rachsucht und Schadenfreude denken. Es hält nicht lange an. Tiefe Trauer bricht in mir aus und hilfloses Entsetzen. Ein heftiger Weinkrampf fällt über mich her.

Es dauert lange, bis ich wieder ruhig werde und mir das Gesicht trocknen und die Nase putzen kann. Dann schaue ich noch einmal auf Wolfs Einladung. Er trifft eine Verabredung, freut sich ganz unverkennbar darauf und bringt sich um? Empfindet *unbändige Freude*, um sich kurz darauf zu erschießen?

Ach ja, die Zeitung. Ich setze mich auf mein Bett und blättere die Seiten um. Da ist sie, auf der vorletzten Seite. Sehr groß und dick umrahmt, mit einem Palmwedel an der linken oberen Ecke: »Mein Mann, Olivers treu sorgender Vater, ist von uns gegangen. An einem Punkt, wo die Zukunft für uns sich so unverhofft glücklich zu zeigen begann. Eine Enttäuschung, die auf Irrtümern beruhte, hat ihn aus dem Leben gerissen. Wir lieben ihn – trotz alledem!«

Ich bin sprachlos. Exakt teilt sie mit, warum er gestorben ist. Aber wie kann sie das wissen? Hat er vor seinem Tod noch einmal mit ihr darüber gesprochen? Darüber, dass er sich töten wird nach dem Abschied von Antonia? *Eine Enttäuschung, die auf Irrtümern beruhte!* Und trotz alledem liebt sie ihn? Unbegreiflich nach allem, was sie mit ihm erlebt hat. Sie spricht von der Zukunft, *die sich unverhofft glücklich zu zeigen begann.* Welche Zukunft? Ihre mit ihm? Hatte sie nicht schon seine Scheidungspapiere? Und auch sie war fest entschlossen, sich scheiden zu lassen. Sie hat es mir erzählt.

Das ist genau das Stück in dem Puzzle, das nicht passt. Wie hatte Wolf gesagt? *Sie hat nie von Scheidung gesprochen, im Gegenteil, sie hat Oliver vorgeschoben, um mich zu halten.* Vielleicht hatte er dieses eine Mal die Wahrheit gesprochen, und Margret war die Lügnerin. Und zwar zu einem Zeitpunkt, als sie schon wusste, dass Antonia ihn verlassen würde. Margret glaubte dieser Frau, die sie gut kannte und die ihr sympathisch war. Konrad Winter war ein stetig wärmender Ofen, Wolf hingegen ein unstet loderndes Feuer. Dass Antonia darin nicht verbrennen wollte, war logisch.

Dann rief Margret mich an. Und dann kam sie zu mir und klärte mich auf. Ich war ja noch da, angeschlagen zwar, aber noch nicht ganz besiegt. Sie nahm seinen Brief, ihre schärfste Waffe, und schlug auch mich kurz darauf vom Feld. Die Mär von ihrer Scheidungsabsicht sollte mich in Ruhe wägen, ein Pflaster auf die zuvor geschlagenen Wunden. Sie wähnte sich am Ziel. Wie einfach und wie schlüssig!

Ein einziges Mal hat sie sich beinahe verraten, fällt mir urplötzlich ein: *Besuchen Sie uns doch im Sommer. Vielleicht, wenn wir grillen,* höre ich deutlich ihre Worte. Im Sommer? Da wäre sie doch schon geschieden! Meinte sie mit *uns* etwa sich und ihren Sohn? Nein, der war dann schon weg zum Studium, wie sie mir erzählt hatte. Im Überschwang ihrer Gefühle meinte sie ganz eindeutig sich und Wolf. Dieser Fauxpas war ihr in der psychischen Anspannung unseres Gespräches ganz einfach unterlaufen. Und mir war er in der Erregung nicht aufgefallen. Aber jetzt, wo er sich in mein Bewusstsein drängt, straft er sie eindeutig Lügen. So ein kleiner Satz, der nicht geplant ist, sondern sich einfach im freundlichen Eifer eines Gesprächs ergibt, kann alles Planen zunichtemachen. Ja, ja, meine liebe Margret, man muss aufpassen mit dem, was man sich so zusammenreimt, denke ich und muss ein bisschen schmunzeln. Aber ich kann sie verstehen.

Sie hatte alles so fein ausgedacht und sich so sicher gefühlt. Scheidung – von wegen! Ein neues Leben mit Wolf plante sie, nun, da er frei sein würde, erschöpft von all den fremden Lieben und erpicht auf Gleichmaß und

Ruhe. Darauf hatte sie doch eine Ewigkeit gewartet, ihre ganze Ehe über, hatte sich endlich mit großem Mut aufgerafft und zu mir Kontakt aufgenommen, hatte spioniert und intrigiert, um mich aus dem Feld zu schlagen. Und alles lief wie am Schnürchen.

Aber dann ab einem bestimmten Punkt, schon ziemlich kurz vor dem Ziel, merkte sie, dass die Dinge ihr aus den Händen glitten. Denn er wollte trotz aller Erschöpfung gar keine Ruhe. Ganz im Gegenteil, er brauchte wie eh und je den Tumult in seinem Herzen. Jetzt vielleicht noch mehr als zuvor. Den aber würde er mit ihr nicht haben. Nein, mit ihr war er fertig. Er wollte sich von ihr scheiden lassen. Definitiv! Eine Lebensleistung für ihn, sich zu trennen. Vielleicht war er sogar stolz darauf. Und bestimmt ließ er sie das deutlich merken. Strafte sie ab. Schließlich hatte sie ihn bei mir denunziert, und so etwas stand ihr nicht zu. Seine Dinge erledigte er selbst.

Ich lese noch einmal ihre Anzeige. Plötzlich kommt mir ein ungeheuerlicher Gedanke: Sie war es, die ihn getötet hat. Mir fällt Agnes' Überlegung wieder ein: *Warum hat sie ihn nicht vergiftet?* Ja, sie war kundig mit Kräutern aller Art. Damals in ihrem Garten hat sie sie mir gezeigt. Und war nicht auch der Fingerhut mit seinen hochgiftigen Blättern dabei?

Aber nein, kein Gift! Das wäre zu simpel, hätte zu schnell auf sie verwiesen. Gift ist das Mordinstrument der Frauen. Es ist nicht die Waffe der Männer.

Noch etwas hatte sie, die Raffinierte, die Durchtriebene, die klug Austüftelnde, bedacht, als sie seinen Tod beschloss. Nicht nur sie kannte ihren Wolf, auch Antonia wusste viel von ihm, und ich vielleicht am meisten. Und für alle, die wir ihn kannten, stand fest: Er, der Ritterliche, würde sich nicht stumm vergiften. Er würde sich laut und bühnenreif erschießen. Das war ihr klar. Sie konnte auch davon ausgehen, dass er seinen damaligen Selbstmordversuch herumerzählt hatte, all seinen Geliebten davon vorgeprahlt. Das machte ihn jetzt umso verdächtiger. Wie logisch sie es geplant und ausgeführt hat! Sein symbolhaftes Todesspiel des Anfangs hatte sie nun vollendet. Sie hatte damals die Pistole an sich genommen, zu seinem Schutz, wie sie glaubte. Und nun am Ende, ganz und gar schutzlos, hatte sie die Waffe benutzt und den Kreis geschlossen.

Der endgültige Auslöser ihres Entschlusses, sich *ein für alle Mal* von ihm zu trennen, wie sie es damals formulierte, war sicher die letzte große Enttäuschung durch ihn. Nein, nein, nicht sie wollte die Scheidung, er wollte sie, hatte bereits Maßnahmen getroffen. Für *Tonele* tat er es, ihre Ehe gegen seine, hoffte er. Diesmal war es ihm Ernst.

Selbstverständlich waren in diesem heiklen Fall von ihm Vorleistungen zu erbringen. Ich war schon auf dem Weg entsorgt, blieb nur noch Margret. Auch das erledigte er. Von heute auf morgen und ganz unvorhersehbar mit seiner Scheidungsabsicht. Gegen die amtliche Mitteilung, die Margret ganz zum Schluss in den Händen hielt, war kein Kraut gewachsen. Es gab keine Argumente und keinerlei Aussichten mehr für sie. Losgelassen und weggeworfen.

Nein, Margrets Rechnung mit ihm war nicht aufgegangen. Übrigens ebenso wenig wie seine mit Antonia. Aber nun war alles zu spät, er war fertig mit Margret. Und nicht nur das. Nach kurzem, heftigem Herzschmerz Antonias wegen spann er seine feinen, kunstvollen Fäden bereits wieder in meine Richtung – angespornt sicherlich von meiner unerwarteten, tolldreisten, unendlich langen Abwesenheit.

Es wäre gewiss nichts Dauerhaftes gewesen, denn wir hatten alles schon hinter uns. Eher ein Sprungbrett zu neuen Ufern. Was auch immer – Margrets Enttäuschung war so groß, dass sie nicht anders konnte, als ihn zu richten. Nicht durch Scheidung, wie leise und höflich von ihr angekündigt, sondern laut und bombastisch durch Mord.

Wie stand es in ihrer Anzeige? *Eine Enttäuschung, die auf Irrtümern beruhte …* Eine Kleinigkeit stimmte nicht an diesem Satz. Ich dachte einen Moment lang nach. *Meine* Enttäuschung, die auf Irrtümern beruhte … So wäre es vielleicht die Wahrheit. Ein verschlüsseltes Geständnis. Und noch mehr, eine imaginäre Mitteilung an seine Geliebten: Seht her, alle anderen ausgeschaltet und ihn letztendlich gekapert. Leider mit traurigem Ende, aber das ist man ja bei ihm gewohnt.

Nein, nein, nein, er hat es nicht selbst getan!

Mein Gott, wie mich diese Tat mit ihr verbindet. Sie hat vollstreckt, was ich zu tun beabsichtigte. Dass sie die Kraft besaß, diesen Plan, unser beider Plan, zu vollenden, lag wohl daran, dass sie das Vielfache von dem zu erleiden hatte, was er jeder anderen von uns nur einzeln angetan hat. Mit seinem Tod hat sie dafür den angemessenen Preis verlangt. Sie hat ihn bestraft. Für das, was er aus ihr gemacht hat, doch sie hat es auch für mich getan.

Unbewusst, ja, aber das ist belanglos. Sie hat mich ein für alle Mal von ihm befreit. Nur das ist es, was zählt. Sie hat jeglichen Anspruch auf mein Mitgefühl, meine Solidarität.
Ich bin entsetzt über die Logik meiner Argumente, die Unbedingtheit meines Urteils. Das sind doch keine Beweise, mit denen ich gedanklich operiere. Das sind bestenfalls Indizien.
Ich muss Margret helfen. Aber es gibt wenig, was ich für sie tun kann. In Wirklichkeit gibt es gar nichts. Wenn sie ihn tatsächlich umgebracht hat, wird man es über kurz oder lang herausfinden, da konnte sie noch so geschickt vorgegangen sein. Soll ich zu ihr gehen und sie warnen? Aber was würde das bringen?

49

Irmgards Brief fällt mir ein. Mir ist unbehaglich zumute, als ich ihn öffne und den Briefbogen herausziehe. Er trägt das Datum des Todestages. Irmgard muss ihn noch in der Nacht geschrieben haben.

Meine liebste Clarissa! Noch nie habe ich mich Dir näher gefühlt als in diesem schmerzvollsten Augenblick meines Lebens. Nachdem mich mein Mann erst vor kurzem für immer verlassen hat, verliere ich nun meinen einzigen, über alles geliebten Sohn.

Die Umstände seines Todes vermag ich nicht zu beurteilen, aber an eine Selbsttötung glaube ich nicht. Dazu hat er zu gern gelebt und zu sehr geliebt, Dich geliebt und auch mich, seine Mutter. Mich quält der Gedanke, wer ihn wohl, wenn nicht er selbst, getötet haben mag? Gewiss muss man vorsichtig sein mit Verdächtigungen, aber für mich kommt nur eine Einzige in Betracht, die, die ihn am wenigsten geliebt hat und die er deshalb immer wieder verlassen hat: Margret …

Hätte er sie nur beizeiten wirklich verlassen, dann hätte er nicht sterben müssen, denke ich, als ich diese gefährlichen Sätze lese. Ich weiß nicht, ob sie etwas Beweiskräftiges gegen Margret in der Hand hat oder ob sie nur einer Wunschvorstellung folgt. Denn ihre Schwiegertochter lag ihr nie am Herzen, das habe ich vom ersten Moment an gemerkt. Aber wenn sie doch etwas wüsste, etwas, das Margret belasten könnte, würde sich der Verdacht gegen sie verdichten. Diese Möglichkeit beunruhigt mich sehr.

Ich lese weiter: … *Dass er die eine oder andere Liaison hatte, muss man ihm wohl zugestehen bei dieser kaltherzigen, unbeteiligten Ehefrau. Aber dass er Dir stets in innigster Liebe verbunden blieb, kannst Du mir glauben.*

Angesichts des starken Gefühls, das mich schon allein deshalb mit Dir verbindet, möchte ich Dich bitten, mich zu Wolfs Grab zu begleiten, bei diesem letzten, schwersten Gang in meinem Leben.

Bis dahin umarme ich Dich in der Gewissheit unserer durch Wolfs Tod auf ewig besiegelten Zusammengehörigkeit. Immer Deine Irmgard

Ich bin sprachlos. Wie kann sie einen solchen Brief an mich schreiben? Mir ein solches Angebot machen? Diese unbrauchbare Formel des *Immer-und-ewig* benutzen, die ich so gut kenne? Sie und ich Arm in Arm an Wolfs Grab! Angesichts seiner Frau, angesichts seines Sohnes und angesichts seiner neuen Geliebten, der sie bereits Lust- und Liebesasyl gewährt hat? Verdammt noch mal, nein!

Nein, ich werde sie nicht begleiten. Nicht auf den Friedhof und nirgendwohin! Diese Unverfrorenheit! Ausgerechnet zu seinem Begräbnis! Auf der geschwätzigen Bühne der Öffentlichkeit wollte sie sich mit mir zeigen. Warum gerade mit mir? Wolf würde das sicherlich nicht gefallen. Er hatte mich meist versteckt gehalten. War gekommen, wenn es dunkel war, und gegangen, noch bevor der Tag anbrach. Im Gegensatz zu Antonia, mit der er sich in der Sonne suhlte, war ich seine geheim gehaltene Liebe.

Aber ganz abgesehen davon, ich habe sowieso nicht vorgehabt, zu Wolfs Begräbnis zu gehen, und nun werde ich es erst recht nicht tun. Mir ist nicht danach zumute, heuchlerisch seine Mutter stützend drei Handvoll Erde auf seinen Sarg zu werfen. In welcher Rolle sollte ich das auch machen? Als seine vorvergangene Ex-Geliebte? Nein, ich habe in keinerlei Eigenschaft mehr etwas mit ihm zu schaffen. Ich war nie seine Frau, warum sollte ich jetzt, da alles aus und vorbei ist, seine Witwe spielen? Mein Gott, wie leid mir Margret tut!

Ich treffe mich mit Agnes, die mich unbedingt sprechen will. Sie habe etwas herausgefunden, das mich sehr interessieren werde, behauptet sie. Kaum dass wir sitzen, sprudelt sie los.

»Deine Vermutung hat wirklich vieles für sich. Ich habe intensiv darüber nachgedacht. Die Anzeige, weißt du, ihre verklausulierte Anzeige, hat mich darauf gebracht. Wenn man sie richtig zu lesen versteht, kommt man auf manches. Außerdem wissen wir, dass sie die Wehrmachtspistole von damals an sich genommen und aufbewahrt hat. Ich habe die Kollegen in der Pathologie angerufen. Und stell dir vor, es handelt sich wirklich um so eine Waffe.« Sie schweigt einen Moment und sieht mich triumphierend an. »Und da fiel mir ein«, fährt sie erregt fort, »falls sie leugnet, von der Waffe gewusst zu haben, hätte das Gericht ja dich als Zeugin …«

»Also wirklich, Agnes. Ich als Zeugin der Anklage? Nie und nimmer.«

Ich muss die vertrackte Sache geraderücken, muss Margret aus dieser gefährlichen Falle befreien, einer Falle, die ich selbst gestellt habe. Also lüge ich: »Übrigens, wenn ich mich richtig erinnere, erwähnte Wolf, dass er die Waf-

fe von ihr zurückgefordert hat und dass Margret sie ihm auch ausgehändigt hat. Aber ob das ein Gericht interessiert …«, versuche ich glaubwürdig zu erscheinen.
»Du wirst gar nicht anders können, als auszusagen, wenn du als Zeugin gerufen wirst«, erklärt Agnes unbeirrbar.
Ich hebe wieder an, versöhnlicher diesmal: »Margret kommt schon deshalb nicht in Frage, weil sie fest entschlossen war, sich von ihm scheiden zu lassen. Warum sollte sie ihn kurz zuvor noch erschießen? Außerdem hat Wolf Antonia gegenüber mit Selbstmord gedroht, falls sie ihn verlassen würde. Das hat sie mir gestern selber erzählt. Und so wird es auch gewesen sein. Vielleicht hat er die Tat nur vortäuschen wollen, wie damals. Aber diesmal hat er getroffen. So war es, Agnes, ich bin mir sicher.«
»Also ich weiß nicht. Wolf war ein toller Liebhaber und ein grandioser Schauspieler. Er war auch ein überzeugender Märchenerzähler, wie wir ja beide wissen. Aber ein Selbstmörder? Nein, das widerspricht seinem Persönlichkeitsprofil. Du kannst es mir glauben, ich spreche hier als Psychologin. Du selbst hast es ja auch so gesehen, von Anfang an hast du geglaubt, es sei Mord. Und ich sage dir, deine Ahnung ist richtig.«

Nach dem Gespräch mit Agnes ist mir klargeworden, dass ich Margret da rausholen muss. Und ich bin fest entschlossen, es zu tun.
Ich muss mit ihr sprechen und wähle ihre Nummer. Sie ist sofort am Apparat.
»Guten Tag, hier ist Clara.«
»Hallo, Frau Bergfeld. Sie waren verreist, nicht wahr?

Sind Sie schon lange zurück?« Sie tut nicht mehr so gelassen wie sonst, ihr Ton wirkt gehetzt.

»Nein, gerade erst.«

»Wissen Sie es schon?«

»Ja, es tut mir …«

Sie schneidet mir das Wort ab: »Danke, vielen Dank. Aber verstehen Sie mich bitte nicht falsch, wir beide müssen uns nicht gegenseitig leidtun, nicht wahr?! Es ist übrigens alles noch unklar. Wahrscheinlich wird es eine Untersuchung geben. Man hat auch mich in Verdacht.« Sie hält einen Moment lang inne. »Werden Sie gegen mich aussagen?«

Gegen sie aussagen? Ihr ist also klar, dass ich etwas weiß. Nun glaubt sie, ich werde es gegen sie verwenden. Mein Gott, die Unglückliche.

»Ja, Sie haben recht, wir müssen uns wirklich gegenseitig nichts vormachen. Aber ich möchte, dass Sie wissen, wie leid es mir tut.«

»Was tut Ihnen leid – dass Wolf tot ist? Dass ich ihn endgültig verloren habe? Dass auch Sie ihn nicht retten konnten? Dass …«

Ich falle ihr ins Wort: »Nein, nein, nein, mir tut leid, dass Sie in Verdacht geraten sind.«

Stille am anderen Ende der Leitung. Dann sagt sie mit einer leichten Verwunderung in der Stimme: »Das tut Ihnen leid?«

»Ja. Ich rufe Sie an, weil ich Ihnen dazu etwas sagen möchte. Es ist außerordentlich wichtig für einen eventuellen Prozess.«

»Und das wäre?«, erkundigt sie sich vorsichtig.

»Wolf hat mir kurz vor meiner Reise anvertraut, dass die

Waffe, die er Ihnen damals überlassen hat, wieder in seinem Besitz ist. Und dass er sie im Safe seines Büros sicher verwahrt hat. Ich bin bereit, diese Aussage vor Gericht zu machen.«

Schweigen. Dann räuspert sie sich und sagt etwas, sehr leise, das ich nicht verstehen kann.

»Pardon, was haben Sie gesagt?«

»Danke, Clara …«

Die Handlung dieses Romans und alle darin vorkommenden Personen sind frei erfunden. Ähnlichkeiten mit realen Personen sind rein zufällig und nicht beabsichtigt.

Katja Maybach

Melodie der Erinnerung

ROMAN

Die Journalistin Kate Johnson wittert die Chance ihres Lebens: Sie ist auf die Familiengeschichte des ehemaligen Freiheitskämpfers Carlos Campora gestoßen und will nun über die Desaparecidos berichten, jene Frauen und Männer, die während der argentinischen Militärdiktatur spurlos verschwanden. Doch Carlos' Geschichte beginnt viel früher: Sein Großvater war 1933 aus Deutschland geflohen und hatte seine Geliebte Tatjana – Tochter aus der Porzellandynastie von Stetten – völlig verzweifelt in Berlin zurückgelassen. Als Kate auf der Estancia von Carlos' Familie ein altes Foto von Tatjana und ihren Schwestern findet, enthüllt sich ihr ein ungeahntes Schicksal, das sie mit ihrer eigenen Vergangenheit in Berührung bringt …

Knaur Taschenbuch Verlag

Agnès Desarthe

Mein hungriges Herz

ROMAN

Einst wurde Myriam von ihrer Familie verstoßen. Seitdem sucht sie nach Erlösung und nach ihrem Weg. Zu lange musste sie sich verstellen, um den Ansprüchen anderer gerecht zu werden. Zu lange war sie nur Zuschauerin ihres eigenen Lebens. Nach Jahren zielloser Wanderschaft eröffnet sie in Paris ein Lokal, das Chez moi heißt. Ihr Restaurant ist klein und von der Eigenwilligkeit und Phantasie der Besitzerin geprägt: Viel wichtiger als Vorschriften zu beachten ist es für Myriam, dass jeder sich bei ihr wohl und ungezwungen fühlt. Schon bald wird das Chez moi zum Lieblingstreffpunkt des Viertels, und sie findet in ihren Nachbarn und Gästen eine neue Familie. Doch kann man die Vergangenheit einfach so hinter sich lassen?

»›Mein hungriges Herz‹ ist ein wahres Festmahl aus Wörtern, Düften, Poesie, Feinfühligkeit, Witz und Humor, aber auch aus tiefsinnigen Überlegungen und heiterer Melancholie.« *Le Monde des Livres*

Knaur Taschenbuch Verlag

Wiebke Eden

Die Zeit der roten Früchte

ROMAN

Stettin Ende der dreißiger Jahre: Die junge Greta führt ein glückliches Leben und genießt ihre erste große Liebe. Doch dann bricht der Krieg in die Idylle, Gretas Geliebter Johannes wird eingezogen, und plötzlich ist ihre Welt dramatisch verändert. Die Zeit der roten Früchte ist für Greta für immer vorbei …
Ein Stück deutscher Geschichte – einfühlsam und atmosphärisch erzählt aus der Perspektive einer ungewöhnlichen Frau.

Knaur Taschenbuch Verlag